살아있는 전설
하리마오

살아있는 전설
하리마오 1
하리마오 지음

새로운사람들

살아있는 전설-하리마오 1

Copyright ⓒ 1999 Harimao
Printed in Korea 1999 by People of Fresh Mind publishing Co., Ltd

지은이/하리마오
펴낸이/이재욱
펴낸곳/(주)새로운사람들

초판 1쇄/1999년 6월 15일

편집/윤석우 배현정
마케팅/김명수 김상영 · 관리/이경은
출력/예하프로세스 · 인쇄/우성사
제본/기성제본 · 도서관리/서촌사

등록일/1994. 10. 27
등록번호/제2-1852호
주소/110-110 서울 광화문우체국 사서함 786호
110-210 서울 종로구 화동 62번지 안송빌딩 201호
대표전화/739-3330 · 팩스/739-3421
하이텔 유니텔 천리안 ID/lsg0707

값 7,500원
ISBN 89-8120-131-5(전3권)
ISBN 89-8120-132-3(04810)

• 잘못된 책은 바꿔 드립니다.

머리말

　이 책은 일제가 우리 나라에서 식민 지배 체제를 강화하던 암울한 시기(1919년)에 태어난 한 사내 아이가 일본 제국주의와 제2차 세계 대전(대동아전쟁), 해방 정국과 6·25한국전쟁 등 격동의 시기를 거치는 동안 몸소 겪었던 체험을 기록한 자전적 실화 소설이다.
　이 소설은 일제의 항복과 함께 우리 나라가 해방되던 1945년 8월 15일 이전까지의 이야기와 그 이후의 이야기로 크게 나누어진다.

　전반부의 이야기는 주인공이 다섯 살 되던 이른 봄, 부모님이 일본 헌병들에 의해 체포됨으로써 5천 석 집안이 몰락하고 졸지에 고아가 된 후 1945년 8월 15일까지 겪게 되는 기구한 운명의 인생 역정을 적나라하게 그린 것이다.
　온갖 역경의 가시밭길을 걸어 오면서도 결코 강인한 의지를 꺾이거나 시련에 굴하지 않고 한국 남자다운 기개를 꿋꿋하게 지키며 살아온 주인공, 정의와 자유를 신조로 불의와 타협하지 않고 몸부림치며 살아온 주인공의 파란만장한 생애는 독자들에게 각별한 느낌을 제공할 것이라고 생각한다.
　여기에 주인공의 체험 이외에도 일본 군벌에 의한 침략으로 온갖 악행이 자행됐던 지난 날의 역사를 재조명함으로써 제2차 세계

대전 중 참화를 겪은 아시아의 여러 피해 국가의 전전(戰前) 세대들에게 반세기가 지나면서 희미한 기억 속으로 사라져 가는 일제의 만행을 일깨워 주고자 했다. 또한 반세기 전의 세대들이 일본 군부에 의해 얼마나 비인도적 박해를 당해 왔는지 그 실상의 역사를 전후 세대들에게 정확히 재인식시킴으로써 오늘의 일본을 바로 알게 하려는 의도도 집필의 동기가 되었다.

뿐만 아니라 제2차 세계대전에 참여하여 일본군과 싸웠던 연합국 측의 전후 세대들도 전쟁 중에 포로가 되거나 강제로 노예 노동에 동원됐던 군인, 시민, 부녀자 등 그들의 기성 세대들이 잔인무도한 일본군에 의해 얼마나 가혹하고 비인도적인 학대와 학살을 당했는지 정확하게 알아야 할 것이다. 더구나 2차 대전이 끝난 후에도 세상에 그다지 알려지지 않았던 반세기 전의 생생한 역사라면 더욱 그렇다고 본다.

아울러 일본 군벌의 말발굽 소리가 요란했던 무단 정치 아래에서도 지옥에 핀 한 떨기 아름다운 장미꽃처럼, 그 모든 것을 초월하여 인간애를 발휘했던 분들의 이야기도 들려 드리고 싶었다. 졸지에 천애의 고아가 되어 문전걸식하는 거지로 전락한 여섯 살 짜리 어린 아이를 '적자(嫡子)'로 입적시켜 헌신적인 사랑으로 키워 준 어느 일본인 부부의 인간미 넘치는 드라마틱한 이야기는 독자의 심금을 울릴 것으로 믿는다.

후반부의 이야기는 일본의 항복으로 우리 나라가 해방된 이후 해방 정국의 혼란과 민족적 비극인 6·25한국전쟁의 와중에서 겪은 체험을 담고 있다.

금세기 초 볼셰비키(Bolsheviki) 혁명(1917년 2월 및 10월)에 의해 제정 러시아가 붕괴되고 등장한 공산주의 소비에트 사회주의 공화국 연방(Union of Soviet Socialist Republics : U.S.S.R)은 온 세계 프롤레타리아트(Proletariat)를 거의 1세기에 걸쳐 유혹해 왔으나 그 허상과 자체 모순에 빠져 그들의 철옹성 체제는 1991년 말을 끝으로 스스로 붕괴되고 말았다.

이로써 동서 냉전이 끝나고 오직 서방의 미 합중국만이 세계를 주도하는 최강자로 남아 군림하기에 이르렀다. 그러니까 오늘날 금과옥조의 마르크스-레닌(Marx-Lenin)주의는 종언을 고했으며, 오직 자본주의만이 존재하게 되었다.

예나 지금이나 또 앞으로도 계속 온 세계의 자유와 평화 그리고 인권을 가장 많이 외쳐댔고 또 외쳐댈 나라가 바로 미 합중국이다. 이처럼 자유, 평화, 인권이 표상이고 상징인 양 전 세계에 외쳐대는 미국이라는 나라가 과연 그들이 부르짖는 바대로 자유, 평화, 인권을 전가의 보도인 양 휘둘러댈 만한 자격과 양심이 있는 나라인가?

나는 이 질문에 대한 대답으로 이 책 『하리마오』 뒷부분과 지난 해에 출간한 『38선도 6·25한국전쟁도 미국의 작품이었다』에서 반세기 전 한반도에서 일어났던 6·25한국전쟁의 촉발과 관련된 미국의 정치적.전략적 배경과 그 음모를 낱낱이 해부하여 미 합중국이라는 세계 최대의 강국이 뒤집어쓰고 있는 양의 껍질을 벗겨냄으로써 그 속에 감추어져 있는 늑대(미국)의 실상이 어떤 것이었는지 적나라하게 밝혔다.

말하자면 양의 탈을 쓴 부도덕하고 비인도적이고 잔인한 미국을 고발하는 동시에 6·25한국전쟁과 관련하여 왜곡된 우리 나라 역사를 바로잡고, 그 같은 '미국'의 실체를 한국 국민이 바로 알고서 미국을 대하자는 것이 저자의 집필 의도였다.

지구상에 인류가 존속하는 한 지구촌 어느 구석에서고 크고 작은 분쟁과 전투가 끊임없이 벌어지고 이어질 것이며, 바로 그곳에 직접적이든 간접적이든 미국의 국가 이익이 존재한다는 사실을 우리는 알아야 할 것이다.

이 책의 출간에 앞서 『하리마오』 후반부 이야기의 자료편이라고 할 수 있는 『38선도 6·25한국전쟁도 미국의 작품이었다』라는 책을 1998년 6월 25일자로 새로운사람들에서 먼저 펴내게 된 배경을 설명해 드려야 할 것 같다.

그 책의 머리말에서 자세히 설명했듯이 『하리마오』 전반부 원고를 탈고하고 후반부를 마무리하기에 앞서 사정에 따라 후반부의 자료편이라고 할 수 있는 그 책을 먼저 쓰게 되었고, 저자로서는 올바른 역사를 우리 국민에게 하루 빨리 읽히고 싶다는 조급한 심경을 가질 수밖에 없었다. 그래서 저자의 간곡한 부탁을 출판사에서 받아들여 줌으로써 먼저 출간이 되었던 셈이다.

이런 이유로 『하리마오』 후반부의 내용 가운데 써 넣어야 할 몇몇 관련 사항은 이미 출간된 『38선도 6·25한국전쟁도 미국의 작품이었다』라는 책과 내용의 중복을 피하느라고 「이러저러한 사건 내용의 자세한 사연을 구체적으로 알고자 하는 독자는 『38선도 6·25한국전쟁도…』 몇 장(章) 몇 항(項) 참조하라」는 대목이 여러 곳에 있음을 밝혀 둔다. 따라서 『하리마오』를 읽는 독자 여러분은 『38선도 6·25한국전쟁도 미국의 작품이었다』라는 책도 함께 읽으면 이해가 빠를 것이다.

독자의 이해를 돕고자 한 말씀만 더 피력하고자 한다.

1994년 3월 초에 나는 200자 원고지 2,800여 장 분량의 전반부 이야기를 탈고하고 2,200여 장 분량의 후반부 이야기를 쓰기 시작했다. 그 얼마 후인 6월 초에 러시아를 친선 방문했던 김영삼 대통령이 옐친 대통령으로부터 '이례적인 선물 보따리'로 받아 왔다는 '6·25한국전쟁과 관련된 당시의 소련 정부 극비 외교 문서'를 우리 나라 외무부가 번역하여 언론 기관에 발표했었다.

1994년 7월 말 경, 나는 그 '선물 보따리 극비 외교 문서'의 내용을 검토하고 분석해 본 결과 그 내용의 거의 전부가 그럴 듯하게 꾸며진 허위날조라는 사실을 확인했다. 나는 '이거 큰일났다' 싶어 자료편인 『38선도 6·25한국전쟁도…』를 먼저 쓰게 되었고, 근

10개월만인 그 다음 해 1995년 5월 초에 그것을 탈고했다. 그리고 나는 탈고한 자료편을 먼저 출간하여 소련 극비 외교 문서의 내용이 왜곡되었다는 사실과 함께 6·25한국전쟁에 대한 역사의 진실을 국민에게 하루 빨리 알리고자 백방으로 출판을 서둘렀다.

그러나 그 내용이 허위날조된 거짓말투성이의 가짜 외교 문서라는 사실을 폭로함으로써 러시아 정부와의 외교 마찰마저 염려될 뿐 아니라 더욱이 6·25의 주범이 미국이었다는 사실을 알고 있는 한국 사람이 거의 없는 상황에서 6·25한국전쟁 발발의 정확한 원인을 규명하여 밝히는 과정을 포함하고 있어서 출판이 쉽지 않으리라는 것은 이미 예상한 바였다.

사실 6·25가 소련 스탈린 수상의 사주와 명령에 의해 도발됐던 전쟁이었다는 것은 주지의 사실이지만, 제2차 세계대전 종식과 더불어 밀어닥친 경제 공황 타개책의 일환으로 미국이 자국의 국가 이익을 위해 한반도에서 전쟁을 유도했다는 혐의 역시 무시하기는 어렵다. 누구 덕이든 2차 대전 후 일본의 사슬에서 풀려나 군정 3년을 거쳐 신생 독립국으로 잘 살아 보겠다고 버둥대던 한반도 땅에 전쟁을 유도하여 저 끔찍한 동족상잔의 전쟁판을 벌이게 했던 당사자가 다른 나라 아닌 우리의 우방이고 혈맹이라고 믿고 있던 '미국'이었다는 사실을 정확하게 알고 있는 사람은 없으리라.

다시 말해서 미국이라는 나라가 우리 한민족에게 천추에 씻지 못할 대죄를 범했다는 엄연한 역사적 사실을 폭로한 내용이었기에 몇몇 출판사에서 그 원고의 출판을 기피했고, 그 바람에 출판은 몇 년 동안 공전을 거듭할 수밖에 없었던 것이다.

문제는 또 있었다. 이 원고가 책으로 출판되어 다수 국민에게 읽혀질 경우 우리 국민이 미국에 대해 언짢은 감정을 가질 뿐더러 극히 일부이긴 하더라도 국내 공산주의자 또는 북한이나 공산주의 동조자들에게 자칫 반미 행위를 유발하는 날개를 달아 주는 격이 되지 않을까 하는 우려 때문에 출판사 측이 더욱 움츠러드는 것 같왔다.

이런 우려는 『하리마오』 후반부의 이야기에도 마찬가지로 적용될 수 있다. 그러나 나의 생각과 판단은 다르다. 나는 결코 공산주의자가 아니기 때문에 반미 감정을 유발시킬 의도는 전혀 없다. 다만 반세기 전 당시의 한반도 주변 열강들이 나름대로 자국의 정치적·경제적 현실에 입각하여 한반도의 정세를 이용하려고 했다는 점을 밝히고자 했을 뿐이다.

당시 미국은 국력이 전 세계 총생산량의 반을 차지하고 있던 부국(富國)이었다. 다시 말해 그 당시의 미국 GNP가 전 세계 총생산량의 50%였다는 얘기다. 내 생각은 '너도 살고 나도 살고, 더불어 함께 잘 살아 보자'는 공존공생의 원리를 정책 기반으로 정치를 펴 나가야지, '너(한국)는 죽든 살든 나(미국)만 잘 살겠다'는 정책은 곤란하다는 것이다.

『38선도 6·25한국전쟁도 미국의 작품이었다』나 이 책 『하리마오』를 펴내는 동기는 어디까지나 역사적인 진실을 거짓이나 숨김 없이 국민에게 알리고자 함이다. 국민은 알아야 할 권리가 있다는 얘기다. 따라서 일부 불순분자나 공산주의자들이 착각하여 경거망동하는 일이 없기를 경고하고 당부하는 바이다.

한편, 독자 여러분께 사실을 밝히고 죄송한 말씀 드리고 넘어가야 할 일이 있다.

출판 관계를 고민하는 가운데 『하리마오』 후반부도 1995년 12월말 경 탈고했다. 그러던 차에 선뜻 출판하겠다는 출판사가 나타나 1997년 5월 29일 출판 계약이 체결됐다. 서울 서초구 양재동 소재 '송림출판사'였다. 전편·후편과 자료편 등을 모두 출판하기로 한다며 책 제목은 '누가 무궁화꽃이 피었다고 말하는가'로 정했다.

전편을 두 권으로 출판한다고 한 후 약 두어 달이 지난 어느 날 (발행일 1997년 8월 11일) 책이 출판됐다며 송림출판사의 연(延)

모 전무가 두 권의 책을 갖고 왔다. 제1권은 256쪽, 제2권은 165쪽이었다. 그 때까지 출판사 측이 나와 의논한 것은 책 제목뿐이었다.

책 제목의 뜻은, 진정한 의미에서 아직은 우리 나라에 무궁화꽃이 피었다고 볼 수 없다는 부정적인 얘기였다. 38선이 없어지고, 남북 통일이 되고, 그리고 우리 나라 주변 열강의 여하한 정치적 압력도 당당히 배제할 수 있는 파워(국력)를 지니게 될 때라야 비로소 진정한 의미에서 우리 나라에 무궁화꽃이 피었다고 말할 수 있다는 출판사 측의 책 제목 설명이었다. 나 자신도 참으로 좋은 뜻의 제목이라고 생각했다.

그런데 받아 본 1, 2권의 책 내용을 면밀히 살펴 읽어 본 나는 저윽이 놀라움을 금치 못했다. 내가 쓴 200자 원고지 2,800여 장 분량 가운데 약 3분의 1 정도의 원고를 나와는 일언반구 사전 의논이나 허락도 없이 빼 버렸던 것이다. 책 내용을 구분하여 표시하는 목차(目次)도 없을 뿐더러 오자(誤字), 탈자(脫字) 투성이였다. 나는 어린 시절(중학생 때)부터 평생 살아오는 동안 세계문학전집을 비롯하여 비교적 많은 책을 읽어 왔지만, 그토록 오자, 탈자가 많은 책은 보질 못했다.

다른 문제는 고사하고 약 3분의 1 정도의 원고를 빼 버린 이유를 들어 출판사 측에 항의를 했다. 이에 대해 출판사 측은 '일본 군벌이 저지른 악행은 2차 대전 종식 후 세상에 많이 알려진 바 있어 더 이상 책에 게재한다면 독자들이 오히려 식상해 할 뿐이어서 빼 버렸다'는 것이었다. 나는 출판사 측의 이 같은 '변'은 크게 잘못된 판단이라고 생각했다.

내가 쓴 일본 군벌의 잔인무도한 악행은 일본의 2차 대전 패망 후 반세기가 지난 오늘날까지 세상에 그다지 알려지지 않은 쇼킹한 부분만을 가려내어 수록한 것이었다. 일제 당시 만주 하루빈 교외의 인간 생체 실험(731부대; 일명 石井부대)은 전후에 널리 알려진 바 있었다. 그러나 그밖에도 만주 신경 남방 10킬로미터 교외

맹가돈에 군마방역창(731부대의 자매기관)도 있었고, 중국 북경에도 방역급수부대가 있었고, 남경 교외에 사까에 제1644부대도 있었고, 태·버마 철도부설공사의 한 구간(區間)인 충가이(Chungai Sick Camp) 야전병원에서도 인간 생체 실험이 행해졌던 것이다.

그리고 또 일본군이 한참 남방을 석권했을 무렵인 1942년 4월, 비도(比島) 서북부에서 미국 포로등 용병 7만6천여 명이 염천 아래 120여 킬로미터를 걷다가 수천 명이 죽음을 당한 저 바탄(Batan) 죽음의 행진 참상도 구체적으로 세상에 알려진 바가 없었다.

또 있다. 일본군이 남방을 휩쓸어 점령하면서 이내 시작된 태·버마 정글 처녀지 420킬로미터의 철도부설공사 현상에 강제로 동원되었던 연합군 및 용병 포로와 강제로 끌려 와 혹사당하던 노예 노동자 등 30만 명 중 절반인 15만 명이 생죽음을 당한 참상의 진상도 아직까지 세상에 알려진 바 없었다.

이렇듯 전후 반세기가 지나도록 일본 군벌이 자행한 저 같은 천인공노할 악행이 알려진 바 없었거늘, 그런 것들을 『하리마오』 전반부에 폭로하여 수록하였음에도 송림출판사에서는 나에게 일언반구 사전 의논도 없이 모두 삭제해 버렸던 것이다.

게다가 그 두 권의 책 어느 구석을 살펴보아도 후편이나 자료편이 계속 출판될 거라는 예고는 눈을 씻고 찾아 봐도 없었다. 그러니까 송림출판사에서는 처음부터 후편이나 자료편을 이어서 출판할 의지도 계획도 없었음이 분명했다. 1997년 8월 11일 발행한 예의 『누가 무궁화꽃이 피었다고 말하는가』 1, 2권은 그로부터 국내의 서점에서 팔리고 있으며, LA등 교포가 많이 살고 있는 미국의 몇몇 도시 서점에서도 팔리고 있다.

하지만 필자는 1997년 9월 23일자로 송림출판사와 출판 계약을 해약했다. 책 초판일인 1997년 8월 11일부터 만 1년이 되는 1998년 8월 10일 이후부터는 계약 내용 전체가 무효라는 해약 각서를 출판사 대표로부터 받고 끝냈다. 물론 단 한 번의 광고도 없었다. 다만 서울의 몇몇 일간지 및 두 곳의 주간지와 인터뷰한 기사가 실렸으며, SBS와의 인터뷰 생방송이 있었을 뿐이다.

그 후 새로운사람들과의 출판 계약에 따라 『하리마오』에 앞서 자료편인 『38선도 6·25한국전쟁도 미국의 작품이었다』가 1998년 6월 25일자로 출간되어 전국의 서점과 미국 교포 사회의 각 서점에서 판매되고 있다. 이번에 출판되는 『하리마오』 전반부의 내용 중에는 송림출판사에서 출간한 『누가 무궁화꽃이 피었다고 말하는가』의 내용과 중복되는 부분이 많겠지만, 지난 날의 일본 군벌들이 저지른 악행 중에서 아직 세상에 알려지지 않은 새로운 사실들이 많이 수록되어 있음을 유의하여 역사의 기록으로 살펴 읽으시기 바란다.

독자 여러분의 현실감과 현장감을 살리기 위해 대체로 그 시대 그 당시의 용어를 사용했다. 예를 들면, 태평양전쟁을 일본이 말하던 대동아전쟁(大東亞戰爭)으로, 중일전쟁(中日戰爭)을 지나사변(支那事變)으로, 한국을 조선으로, 한국인을 조선인 또는 조선 사람으로, 미국(美國)을 일본이 쓰던 미국(米國) 등으로 표기했다.

등장 인물도 그 당시에 실존했던 실명(實名)을 표기했으나 일본 동창 후배들로부터의 권유를 받아들여 일부는 익명으로 대체하여 표기했다는 것을 이해하시기 바란다. 그리고 『하리마오』 후반부와 『38선도 6·25한국전쟁도 미국의 작품이었다』에 등장하는 당시의 관련 인사 가운데 일부 CIA 요원의 이름을 익명으로 개재했음을 밝혀 둔다.

삭발하고 승려가 되려는 것은 아니지만, 나는 적당한 시기에 충청북도 단양군 소재 천태종(天台宗) 총본산 구인사에 들어가 불자로서 나머지 여생을 보낼 참이다. 죄 많은 생령, 참회하고 속죄하면서 부처님에게 나로 인해 죽은 자들의 명복을 빌며 여생을 마감하리라.

구인사에 입산하려는 적당한 시기란 이 책에 이어서 집필할 예정인 1960년부터 1980년 사이의 20년 동안에 있었던 역사적 의혹 사건의 진상을 밝히는 너댓 권의 책을 세상에 선보이는 때가 될 것이다. 그 20년 동안에 있었던 안개 속의 의혹 사건들이란 대략 다음과 같다.

첫째, 4·19와 5·16 당시 미국 정부와 CIA가 어떻게 관여하고 대처했는가?

둘째, 일본 도쿄에서 납치하여 토막 살해하려다가 여의치 않아 일본 '세도나이까이' 바닷속에 수장하려고 했던 김대중 납치 사건의 진상

셋째, 불란서 파리에서 증발한 후 실종되었다는 전 중앙정보부장 김형욱 사건의 진상

넷째, 핵 보유국이 되고자 하는 집념 때문에 피살된 박정희 전 대통령 시해 사건(10·26)의 진짜 배경과 진상

다섯째, 12·12 사태와 광주 사태를 마음 놓고 자행하며 집권하게 되었던 전두환 전대통령의 베일에 싸인 집권 배경 등

이처럼 안개 속에 가리워져 세인의 의혹 속에 잊혀질 수밖에 없는 여러 의혹 사건들의 진상이 앞으로 수 년 동안 집필하여 서기 2,000년 이후에 출판하게 될 너댓 권의 저서에서 적나라하게 밝혀질 것이다.

끝으로 이번 『하리마오』(전3권)의 발간에 각별한 관심을 기울여 수고하신 새로운사람들 사장 및 사원 여러분께 충심으로 깊은 감사의 뜻을 표하며, 아울러 신의 가호 아래 여러분의 가정에 무한한 행복과 평화가 깃들기를 기원하는 바이다.

1999. 3 LA 우거에서
하리마오 박(Harimao Pack)

출간에 붙여

　우선 '하리마오'의 출간을 진심으로 축하한다.
　한 인간이 자신의 일생을 기록하는 일은 그것만으로도 축하할 일이거니와, 더구나 그가 전생애를 통해 남다른 우여곡절을 겪었다면 그 소중한 기록이 세상에 나오는 것을 축하하는 일은 더욱 특별한 의미가 있다고 하겠다.
　하리마오 박. 그의 이름이 변화해 온 과정을 살펴 보면 그가 살았던 세월이 얼마나 극적이었는지 그야말로 손에 잡힐 듯이 다가온다. 박승억으로 태어나서 무사시야 도라노스케가 되었다가 다시 하리마오 박으로 거듭나기까지 그가 온몸으로 겪어 온 여든 해의 인생은 불행한 우리 현대사를 고스란히 옮겨 놓은 듯한 감회를 느끼게 한다.
　다섯 살의 어린 나이에 부모가 일본 헌병에게 붙잡혀가자 졸지에 고아가 되어 문전걸식을 해야 했고, 일본인 법관의 아들로 자라 일본 육군 대위까지 되었다가 소위 대동아전쟁의 와중에서 형무소에 수감되기도 했다.
　전쟁이 끝난 다음 오직 조국으로 돌아가겠다는 일념으로 밀항까지 했던 그는 마침 미군의 첩보부대로 들어가 고위급 첩보 요원으로 해방 정국과 민족의 불행인 6.25를 겪으면서 불행한 역사의 진실에 접근할 수 있었다.

그 와중에서 개인적으로는 실명까지 당했다가 간신히 회복되었고, 가족과 헤어지는 아픔을 겪기도 한다.

하리마오 박의 인생을 돌이켜 보면 한 인간의 파란만장한 생애에 눈시울이 뜨거워지고, 한 남자의 뜨거운 애국심에 절로 머리가 수그러진다. 이런 이유로 같은 시대를 살아 왔던 사람은 물론이거니와 요즈음의 젊은 세대들에게도 꼭 한번 읽어 보기를 권하고 싶다.

민관식(閔寬植)
(전 문교부장관, 국회부의장)

『하리마오』를 읽고

 '하리마오'는 이 책의 제목이자, 자신의 삶을 진중하게 파헤치는 주인공이자 화자(話者)이다.
 이 책은 읽기만 하면 책장이 잘 넘어가는 그저 흔한 소설도 아니고, 호화양장으로 싸여져 한 치의 오차도 허락하지 않는 논리를 요하는 책도 아니다. 그러나 이 책을 읽으면 격동의 역사 속에서 한 인간의 삶이 어떻게 승화될 수 있는지를 알 수 있다.
 일제에 의해 이 땅이 지배되던 시절, 조선인이었다면 누군들 일제의 강권 앞에서 태평할 수 있었을까마는 이 사람, 하리마오의 삶은 더욱 극적이다. 그래서 유년의 저린 경험부터 시작되는 '하리마오'를 읽다보면 어느새 읽는 이가 하리마오가 되어 지난한 삶 앞에서 고뇌하게 된다.
 조실부모한 후 이어지는 황폐한 걸인의 삶과 그 피폐한 삶을 거두어 준 일본인 양부모 밑에서 외양으로 기름지게 살았던 어린 시절 부분까지만 읽는다면 '이 사람은 행운아구나'라고 생각할 수도 있다. 그러나 엄연한 조선인으로서 일제의 침략으로 수탈당하는 민족을 보고 하리마오는 그냥 지나칠 수 없었다.
 그는 자신에게 묻어 있는 일본인의 모습과 끝까지 남아있는 조선인으로서의 혼에 대해 번민하고 그것을 통해 더욱 강해진다. 특히 하리마오는 괴문서로 인해 억울하게 '일본' 감옥에서 옥살이를 했던 짧지 않았던 기간에 느꼈던 일본에 대한 끝없는 증오와, 동시에 '한 인간으로서 남은 생을 어떻게 살아갈 것인가'의 깨달음을 진중한 체험을 통해 차분하게 들려준다.

하리마오는 마냥 행복할 수만은 없었던 그의 내면적 갈등과 사랑하는 일본인 가족, 부인 사이에서 방황하고 고독해 했지만, 그것을 자신을 필요로 하는 주위 사람들을 통해 승화시켰고, 매번 주어지는 운명의 갈림길에 옹골차게 맞서며 이겨냈다.

일상에 쫓기며 살아가기에 바쁜 우리들에게 버려진 운명에 굴하지 않고 당당히 맞서는 하리마오의 모습은 어떻게 살 것인가에 대한 서늘한 깨달음을 던져줄 것이다.

유양수(柳陽洙)
(전 국가재건최고회의 외교분과위원장,
예비역 육군 소장)

살아있는 전설
하리마오 1

머리말 · 5
출간에 붙여 · 15
『하리마오』를 읽고 · 17

너는 조선의 아들이다 ·· 21
나의 살던 고향은 ·· 32
어린 거지의 홀로서기 ·· 44
일본인 부부의 조선인 아들 ·································· 65
호랑이와의 인연 ·· 86
시즈꼬(靜子), 나의 첫 연인 ································· 100
무덤 속까지 가져가야 할 비밀 ··························· 121
초년에 옥에 갇힐 운세 ······································ 137
진주만 폭격 ·· 142
5X 비밀결사단 ·· 169
사령관의 처조카 요시하라 소위 ························· 182
전속 명령 ·· 205
미우라 대위와 바탄 죽음의 행진 ······················· 218
함경환(咸鏡丸)을 타고 부산으로 ························ 235
열네 살 짜리 정신대 위안부 ······························ 242
함경환의 조선인 선원들 ···································· 257
여기가 내 조국이다 ·· 285
사사끼 대위와 태 · 버마 철도부설공사 ·············· 304

너는 조선의 아들이다

소화(昭和) 8년, 서기로 1933년인 그 해에 나는 중학교 3학년이 되었다. 열네 살이 된 나는 기골이 장대한 편이었고, 얼굴의 보송보송하던 솜털도 거뭇거뭇 수염 자리를 잡기 시작할 무렵이었다.

새학기가 시작된 지 몇 주가 지난 어느 토요일 오후, 나는 학교가 끝나자마자 책가방만 집에 갖다 두고 밖으로 나왔다. 발길은 자연스럽게 히비야(日比谷) 공원으로 향했다. 도쿄 역 근처에 있는 히비야 공원은 갖가지 수목들로 울창하게 꾸며진 아름다운 숲으로, 온갖 새들과 봄을 만끽하려는 사람들을 유혹하고 있었다. 따스한 봄볕에 새들이 지저귀고 삼삼오오 짝지어 산책하는 사람들의 즐거운 표정을 보면서도 나는 울적하기만 했다.

지난 밤 꿈 때문이었다. 내 친부모님이 꿈에 나타나셨던 것이다. 춘천에서 구걸하며 살아가던 나를 양부모님께서 거두어 주시던 날 꿈에 나타나신 후로는 처음이었다. 친부모님이 꿈에 나타나신 것은 그나마 양부모님과도 떨어져 사는 나의 외로움 탓이었을까?
 양아버지께서 오사까(大阪) 고소원(高訴院;고등법원) 원장이셨기 때문에 양부모님은 나와 떨어져 오사까의 관사에서 지내고 계셨다. 먼 친척 내외분이 도쿄 시바꾸 미다쓰나마찌(東京 芝區 三田綱町)의 저택을 관리하면서 내 뒷바라지를 해 주고 있었다. 두 분은 주말에 가끔 다녀가셨지만, 도쿄와 오사까는 특급열차로도 대략 열 시간이 걸리기 때문에 자주 오실 형편은 아니었다.
 비록 호의호식하며 산다고는 하지만, 어린 나이에 엄청난 고초를 겪고 입양까지 되어야 했던 나의 처지가 새삼 뼈저리게 느껴졌다. 어렸을 때의 일들을 이것저것 머리에 떠올리며 이제는 무사시야 도라노스께(武藏谷 虎之助)로 불리우는 나는, 히비야 공원의 여기저기를 목적도 없이 무작정 돌아다니고 있었다.
 바로 그때였다. 어디선가 무척이나 낯설면서도 결코 잊을 수 없는 말소리가 들려 왔다. 나는 귀가 번쩍 띄였다. 그것은 내가 어렸을 때 쓰던 조선말이었다.
 조선말. 내가 일본으로 건너온 후 처음 듣는 조선말이었다. 너무도 반가운 나머지 나도 뭐라고 한 마디 하고 싶었다. 그러나 가슴 속 저 깊은 곳에서 뜨겁게 치밀어오르는 그것은 입 속에서만 맴돌 뿐, 입 밖으로 나오지 않았다. 여섯 살 때 일본으로 건너온 후 7년이 넘도록 한 번도 말해 본 적이 없었기 때문이었다.
 조선말의 진원지는 아주 가까운 곳의 벤치였다. 사각모자를 쓴 네 명의 대학생이 이야기를 하고 있었다. 나는 대학생들이 주고 받는 조선말을 듣고 얼마나 반가운지 마치 친부모님을 만난 것처럼 기뻤다. 이런 일을 미리 알려 주시려고 친부모님이 꿈 속에 나타나셨다는 생각이 들 정도였다.
 무슨 말이든 마구 지껄이고 싶었다. 그러나 나는 단 한 마디도 할 수가 없었다. 조선말을 듣는다는 것만으로도 고향과 친부모님의 품에 안긴 것처럼 마음이 푸근해지고 있었지만, 그들이 무슨 말을 하는지는 알 수가 없었다.

　나는 두근거리는 가슴으로 그 대학생들에게 다가갔다. 다소 상기된 얼굴에 웃음을 띠고 접근하자, 그들은 의아한 시선으로 나를 쳐다보았다. 나는 일본말로 주춤주춤 물었다.

　"지금 형들이 주고 받는 말이 조선말이죠?"

　나는 그때 학교에서 배우거나 책에서 읽은 것말고는 조선에 대해 아는 것이 아무것도 없었다.

　"그건 왜 묻니?"

　대학생 중 한 사람이 되물었다.

　"네, 나도 여섯 살 때까지는 조선말을 했어요. 지금은 다 잊어버려서 말도 할 줄 모르고 잘 알아듣지도 못해요. 지나가다가 형들의 얘기를 들으니 얼마나 반갑고 기쁜지 모르겠어요."

　나도 모르게 어느새 흐르는 눈물이 얼굴을 적시고 있었다.

　"그래? 우리는 조선에서 온 유학생들이고, 나는 김동웅이다. 네 이름은 뭐냐? 울지 말고 어서 말해 봐."

　조금 전에 내 질문을 되받았던 대학생이었다.

　"내 이름은 무사시야 도라노스께라고 합니다."

　"뭐야, 일본 이름 아냐?"

　물론 박승억이라는 내 이름은 똑똑히 기억하고 있었다. 그렇지만 조선말도 모르는 내가 그 이름을 말한다는 것이 어쩐지 어울리지 않는 것 같았다. 좀 우락부락하게 생긴 대학생이 갑자기 거칠게 목소리를 높이자, 김동웅 형이 손사래를 치며 다시 내게 물었다.

　"몇 살 때 일본에 왔는지 기억나니?"

　"여섯 살 되던 해 겨울에 와서 다음해 봄에 소학교에 들어갔어요."

　"그래? 그럼 너 어렸을 때의 일을 기억하겠구나. 기억나는 대로 형들에게 말해 줄 수 있겠니?"

　나는 잠시 동안 감정을 추스린 다음, 이야기를 시작했다. 생전 처음으로 다른 사람에게 나의 신상에 대하여 이야기한 것이다. 비록 처음 만난 사람들이지만, 그 형들이 결코 남같지 않았기 때문이었다.

내가 어렸을 때 살던 집에 대한 것하며 친부모님께서 헌병들에게 끌려가던 일, 졸지에 길을 잃고 거지가 되었던 사연을 이야기했다. 그리고 일본인 양부모님께서 보살펴 주시고 적자로 호적에 올린 일과 일본으로 건너온 후의 생활 등 누에가 실을 뽑듯 전부 말했다.

대학생 형들은 내 이야기를 아주 심각한 표정으로 듣고 있었다. 나는 마치 어렸을 때 헤어진 혈육에게 그 동안 고생하며 지내 온 슬픈 사연들을 털어놓듯이, 열네 살 소년의 단순하지 않은 사연들을 이야기했다. 때로는 목이 메어 한동안 말문이 막히기도 하고, 때로는 설움에 겨워 터져나오는 울음에 말이 토막토막 끊어지기도 했지만 속이 후련해질 때까지 하염없이 계속했다.

그러다가 마침내 어깨를 들먹이며 엉엉 울어버리고 말았다. 지나온 일들을 이야기하다 보니 온갖 고통스러웠던 일들이 머리에 떠오르며 슬픈 감정이 봇물 터지듯 한꺼번에 터져나왔던 것이다.

그 중에서도 헌병들에게 잡혀 가시던 친부모님에 대한 생각이 슬픔의 한가운데 자리잡고 있었다. 일본인 양부모님의 따스한 사랑 속에서 자라고 있긴 해도 혈육의 정은 어쩔 수가 없었던 모양이다.

웬만큼 울음이 가셨을 때 김동웅 형이 내 등을 다정하게 두드려 주면서 물었다.

"네 집은 어디냐?"

"시바꾸(芝區)에 있어요."

"그럼, 나랑 같이 가자. 내 하숙집도 그 부근인 미나도꾸(港區)에 있어."

나는 김동웅 형을 따라 미나도꾸에 있는 그의 하숙집에 가 보았다. 우리집에서 아주 가까운 거리였다. 나는 잃어버렸던 형을 만난 것처럼 기뻐서 어쩔 줄 몰랐다. 그 형도 나를 애틋하게 생각해 주었다.

김동웅 형은 와세다(早稻田) 대학에 다닌다고 했는데, 2층 다다미 9조의 작은 하숙방 책장에는 책이 빼곡하게 꽂혀 있었다. 그는 그 날 나에게 평생 잊을 수 없는 말을 해 주었다.

"일본인 양부모님이 아주 좋은 분이라는 것을 잊어서도 안되지만, 너를 그토록 비참한 운명으로 만든 사람들 역시 일본인이란 사실 또한 잊어서는 안된다. 특히 너 자신이 조선 사람이란 사실은 절대로 잊지 마라. 너의 조국은 일본이 아니라 조선이라는 걸 명심해야 한다. 너는 누가 뭐래도 조선의 아들이다."

조선의 아들! 그 말에는 나의 뿌리에 대한 확신과 함께 가슴이 서늘해지는 두려움을 동반하고 있었다. 비록 중학생이라고는 해도 조선인에 대한 차별을 어디서나 인식할 수 있었기 때문이었다. 그러면서도 나는 김동웅 형의 말을 거부하지 않았다. 어쩌면 거부하지 않았다기보다 도저히 거부하거나 도망칠 수가 없다는 것을 알기 때문에 순순히 받아들였을 뿐인지도 모르겠다.

"네가 조선 사람이라면 조선의 역사를 알아야 한다. 또한 조선 글을 쓰고 조선말을 할 줄 알아야 한다. 그러니까 무엇보다도 조선의 역사와 말과 글, 이 세 가지만은 먼저 배우고 남의 나라에 관해 배워야 한다는 것이다. 네 말을 듣자니 네 부모님께서도 독립운동을 하셨거나 독립운동 하시는 분들을 도와 주시다가 헌병들에게 붙들려 가신 게 분명하다. 그럴진대 네가 조선의 역사와 말과 글을 배우지 않을 수 있겠느냐? 한시라도 빨리 그것들을 배우고 나서 조선의 여러 분야에 대해 훌륭한 공부를 한 다음, 부모님도 찾아뵙고 우리 조선의 독립을 위해서도 큰 몫을 해야 할 것이다. 그러니 정신 바짝 차리고 내가 하라는 대로 해라. 내가 너를 위해 학교가 끝나면 곧바로 하숙집에 와 있을 테니, 너도 하학길에 여기 들러서 매일 두어 시간씩이라도 공부를 하고 집에 가거라. 2시간이

길어서 야단을 맞을 것 같으면 1시간 반이나 1시간 정도라도 꼭 내가 가르치는 걸 공부하도록 해라. 모두에게는 비밀로 하고……. 그렇게 할 수 있겠니?"

김동웅 형은 나에게 이렇게 다짐하는 것도 잊지 않았다.

"네, 꼭 형 말씀대로 할게요."

"그래, 잘 생각했다. 네가 지장이 없다면 오늘같은 토요일이나 일요일에는 2시간이고 3시간이고 공부를 할 수도 있을 것이다. 기초를 배우는 것이 시급하다고 생각하기 때문이다. 아까 공원에서 본 형들은 고학을 하는 형편이라 너를 가르칠 시간이 없으니까 내가 너를 가르치겠다. 내 볼일을 제쳐 두고라도 열심히 가르칠 테니 너도 부지런히 배워야 한다. 어느 정도 배우면 너 혼자서도 스스로 공부할 수 있으니까 그때까지만이라도 한눈 팔지 말고 열심히 배워라."

"네, 잘 알겠어요."

"그러면 오늘부터 당장 공부를 시작하자."

그 날부터 나는 '조선의 아들'로서 김동웅 형의 하숙집을 내 집 드나들 듯 거의 매일같이 찾아갔다. 하학길에는 으레 하숙방에 들러서 조선에 대한 공부를 했고, 토요일 오후와 일요일에는 더 오랜 시간을 보내며 열심히 배웠다. 여름 방학 때는 하루종일을 하숙집에서 지내는 일도 많았다.

내가 그 형에게 맨 처음 배운 것은 언문(諺文)이라고 하는 조선글이었다. 그는 우리 한글의 기본꼴이 ㄱ(기역), ㄴ(니은), ㄷ(디귿), ㄹ(리을), ㅁ(미음), ……과 같은 자음과 ㅏ(아), ㅑ(야), ㅓ(어), ㅕ(여), ……와 같은 모음으로 이루어지고 받침이 더해져서 소리나는 대로 적을 수 있다는 것부터 가르치기 시작했고, 한글을 체계적으로 익힐 수 있는 책을 나에게 구해다 주기도 했다.

김동웅 형은 학교에 가서 수업을 받는 시간 외엔 다른 볼일을 보지 않고 오직 나를 가르치는 일에만 전념했고, 나도 열심히 따라 배웠기 때문에 얼마 지나지 않아 나는 한글을 자유자재로 읽고 쓰고, 말도 곧잘 할 수 있게 되었다. 또한 조선 유학생들이 즐겨 부른다는 〈아리랑〉, 〈사(死)의 찬미(讚美)〉, 〈사막의 길〉, 〈황성옛터〉, 〈봉선화〉 등의 민요와 가요도 배웠다. 이광수(春園 李光洙)와 최남선(六堂 崔南善) 등 조선 문화계의 인물들에 대한 이야기를 듣기도 했다.

그러나 우리 나라에 관한 숱한 이야기들 중에서 한민족 고유의 찬란한 문화와 역사, 일본인들이 조선에서 자행했던 가혹한 수탈과 온갖 만행을 알게 되었을 때 내 가슴의 고동은 크게 울렸다. 물론 학교에서나 시중에 나와 있는 책들을 통해서는 배울 수 없는 내용이었다. 금지된 지식을 은밀하게 얻는 것은 일말의 두려움과 함께 비상한 호기심을 불러일으키는 일이기도 했다.

외침(外侵)으로 인한 한반도의 수난사와 국난 극복의 노력, 구한말 조선을 에워싼 청나라·러시아·일본 등 주변국들의 각축과 일본이 무력으로 조선을 강점한 경위와 의병 활동, 조선인에 대한 박해와 3·1 독립만세사건, 조선인의 저항에 따른 학살과 투옥, 그리고 이를 피해 만주·중국·소련·미국 등 해외로 망명하여 전개하는 독립운동, 중국 상해의 임시정부, 만주 벌판에서 일본군을 상대로 싸우는 우리 독립군 등등 김동웅 형의 이야기는 날이면 날마다 숨가쁘게 이어졌다.

이토 히로부미(伊藤博文)를 저격한 안중근 의사, 이승만 박사와 안창호 선생, 김구 주석을 비롯한 상해 임시정부의 독립투사들, 만주에서 활약하는 김좌진·김일성·이청천(본명은 池錫奎)·홍범도·이범석 장군 등의 이름도 그때 그에게 처음으로 들었다.

동포라는 이유만으로 낯선 땅에서 만난 철부지 소년을 정성으로 열심히 가르쳐준 김동웅 형과는 우연히 만난 것만큼이나 예기치 않게 헤어지게 되었다.

내가 그 형의 하숙집을 들락거리며 공부를 한 지도 6, 7개월이다 되어 가을로 접어든 어느 토요일 밤이었다. 오사까 고소원 관사에 계시던 양부모님이 별안간 도쿄의 집으로 오셨다. 여름방학 때 오사까 관사로 내려와 함께 지내자고 하셨지만, 도서관에 다니면서 공부를 해야 한다는 핑계를 대고 내려가지 않았었기에 꺼림직한 마음도 있었다. 물론 오사까로 내려가지 않았던 진짜 이유는 김동웅 형과 함께 하는 조선에 관한 공부 때문이었다.

오신다는 연락도 없이 도쿄의 집으로 들이닥치신 아버지는 나를 보시자마자 격앙된 음성으로 호통을 치셨다.

"도라짱(虎ちゃん), 하라는 공부는 하지 않고 엉뚱하게 조선인 유학생 하숙방이나 드나들면서 도대체 무엇하는 짓이냐?"

어찌나 호되게 야단을 치시는지 나는 아버지 앞에 꿇어앉아 꼼짝도 하지 못하고 눈물만 펑펑 쏟았다. 여지껏 아버지로부터 그토록 야단을 맞은 일이 한 번도 없었기에 더욱 어쩔 줄을 몰랐다. 어머니보다도 더 나를 귀여워해 주시고 사랑해 주셨던 아버지셨다.

"이제 그만 좀 해 둬요."

어머니가 옆에서 애타게 만류하셨지만, 아버지는 듣지 않으셨다. 어지간히 화가 나신 모양이었다. 나는 아버지의 꾸중이 야속하리 만큼 서운해서 더욱 서럽게 울었다. 한참만에 간신히 화를 가라앉히신 아버지는 착 가라앉은 목소리로 훈계를 하셨다.

"도라짱, 너는 지금 열심히 공부만 해야 한다. 절대로 한눈을 팔면 안된다. 그래서 우선 훌륭한 사람이 되어야 한다. 일본말이라곤 한 마디도 못하던 너를 소학교에 보내고 나서 내가 얼마나 안스럽고 마음이 아팠는지 모를 것이다. 그러던 네가 2학년 때부터 성적이 좋아지더니 3학년을 마칠 때는 전교생 중에서 1등을 했다. 더구나 4학년을 마치고 월반하여 바로 6학년이 되었는데도 졸업할 땐 일본 전국의 졸업생 중에서 1등을 차지하는 걸 보고 정말 너에게 거는 기대가 이만저만 크지 않았다. 그래서 나는 너를 우리 일본의 최고법원(最高法院)인 대심원(大審院; 대법원)의 부장이나 원장까지 시키려고 벼르던 참이다. 그런데 지금 네가 조선인 유학생의 하숙방에나 드나들면서 무엇을 배우려고 하는 거냐? 네가 지금 알고 싶어 하는 모든 것은 이 다음에 사회적으로 인정받는 저명인사가 된 후에 저절로 알게 되거나 스스로 알아낼 수 있을 테고, 또 그때 가서 알아도 늦지 않다는 말을 해 주고 싶구나. 내 말의 뜻을 알아듣겠느냐?"

나는 잠자코 울고만 있었다. 아버지의 생각과 기대가 어떤 것인지 조금은 알 듯도 했다. 아마도 식민지 조선의 촌구석에서 거지 노릇을 하던 어린 고아를 데려다가 잘 가르쳐서 일본 제일의 대법률가로 입신양명시킴으로써 보람을 느끼고 성취감을 갖고 싶으셨으리라. 아무튼 아버지는 그때 당신의 기대와 희망이 한순간에 무너지는 것이 두렵고 겁이 나셨다고 생각된다.

"도라짱, 아버지께 '잘 알아들었습니다.' 하고 말씀드려. 어서!"

어머니가 옆에서 아버지의 눈치를 살피며 거들어 주셨다.

"네, 아버지."

"다시는 그 유학생의 하숙방에 가지 않겠다고 아버지께 말씀도 드리구."

어머니는 다시 내 무릎을 손가락으로 쿡 찌르며 재촉하셨다.

"아버지, 다시는 거기 가지 않겠어요. 약속할게요."

나는 무릎을 꿇은 채 머리를 조아리며 거듭 약속을 했다.

"그래, 그럼 됐다. 나는 너를 믿는다. 그리고 도라짱! 네가 중학교 4학년 교과서를 구해서 공부를 한다고 들었는데, 그게 무슨 애기냐?"

"네, 아버지. 소학교 때 월반했던 것처럼 중학교에서도 3학년 마친 다음 4학년을 건너뛰어 5학년으로 진학하려고 합니다."

"자신있느냐?"

"열심히 하려고 합니다."

"그래, 최선을 다해 봐라. 너는 꼭 해낼 게다."

아버지의 노기가 겨우 진정이 되는 것 같았다.

그나저나 내가 김동웅 형의 하숙방에 드나드는 걸 아버지는 어떻게 아셨을까? 궁금증은 곧 풀렸다. 어머니가 나를 위로하시느라고 이런저런 말씀을 하시다가 뜻밖의 내막을 털어놓으신 것이었다.

도쿄 경시청 고등계 형사들의 요시찰(要視察) 리스트에 올라 있던 후데이센진(不逞鮮人 : 불온한 사상을 가진 조선인이라는 뜻)으로 형사들의 주목을 받던 와세다 대학생 몇 명이 모종의 사건으로 검거되어 조사받는 과정에서 김동웅 형이 연루되었다고 한다. 그러니까 나는 김동웅 형을 감시하던 고등계 형사가 그의 하숙방을 들락거리는 중학생을 발견하고 의아해서 내사해 본즉, 놀랍게도 오사까 고소원 원장의 자제라는 것이 밝혀졌다. 그래서 경시청에서 이 사실을 아버지께 통보하였고, 놀란 아버지께서 도쿄로 오신 것이었다.

얼마후에 나는 김동웅 형의 안부가 너무나 궁금하여 아버지와의 약속을 뒤로 하고 그의 하숙집을 찾았다.

"긴상(金さん)은 며칠 전 경찰에 체포되어 갔어."

일본인이면서도 김동웅 형에게 잘해 준다는 하숙집 주인 아주머니의 말이었다. 나는 마음이 우울했다. 결국 그는 나에게 조선을 알 수 있도록 해 주고 사라졌던 것이다. 그 형 덕분에 나는 조선의 역사도, 일본의 간악한 침탈과 압제도, 조선의 말과 글도, 조선의 얼이 담긴 민요와 가요도 알게 되었다.

또한 조선인은 조선이나 일본, 일본의 세력이 미치는 곳 어디서든 때와 장소를 가리지 않고 모두 나의 친부모님처럼 감옥이라는 곳으로 간다는 것을 비로소 실감하게 되었다. 그럴수록 김동웅 형이 내게 이야기했던 사실 하나하나가 내 마음속 깊이 각인되었고 내가 처한 현실과 과거와의 괴리감으로 엄청난 심경의 변화를 겪었다.

나는 그후로 다시는 김동웅 형을 만나지 못했지만, 혼자서 조선의 역사와 조선말과 글을 배우고 익히는 데 소홀하지 않았다. 오히려 그를 만나지 못함으로써 더욱 조선에 대한 공부를 열심히 했는지도 모른다. 비록 아무에게도 털어놓을 수 없는 답답함으로 가슴을 쥐어뜯기 일쑤였지만…….

나의 살던 고향은

김동웅 형을 만나 조선에 대해 하나둘씩 알기 시작한 후로 내 관심은 줄곧 어린 시절과 친부모님에게로 달려갔다. 누구에게도 이야기조차 할 수 없다는 사실이 내면 깊숙한 곳에 기억의 창고를 만들어 허물어지지 않는 성(城)을 쌓기에 이르렀다. 그것은 결코 상상으로 만들어낸 성이 아니라 스스로 겪었던 엄청난 사실 하나하나를 세월이라는 망각의 사자(使者)로부터 보호하는 성이었다.

그러나 그것은 아쉽게도 기억의 성일 뿐, 기록의 성은 아니었다. 총명하다거나 총기 있다는 소리를 숱하게 들었건만, 나의 생가가 어디쯤인지를 상상할 수 있을 뿐 기록할 수 있는 단서는 눈꼽만큼도 없으니 그저 안타까울 따름이었다.

기억을 더듬어 볼 때 내가 태어나서 다섯 살 되던 이른 봄까지 살았던 곳은 약 300여 호가 모여 사는 아담한 마을이었다. 마을의 중심을 차지하고 있던 우리집만 기와집이었던 것으로 기억된다.

비록 어린 아이의 걸음일망정 대문 앞에서 담장을 한 바퀴 돌아 대문 앞까지 다시 돌아오는데 한참 동안을 걸어야 할 정도로 꽤 큰 집이었다. 우리집 둘레를 빙 둘러싼 담장은 회칠을 했는지 흰 돌담이었고, 수키와로 가지런하게 마루를 세운 기와를 얹고 있었다. 안채로 들어가려면 바깥 큰 대문을 지나서도 몇 개의 작은 대문을 거쳐야 했다.

행랑채에는 여러 대(代)에 걸친 노비들이 있었다. 내 또래의 어린 아이가 너댓 명 되었고, 그들의 부모·조부모 내외 그리고 훨씬 더 늙어 보이는 노인 내외가 함께 살았다.

나는 우리집의 늦둥이 외아들이었다. 여러 해 동안 산신령께 치성을 들여 나를 나으셨다는 부모님은 연세가 꽤 드셨던 것으로 생각된다. 왜냐하면 우리집 노비들의 아이들은 내 또래였지만 그들은 우리 부모님보다 훨씬 젊어보였기 때문이었다.

가문의 대를 이어줄 늦둥이 외아들을 보신 부모님의 사랑은 각별했다. 나는 다섯 살 때까지 부모님의 남다른 귀여움을 독차지하며 온실 속에서 곱게 자랐다.

다섯 살이 되고 나서 겨울이 끝나 가던 이른 봄에 일어났던 일이 생각난다.

아직 파릇파릇한 싹이 돋아나지 않은, 잔디 위의 여기저기에 남은 눈이 봄 기운에 녹고 있을 무렵이었다. 우리집 가까이에는 꽤 큰 개울이 있었고, 꽤 높은 둑이 개울을 따라 양 옆으로 길게 뻗어 있었다. 겨울이면 개울은 마을의 코흘리개 개구쟁이들이 두껍게 얼어붙는 빙판 위에서 얼음을 지치거나 썰매를 타고 팽이를 치며 노는 놀이터였다. 개울의 빙판도 봄 기운에 녹아 맑은 물이 졸졸 소리를 내며 흐르기 시작했지만, 아직도 개울 양쪽 가장자리에는 녹다 만 얼음폭이 한두 자(尺)씩 남아 있었다. 마을의 개구쟁이들은 개울 가장자리의 마지막 얼음마저 녹아버릴 새라, 그 좁은 얼음 위로 썰매를 타거나 미끄럼을 지치며 놀다가 추위를 느끼면 잔디에 성냥으로 불을 놓아 몸을 녹이곤 했다.

　나는 우리집 안방의 3층 화류장(樺榴欌) 서랍에 들어 있던 5, 6년생 인삼을 꺼내 양쪽 호주머니에 넣고 애들이 놀고 있는 개울가로 나갔다.

　전에도 가끔 인삼이나 밤, 대추, 곶감 등 먹을 것을 가지고 나가서 마을 아이들에게 나눠 주었다. 나는 인삼이 얼마나 귀한지 잘 몰랐지만, 나보다 한두 살이라도 많은 아이들은 대개 어른들에게 들어서 인삼이 귀하고 좋은 것인 줄 알고 있었기 때문에 인삼을 주면 특히 좋아하곤 했다. 그래서 나는 아이들이 좋아하는 모습을 보기 위해 가끔 인삼을 나눠 주곤 했던 것이다.

　그 날도 나는 양쪽 호주머니에 인삼을 잔뜩 넣고 개울가로 나갔다. 아이들은 내가 나타나기만 하면 뭔가 나눠 주려는가 해서 내게로 모여들곤 했다. 나는 모여든 아이들에게 인삼 몇 개를 꺼내 보이며 말했다.

　"너희들 저 개울 가장자리에 좁게 남아 있는 얼음 위로 여기서부터 저기 다리 있는 데까지 가면 이거 두 개씩 줄게."

　다리 있는 데까지는 200미터쯤 되었을까? 나는 아이들이 썰매를 타고 어떻게 좁은 얼음 위를 지나갈 것인지 구경할 참이었다. 다리까지는 썰매를 타고 겨우 지나갈 만한 곳도 있지만 그렇지 못한 곳도 더러 있었기 때문이었다.

　내 말을 듣자마자 주로 큰 아이들이 나서서 너도나도 썰매를 타고 조심조심 미끄러져 가기 시작했다. 그런데 아니나 다를까, 아이들이 얼음이 좁은 데서는 그냥 물로 떨어져 바지를 적시고 또 타고 가다 떨어져 웃옷을 적시고 하면서 다리께까지 기어코 가는 것이었다. 옷을 적시고 다리까지 간 아이들에게 나는 약속대로 인삼을 2개씩 주고, 다른 아이들에게는 1개씩 나누어 주었다. 썰매를 타다 옷이 젖은 아이들은 그래도 좋아라고 잔디에 불을 붙인 다음 옷을 입은 채 서서 말리곤 했다. 인삼 2개를 얻기 위해 물에 빠지면서도 다리께까지 가느라고 애를 쓰던 아이들을 보면서 어린 나이에도 나는 마음이 편치 않았다. 이제 다시는 이따위 짓을 하지 말아야겠다는 다짐도 무색하게 암울한 먹구름에 덮히고 있었다.

어느날 이른 아침이었다. 누런 옷에 긴 칼을 찬 사람들이 느닷없이 들이닥쳐 아버지와 어머니를 포승줄로 묶고 밖으로 끌어냈다. 나는 자다가 놀라 깨어나서 바락바락 울음을 터뜨렸던 기억이 난다. 뜻밖에 일어난 엄청난 일에 놀라기도 하고 무섭기도 했기 때문이다.
 나중에야 알게 되었지만, 그들은 일본 헌병들이었다. 다섯 살의 어린 나이로는 부모님을 포승줄로 묶어 끌고 가는 이유를 알 수 없었다. 그저 놀랍고 무서워서 울음을 터뜨릴 뿐이었다.
 헌병들은 아주 거칠고 험악한 태도로 신발을 신은 채 안채, 사랑채, 행랑채 할 것 없이 샅샅이 뒤지고 다녀 삽시간에 집 안은 온통 난장판이 되어 버렸다.
 나는 공포에 질려 울부짖으며 부모님이 끌려나간 밖으로 허겁지겁 뛰쳐 나갔다. 포승줄에 묶인 부모님은 그때 이미 두 사람의 헌병에게 이끌려 저만치 걸어가시는 중이었다.
 "아버지, 엄마!"
 "승억아!"
 "승억아!"
 두 분은 뒤돌아보시며 목 메인 소리로 울부짖으셨다.
 "아버지, 엄마!"
 나는 목이 터져라고 소리를 지르며 무작정 부모님을 뒤쫓아 뛰어갔다. 눈물이 비오 듯 흘러 앞이 보이지 않았다. 어디만큼인지, 부모님이 보이는지 안 보이는지도 모른 채 그냥 그 길로 악을 쓰며 쫓아가기만 했다.
 "엄마, 엄마!"

뛰다 넘어지고, 뛰다 넘어지고 하면서 엄마를 부르며 뛰어가는데 뒤에 쳐져서 집 안을 뒤지던 대여섯 명의 헌병들이 나를 앞질러 갔다. 나는 그 중 한 사람의 바지 가랭이를 붙잡고 매달렸다.
"우리 엄마, 우리 엄마."
바지 가랭이를 붙잡힌 헌병이 뭐라고 소리를 꽥 지르며 뿌리치는 바람에 나는 그만 나동그라지고 말았다. 그래도 나는 계속 '아버지, 엄마!'를 번갈아 부르며 뒤쫓아갔으나 끝내는 부모님의 모습도, 아무것도 보이지 않았다.

얼마쯤 갔을 때 길 한가운데로 우마차가 다니고, 양 옆으로 사람이 지나 다닐 만한 넓이의 길이 나타났다. 길 양쪽에는 논밭도 더러 있고, 인가도 많이 있었지만, 나를 돌봐 주려고 하거나 붙잡아 달래주면서 부모님한테 데려다 주겠다는 사람은 아무도 없었다.

우리집의 하인들도 그 북새통에 어디로 숨어 버렸는지, 아니면 내가 그들을 보지 못했는지 아무도 찾을 수가 없었다. 돌이켜 생각해 보면 후데이센진(不逞鮮人)으로 몰려 화를 당할지도 모른다는 두려움 때문에 나를 돌보아 주려고 하지 않았던 것으로 짐작된다. 순박한 농촌 사람들이니 그럴 법도 하리라.

또 얼마나 더 걸어갔을까? 인가(人家)도 보이지 않고, 꽤 여러 번 넘어져서 무르팍이 아팠다. 악을 쓰며 울던 울음마저 잦아들어 '엄마'라고 칭얼거리며 마냥 걷기만 했다. 앞을 보고 뒤를 봐도 아무도 없었다. 부모님이 갔으리라는 짐작만으로 그냥 걸었다. 그렇게 마냥 걸은 것이 집을 등지고 천애의 고아가 되는 험난한 길의 시작이었다.

얼마 만큼 걸어 가자, 꽤 넓은 신작로가 나타났다. 상당히 넓은 길인데 나로서는 처음 보는 큰 길이었다. 길 한복판에는 자갈이 쫙 깔려 있고, 양쪽 옆으로 한 사람이 걸어갈 만큼의 넓이로만 자갈이 깔려 있지 않았다. 길 양쪽에 드문드문 적당한 간격으로 가로수가 쭉 심어져 있었던 그 길은 아마도 국도였던 것 같다. 나는 무턱대고 마냥 걷기 시작했다.

　한참을 걸어가는데 저 앞에서 커다란 괴물이 요란한 소리를 내며 쏜살같이 달려오는 것을 보고 나는 소스라치게 놀랐다. 겁에 질린 나머지 길 아래 작은 도랑으로 뛰어내려가 손가락으로 귀를 막은 채 쪼그리고 앉았다. 무서워서 가슴이 벌렁벌렁했다. 조용해져서 일어나 보니 괴물은 내가 걸어오던 쪽으로 점점 작아지며 사라졌고 먼지가 뿌옇게 피어오르고 있었다. 생전 처음 보는 자동차였다. 자동차가 지나가면서 일으킨 흙먼지는 얼른 가라앉지 않았다.

　나는 다시 걷기 시작했다. 내가 걷고 있는 길 왼편은 밭이 있는 훤한 들판이고, 저 멀리로 눈이 듬성듬성 남아 있는 산이 보였다. 길 오른편은 그리 높지 않은 산이고 양쪽 길 아래는 내 키만큼 깊은 도랑이었다. 나는 괴물이 오갈 때마다 냉큼 도랑으로 뛰어내려 가서 귀를 막고 엎드렸다가 조용해지면 일어나 다시 걸어가곤 했다.

　다리가 아프고 배가 고팠다. 그리고 무서운 생각마저 들었다.

　"엄마, 엄마!"

　나는 칭얼칭얼 엄마를 부르며 걸어갔다. 바로 그때 뒤에서 나는 덜거덕거리는 소리에 뒤돌아보니 쌀가마니같은 것을 실은 마차가 다가오고 있었다. 마차를 부리는 사람이 물었다.

　"너, 어딜 가니?"

　나는 대답 대신 계속 울기만 했다. 그가 또다시 물었다.

　"너, 엄마 잃어버렸니? 집은 어디냐?"

　나는 역시 아무런 대답도 하지 않았다. 인정많은 아저씨는 아마도 '주변에 별로 인가도 없는데 어린것이 길을 잃었나?' 하고 딱하게 생각했던 모양이다. 그는 또 어떤 동네 이름을 대면서 나에게 집을 물었으나 알아들을 수가 없었다. 그는 꽤나 답답하고 안쓰러워 하면서 말했다.

　"어쨌든 네가 이 길로 가는 걸 보니 같이 가면 되겠구나. 여기 타거라."

그는 나를 번쩍 안아올려 마차에 태웠다. 마차를 타고 가면서도 자꾸 집이 어디냐고 물었으나 나는 내가 살던 마을 이름조차 모르고 있었다. 설혹 마을 이름을 안다고 해도 소용없다는 생각을 했는지도 모른다. 부모님이 헌병들한테 잡혀갔는데 집에 가면 뭘 한단 말인가? 아침에 집에서 일어났던 상황에 대해 내가 설명하기는 어려웠을 것이다.
"엄마, 엄마!"
나는 배가 고파서 또 울기 시작했다. 엄마를 부르며 마냥 울어대기만 하니 마차꾼도 답답했는지 아예 말문을 닫아버렸다. 얼마나 오랫동안 그렇게 울었는지 더 울어댈 기운도 없었다. 그러다가 행길 옆의 어느 집 앞에 마차를 세우고 마차꾼이 나를 안아내렸다.
"이제 오세요?"
그가 나를 데리고 그 집으로 들어가자 어떤 아주머니가 반색을 하며 호들갑을 떨었다. 아마도 그가 자주 다니는 주막집이었던 것 같다.
"근데, 얘는 누구길래 데리고 다녀요?"
"내가 뭔 숨겨논 자식이라도 있어서 데리고 다니는 게 아니라, 글쎄 얘가 엄마를 잃어버렸는지 길에서 울고 있길래 딱해서 데려 오긴 했는데, 그냥 울기만 하고 도통 말을 못하니 골칫덩어리일세."
그러자 이번에는 아주머니가 내게로 다가와서 꽤 여러 가지를 물었지만, 나는 아무것도 대답할 수 없었다.
"점심이나 한 상 차려 주게."
마차꾼의 말에는 아랑곳하지 않고 아주머니는 계속 내게 이것저것 물었다. '혹시 너의 집이 어디어디 아니냐?'고 물은 것 같은데, 나는 알아듣지도 못하면서 그저 무턱대고 고개를 끄덕였다. 내가 고개를 끄덕이자, 아주머니는 놀라면서 뭐라고 마차꾼과 한참동안 이야기를 했다.
곰곰이 생각해 보면 그때 그 아주머니가 '집이 춘천(春川)에 있느냐?'고 물었던 것 같기도 하다. 내가 고개를 끄덕이며 수긍하는 눈치를 보이자, 두 사람은 어째서 어린애가 인가도 없는 곳에 혼자 있었는지 그 이유에 대해 이야기를 나누었다고 생각된다.

마차꾼과 내가 식사를 마치자, 아주머니는 다시 '그럼 어디어디까지만 가면 네 집을 찾아갈 수 있겠느냐?'고 물었다. 나는 또 머리를 끄덕였다. 이래도 끄덕, 저래도 끄덕, 무슨 말인지도 모르면서 그저 고개를 끄덕인 속셈은 막연하나마 어디건 그 곳에 가면 부모님이 있을 것만 같았기 때문이다.

"애는 그럼 여기 놔두고 가세요."

"그럼 부탁하네."

두 사람 사이에 무슨 이야기가 된 모양인지 마차꾼은 내게 당부했다.

"너 집을 꼭 찾아야 한다."

그리고 마차꾼은 그 주막집을 떠났다.

나는 피곤하고 졸려서 마차꾼의 말에 고개를 끄덕이는 둥 마는 둥 하고 그 자리에 쓰러져 잠이 들었다. 얼마쯤이나 잤을까? 아주머니가 급히 깨우는 바람에 벌떡 일어났다.

"어서 나가자. 너의 집에 가야지."

아주머니가 나를 밖으로 데리고 나갔다. 밖에는 아까 보았던 커다란 덩치의 괴물이 서 있었고, 아주머니는 거기에 나를 번쩍 들어 앉혔다. 그것은 트럭이었다. 그때 트럭을 처음 봤던 나는 트럭이 괴물로 여겨져 무섭기만 했다.

모르긴 해도 아주머니가 운전수에게 나의 딱한 처지를 말하고 춘천이 집이라니까 그저 춘천에만 데려다 주면 제 집을 찾아갈 것이니 좋은 일 한 번 하는 셈치고 좀 도와주라고 사정을 했으리라. 주막집이 길가에 있어서 국도를 오가는 트럭이나 버스 운전수들이 자주 찾기 때문에 그럴 만도 했다고 생각된다.

"엄마, 엄마!"

나는 트럭에 앉자마자 기겁하여 자지러질 듯이 마구 울며 차에서 내리려고 발버둥쳤다. '이제 괴물에게 잡혀 죽는구나!' 하는 생각에 겁이 났던 것이다.

"이녀석, 무서운 모양일세."

운전수는 조수에게 내리려고 발버둥치는 나를 꼭 껴안고 있으라고 했다. 내가 아무리 버르적거리고 울어대도 소용이 없었다. 그렇게 보채다가 나는 잠이 들었다. 한참을 잔 나는 트럭 운전수가 흔들어 깨우는 바람에 눈을 떴다.

"너 이름이 뭐냐?"

"승억이에요."

"그래, 승억이. 성은?"

"박씨에요."

"박승억이란 말이지. 승억아, 여기가 춘천이야. 너 여기서 내리면 네 집을 혼자 찾아가야 한다. 찾아갈 수 있겠니?"

"네."

"정말 찾아갈 수 있단 말이지?"

"네."

"자, 그럼 내려라."

조수가 나를 번쩍 안아서 내려주었다.

"잘 찾아가야 한다. 잘 가거라!"

운전수의 마지막 인사와 함께 트럭은 떠났다. 고마운 분이었다.

해는 뉘엿뉘엿 저물어 가고 있었다. 주위를 둘러보니 내가 살던 마을보다 엄청나게 많은 집들이 있고, 우리집 같은 기와집도 많았다. 날은 점점 어두워지는데 춥기도 하고 피곤하기도 하여 나는 겁이 덜컥 났다.

꽤 많은 사람들이 오가는 걸 보니 엄마가 더욱 보고 싶었다. 나는 어느 집 대문 옆 둔덕진 데 걸터앉았다.

'아버지, 엄마는 지금 어디 계실까?'

나는 그만 울음이 터져나왔다. '엄마'를 부르며 마구 울어댔다. 그러자 그 집에서 어른이 나와 막 야단을 치는 것이었다.
"뉘집 애가 남의 집 앞에 와서 울어? 울더라도 네 집에 가서 울어라."
나는 울음을 그치지 않았다. 겁도 나고 배도 고프고 춥기도 하여 어찌할 바를 몰랐다. 다리가 아파 걷지도 못할 형편이었다.
"집이 어디냐? 집 가는 길을 잊어버렸니? 네 이름이 뭐야?"
막무가내로 하도 울어대니까 나를 살살 달래며 이것저것 물어왔으나 아무것도 대답할 수 없었고, 울음도 그쳐지질 않았다.
"이놈아, 울지만 말고. 우리집에 들어가자."
그 아저씨는 나를 일으켜서 집 안으로 데리고 들어갔다. 나는 겨우 울음을 그쳤다. 마루에 나를 앉히더니 물었다.
"너 배가 고파서 울었니?"
나는 머리를 끄덕였다. 그때는 이미 저녁 식사가 끝난 후였던 것 같다.
"밥 남은 것 있으면, 애 좀 차려다 줘라."
누군가에게 말하니 금세 밥상이 나왔다. 나는 말로만 들었던 조밥을 처음 먹었다. 밥을 다 먹고 나니 주인 아저씨는 이제 집을 찾아 가겠느냐고 물었으나 나는 아무 대답도 하지 못했다.
"왜 대답이 없어, 이놈아? 옷 입은 것하고 거지는 아닌 모양인데, 잘 생각해서 찾아가. 요기 어디 가까운 데 너의 집이 있을 것 같으니 찾아가 봐."
주인 아저씨가 앞장서서 나가자고 재촉했다. 나는 할 수 없이 따라 나섰다. 아저씨는 바깥에 나와서 다시 한번 다잡았다.
"어서 가. 어서 가."
'어서 가.'라는 소리가 좀더 크게 들렸다. 나는 더럭 겁이 났다. 그냥 아무 데로나 가야겠다 싶어 낯설고 캄캄한 밤길을 무턱대고 이러저리 돌아다녔다. 저만치 앞쪽에 허름한 집 한 채가 보였다.

나의 살던 고향은 *41*

어느 집 마당 끝 대문 앞에 있는 그 집은 외양간 같기도 하고 헛간 같기도 했다. 대낮같이 휘영청 밝은 달밤이라 쉽사리 안을 살펴볼 수 있었다. 볏짚단 같은 것도 있고, 빈 가마니와 멍석도 있었다. 멍석은 둥그렇게 말려 있지 않고 서너 겹으로 접힌 채 땅바닥에 놓여 있었다.

나는 그 곳에서 자야겠다고 생각하며 천천히 헛간 안으로 들어갔다. 바닥에도 빈 가마니가 몇 장 있고, 그 옆에도 꽤 여러 장의 가마니가 쌓여 있었다.

멍석 한자락을 쳐들고 가마니 1장을 그 밑으로 밀어 넣었다. 그리고 가마니 속으로 들어가 다리를 웅크린 다음 다른 빈 가마니 한 장을 끌어다 머리 위를 덮었다. 이른 봄이라곤 해도 밤이면 무척 추울 때였다. 땅바닥에 멍석 2겹를 깔고 또 가마니가 있으니 땅바닥의 찬 기운은 면할 것 같고, 위로는 멍석 1장에 가마니를 덮고 자니 얼어죽을 염려는 없을 것 같았다.

내가 태어난 날은 1919년 음력 3월 15일이다. 그리고 나중에 내가 성장해서 추산해낸 날짜로 부모님이 헌병들에게 끌려가시던 날은 1923년 3월 31일, 음력으로는 2월 15일이었다. 그러니까 그때가 다섯 살이라고는 해도 태어난 지 네 돐도 안될 때였다. 네 돐에 한 달이 모자라는 어린 나이인데 어떻게 그처럼 얼어죽지 않을 꾀가 나올 수 있었는지 지금 생각해 봐도 놀라지 않을 수 없다. 얼어죽지 않으려는 동물적 자기 보호 본능이 아니었던가 싶다.

따뜻한 안방에서 솜이불 덮고 자는 것에 비할 바는 아니지만, 나는 추운 줄 모르고 곧 잠에 곯아떨어져 날 새는 줄도 모르고 실컷 잤다. 누군가가 가마니를 흔드는 바람에 잠이 깼다. 머리가 하얗게 센 할머니가 나를 내려다보며 물었다.

"네가 뉘 집 앤데 이렇게 한 데서 자니?"

나는 얼른 가마니 속에서 빠져나왔다.

"보아하니 거지는 아닌 것 같은데 어떻게 된 일이냐?"

나는 남의 집 헛간에서 잤다는 게 왠지 큰 잘못이라도 저지른 것 같아 도망치듯 슬금슬금 그 곳을 피해 거리로 나왔다. 다리가 아프고 가래톳이 서서 걸음을 잘 걸을 수가 없었다.
  나는 어느 담 옆 양지바른 곳에 가서 그냥 서 있었다. 길에 오가는 사람들은 많지만, 아무리 유심히 살펴봐도 아버지, 엄마는 보이질 않았다. 해가 높이 떴는데도 춥다. 부모님 생각이 나서 울음이 복받쳤다. 엉엉 소리내어 울지는 않았지만 자꾸 눈물이 흘러 내 양쪽 볼을 적셨다. 동네 개 한 마리가 왕왕 짖어대며 내 주위를 이리저리 뛰어다니는 바람에 눈물이 쏙 들어가 버렸다. 개에게 물릴까 봐 겁이 나서 양지바른 곳에서도 쫓겨나 부질없이 마냥 걸어다녔다.

어린 거지의 홀로서기

어느덧 한낮이 지나고 밤이 되었다. 배가 고픈 나는 어느 집 대문 앞을 지나다가 돌부리에 발이 걸려 넘어졌다. 무릎이 어찌나 아픈지 울음보가 마구 터져나왔다. 울고 싶을 때 뺨 때려 준 격으로, 다리도 아프고 배도 고프고 부모님도 보고 싶은 마음을 모두 실어서 마구 울어댔다. 어깨를 들먹이며 울어대는 나를 어떤 아줌마가 일으켜 세웠다.
"너 왜 그렇게 우니? 집을 잃어버렸어? 어디가 아파서 그래? 그만 울고 왜 우는지 말해 봐, 응? 엄마가 어디 갔니?"
나는 겨우 울음을 그치고 훌쩍거리며 말했다.
"배 고파요. 흑흑!"
"원, 저런 가엾어라. 네 이름이 뭐지?"
"승억이에요."
"승억이? 그래, 이리 와. 나하고 저리로 가자."
아줌마는 나를 데리고 한참을 걸었다. 나는 아줌마 손을 꼭 쥐고 필사적으로 따라갔다. 아줌마를 따라가면 밥을 먹을 수 있을 것이라는 생각 때문이었다.
 아줌마는 마을을 벗어나 한적한 곳으로 나를 데리고 갔다. 내가 살던 마을의 썰매 타던 개울둑 같은 데였는데, 한참을 걸어가니 달빛에 움막같은 집이 드러났다.
 아줌마는 나를 그 움막으로 데리고 들어갔다. 들어가 보니 집이 아니라 지난 밤에 잤던 헛간 같은 곳이었다. 휘영청 밝은 달빛으로 대낮같이 밝은 바깥과는 달리 움막 안은 좀 어두웠다. 바닥에는 거적때기 같은 것이 깔려 있었다. 아줌마는 불도 켜지 않은 채 어둑한 움막의 한쪽 구석에서 부스럭거리더니 이것저것 내 앞에다 내놓으며 말했다.
 "자, 배 고프다고 했지? 반찬은 없지만, 어서 먹어 봐."
 어둠에 익숙해져서 그런지 뭐가 좀 보이는 것 같았다. 나는 아줌마가 들려 주는 숟가락을 받아들고 밥을 먹기 시작했다. 깨진 바가지가 밥그릇이었다. 반찬은 작은 사기그릇 같은 데 담겨 있는데, 짠지였다.
 어제 저녁밥을 먹은 후로 여지껏 밥구경을 못했던 나는 허겁지겁 아줌마가 준 밥을 짠지랑 해서 게눈 감추듯 먹어치웠다. 짠지는 무우 잎사귀로 담근 짠 김치였는데, 나는 그 날 처음 먹어보았다. 집에서는 이런 짠지를 담가 먹지 않았기 때문이다. 또 내가 허겁지겁 퍼먹은 밥이 보리밥이란 것을 알게 되었다. 집에서는 귀여움을 독차지하는 외아들이라서 조밥이나 수수밥 따위의 잡곡밥은커녕 보리밥도 먹어본 적이 없었다. 보리밥이건 뭐건 배 고픈 김에 마구 퍼먹었더니 배가 불렀다. 아줌마는 저녁밥을 아까아까 먹었다며 내가 먹는 것을 지켜보고만 앉아 있었다. 밥을 다 먹고 나자 아줌마가 그릇을 치운 다음 내게 물었다.
 "승억이 너, 내일 날이 밝으면 집에 찾아갈 수 있겠니?"
 나는 잠자코 있었다.

"너의 엄마, 아버지는 계시니?"
"어제 아침에 누런 옷 입고, 긴 칼 찬 사람들이 집에 와서 아버지와 엄마를 묶어서 데리고 갔어요."
아줌마는 내 말을 듣고 깜짝 놀라더니 혀를 쯧쯧 차며 말했다.
"무슨 일로 그렇게 됐니? 그럼 너의 집에는 지금 아무도 없어?"
나는 다시 잠자코 있었다. 집에 종들이 많이 있다는 이야기를 설명하기가 어려웠기 때문이었다.
마차꾼 아저씨나 주막집 아주머니가 그토록 '집이 어디며, 아버지와 엄마는 있느냐?'고 물었을 때, 왜 아무말도 하지 못했는지 모르겠다. 참으로 모를 일이다. 만일 그때 부모님이 아침에 붙들려 갔다는 이야기를 했더라면 나의 운명은 어떻게 달라졌을까? 그랬더라면 춘천으로 트럭을 타고 왔을 리도 없었으리라. 돌이켜 보면 주막집 아주머니가 '너의 집이 춘천이냐?'고 물었을 때 고개를 끄덕였던 것이 내 운명을 180도로 바꿔놓는 계기가 됐던 것 같다.
내게 식은 보리밥일망정 배불리 먹여준 아줌마가 어린 마음에도 그렇게 고마울 수가 없었다. 부모님이 잡혀 갔다는 말을 들은 아줌마는 나를 와락 끌어안았다. 마치 엄마에게 안긴 것처럼 아줌마의 품이 그지없이 포근했다. 나도 모르는 사이에 눈물이 흘렀다. 어제 아침부터 겪었던 엄청난 변화에 겁을 집어먹은 후, 따스한 아줌마의 품에 안기고 나니 막혔던 봇물이 터지듯 눈물이 마구 쏟아지는 것이었다.
나를 꼭 끌어안고 있던 아줌마의 눈에서도 눈물이 흘렀다. 내가 불쌍해서 우는 것인지, 자기 설움에 겨워 우는 것인지 흐느껴 우는 아줌마의 눈물이 계속 내 볼에 뚝뚝 떨어졌다. 나는 아줌마가 내 엄마가 아닌가 여겨졌다. 아줌마와 함께 있는 한 나는 아무런 걱정이 없을 것만 같은 생각이 들었다. 나는 아줌마 품에 꼭 안겨 그 날 밤을 그 곳에서 지냈다.
다음날 아침에 일어나서 움막 안을 살펴보니, 무슨 나무토막 같은 것들과 이상한 물건들이 한쪽켠에 쌓여 있었다. 바닥은 흙바닥으로 우리가 자던 곳에만 거적이 깔려 있었다. 벽은 바람만 불면 한데나 다름없이 바람이 비집고 들어올 것처럼 엉성했다. 그나마 바닥에 앉으면 아늑한 느낌이 들었다. 당연히 움막에 들어오는 문 같은 것이 있을 리 없었다.

"춥지 않았니? 우리 세수하러 나가자."

아줌마는 아주 젊은 나이였는데 옷을 보니 몹시 남루하고 더러웠다. 돌이켜 보면 아무래도 무슨 사연이 있었던 것 같다. 집도 절도 없는 거지는 아닌 듯한데 그렇게 밥을 얻어 먹으며 지냈던 것이다.

세수를 하러 간 곳은 우리 마을에 있는 것과 비슷한 개울이었다. 아줌마는 나를 데리고 둑에서 개울로 내려가 맑게 흐르는 물에 나부터 먼저 세수를 시켰다. 아줌마는 세수를 하다 말고 나를 물끄러미 쳐다보았다. 내가 무척 측은해 보였던 모양이다. 아줌마는 세수를 하고 나서 개울둑에 앉아 나를 꼭 껴안고 내 볼에 얼굴을 비벼대며 또 울기 시작했다.

"일가 친척이 있으면 너를 이렇게 내버려두겠니? 이 아줌마도 집이 없단다. 배고프면 이집저집 다니며 밥을 얻어먹어야 해. 안 그러면 굶어 죽어요. 하지만 얻어먹더라도 남의 것을 훔치면 안된다. 알았지?"

"네, 아줌마."

두고두고 생각해 봐도 무척 심성이 착한 아줌마였다.

"아침에 내가 먹을 밥을 어젯밤에 네가 먹어버렸으니 밥이 없어. 이제 나하고 밥 얻으러 가보자, 응?"

그러면서 아줌마는 내게 바가지 하나를 손에 들려 주었다. 아줌마도 그릇 하나를 챙겨 들었다. 나는 '거지가 따로 없다.'는 말이 하나도 틀리지 않는다고 생각한다. 엊그제같이 부유한 집안의 늦둥이 외아들로 귀여움을 독차지하던 내가 쪽박을 차고 구걸 행각에 나설 줄이야 누가 알았으랴?

아줌마는 나를 데리고 마을쪽으로 걸어가며 이렇게 말했다.
"어젯밤에 우리가 잔 움막이 뭐하는 덴지 모르지? 사람이 죽으며 갖다 묻는 상여를 두는 곳이야. 그렇지만, 난 하나도 안 무서워. 나는 지난 겨울에도 거기서 지냈다. 그래서 얼어죽지 않고 이렇게 살아있지 않니? 너, 무슨 일이 있어도 얼어죽거나 굶어죽으면 안 돼. 네가 이담에 크면 이 아줌마 말을 알게 될 거야. 그러니까 죽지 말고 이 아줌마랑 같이 살아야 해."
졸지에 엄청난 시련을 겪어서일까? 그때 겪었던 일들을 나는 하나도 잊지 않고 기억한다. 아줌마가 내게 해준 말도 절대로 잊을 수가 없다. 아니 내가 죽을 때까지도 잊지 못할 것이다.
상여집에서 마을까지는 꽤 멀었다. 아줌마와 둘이서 이집저집 꽤 여러 집을 돌아다녔으나 겨우 한 집에서만 밥을 얻을 수 있었다. 그것도 아주 조금이었다. 밥을 얻으러 가면 이런저런 핑계로 거절하기 일쑤였다.
"거지에게 줄 밥이 있으면 우리가 먹겠다."
"딴 집에나 가 봐."
"거지에게 줄 밥이 어디 있어?"
쪽박이나 안 깨면 다행이고 대개 이런 식이었다. 여러 집에서 조금씩 얻은 것이 저녁때가 되어서야 겨우 밥 한 그릇 정도와 김치 조금이었다.
"반은 남겼다가 내일 아침에 먹자. 아침부터 밥 얻으러 가면 사람들이 아주 싫어하거든."
상여집으로 돌아온 아줌마와 나는 그제서야 얻어온 밥 중 반을 덜어서 아침 겸 점심 겸 저녁으로 먹고 허기진 배를 채웠다. 밥은 조밥도 있고 보리밥도 있었지만, 주린 배에는 꿀맛이었다. 얼마되지 않는 밥이나마 내가 더 많이 먹은 것 같았다. 아줌마가 자꾸만 한 숟가락씩 나에게 밀어주었기 때문이었다.
"승억아, 너 잠시만 혼자 있어. 어디 좀 다녀올게. 얼른 갔다 올게, 응?"
 어느덧 해도 뉘엿뉘엿 저물어 갈 무렵 아줌마가 이런 이야기를 했다. 나는 잠자코 있었다. 왠지 혼자 있는 게 무서웠다.
 "금방 다녀올게, 응?"
 "네, 아줌마."
 "그래 우리 승억이 착하지. 그럼 얼른 다녀오마."
 아줌마가 상여집을 나갔다. 나는 뒤쫓아 나가서 저만치 멀어져 가는 아줌마를 바라보았다. 아줌마는 뒤돌아보고 또 뒤돌아보고 하면서 가다가, 멀리 바라보이는 마을 어귀까지 가서 마지막으로 한참동안을 돌아다보더니 손을 흔들며 사라졌다. 나는 아줌마가 보이지 않을 때까지 서 있다가 상여집으로 들어왔다. 밝은 달빛은 상여집 안을 환하게 비추고 있었다.
 얼마나 지났을까? 바깥을 내다보았다. 하늘엔 무수한 별들이 반짝이고 있었다. 아줌마는 왜 얼른 안 올까? 상여집 밖으로 나가서 마을쪽을 바라다보았다. 얼른 다녀오겠다던 아줌마는 한참을 기다려도 오지 않았다. 갑자기 외롭고 허전한 생각이 왈칵 들었다. 또 다시 울고 싶어지는 걸 어쩔 수 없었다.
 "엄마, 엄마."
 기어이 나는 칭얼거리기 시작했다. 상여집 안으로 들어와 '엉엉' 마구 소리 내어 울었다. 아무리 울어도 아줌마는 오지 않았다. 나는 울음을 멈추고 또 밖으로 나가 마을쪽을 바라보았다.
 밤이 꽤 늦었다. 무서운 생각이 들어 상여집으로 들어가 어젯밤에 덮고 자던 포대기를 덮고 누웠다. 아줌마가 오기를 기다리며 뒤척이다 잠이 들었다. 얼마 동안을 잤는지 잠에서 깨어났지만, 아줌마는 여태 돌아오지 않은 채였다.
 부모님은 어디 있을까? 헌병들에게 붙잡혀 가실 때 뒤돌아보시며 '승억아, 승억아.' 하고 울부짖던 부모님의 모습이 눈에 어른거린다.

"승억아!"

바로 그때 밖에서 나를 부르는 소리가 들렸다. 나는 후다닥 일어나서 밖으로 뛰쳐나갔다. 두리번거리며 사방을 둘러봤지만, 아무도 보이지 않았다. 분명히 엄마 목소리 같았는데 이상하기 짝이 없었다.

얼른 다녀온다던 아줌마는 왜 이리 안 오는 걸까? 마음이 허전해서 견딜 수가 없었다. 허탈하고 심란한 마음으로 다시 상여집으로 들어가서 누웠다. 이런저런 걱정으로 뒤척거리다 잠이 들었다.

다음날 아침, 아줌마는 여전히 보이지 않았다. 나는 상여집 밖에서 마을쪽을 바라보며 아줌마가 오기를 기다렸다. 하루종일 기다렸으나 아줌마는 끝내 돌아오지 않았다. 배가 고파 상여집으로 들어가 아줌마와 함께 먹으려고 남겨 두었던 반 그릇의 밥을 꺼내 놓고 먹었다. '혹시 아줌마가 오면 배가 고플 텐데.' 하는 생각이 들어 먹다 말고 반쯤 남겨 두었다. 나는 개울에 가서 물을 떠 마시고, 또다시 아줌마가 오기를 기다렸다. 저녁 때를 지나 밤까지 계속 기다렸으나 아줌마는 돌아오지 않았다. 무슨 일일까? 나는 한밤중까지 기다리다 잠이 들었다.

다음날 아침까지도 아줌마는 돌아오지 않았다. 나는 어제 남겨 두었던 밥을 짠지 반찬과 함께 마저 먹었다. '나중에라도 아줌마가 오면 어떻게 하지?' 남겨 두었던 밥을 먹으면서 잠시 그런 걱정을 하기도 했다.

그 날 밤도 나는 혼자 잤다. 아침에 일어나자 아줌마는 이제 영영 안 돌아올 거라는 생각이 들었다. 그럼 '난 이제부터 어떻게 해야 하나?' 갑자기 앞이 막막했다. 아줌마와 하루종일 밥 얻으러 다니던 일이 퍼뜩 생각났다.

나는 바가지 하나를 들고 마을로 가서 이집저집으로 밥을 얻으러 다녔다. 그런데 아줌마처럼 '밥 좀 주세요.' 하는 소리가 입에서 나오질 않아 남의 집 대문 앞에 가서 잠자코 서 있기만 했다. 한참을 서 있어도 그 집 사람의 눈에 안 띄면 다른 집 대문 앞으로 옮겨가서 또 서 있기만 하는 식이었다. 다행히 그 집 식구 누군가의 눈에 띄어도 허탕치기 일쑤였다.
"얘, 우리는 밥 다 먹고 없어."
그러면 또 아무말 없이 다른 집으로 옮겨갔다. 그러다 보니 하루 종일 돌아다녔지만, 나는 이 날 저녁때가 지나 어둑어둑해질 때까지 밥을 한 숟가락도 얻지 못했다. 배가 고파서 견딜 수도 없고, 더 이상은 다리가 아파서 걸어다닐 수도 없었다.
"엄마, 엄마."
나는 지친 몸으로 아무 데나 털썩 주저앉아서 울기 시작했다. 엄마를 부르며 '엉엉' 소리 내어 마구 울었다. 아버지 어머니 생각이 더욱 간절했다. 깨진 바가지를 앞에 놓고 마냥 처량하게 울고 있는 모습은 영락없는 거지꼴로, 그것이 바로 그 날의 나의 모습이었다.
어떤 아줌마가 울고 있는 나를 가까운 곳의 자기 집으로 데리고 가더니 대문 앞에서 기다리게 하고는 저녁에 먹고 남은 밥과 짠지를 한 바가지 가지고 나와 내가 들고 있는 빈 바가지에 담아 주었다. 하루종일 다녔는데도 밥을 못 얻어서 울음을 터뜨리고 있다고 짐작했으리라. 하긴 온동네 집집마다 들러서 바가지를 들고 서 있었으니 그 아줌마 집에도 갔던 게 분명하다.
나는 밥을 한 바가지씩 얻고도 고맙다는 인사조차 할 줄 몰랐다. 속으로는 무척 고맙게 생각하면서도 입이 떨어지지 않았던 것이다.
밥과 반찬이 든 바가지를 들고 며칠 동안 자던 상여집으로 가려고 했으나 도무지 길을 찾을 수가 없었다. 달빛은 환한데 어디로 가야 개울둑이 나오는지 판단하기가 어려웠다. 한참을 헤매다가 겨우 그 개울둑을 찾아냈다. 어찌나 반가운지 소리라도 지르고 싶었다. 그러나 개울둑을 따라 한참을 갔으나 상여집은 쉽게 나타나지 않았다. 다리는 아프고 배도 고파서 더는 걸을 수가 없었다. 나는 달빛이 환한 개울둑에 주저앉았다. 상여집에 가야 숟가락이 있다는 생각을 하면서 손으로 밥을 집어먹기 시작했다. 조밥은 손으로 집어먹기가 힘들었다. 나는 천천히 씹어서 밥을 양껏 먹었다.

아줌마가 꽤 푸짐하게 주어서 밥이며 반찬이 한 번 더 먹을 만큼 남았다. 나는 배불리 밥을 먹고도 다리가 아파서 한동안 그 자리에 그냥 앉아 있었다. 너무 피곤해서 그런지 날씨가 싸늘한데도 식곤증과 함께 졸음이 몰려왔다. 안되겠다 싶어서 간신히 몸을 추스리고 일어나 걸음을 옮겨 놓기 시작했다.

마을에서 상여집까지 멀긴 하지만, 내 짐작으로 훨씬 더 온 것 같은데 상여집은 보이지 않았다. 그제서야 반대편으로 가야 하는 게 아닌가 하는 생각이 들어서 오던 길로 되돌아가기 시작했다.

아픈 다리로 어기적거리며 한참을 되돌아가니 동네가 보이고, 다시 한참 더 걸어가자 저만치 달빛 아래 상여집이 보였다. 부지런히 걸어 상여집에 도착한 후 나는 바가지를 한쪽 켠에 놔두고 포대기를 덮고 쓰러져 잠이 들었다.

아줌마는 끝내 돌아오지 않았다. 아침에 자고 일어나 보니 어젯밤에 얻어다 놓은 바가지의 밥이 온데간데 없어졌다. 너무 피곤하여 깜빡 잊고 뚜껑을 덮지 않아 들쥐가 들락거리며 죄다 먹어버렸던 것이다.

나는 또 빈 바가지를 들고 밥을 얻으러 마을로 갔다. 나는 이런 일들을 겪으면서 차츰 거지 생활에 익숙하게 길들여지고 있었다.

어느덧 봄이 가고 여름이 왔다. 여름이 되자, 다른 무엇보다도 춥지 않아서 살 것 같았다. 상여집은 여전히 나의 유일한 안식처였다. 어디로 밥을 얻어먹으러 돌아다녀도 해가 지면 으레 상여집으로 돌아와 잤다. 사람이 죽을 때마다 상여를 가지러 오는 상여꾼들도 어느덧 나와 친숙한 사이가 되었다.

아줌마는 돌아오지 않았지만, 밥 얻어먹는 방법을 가르쳐 내가 살아갈 수 있는 길을 터 주었으며, 상여집으로 인도하여 잠자고 쉴 수 있는 안식처도 마련해 준 셈이었다.
 잊을 수 없는, 고마운 아줌마. 아무리 배가 고파도 남의 것을 몰래 훔치면 안된다고 하시던 아줌마였다. 아줌마는 무슨 사연이 있기에 나를 떠났을까? 나는 고통을 겪을 때마다 부모님을 생각하기에 앞서 먼저 아줌마가 그리워지곤 했다. 나를 절망 속에서 구출해 주었기 때문일까? 나는 때때로 아줌마를 그리워하고 아줌마 생각을 했다.
 무더운 여름철이 되었다. 무더운 여름철에는 구박을 받으며 밥을 얻어먹으려고 돌아다니기보다는 길거리에서 주워 먹는 편이 한결 수월했다.
 나는 사람들이 사과나 배를 먹고 나서 내버리는 것을 주워 먹었다. 붉으스레한 빛깔로 시들시들 말라서 먼지가 덮히고 개미나 파리가 달라붙어 윙윙거려도 나는 그것을 툭툭 털어 갉아 먹었다. 씨만 뱉고 나머지는 죄다 먹어치웠다. 사람들이 참외를 사서 깎아 먹고 한쪽 길 옆에 버리는 껍데기도 주워 먹었다. 어떤 때는 바가지에 참외 껍데기를 가득 담아 가지고 개울로 가서 깨끗이 씻은 다음 두고두고 먹기도 했다.
 "애야, 네가 배가 고파서 그러는 게로구나. 이거 하나 깎아 먹으렴."
 참외 껍데기를 주워 먹는 나를 보고 참외 장수나 참외를 사먹는 손님이 인심 좋게 참외를 던져줄 때도 있었다. 누가 빼앗아 먹는 것도 아닌데, 나는 받아 든 참외를 안고 쏜살같이 뛰어 아무도 없는 데 가서 야금야금 먹곤 했다.
 그때는 길가의 시원한 가로수 그늘 아래에서 작대기로 버티어 놓은 지게 소쿠리에 참외를 가득 담아 놓고 팔았다. 노란 참외 작은 것은 서너 개에 1전(一錢), 큰 것은 1개나 2개에 1전, 파란 청참외는 큰 것 하나에 1전씩 했었다. 녹색 바탕에 거무스름한 줄이 길게 드문드문 있는 개구리 참외라는 것도 있었는데, 속이 감빛같이 누르스름하고 맛이 좋은 참외였다. 그런 것은 큰 것 하나에 1전이나 1전 5리(一錢五里)도 받았던 것으로 기억된다. 이 개구리 참외는 껍데기도 아주 연한 게 맛이 있었다.

어쨌든 무더운 여름철에는 길에서 주워 먹는 것만으로도 허기를 면할 수 있었다. 이렇게 얻어먹고 주워 먹는 사이에 어느덧 여름이 가고 가을을 거쳐 또 그 지긋지긋한 겨울이 닥쳐 왔다.

일본 헌병들에게 붙잡혀 가시는 부모님을 울면서 쫓아갈 때 나는 솜바지 저고리를 입고 있었다. 지난 여름에 벗어서 상여집 구석에 뭉쳐 놓았던 그 옷을 날씨가 추워지면서 다시 꺼내 입었다. 말하자면 추울 때는 옷이란 옷을 다 껴입었다가 날씨가 따뜻하게 변하는 데 따라 입었던 옷을 하나씩 벗어가며 기후에 적응해 나가는 것이 거지 생활이라고 할 수 있었다.

솜 바지·저고리를 내 손으로는 빨 수 없어서 여름내 그냥 뭉쳐 놓았는데, 들쥐들이 마구 쏠았는지 너덜너덜해져서 볼썽이 사나웠다. 거지 주제에 모양을 가릴 것은 없지만, 온전할 때보다 추위를 제대로 막아주지 못하는 것은 안타까운 일이었다. 그나마 상여집이 이제는 내집이거니 하는 생각에 정도 들고 익숙해졌지만, 이제 겨울이 닥칠 텐데 그 추운 겨울을 어떻게 얼어죽지 않고 날 것인지 어린 마음에도 걱정이 되었다.

그러던 어느날이었다.

바가지에 종일 얻은 밥과 반찬을 담아 가지고 상여집으로 돌아오는 길이었다. 그 날은 비교적 밥을 많이 얻어서 흡족한 마음으로 기분좋게 돌아오고 있었다. 개울둑 길을 따라 돌아오다가 꽤 먼거리를 두고 상여집을 바라보니 누군가가 상여집 옆에 서서 내 쪽을 지켜보고 있는 게 아닌가?

상여집은 사람이라도 죽어야 상여꾼들 몇 명이 찾아올 뿐 그렇지 않으면 여지껏 어느 누구도 얼씬거리지 않는 곳이었다. 이상한 생각이 들어서 가까이 다가가며 살펴보니 낯이 익었다. 혹시 잠깐 다녀온다는 말을 남기고 갔던 그 아줌마가 아닐까? 나는 공연히 가슴이 두근거렸다.
"승억아!"
기대 반 두려움 반의 심정으로 가까이 가니 정말 뜻밖에도 그 아줌마가 내 이름을 부르며 뛰어왔다. 나는 밥 바가지를 땅에 놓고 아줌마에게 덥석 안기며 아무말도 하지 못하고 울음부터 터뜨렸다. 그리움과 서러움은 동전의 양면처럼 서로 불가분의 관계인가 보다.
"살아 있었구나, 승억아."
아줌마도 나를 꼭 껴안고 눈물로 얼룩진 내 얼굴에 얼굴을 마구 비벼대며 함께 울었다.
"승억아, 이제 그만 울어."
아줌마는 내 얼굴의 눈물을 닦아주며 나를 달랬다. 내 울음이 웬만큼 잦아들자, 아줌마와 나는 밥 바가지를 챙겨 손을 잡고 상여집으로 들어갔다.
"밥을 많이 얻어 왔구나. 자 승억아, 배 고플 텐데 우리 밥 먹자."
"네, 아줌마."
"아줌마가 안 와서 무척 기다렸지? 올 수가 없었단다. 너의 아버지, 어머니도 올 수가 없어서 못 오시는 거란다. 나두 네가 얼마나 얼마나 보고 싶었는데! 어서 먹자."
나는 아줌마가 입고 있는 옷을 보았다. 아무도 거지라고 생각하지 않을 정도로 일반 여염집 아줌마처럼 옷이 깨끗했다.
"네가 얻어온 밥을 이렇게 맛있게 먹는구나."
아줌마는 숟가락질을 하면서 이렇게 말하고는 웃었다. 아줌마도 몹시 배가 고팠던 모양이었다. 밥은 아줌마와 내가 실컷 먹고도 남았다. 아줌마가 개울에 가서 물을 떠다가 따라주며 마시라고 했다.
아줌마를 만나게 되니 그렇게 기쁘고 좋을 수가 없었다. 마음이 든든했다. 아줌마도 그동안 내가 어떻게 되었는지 궁금하고 걱정되고 보고 싶었던 모양이었다.
"승억아, 이젠 아무 데도 안 가고 너하고만 같이 살게."
아줌마가 내 손을 꼭 잡고 말했다.
"네, 아줌마. 이젠 잠깐 어디 가지 마요."
"그럼, 그럼. 가긴 어딜 가, 우리 승억일 두고."
아줌마는 나를 끌어당겨 무릎 위에 앉히고 꼭 품에 껴안았다. 아줌마 품은 포근하고 따스했다. 그 날 밤에는 아줌마의 품에 안겨 아주 깊은 잠을 잤다. 아줌마와 나는 이렇게 다시 만나 함께 살아가기 시작했다.

초겨울 날씨치고는 몹시 추운 어느 날 저녁때였다.
아줌마와 나는 하루종일 이집저집을 돌아다니며 얻은 밥과 반찬을 바가지에 담아 가지고 상여집으로 돌아오고 있었다. 저 멀리로 바라다보이는 상여집에 몇몇 사람이 달라붙어 무슨 일을 하고 있는 것이 보였다. 자세히 보니 상여집 둘레를 가마니 같은 것으로 막는 일을 하는 중이었다.
이젠 상여집에서마저 쫓겨나는 게 아닐까?
순간적으로 이런 생각이 들어서 아줌마와 나는 불안한 마음으로 사람들의 동정을 살피며 조심조심 상여집으로 다가갔다. 상여집에 거의 다다랐을 때 늘 보아 오던 낯익은 상여꾼들 중의 한 사람이 내게 말했다.
"너 추운 겨울에 얼어죽을까 봐 이렇게 해주는 거다. 알겠니?"
무슨 말인지 몰라 어리둥절한 내게 아줌마가 다시 설명을 해 주었다.
"애, 승억아. 저 아저씨들이 우리가 춥지 않게 해 주시는 거야."
나는 어린 마음에 춥지 않게 해 준다니까 그저 좋았다. 아줌마와 나는 밥 바가지를 상여집 안에 갖다 놓고 밖으로 나와서 구경을 했다.
그들은 추운 겨울을 상여집에서 나게 되는 우리를 생각해서 바람막이라도 해 주기로 의논한 것이었다. 지붕을 덮는 이엉과 거적때기 같은 것으로 상여집의 아래에서부터 한 바퀴씩 삥 둘러 차츰 위로 올라가며 사방에 나 있는 바람구멍들을 막는 것이었다. 이엉을 다 두르고 나서는 바람에 뒤집혀 날아가지 않도록 또 새끼줄로 아래위를 돌아가며 꽁꽁 묶었다.

　상여꾼 아저씨들은 상여집에 문짝도 달아주었다. 출입구의 너비보다는 좀 넓은 판자 문짝이었는데, 어딘가에서 어림잡아 대충 짐작으로 구해 가지고 온 모양이었다. 문짝 바깥쪽 널판지에 가마니때기를 길게 하여 덮고는 새끼줄로 둘러가며 동이고 나서 문틀과 문짝 가장자리에 뚫린 구멍의 아래위 두 군데를 굵은 새끼줄로 묶어 문틀께에 매달자 훌륭한 출입문이 되었다.

　"이제 다 됐다. 문을 열고 닫을 땐 이렇게 좀 들어서 열고 닫도록 해라."

　그러면서 직접 한번 해 보이고는 바람막이로 두르고 남은 이엉을 안으로 가지고 가서 두 사람이 잘 만한 넓이의 땅바닥에 서너 겹으로 깔아주기까지 했다.

　"엄동설한에 덮을 게 이래 가지고야 되겠나? 우리가 며칠 안에 이불도 한 채 만들어서 갖다 주마."

　상여꾼 아저씨들은 일을 마친 다음 이런 말을 남기고 돌아갔다. 아줌마와 나는 좋아서 어쩔 줄을 몰라했다. 아줌마는 고맙다고 그들이 돌아가는 뒷모습에다 대고 보이지 않을 때까지 꾸벅꾸벅 여러 번 절을 하였다. 나도 그들이 말할 수 없이 고마웠다. 그렇게 해 주지 않았더라면 어쩔 뻔했던가? 어쩌면 엄동설한에 아줌마와 나는 얼어죽을지도 모를 일이었다.

　분통 같은 새색씨 방처럼 아늑한 게 한결 포근했다. 지붕도 이엉을 다시 얹었는데 전에는 바람이 쌔앵 들어오고 조금은 환했는데, 이제는 모두 막혀서 문만 닫으면 상여집 안이 캄캄해지기 때문에 밥을 먹을 때는 문을 조금 열어 놓아야 했다. 그 날 밤 아줌마와 나는 포근한 잠자리에서 춥지 않게 잘 잤다.
  며칠 후에 상여꾼 아저씨들은 약속대로 두툼한 검은 색 이불을 한 채 가져다 주었다. 고맙기 이를 데 없는 정말 좋은 아저씨들이었다. 사람이 죽으라는 법은 없다더니 그때 일들을 돌이켜 보면 정말 하늘이 도왔다고 생각한다. 비록 가난하게 살아가는 상여꾼들이지만, 모두 심성 착하고 순박한 분들이었다.
  이렇게 해서 아줌마와 나는 얼어죽지 않고 엄동설한의 그 추운 겨울을 무사히 넘기고 따뜻한 봄을 맞이했다.
  아줌마는 들판에서 달래, 냉이 등 봄 나물을 뜯어다가 다듬어서 밥 동냥을 한 집에 조금씩 나눠 주곤 했다. 봄철이 겨울보다 낫긴 하지만, 그래도 밥을 얻어 먹기가 여간 힘들지 않았다. 그나마 이젠 이골이 나서 아줌마와 같이 다니지 않고 각각 떨어져서 밥을 얻으러 다닐 수 있다는 게 다행이라면 다행이었다.
  어느덧 봄이 가고 또다시 무더운 여름철이 돌아왔다.
  아줌마 품에 안겨 곤히 자고 있던 어느날 새벽이었다. 누군가가 막대기 같은 것으로 쿡쿡 찌르며 잠을 깨웠다. 아줌마와 내가 깜짝 놀라 일어나 보니 어떤 남자가 우뚝 서서 아줌마에게 '어서 일어나서 나오라.'고 큰소리로 막 야단을 치는 것이었다. 이게 웬일인가? 나는 놀라서 아줌마 품으로 바싹 안겨들었다. 아줌마는 체념한 듯 나를 꼭 껴안고 눈물을 흘리며 말했다.
  "승억아, 나는 또 너와 헤어져야 해. 그전에 내가 없을 때처럼 너 혼자서 살아야 해. 죽지 말고 살아남아야 한다. 그러노라면 내가 또 너를 찾아올 날이 있을 거야. 흐흐흑."
  아줌마의 말은 끝내 울음 소리에 묻혀 버렸고, 아줌마의 두 눈에서는 눈물이 하염없이 쏟아졌다.
  "싫어, 싫어. 나는 아줌마하고 살 거야."
  나는 아줌마에게 매달리며 엉엉 울어댔다. 그러나 아줌마는 그 낯선 남자에게 붙잡혀 사정없이 끌려나갔다. 나도 뒤따라 나가면서 울부짖었으나 소용없는 일이었다.
 무슨 사연이 있었던 것일까? 아줌마는 각오하고 있었다는 듯 아무런 저항도 없이 다소곳이 끌려나갔다. 나는 부모님이 붙잡혀 갈 때처럼 마구 울며 뒤쫓아갔지만, 아줌마는 연신 뒤만 돌아볼 뿐 아무말도 없었다.
 나는 또 외톨이가 되었다. 태산같이 믿고 의지했던 아줌마를 데리고 간 그 남자가 남편이었는지, 헌병이었는지 알 수 없었다. 나는 또 혼자서 외롭고 슬픈 나날을 살아가야 했다.

 아줌마가 떠난 후 나는 혼자 외롭게 지냈다. 아침부터 푹푹 찌는 무더웠던 어느날, 나는 대낮이 지나도록 밥 한 술 얻어 먹지 못한 채 돌아다녔다. 그렇지만 나는 아줌마 말대로 아무리 배가 고파도 남의 것을 훔치거나 훔치려고 생각해 본 일조차 없었다. 배는 고프고 기운도 없어 걷는 것조차 힘이 들었다. 참외 장수도 보이지 않고, 먹다 버린 사과 한 조각이 눈에 띌 뿐이었다. 그것을 주워 씹으며 언덕을 오르는데 너무 힘이 들어서 언덕 중간의 가로수 그늘 밑에 털썩 주저앉아 쉬고 있었다.
 언덕은 고개를 넘어가는 길목 중에서 가장 높았다. 그 고개를 넘으면 집도 많고 가게도 많아서 재수가 좋을 때에는 여기저기 기웃거리다가 돈도 한두 푼씩 얻을 수 있었다. 아마도 춘천읍이었던 것 같다. 나는 돈을 얻어서 먹을 것을 사먹으려는 생각으로 고개를 넘어가던 중이었다.
 바로 그때 저 아래쪽에서 혼자 땀을 뻘뻘 흘리며 장롱에다 항아리, 이불 보따리 등 이삿짐을 잔뜩 실은 수레를 끌고 올라오는 수레꾼이 보였다. 자갈이 깔려있는 그 언덕길에는 자동차가 자주 다녔다. 바퀴에 눌린 자갈이 땅바닥에 박혀서 길 한가운데에는 차폭만큼의 자동차 길이 따로 나 있었다.
 수레는 자동차보다 양쪽 바퀴의 폭이 좁게 마련이었다. 그렇다

보니 한쪽 바퀴가 자동차 바퀴 자국이 난 길로 가게 되면 다른쪽 바퀴는 움푹 들어간 자동차 길 중간의 불룩한 곳으로 갈 수밖에 없었다. 짐을 잔뜩 실은 수레를 비스듬하게 끌고 언덕을 오르려는 모습이 힘들어 보였다. 수레꾼은 연신 땀을 닦으며 조금 끌다가는 쉬고, 또 조금 끌고 올라오다가는 쉬고 하면서 간신히 내가 앉아서 쉬고 있는 곳까지 수레를 끌고 올라왔다.

나는 기운 없이 앉아서 물끄러미 그 수레꾼이 힘들어 하는 모습을 보고 있었다. 그러자 가쁜 숨을 고르며 쉬고 있던 수레꾼이 나에게 말했다.

"얘, 내가 너무 힘이 들어서 그런데, 저기 언덕 꼭대기까지 이 구루마를 뒤에서 좀 밀어주겠니?"

언덕길을 그냥 걸어 올라가는 것조차 힘에 부쳐서 쉬고 있던 나는 선뜻 그러마고 대답을 못하고 잠자코 있었다. 그러자 수레꾼이 다시 말했다.

"얘, 저 꼭대기까지 밀어주면 내가 5전 줄게. 그래도 안 밀어주겠니?"

나는 속으로 깜짝 놀랐다. 5전이면 호떡이 5개였다.

고개를 넘어가면 중국 사람이 하는 호떡집이 이발관과 나란히 붙어 있었다. 그 호떡집에 가서 일 전을 주면 커다란 쟁반만한 호떡을 한 개 주는데, 그 속에는 꿀같이 단 흑설탕 물이 잔뜩 들어 있어서 한 입 베어 먹으면 거무스름하게 흘러내렸다. 워낙 커다란 호떡이라 한꺼번에는 못 먹고 반씩 나눠 먹어야 할 정도였다. 나는 돈이 생기면 가끔 그 호떡을 사먹곤 했다.

수레꾼이 호떡 5개 값인 5전을 준다는 바람에 나는 기운이 번쩍 났다. 아무말 없이 벌떡 일어나 수레 뒤로 가서 빈 바가지를 이삿짐 사이에 끼워 놓고 수레를 밀기 시작했다.

생각해 보면 내가 수레를 밀어주었다기보다는 오히려 수레에 매달리는 꼴이 되어 수레꾼이 더 힘이 들었을지도 모르겠다. 그러나 그 수레꾼은 뒤에서 밀어주는 사람이 있다는 기분만으로도 용기가 나고 힘이 났을지도 모를 일이었다.
　어찌 되었건 내 딴에는 죽을 힘을 다해서 수레를 밀었다. 자갈이 울퉁불퉁하게 깔려 있는 데를 맨발로 밟으며 힘껏 밀다 보니 발에 밟힌 돌멩이가 밀리는 바람에 꽤 여러 번씩 미끄러지고 넘어졌지만, 꼭대기까지 기를 쓰면서 밀고 올라갔다. 깨진 양쪽 무릎과 발바닥에서는 피가 흐르고 있었다.
　그런데 수레꾼은 준다던 5전은 주지도 않고 나를 뒤돌아보며 히죽히죽 웃으면서 그냥 언덕 아래로 수레를 끌고 내려가 버리는 것이 아닌가. 나는 그만 분한 마음을 어떻게 할 줄 모르고 그냥 털썩 주저앉아 숨이 막힐 듯 '꺽꺽' 울어대기 시작했다. 몇 시간이나 발버둥을 치면서 울기를 계속했는지 모르겠다. 얼마나 오래 울었던지 이젠 목구멍이 붓고 아파서 울음 소리조차 안 나오는 통에 울지도 못하고 그냥 숨만 가쁘게 할딱거리다가 그만 그 자리에서 쓰러지고 말았다. 나는 너무너무 분해서 가슴이 터질 것처럼 뻐근한 게 몹시 아팠다. 눈을 뜨고 하늘을 쳐다보았다. 해는 저물어 어둑어둑한데 '이렇게 누워만 있으면 어떻게 하나?' 하는 생각이 들었다. 전신이 아프고, 몹시 배가 고팠다. 어디든 가서 뭘 좀 얻어먹어야겠다는 생각에 억지로 몸을 일으켰다.
　그런데 초점 잃은 나의 시선이 무심코 땅바닥의 어느 한 곳에 멈추었다. 자세히 보니 1전짜리 구리동전이었다. 나는 내 눈을 의심하며 눈을 부비고 다시 보았다. 분명히 1전짜리 동전이었다. 눈이 번쩍 뜨이고 금방 기운이 돌아왔다. 그 길로 곧장 '쏴~르라 쏴~르라' 하는 중국인 호떡집으로 달려갈 참이었다.
　몇 발짝을 가다가 갑자기 밥 바가지 생각이 났다. 앉았던 자리로 돌아가 아무리 주변을 살펴봐도 바가지가 안 보였다. 한참을 찾은 후, 그제서야 수레 뒤 쪽 어딘가 이삿짐 사이에 끼워 두었던 생각이 났다. 돈도 못 받고 밥 얻어 담는 바가지만 잃어버렸던 것이다.

호떡집으로 발길을 돌리다가 내 앞에 동전이 떨어져 있던 이유가 궁금해졌다. 내가 하도 발버둥을 치며 서럽게 울고 있으니까 어떤 행인이 불쌍하게 생각해서 동전 한 잎을 던져줬던 것일까? 어쨌든 나는 신명이 나서 단걸음에 호떡집으로 달려가 호떡 1개를 샀다.

"돈이 어데서 나서 해, 응?"

중국인이 호떡 1개를 종이에 싸 주고 웃으면서 물었다. 나는 잠자코 호떡을 받아들고 돌아섰다. 종이에 싼 호떡이 뜨거웠다. 잠시 걸어가서 길 옆에 앉아 호떡을 펴놓고 후후 불어가며 조금씩 먹기 시작했다. 한번에 호떡을 반쯤 먹어야 내 양에 맞는데, 너무 배가 고파서 호떡 1개를 다 먹어치웠다.

배가 불렀다. 나는 그제서야 피곤함을 느끼며 내가 쉴 수 있는 상여집을 향해 높은 언덕길을 넘어가기 시작했다. 아무리 밤중이라도 이제는 곧잘 상여집을 찾아갔다. 한동안 걸어와서인지 뱃속이 좀 거북스러웠다. 나는 상여집으로 들어가자 곧 짚단 위에 그냥 쓰러져 잠이 들었다.

그런데 한밤중에 잠이 깨면서 속이 메슥거렸다. 밖으로 나가려는데 그만 그 자리에서 '왁' 하며 토하고 말았다. 나는 계속 토하면서 개울로 가야겠다는 생각으로 기어이 밖으로 나왔다. 간신히 둑길까지 가서는 뒹굴다시피 물가로 굴러 떨어졌다. 정신이 좀 드는가 했더니 또 토악질이 났다. 여러 번을 게워내 목구멍이 아픈데도 자꾸만 토악질은 계속되었다. 간밤에 먹은 호떡은 말할 것도 없고 똥물같이 아주 고약한 맛과 냄새를 풍기는 액체까지 토해냈다. 더 이상은 나올 것도 없는지 헛구역질을 하며 고통스러워 하다가 둑 위로 올라가지도 못한 채 개울 옆에 그냥 쓰러져 버렸다.

나는 다음날 아침나절에 상여를 가지러 온 아저씨들에게 발견되었다. 어렴풋이 잠에서 깨어났는데 잠결인지 꿈결인지 사람들의 목소리가 들리는가 싶더니 누군가가 나를 툭툭 차는 것 같았다.

"애가 죽었잖아?"
 모기가 앵앵거리는 것처럼 가느다랗게 사람의 말소리가 들렸다.
 "아니, 지금 신음 소리를 내잖아? 얘, 아직 안 죽었어!"
 "얘얘, 일어나 봐. 애가 왜 이래?"
 "얘, 이거 안되겠다. 그냥 두면 죽겠어."
 나를 흔들어대고, 내 얼굴에 찬물을 끼얹고, 그러다가 사람들의 웅성거리는 소리가 들리더니 누군가가 나를 들쳐 업고는 어디론가 뛰어가는 것 같았다. 사람들은 내가 상여집이며 개울둑이며 여기저기 토해 놓은 흔적을 보고 사태를 짐작했으리라. 등에 업혀가면서 몽롱했던 정신이 조금은 회복되는 것 같았다. 나를 들쳐 업었던 사람은 자기집인지 어떤 마루 바닥에 나를 뉘어 놓고는 물을 조금씩 떠 먹였다.
 "아니 어디서 거지 아이는 데리고 왔어요?"
 어디 나갔다 돌아오는지 그 집 아주머니인 듯한 여자가 뭐라고 하자, 아저씨가 핀잔하는 투로 소리를 버럭 질렀다.
 "사람이 죽어가는데 어디서 그런 소리를 해쌌노? 뒷집 언년이 아버지나 좀 빨리 오시라고 해, 빨리."
 나는 맥이 탁 풀려서인지 손가락 하나 움직이기 힘들었다. 말귀는 다 알아듣겠는데, 입이 떨어지질 않아 말을 할 수가 없었다. 눈도 멀건히 뜨고 있었다. 정신은 좀 드는 것 같았지만, 사람이 하나로 보였다가 둘로 보였다가 했다. 언년이 아버지란 사람이 왔는지 내 손을 잡고 맥을 짚었다.
 "애가 몹시 체했구먼."
 "침이나 좀 놔 줘요. 돈은 내가 낼 테니까."
 언년이 아버지는 침쟁이였다. 얼마 있더니 가슴 밑부분이며 손발이며 팔다리 여기저기에 침을 놓았는데, 아픈지 안 아픈지 전혀 감각을 느낄 수가 없었다.
 "좁쌀 미음이나 좀 끓여 먹이면 차츰 괜찮아질 거요."

"어쨌든 그만하기 다행입니다. 여보, 빨리 좁쌀 미음 좀 끓여요. 어서."

나는 이렇게 상여꾼 아저씨 덕분에 살아났다. 그가 바로 지난 초겨울에 두툼한 이불을 갖다 준 바로 그 아저씨란 걸 나중에야 알게 되었다. 수수께끼의 천사 같은 아줌마와 함께 정말 평생을 두고 은혜를 잊을 수 없는 고마운 분이다.

그리고 또 한 사람. 수레꾼 아저씨도 잊을 수가 없다. 불쌍한 어린 아이에게 거짓말을 하다니! 나는 그때의 일을 지금까지도 거짓말 하는 사람과는 상종하지 않는다는 철칙을 가슴 깊이 새기고 있다.

그 해 여름도 지나가고 가을이 돌아왔다.

추석 때라서 그런지 밥 얻어먹기가 그리 힘들지 않아서 좋았다. 고아가 된 지 벌써 1년 하고도 6개월이 지났을 무렵이라 밥 얻어먹는 요령도 많이 터득했다.

일본인 부부의 조선인 아들

어느덧 추석도 지나가고 겨울 문턱으로 들어서자 또 다시 밥 얻어먹기가 힘들어졌다. 그 날도 어제 저녁부터 굶고, 아침나절을 헛걸음만 하고 돌아다녀서 점심때가 훨씬 지날 때까지 밥을 얻지 못했다.

나는 여지껏 다니지 않았던 낯선 동네로 들어섰다. 전에 몇 번 그냥 다녀보긴 했지만, 밥을 얻으러 다니지는 않았다는 말이다. 물론 거기서도 밥을 얻어먹으려고 생각했지만, 그 동네 아줌마들이 이상한 옷을 입고 말을 하는 게 꺼림칙해서 선뜻 내키질 않았던 것이다. 내 부모님을 포승줄로 묶어 붙잡아 간 사람들도 이상한 옷에 긴 칼을 차고, 알아듣지 못하는 말을 했다는 생각도 들었다. 그랬는데 어제 저녁부터 굶은 배를 움켜쥔 채 하루종일 헛탕만 치고 돌아다니다 보니 궁여지책으로 낯선 동네까지 기웃거리게 된 것이었다.

그 동네는 일본 사람들이 모여 사는 곳이었다. 물론 나는 그때까지 조선에 사는 일본 사람들에 대해 전혀 모르고 있었다. 여태 본

적이 없는 옷을 비슷비슷하게 차려 입은 아줌마들이 사는 그 동네는 집모양도 다른 동네와는 달랐다. 나는 배에 힘을 주고 그 동네로 쑥 들어가 어느 집 문 앞에 섰다.

바깥 행길 쪽으로 판자 울타리가 쳐져 있었는데 그 높이가 어른 키보다 훨씬 낮아서 행길에서나 판자 울타리 안에서나 사람들이 서로 마주보일 정도였다. 그 판자 울타리도 땅에서 두 자(尺) 정도 띄운 높이에서부터 쳐져 있어서 밑으로 조금만 엎드리면 안쪽이 훤히 들여다보였다. 두 자 높이의 중간쯤에는 철조망이 한 줄 쳐져 있었다. 가시철망이었다. 판자 울타리 가운데에 역시 판자로 된 출입문이 하나 나 있고, 판자 울타리로 둘러싸인 안쪽에 기와집이 있고 기와집 안으로 들어가는 현관문이 따로 있었다.

이 동네는 거의가 다 이런 집들이었고, 더러 2층 집들도 눈에 띄었다. 울타리 가운데 있는 판자 출입문은 대부분이 조금 열린 상태였다. 나는 어느 집 앞에서 출입문으로 들어가지는 않고 그냥 그 앞에 서 있었다.

어느 누구라도 내가 밥 얻으러 다니는 거지라는 걸 한눈에 알아볼 수 있을 것이었다. 그 집에 사는 사람이 들락거리다가 거지가 밥 얻으러 온 줄 알아차리고 먹을 것을 주면 받고, 안 주면 다른 집으로 가면 된다는 생각으로 기다리고 있었다.

기다린 보람이 있었던지 얼마후 이상한 옷을 입은 그 집 아줌마가 외출했다가 돌아와 내가 서 있던 바로 앞의 판자문을 밀고 들어가면서 나를 유심히 살폈다. 나도 그 아줌마를 쳐다봤다.

나는 운수가 좋아야 얼마쯤 기다리면 아줌마가 집으로 들어갔다가 먹을 것이라도 좀 갖다줄 것이라고 기대했다. 그런데 뜻밖에도 아줌마는 나긋한 손길로 나에게 따라오라고 손짓까지 했다.

'됐구나. 무엇이든 먹을 것을 좀 주겠지.'

나는 속으로 그 날의 운수에 쾌재를 부르며 아줌마를 따라갔다. 아줌마는 그 집의 현관문으로 들어가지 않고 오른편으로 돌아 들어가면서 연신 나를 돌아보며 따라들어 오라고 손짓을 하는 것이었다.

결국 그 집 뒷곁으로 돌아가서 뒷문을 열고 안으로 들어갔다. 아줌마가 안내하는 대로 따라 들어가 보니 왼쪽에 냄비랑 그릇이랑 찬장 같은 것이 있는 것으로 보아 부엌이었다. 그리고 오른쪽으로는 두쪽 미닫이 문이 있고 좁다란 툇마루가 있었다.

아줌마는 툇마루에 걸터앉으면서 나에게도 자기처럼 앉으라는 시늉을 했다. 그래서 나도 걸터앉았다. 그러더니 일어나서 미닫이 문을 두 개 다 활짝 열어 놓은 채 신발을 벗고 올라갔다.

방에는 생전 처음보는 곱다란 돗자리 같은 것이 바닥에 쫙 깔려 있었다. 그것은 다다미였다. 아줌마와 나는 말 한 마디 통하지 않았지만 손짓, 발짓과 눈치로 뜻이 통했다.

옷을 갈아입고 나온 아줌마는 부엌에서 운두가 아주 낮은 조그마한 상에 밥상을 차렸다. 몇 가지의 반찬에 빈 밥그릇(밥공기) 작은 것 하나가 놓인 밥상이 내 앞에 놓여졌다.

상에는 생선 반 토막 조린 것과 뭔지도 모르는 다른 반찬 몇 가지가 접시에 담겨 차려져 있었다. 아줌마는 작은 밥통을 갖다 놓고 내 앞에 놓인 빈 밥그릇에 작은 주걱으로 밥을 퍼담아 내놓으며 어서 밥을 먹으라는 시늉을 하는데 숟가락이 없었다. 우물주물하고 있으니까 눈치를 채고 바닥이 우묵한 이상한 숟가락을 갖다주며 다시 먹으라는 시늉을 했다.

맨발에다 손은 까마귀가 사촌이라고 달려들 만큼 새까만데도 밥상을 차려 놓고 먹으라는 것이었다.

얼마만에 받아본 밥상이었던가? 부모님이 붙잡혀 가시고 집마저 잃어버렸던 그 날 이후로 마차꾼과 점심을 먹었을 때와 춘천에 와서 저녁밥을 얻어먹었을 때가 마지막이었다. 밥상에서 밥을 먹으며 사람 대접을 받은 것이다. 흰 쌀밥을 먹어 보는 것도 그 날 이후로 처음이었다.

나는 몹시 시장하여 밥 한 그릇을 후딱 먹어치웠다. 한 그릇이래야 양이 아주 작았다. 생선 조린 것도 다른 반찬도 처음 먹어보는 것이었다. 특히 생선은 달짝지근한 게 맛이 있었다. 내가 밥을 숟가락으로 뜨면 아줌마가 젓가락으로 생선이며 다른 반찬을 적당히 집어서 내 밥 숟가락에 얹어 놓고 내가 먹기를 기다렸다. 이렇게 해서 밥을 다 먹고 나자 아줌마가 한 그릇을 더 퍼주었다.

두 번째 퍼준 밥을 먹는 동안 아줌마는 일어나 방에 들어가더니 흰 종이에 뭔가를 싸가지고 나와서 내 옆에다 놓았다. 그리고는 아까처럼 반찬을 집어주면서 내가 밥 먹는 것을 지켜보았다.

'세상에 거지 아이를 데려다 이렇게 상을 차려 밥을 먹여주다니!' 나는 속으로 놀라지 않을 수 없었다. 예수님이나 부처님이라면 모를까, 도저히 하기 힘든 일이었다. 그때 내 행색하며 숯검정처럼 시커먼 맨발, 때가 더덕더덕한 손등에다 몸에서 나는 냄새가 오죽했으랴. 이런 나를 배불리 먹이기 위해 버젓이 툇마루에 앉혀 놓고 밥상을 차려서 손수 젓가락으로 반찬까지 집어주다니!

그런데 그 이상한 아줌마는 내게 그렇게 해 주었다. 밥을 다 먹고 나서 내가 좀더 먹었으면 하는 눈치를 보였는지, 아줌마는 손짓으로 밥을 많이 먹으면 배가 아프다고 배를 손으로 만지고 얼굴을 찡그리며 배 아픈 시늉을 했다. 그리고는 나더러 일어나라고 하며 흰 종이에 싸서 내 옆에 놓아 두었던 것을 집어서 바가지에 담아주었다. 나는 그것이 뭔지도 모른 채, 받아가지고 나왔다.

아줌마는 역시 뒷문으로 해서 울타리의 판자문까지 배웅을 나와 잘 가라고 손짓을 하는 것이었다. 나는 기분이 좋아져서 날아가는 기분으로 상여집으로 돌아왔다. 해가 서산에 걸려 있었다. 나는 도중에 아줌마가 흰 종이에 싸준 것이 무엇인지 열어보고 싶었으나 상여집에 도착할 때까지 그냥 꾹 참았다.

나의 안식처에 도착한 나는 호기심을 달래며 조심조심 흰 종이를 펼쳐 보기 시작했다. 마치 신기한 보물 상자를 열어보는 심정으로. 필경 먹을 것이겠지? 이런 생각을 하며 종이를 펼치는 순간, 나는 환호성을 질렀다. 생전 처음 보는 과자들이었다.

나는 우선 얇고 넓적한 걸 집어서 입으로 조금 떼어 먹으며 맛을 보았다. 맛이 있었다. 그래서 흐뭇한 기분으로 한 입 꽉 베어 씹어 먹었다.

그것이 센베이(煎餠), 모나카(最中), 아메 다마(눈깔사탕) 오꼬시(밥알 강정 같은 것), 나마가시(生菓子) 등의 일본 과자였다. 나는 이것들을 무슨 보물 다루 듯 조금씩 아껴가며 두고두고 먹었다. 다음날 아침에는 밥을 얻어먹지 않아도 배 고픈 줄을 몰랐다.

그러면서도 나는 어제 오후에 얻어먹은 밥, 특히 생선 조린 것이 기가막히게 달고 맛있었던 것을 잊을 수가 없었다. 나는 어제처럼 점심 때가 훨씬 지나서 어제갔던 그 집을 다시 찾아갔다. 울타리의 판자문이 어제처럼 조금 열려 있었지만, 거기서 좀 떨어진 곳에 서서 그 집을 물끄러미 바라보고 있었다.

'어제 내가 그렇게 밥도 주고 맛있는 반찬도 주고 과자도 많이 줬는데, 저 아이가 염치도 없이 또 왔구나. 괘씸한 녀석 같으니.'

어제 그 아줌마의 눈에 뜨이면 이렇게 생각할까 봐 겁이 났던 것이다.

왜 또 거길 갔을까? 나도 모르겠다. 그저 거지인 나에게 너무너무 잘 대해준 아줌마에게 자연스럽게 마음이 끌렸던 것 같다.

멀찌감치 서서 한참을 바라보고 있었는데, 그 아줌마는 보이지 않았다. 좀 서운했다. 돌아가려고 하는 참에 아줌마가 판자 울타리 안에서 나타났다. 아줌마는 두리번거리며 밖을 살펴본 후 돌아서다가 먼발치에 서 있는 나를 발견했다.

아줌마와 눈이 마주치자, 나는 머쓱해서 땅을 내려다보며 꽁무니를 뺐다. 아줌마와의 거리가 100미터쯤이나 될까? 조금만 돌아가면 아줌마는 나를 볼 수 없을 것이다. 나는 무안하기도 하고 다시 찾아온 것이 면목도 없고 해서 내 딴에는 부지런히 도망치듯 걸어갔다.

 얼마쯤이나 갔을까? 뒤에서 뭐라고 부르는 듯한 여자 목소리가 들려 퍼뜩 돌아다보니, 아줌마가 종종걸음으로 뛰어오면서 뭔가 소리치며 나에게 오라는 손짓을 했다. 나는 이러지도 저러지도 못하고 그 자리에 우두커니 서 있었다. 마침내 아줌마가 바쁘게 걸어서 내 앞에까지 왔다.

 나는 굳이 도망가려고 하지 않았다. 아줌마는 까마귀 발같은 내 왼손을 덥석 잡더니 자기집 쪽을 가리키며 뭐라고뭐라고 하면서 끌고 갔다. 나는 잠자코 끌려갔다. 미소를 머금은 아줌마의 표정으로 미뤄 봐서 나를 반기는 게 분명했다. 집에 도착하자, 내 등을 떼밀어 집 안으로 데리고 들어가 뒷결으로 해서 부엌으로 들어갔다. 어제와 똑같이 생선 조림 반찬으로 밥상을 차리고, 밥을 퍼주고, 젓가락으로 반찬을 집어주고, 또 과자도 어제 준 것만큼 흰 종이에 싸주는 것이었다.

 나는 너무 고마와서 눈물이 핑 돌았다. 순간 부모님과 상여집에서 같이 지냈던 아줌마 생각이 떠올랐다. 내 눈에 눈물이 고이는 것을 본 아줌마는 부드러운 종이(휴지)로 눈물을 닦아 주고 등을 토닥거려 주며 밖으로 데리고 나와서는 어제와 똑같이 잘 가라는 손짓을 해 주었다.

 얼마쯤 가다가 뒤돌아보니 아줌마는 그냥 거기 서서 이쪽을 바라보고 있었다. 나도 멈춰 서서 마주 보고 있었더니 아줌마는 어서 가라고 손짓을 했다. 아줌마도 내가 가엾어서 저러는가 보다 하는 생각이 들었다.

 나는 신이 났다. 부지런히 상여집으로 돌아가서 흰 종이에 싼 것을 펼쳐 보았더니 어제처럼 여러 가지 과자가 들어 있었다. 나는 어제 가져온 과자 중에서 먹다 남긴 것을 흰 종이에 싸서 구석에 잘 감춰 두고 나갔었다. 오늘 받은 과자와 함께 모아 두려고 그것을 꺼내 보니 종이는 마구 찢어져 있고 과자는 하나도 없었다. 언젠가 얻어다 놓은 밥을 먹어치운 들쥐의 소행인 것 같았다. 그래도 이번에는 기분이 좋아서 들쥐가 덜 밉살스러웠지만, 다음부터는 꼭 뚜껑이 있는 그릇에 넣어두어야겠다고 생각했다.

배가 부르니까 걱정이 없었다. 어떤 인연이 맺어지려고 해서였는지 잠시도 그 아줌마를 잊을 수가 없고 자꾸만 보고 싶어졌다. 나는 다음날 또 아줌마를 찾아가기로 마음먹었다. 나는 남은 과자를 들쥐가 먹지 않았더라면 그것을 내일 아침나절까지 먹고, 오늘 얻어온 과자는 두꺼운 솜이불을 갖다주고 혼수상태에 빠진 나를 구해주었던 그 상여꾼 아저씨 집에 줄 생각이었다.

비록 들쥐 때문에 차질은 생겼지만, 내일까지 과자를 안 먹어도 견딜 수 있을 것 같았다. 나는 당초에 마음먹었던 대로 상여꾼 아저씨 집에 과자를 갖다주기로 했다. 모르긴 해도 과자를 갖다주면 처음 보는 것이라서 무척 좋아하실 것이라고 생각하니 기분이 좋았다.

나는 상여꾼 아저씨가 있는지 알아보려고 집 앞에서 기웃거렸다. 해질녘이라 저녁밥을 지으려고 했는지 아주머니가 부엌에서 나오다가 집 앞에서 기웃거리는 나를 보고 말했다.

"배가 고파서 온 게로구나. 우린 이제 저녁을 하는데 어떡하지? 이리 들어오너라, 어서."

나는 주춤거리다가 안으로 들어갔다. 아저씨가 있었으면 금세 들어갔을 텐데, 아주머니는 자주 안 봐서 그런지 서먹서먹했다.

"한참을 기다려야 밥이 될 텐데 어떻게 하지? 네가 좀처럼 우리 집에는 안 오는데 너무 배가 고파 견딜 수가 없었던 게로구나. 으이그, 가엾어라. 여기 마루에 앉아서 조금만 기다려라. 이리와, 어서."

나는 그게 아니라고 말할 줄도 몰랐다. 나는 잠자코 있다가 아주머니에게 흰 종이에 싼 과자를 건네주었다.

"이게 뭐냐?"

아주머니가 과자 봉지를 받아서 펼쳐 보더니 깜짝 놀란다.

"아이그머니나, 이게 웬 거냐? 너, 이거 어디서 났어? 아니 근데 이걸 니가 먹지 왜 우릴 주니, 응? 애, 누가 널 보고 우릴 갖다주라고 하대?"

의아하게 생각해서 자꾸 물었으나 나는 그냥 나와버렸다. 그러자 아줌마가 계속 쫓아나오며 물었다.

"애, 애야! 너, 이걸 왜 이리로 갖고 왔니?"

나는 뭐라고 대답해야 할지 몰라서 도망치듯 그 자리를 떠났다.

상여집으로 돌아오는 길에 개울물에 손도 씻고 세수도 하고 머리도 감았다. 아직은 씻지 못할 정도로 그렇게 차갑지는 않았다. 나는 한결 상쾌한 기분으로 상여집에 돌아가 노상 편 채로 있는 이불 속으로 들어가서 누웠다. 점점 날씨는 추워지는데, 겨울을 날 일이 걱정이었다.

아줌마랑 같이 있을 때는 그래도 마음이 든든해서 몰랐는데, 이번 겨울에 혼자 지내자니 무엇보다도 엄동설한에 밥 얻으러 다닐 일이 큰 걱정이었다. 너무 추울 때는 아줌마가 잘 걷지도 못하는 나를 업어주기도 했는데, 이제 아줌마도 없으니 잘못하다가는 밥 얻으러 돌아다니다가 얼어 죽을지도 몰랐다.

어린 마음에도 걱정이 태산 같았다. 아줌마는 죽지 말고 꼭 살아야 한다고 했는데, 이럴 때 아줌마라도 홀연히 나타나 주었으면 얼마나 좋을까? 이런저런 걱정을 하고 있을 때 누군가가 내 이름을 부르며 문을 열고 안으로 들어왔다.

"승억이 있니?"

상여꾼 아저씨였다. 손에는 내가 아주머니에게 갖다주었던 과자봉지가 들려 있었다.

"애, 승억아! 이거 어디서 났니? 이렇게 좋은 것을 얻었으면 네가 먹어야지 왜 우리집으로 가져와? 너 혹시 어디서? 아니다, 아니다. 네가 그럴 리는 없지. 승억아, 이거 너 두고 먹어."

아저씨는 이렇게 말하며 과자봉지를 내밀었다. 나는 아저씨네 집에서 과자를 좋아라고 먹으면 좋겠는데, 내 마음도 몰라주고 다시 들고 왔다고 생각하니 속이 상했다. 아저씨는 과자를 내 앞에 놓고 밖으로 나가려고 했다.
"너, 이거 두고두고 먹어라. 우린 안 먹어도 괜찮다. 니가 먹어야 해."
나는 그만 울음을 터뜨렸다. 아저씨가 깜짝 놀라서 묻는다.
"왜 울어, 승억아?"
나는 과자 봉지를 아저씨에게 내밀며 막무가내로 울었다. 그제서야 아저씨도 내 뜻을 알아차린 모양이었다.
"그래 그래, 이거 내가 가져가면 안 울겠니?"
나는 울음을 뚝 그쳤다. 아저씨는 껄껄 웃으며 말했다.
"허허, 별난 녀석 같으니. 그래, 내 갖고 가마. 됐니?"
나도 이슬 맺힌 눈으로 아저씨에게 빙그레 멋쩍은 웃음을 보냈다. 아저씨가 과자 봉지를 도로 들고 나가면서 물었다.
"밤에 잘 때 춥지 않니?"
나는 대답 대신 춥지 않다는 뜻으로 고개만 끄덕였다.
"잘 자거라!"
아저씨가 인사를 남기고 나가자, 나는 이불을 뒤집어썼다.

다음날 아침이었다. 나는 일어나자마자 가장 먼저 너무너무 잘해 주는 아줌마를 생각했다. 춥지 않게 잘 자고 나서 그런지 배도 고프지 않았다. 점심때가 지나야 일본인 아줌마를 찾아갈 수 있겠다고 생각하니 좀이 쑤셨다. 상여집에서 나와 마을로 갔지만, 밥 먹을 생각은 하지 않고 공연히 여기저기 돌아다녔다.

쓸데없이 시간을 보내다가 오후가 되자, 그 아줌마네 집 근처로 달려가서 어제처럼 판자문을 저만치 바라보며 오락가락하고 있었다. 얼마쯤 지난 후 아줌마는 뒷곁으로부터 나오자마자 바로 내 쪽을 바라보았다. 나와 눈이 마주치자 반색을 하고 알아들을 수 없는 말을 뭐라고 하면서 손짓으로 나를 불렀다. 나는 염치가 없다 싶으면서도 부르니까 간다는 식으로 멋쩍게 슬슬 걸어서 아줌마집으로 들어갔다.

 그 날도 역시 전날과 똑같은 대접을 받고 밖으로 나오는데, 아줌마가 배웅을 하면서 손짓 발짓으로 뭔가 설명을 하려고 애를 쓰는 것이었다.

 팔을 베고 잠자는 시늉, 저만치 내가 섰던 곳을 가리키며 왔다갔다하는 시늉, 판자문을 밀고 들어가는 시늉, 현관문까지 걸어가서 손으로 문을 두드리는 시늉 등 손짓 발짓으로 아줌마가 내게 이야기하려는 뜻은 대강 눈치로 짐작할 수 있었다. 자고 나서 내일 또 여기 오면, 저쪽에서 서성거리며 왔다갔다하지 말고, 열려 있는 판자문으로 들어와, 현관문을 두드리라는 뜻인 것 같았다.

 내가 아줌마의 뜻을 알아채는 눈치를 보이자, 아줌마는 등을 두드려 주며 어서 가라고 손짓을 했다. 그러면서 환하게 웃어주는 아줌마의 얼굴이 어린 내 마음에는 참으로 정답고 포근했다.

 나는 아줌마에게서 말로는 다 표현할 수 없는 따스함과 애정을 느끼게 되었다. 천덕꾸러기로 살아가는 어린 거지에게 제대로 사람 대접을 해 주는 아줌마. 그렇게 잘해 주는 아줌마에게 내가 그런 감정을 가지는 것은 너무나 당연하고 자연스러운 것이었다.

 다음날도 점심때가 훨씬 지나서 또 아줌마네 집으로 갔다. 그러니까 그 날로 네 번째가 되는 셈이었다. 아줌마 집에서 하루 한 번 밥을 먹고 과자를 많이 얻어가니까 달리 밥을 얻어먹지 않아도 되니 참 좋았다.

 나는 그 날도 어제 아줌마가 하라는 대로 하지 않고, 늘 서성거리던 곳에서 아줌마네 집을 바라보고 있었다. 한참을 있으려니 아줌마가 뒷문께로 나오며 바로 내가 있는 쪽을 보고는 웃으면서 금세 손짓을 하며 오라고 했다. 아줌마가 하라는 대로 안 한 것은 염치없다고 생각되었기 때문이다. 어차피 거기까지 간 것만 해도 이미 염치없는 짓인데 왜 그랬는지는 나도 잘 모르겠다.

 아줌마는 웃으면서 나를 데리고 현관문께로 가서 내 손을 들어

문을 두드리는 시늉을 했다. 왜 이렇게 하라고 했는데 또 저기에 있었느냐는 말 같았다. 나는 잠자코 땅바닥만 내려다보고 있었다. 아줌마는 내 등을 토닥토닥하며 부엌으로 데리고 들어갔다.

그 날도 대접은 변함이 없었는데, 그 날따라 아줌마는 내가 밥을 먹는 동안 안으로 들어가더니 옷을 갈아입고 나왔다. 밥상을 치우고 바깥으로 나와서도 여느 때는 손짓을 하며 어서 가라고 했는데, 그 날은 내 까마귀 발 같은 더러운 손목을 잡고서는 같이 가자고 끄는 것이었다.

나는 손목을 잡혀 끄는 대로 따라갔는데, 아줌마가 노상 내가 서성거리던 곳까지 가서는 잡았던 손목을 놓고 어서 가라고 손짓을 했다. 나는 이상하게 생각하면서도 내 갈 데로 걸어갔다. 몇 발자욱을 걷다가 뒤를 돌아보니 아줌마는 웃으면서 따라오고 있었다. 나는 또 앞을 보고 걸어갔다. 얼마쯤 가다가 뒤를 돌아다보니 아줌마가 여전히 따라오는 것이었다.

그제야 나는 아줌마가 내가 사는 곳에 가보려고 따라온다는 생각이 들어서 그때부터는 부지런히 걸었다. 한참을 걷다 뒤를 돌아보니 계속 따라오고 있었다. 개울둑 길부터는 아줌마와 같이 걸어서 상여집으로 갔다.

상여집에 도착해서 나는 안으로 들어가지 않고 그냥 서 있었다. 아줌마가 어서 들어가라고 등을 떼밀었지만, 나는 안으로 들어가는 대신 문만 활짝 열어 놓았다. 그러자 아줌마는 한 발 다가서서 안을 들여다보더니 성큼 안으로 들어가 구석구석을 샅샅이 살피는 것이었다.

내가 엉거주춤 상여집 앞에 서 있는 동안 안을 살펴보고 나온 아줌마는 손짓으로 나더러 들어가라고 한 다음 내가 안으로 들어가자, 손을 흔들며 돌아서 갔다. 잘 있으라는 뜻 같았다.

잠시후 나는 밖으로 뛰어나가 저만치 가고 있는 아줌마의 뒷모습을 바라보았다. 마침 아줌마가 뒤돌아보다 나와 눈이 마주쳤다.

또 손을 흔들며 잘 있으라고 했다. 아줌마가 왜 상여집까지 따라와서 살피고 가는지 까닭 모르게 왠지 불안한 생각이 들기도 했다. 나는 아줌마의 모습이 보이지 않을 때까지 바라보고 서 있다가 상여집 안으로 들어갔다.

가지고 온 과자 봉지가 궁금했다. 한두 종류씩 첫날과는 다른 과자도 들어 있었기 때문이다. 나는 봉지를 풀어 놓고 구경한 다음 처음 보는 과자 한 개를 집어서 먹었다. 아주 달고 맛이 있었다. 삶은 통팥을 으깨서 설탕에 버무려 놓은 것 같았다. 나중에 알고 보니 야부레 만쥬(破れ饅頭)였다.

상여집 구석에 감추어 놓았던 과자를 들쥐가 다 먹어치운 후로는 아예 과자 봉지를 꼭 껴앉고 자곤 했다. 그 날 밤에도 나는 흰 종이에 싼 과자 봉지를 끌어안고 잤다.

지난번에 상여꾼 아저씨가 마련해 준 두터운 이불 덕택에 겨울에 추위가 닥쳐도 얼어죽지는 않을 거라는 생각이 들었다. 그러면서도 찬 바람이 횡하니 머리맡을 돌아나가면 천사같은 아줌마가 그리웠다. 아줌마 품에 안겨 잘 때는 얼마나 포근하고 따스했던가? 더 추워지기 전에 아줌마가 와주면 좋겠다는 생각이 자꾸만 들었다. 그런저런 생각을 하다가 잠이 들었다.

그 날 밤 꿈 속에 부모님이 상여집에 나타나셨다.

"승억아, 승억아!"

엄마가 내 이름을 부르며 와락 달려들어 나를 덥석 끌어안고 울면서 얼굴을 마구 비벼댔다. 나도 엄마도 함께 울었다.

"엄마, 엄마! 그 동안 어디있었어?"

엄마를 부르며 울다가 꿈에서 깼다. 눈을 떠보니, 캄캄한 상여집일 뿐 엄마, 아버지는 온데간데 없었다. 허탈한 마음에 어찌할 바를 모르겠다. 꿈에서라도 엄마, 아버지를 가끔 뵐 수 있었으면 얼마나 좋으랴! 헤어진 후로 부모님이 꿈에 나타나기는 처음이었다. 내 눈에서는 계속 눈물이 흘러내리고 있었다.

바로 이때였다.

바깥에서 어떤 아저씨의 헛기침 소리가 들리면서 문이 열렸다. 환한 불빛과 함께 누군가가 들어오는 것이었다. 나중에 알고 보니 건전지로 작동하는 손전등 불이었다. 손전등이 상여집 안을 환하게 밝혔다.

나는 놀라서 벌떡 일어나 겁 먹은 얼굴로 앉았다. 손전등이 온통 눈물로 범벅이 되어 있는 내 얼굴을 비추었다. 두 눈에서는 아직도 눈물이 흐르고 있었다. 나는 나도 모르게 과자 봉투를 꼭 껴안았다.

손전등을 든 남자가 상여집 안을 두리번거리고 있는 사이에 그 남자의 뒤에서 나타난 아줌마가 내게로 다가와 앉으면서 나를 꼭 끌어안았다. 다름아닌 일본인 아줌마였다. 나는 더욱 놀랐다. 아까 낮에 상여집까지 따라왔던 아줌마가 그 밤중에 들이닥쳤던 것이다.

아줌마가 반가우면서도 한편으로는 두렵고 불안한 마음이 앞섰다. 나는 가슴을 두근대며 여전히 겁먹은 얼굴로 손전등을 든 그 낯선 아저씨를 쳐다보고 있었다. 아줌마는 내 등을 토닥거리더니 휴지를 꺼내 눈물 범벅이 된 내 얼굴을 닦아 주며 뭐라고 알아듣지 못할 말을 했다. 아마도 울지 말라는 말 같았다. 아줌마나 아저씨는 내가 왜 울고 있었는지 몰랐을 것이다. 아줌마는 내가 꼭 껴안고 있는 과자 봉지를 받아서 펴 보고는 도로 싸서 내게 안겨주었다.

손전등을 들고 있는 아저씨는 이구석 저구석을 비춰보며 아줌마와 간간이 무슨 이야기를 주고 받았다. 나는 그때 아저씨가 나 혼자 있는지, 나 말고 다른 식구들이 함께 살고 있는지 흔적을 살피는 것 같다고 생각했다. 그 생각이 맞았다는 것을 나는 나중에 알게 되었다.

무슨 일일까? 그 아저씨가 아줌마의 남편이려니 짐작하면서도 나의 의구심은 해소되지 않은 채였다. 아줌마는 내게 알아듣지도 못할 말을 몇 마디 하면서 내 등을 가볍게 두드려 주고 아저씨와 함께 나갔다. 아마도 아줌마의 말은 아무 걱정말고 잘 자라는 뜻이었을 것이다.

　나는 벌떡 일어나 밖으로 나갔다. 두 사람은 아직도 가지 않고 바깥에 서서 두런두런 무슨 이야기를 하고 있었다. 손전등은 껐지만 반달이 떠 있어서 지척은 분간할 만했다. 내가 밖으로 나오자 아줌마가 다가와 내 앞에 쭈그려 앉았다. 그러면서 나를 꼭 끌어당겨 껴안고 내 얼굴에 아줌마의 얼굴을 대고는 뭐라고 말을 했다.

　나는 영문을 몰랐지만, 어쨌든 나를 이렇게 안아 주고 얼굴도 대고 하는 것이 싫지는 않았다. 아줌마는 잠을 자라는 시늉을 해보이며 내 등을 떼밀어 상여집 안으로 들여보내고는 문을 닫아 주고 아저씨와 함께 돌아갔다.

　나는 안으로 들어와 한참 있다가 다시 나가서 희미한 달빛 속에서 저만치 가고 있는 두 사람의 뒷모습을 바라보았다. 불현듯 함께 살다가 내 곁을 떠났던 아줌마가 생각났다. 참으로 이상한 일이었다. 졸지에 엄마, 아버지를 잃은 후 너무 외롭고 여러 어려움을 겪었던 탓일까? 어쩐지 나를 꼭 껴안아 주고 따스한 품안에서 잠들게 했던 아줌마를 잊을 수가 없었다.

　그런데 조금 전에 그 아줌마가 다시 나를 안아 주었다. 천사같은 아줌마의 품에 안겨 잠들었듯이 일본인 아줌마의 품에 안겨서 잠들 수 있으면 얼마나 좋을까 하는 생각을 해 보았다.

　나는 아줌마와 아저씨의 뒷모습이 보이지 않을 때까지 서 있다가 상여집 안으로 들어가 자리에 누웠다. 더러운 옷과 때에 절은 손발에다 내 몸에서 풍기는 냄새도 심할 텐데, 나를 덥석 껴안고 때와 눈물로 범벅이 된 내 얼굴에 얼굴을 비비고 했던 아줌마가 아무리 생각해도 신비스럽게만 여겨졌다. 나는 꿈에서라도 부모님을 다시 만나면 좋겠다고 생각하며 잠이 들었다.

　나를 낳아 준 부모님은 지금까지 딱 두 번 내 꿈에 나타나셨다. 일본인 부모가 나를 거두어 주기 직전과 중학교 3학년 초 와세다 대학생들을 만나기 전날밤이었다.

꿈에서 부모님을 만나 뵌 후 너무 반갑고 놀라와 잠을 깨고 나서도 허탈한 심경으로 부모님을 생각하며 슬피 울고 있을 때, 일본인 엄마와 아버지가 나타나 나를 데려다 기를 결심을 하셨던 것이었다.
"너희 일본놈들 때문에 우리 승억이가 저 지경의 역경 속에서 방황하고 있으니 너희들이 죽은 우리 부부를 대신해서 우리 승억이를 키워라."

지금 생각하면 감옥에서 돌아가신 내 친부모님의 혼령이 이렇게 일본인을 질타하여 내 운명이 결정되었다는 생각이 들곤 한다.

두 번째로 꿈에 나타나신 것도 운명적이었다. 내가 조선을 영원히 잊을까 걱정이 되셨던 것일까? 부모님이 꿈에 나타나신 다음날 히비야(日比谷) 공원으로 가서 조선인 유학생들을 만났던 것이다. 내가 그때 김동웅 형을 만나 조국에 대해 알지 못했다면 나는 정말 영원히 일본사람이 되었을지도 모를 일이다.

양손이 포승줄로 묶인 채 왜놈 헌병에게 끌려가시던 부모님의 모습과 뒤돌아보시며 목메인 소리로 울부짖듯 내 이름을 부르시던 부모님이셨다. 그 날 이후 나는 아무도 돌보아 주는 이 없는 천애의 고아가 되었던 것이다. 꿈 속에서라도 헌병들에 끌려가시던 부모님의 일그러진 모습이 보고 싶었다.

날이 밝았다. 아직은 물이 얼지 않아서 개울가로 내려가 세수를 했다. 물이 차가왔다. 어쩐지 기분이 상쾌했다. 나는 상여집으로 들어가 과자를 펼쳐 놓고 이것저것 한 개씩 먹어 보았다. 어느 것이나 다 맛이 있었다. 천사같은 아줌마가 있었으면 이렇게 맛있는 과자를 같이 먹을 텐데. 지난 봄에 어떤 남자에게 붙잡혀 간 아줌마 생각이 났다.

그 날은 그다지 춥지도 않고 햇볕이 쨍쨍한 게 아주 좋은 날씨였다. 먹다 남은 과자 봉지를 들고 상여집 바깥으로 막 나가려는데 까치가 요란하게 울었다. 밖으로 나와 두리번거리며 까치를 찾아

보니 바로 상여집 지붕 위에 까치 세 마리가 나란히 앉아 울어대고 있는 것이었다. 이른 아침에 까치가 울면 반가운 손님이 온다는 말을 언젠가 아버지에게 들은 적이 있었다.
'우리집에 누가 오려나?'
나는 문득 천사같은 아줌마가 돌아와 주었으면 좋겠다는 부질없는 생각을 해보았다.
나는 요 며칠동안 밥을 얻으러 다니지 않았다. 그런데 어쩐지 서운한 마음도 들고 시간도 보낼 겸 밥을 얻으려는 것도 아니면서 여지껏 밥 얻으러 다니던 동네를 그냥 여기저기 돌아다녔다. 그러다 점심때가 지나면 일본인 아줌마네 집에 가려고 생각했다.
어느 집 양지 바른 담장 밑에 내 또래의 아이가 칭얼거리며 앉아 있었다. 나처럼 집이 없는 아이 같지는 않았다. 자세히 보니 그 아이는 사내 아이가 아니고 계집애였다. 나는 그 계집애에게 다가가서 물었다.
"너 왜 울고 있니?"
계집애는 대답없이 나를 말끄러미 쳐다보기만 했다.
"네 엄마, 아버지가 붙잡혀 갔니?"
나는 붙잡혀 가신 엄마, 아버지를 생각하며 그렇게 물었다.
"엄마가 도망갔어."
계집애는 이렇게 말하며 또 울기 시작했다.
"너 배 고프니?"
내가 물었다. 계집애는 빤히 쳐다보기만 할 뿐 아무말도 하지 않았다.
"이거 먹어 봐. 정말 맛있다."
나는 손에 들고 있던 과자 봉지를 펼쳐 제일 맛있는 것을 한 개 집어서 계집애에게 먹으라고 주었다. 계집애는 선뜻 받으려고도 하지 않고 계속 나를 쳐다보기만 했다. 울음도 그치고 칭얼거리지도 않는다. 나는 계집애의 손에다 과자를 쥐어주며 어서 먹으라고 했다. 계집애는 손등으로 눈물을 문질러 닦더니 과자를 한 입 베어 물고 우물우물 씹어먹었다. 나를 힐끗 쳐다보고는 또 먹는다.
"이거 니가 다 먹어."
나는 계집애에게 나머지 과자를 종이에 싼 채 다 건네 주고는 다른 데로 걸어갔다.
어떻게 된 일인지 아무런 걱정이 없었다. 마음도 편안하기만 하다. 괜히 여기저기 다니고 싶고, 배도 고프지 않았다. 그전만 해도 무척 힘이 들었고 노상 걱정 속에서 살아야 했다. 밥 몇 숟가락을 얻기 위해 하루종일 다니기 일쑤였고, 저녁때까지 다리가 휘도록 다녀도 밥 한 숟가락 얻지 못할 때도 많았다. 그런 만큼 며칠 동안 밥을 얻으러 다니지 않으니까 여간 마음이 편한 게 아니었다.
점심때가 훨씬 지났다. 아줌마네 집에 가야겠다고 생각했다. 그러면서도 지난밤에 두 분이 상여집에 왔던 일이 마음에 걸려 공연히 겁도 나고 전 같지가 않았다. 이런저런 생각을 하다가 그래도 아줌마네 집에 한번 더 가보고 싶어서 결국 그리 발걸음을 돌렸다.
내 딴에는 부지런히 가느라고 갔는데 전보다는 조금 발걸음이 더뎠던 듯하다. 그 집에 거진 다 가서 바라보니 아줌마는 이미 밖으로 나와 두리번거리고 있었다. 그러다가 나를 발견하고는 빨리 오라고 손짓을 하며 행길로 나와 내게로 달려오는 것이었다.
얼굴에 함박웃음을 띠며 반갑게 내 손을 잡은 아줌마가 나를 집으로 데리고 들어갔다. 그리고는 여느 때처럼 부엌 툇마루에 앉히더니 밥상을 차려 주며 어서 먹으라는 시늉을 했다.
무엇이 그리 좋은지 아줌마는 연신 웃음을 머금은 채 젓가락으로 생선 조림에서 가시를 골라내고 살점만 집어 내 입에 넣어 주었다. 전에는 밥 숟가락에 반찬을 얹어 주곤 하더니, 그 날은 내가 밥을 떠 먹으면 젓가락으로 반찬을 집어 직접 입에 넣어 주는 것이었다.
두 번째 퍼준 밥을 먹는데도 아줌마는 계속 밥상머리에 앉아서 반찬 시중을 들어 주었다. 그것도 전과는 다른 점이었다. 전에는 내가 두 번째 밥공기를 비우는 동안 방으로 들어가 과자 봉지를 준비해 나오곤 했다.
'오늘은 과자를 주지 않으려나 보다.'
나는 속으로 이렇게 생각하면서 밥을 다 먹었다. 밥을 다 먹고 나자, 아줌마는 밥상을 치운 후 나를 뒤꼍으로 데리고 가서 어떤 문을 열고 안으로 들어가더니 다짜고짜 옷을 벗기려고 했다. 나는 영문을 몰라서 저고리가 벗겨진 후에도 한사코 바지만은 벗지 않으려고 허리춤을 움켜쥐었다. 여섯 살의 어린 나이로 부끄러움을 탔던 것일까?
함빡 웃으면서 거듭 벗으라고 손짓을 하는데도 내가 옷을 벗지 않자, 아줌마는 옆에 있던 욕조의 뚜껑을 열어 보이고는 목욕하는 시늉까지 했다. 그러니까 내가 오면 몸을 씻기려고 이미 목욕물도 데워 놓은 채 기다리고 있었던 것이다.
나는 벗기가 싫었지만, 할 수 없이 바지까지 벗었다. 아줌마는 내가 벗은 옷을 모두 가지고 밖으로 나갔다가 금세 돌아왔다. 옷을 어디다 두고 왔을까? 나는 은근히 걱정이 되었다.
내가 알몸이 되자 아줌마도 속옷만 남긴 채 입고 있던 옷을 벗어 벽에 걸어 놓고는 찬물을 타서 뜨겁지 않게 한 목욕물로 나를 씻겨 나가기 시작했다.
우선 땟국물이 쏙 빠지도록 머리를 감기고 또 감겼다. 손등과 발등, 발뒤꿈치와 팔꿈치, 무릎 등 때가 켜켜로 덮혀 있는 곳도 한참씩 물에 불려가며 돌멩이 같은 것으로 몇 번이고 문질러서 때를 벗겨냈다.
오랫동안 정성을 들여서 그야말로 머리부터 발끝까지 온몸을 깨끗이 목욕시킨 아줌마는 넓다란 수건으로 나를 싸더니 번쩍 안아다가 방에 데려다 놓고 물기를 말끔히 닦아 주었다.
그런 다음 미리 어림짐작으로 사다 놓은 듯한 속옷이랑 겉옷을 입혀 주는 것이었다. 옷을 입히고 나서는 손톱, 발톱까지 깎아 주었다. 아줌마는 무릎 위까지 오는 양말과 발목까지 오는 까만색 가죽구두도 신겨 주었다. 구두는 발등께로부터 까만끈으로 얼기설기 조여 발목쯤에서 붙들어 매는 것이었다.

감히 상상도 못해 본 꿈같은 변신이었다. 나는 도대체 무슨 영문인지 몰라 어리둥절했다. 어린 마음에 은근히 겁이 나면서도 그렇게 무서운 것 같지는 않았다. 조금만 더 나이를 먹었더라도 쉽게 짐작했을 테지만, 그때는 겨우 여섯 살이었다.

나에게 새옷을 입히고 새구두를 신긴 아줌마는 나를 데리고 밖으로 나와 이발소로 갔다. 내가 어쩌다가 1전짜리 동전을 얻어서 호떡을 사먹으러 다녔던 호떡집 바로 옆에 붙은 그 이발소였다.

나는 의자에 앉혀졌다. 아줌마가 내 머리를 두 손으로 붙잡고 이리 돌리고 저리 돌리는 동안 호떡집 주인이자 이발소 주인인 중국인이 내 머리를 상고머리 스타일로 아주 예쁘게 깎아 주었다. 머리를 깎아 주면서도 중국인은 나를 전혀 알아보지 못했다. 그도 그럴 것이 기모노(和服)를 입은 엄마(?)가 반바지 양복과 검정 구두에 긴 양말까지 신겨 데려온 아이를 거지 아이라고 생각할 턱이 없을 것이었다. 더구나 호떡을 사먹으러 자주 다녔던 것도 아니었다.

아줌마는 다시 집으로 나를 데려갔다. 신발을 벗겨 준 다음 넓은 방으로 데리고 들어가서 방석을 꺼내다가 다다미 바닥에 놓고 나더러 그 위에 앉으라는 시늉을 했다. 어물어물 하니까 내 뒤로 가서 양 겨드랑이 밑으로 손을 넣어 번쩍 들더니 방석 위에 앉혔다.

나를 목욕시키고, 새옷으로 갈아입히고, 머리를 깎이고, 집에 돌아와 방석에 앉힐 때까지 아줌마는 줄곧 싱글벙글 어쩔 줄을 몰라 했다. 무엇이 그리도 좋은 것일까? 도무지 아줌마의 속마음을 알 수 없어서 불안한 나도 어쩔 줄 모르기는 마찬가지였다.

한편으로 몇 가지 걱정되는 일도 있었다. 목욕할 때 벗었던 내 옷을 아줌마가 어디에 두었을까? 아침에 까치 3마리가 요란하게 울어댔는데 지난봄에 붙잡혀 간 아줌마가 돌아와 나를 기다리고 있는 것은 아닐까? 상여집에 있는 두터운 이불이랑 숟가락 따위는 어떻게 되었을까? 생각나는 모든 것이 궁금했다.

그러나 아줌마와 의사 소통이 안 되니 답답하기만 할 뿐이었다. 아줌마는 쟁반에 여러 가지 과자를 가득 담아서 내 앞에 갖다 놓고 하나를 집어 주며 먹으라는 시늉을 했다. 그리고는 부엌쪽 미닫이 문을 활짝 열어 놓고 부엌으로 나갔다. 그러더니 부엌에서 나를 돌아보고는 다시 방으로 들어와 내가 부엌쪽을 바라보도록 방석을 조금 돌려 놓고 도로 부엌으로 나가는 것이었다.

저녁밥을 지을 때도 조금 일하다가 나에게 고개를 돌려 웃고, 또 조금 일하다가는 돌아보면서 연신 웃는 것이었다. 아줌마는 무척이나 기쁜 모양이었는데, 나 역시 무슨 영문인지는 몰라도 싫지는 않았다. 이제 그 집에서 아줌마와 함께 살게 될 것 같은 생각이 들었던 것이다.

그러면서도 개울가 둑 옆의 상여집에 가봐야 한다는 생각으로 초조해졌지만, 어쩔 도리가 없었다. 그렇다고 막무가내로 돌아가고 싶은 생각도 아니었다. 우선 내가 거지꼴이 아니라서 좋았다. 바가지를 들고 밥 얻으러 다니지 않고, 앞으로 닥쳐올 엄동설한에 상여집에서 자지 않아도 될 것 같아서 더욱 좋았다.

저녁이 다 되었을 때였다. 누가 밖에서 들어오는 기척이 있었다. 이내 방으로 들어오는데 얼핏 어젯밤에 아줌마와 같이 상여집으로 왔던 아저씨라는 생각이 들었다.

"야아!"

아저씨가 나를 보더니 감탄사와 함께 활짝 웃는 얼굴로 다가와 나를 번쩍 안아 무릎 위에 올려 놓고 꼭 껴안았다. 그리고는 내 머리를 쓰다듬고 얼굴에 뺨을 비벼대며 온통 좋아서 어쩔 줄을 모르는 것이었다.

부엌에 있던 아줌마까지 덩달아 내 옆에 다가와 앉으며 내 손도 만져 보고, 발도 만져 보고 한동안 야단법석이었다.

이런 별안간의 변화에 얼떨떨하여 나는 좋은지 어떤지도 미처 모르고 자꾸 눈치만 살폈다. 어쨌거나 내 마음은 그다지 편하지 않았고, 오히려 좀 불안하기조차 했다.
"아들, 아들."
아저씨가 무릎 위에 앉혀 놓은 나를 손가락으로 가리키며 말했다.
"옴마, 옴마."
이번에는 시선을 나에게 고정시킨 채 아줌마를 가리키면서 말했다.
"아부지, 아부지."
역시 시선은 나에게 고정시킨 채 아저씨 자신을 가리키면서 말했다.
내가 아무리 어리다고 한들 '아들, 옴마, 아부지'라는 말에 담긴 의미를 모를 리 있으랴? 아저씨는 그러면서 나에게 머리를 옆으로 기울여 쿨쿨 코를 골며 잠자는 시늉을 하고, 밥 먹는 시늉도 하고, 세 사람을 일일이 손으로 가리키며 같이 자는 시늉까지 해보였다. 그리고 몇 번씩이나 반복하였다.
나는 눈만 껌뻑거리며 아줌마와 아저씨의 눈치를 살폈다. 어쨌든 두 분은 나를 아들로 삼아 함께 살기로 결정한 것 같았다.
나중에 좀더 커서 짐작하게 된 일이지만, 그런 결정을 내린 데는 사연이 있었다. 두 분 중 어느 쪽에 결함이 있었는지는 몰라도 자식을 볼 수 없다는 의사의 판정을 받은 후 양자라도 얻어서 기르고 싶었으나 뜻대로 되지 않아 고심하던 중에 나를 발견했던 것이다.
'임자 없는 아이라면!'
두 분이 숙의 끝에 내 처지를 살핀 다음, 아들로 삼아 정 붙이고 살자고 의견을 모았던 것이었다.
이렇게 해서 나는 그 날부터 먹고 자는 걱정없이 두 분을 어머니, 아버지라 부르며 한 식구로 살게 되었다. 한편으로는 천사같은 아줌마가 붙잡혀 갔다가 상여집으로 돌아와 있을 것만 같아서 꼭 한 번은 가보고 싶은 생각이 간절했다.

호랑이와의 인연

내 이름은 나름대로 인연이 있어서 도라노스께(虎之助)가 되었다. 글자 그대로 '호랑이의 도움'이라는 뜻을 담고 있다. 물론 나중에 알게 된 일이지만, 일본인 어머니는 나를 처음 만나기 전날밤 꿈에 호랑이를 보았다고 한다. 그래서 다음날 내가 밥을 얻으러 가자, 예사롭게 보이지 않더라는 것이었다.

이런 인연으로 한 식구가 되었다 하여 내 이름을 호랑이 호(虎)자가 들어간 도라노스께(虎之助)라고 지었고, 일본인 아버지의 성(姓)이 무사시야(武藏谷)여서 결국, 무사시야 도라노스께(武藏谷 虎之助)라는 긴 이름이 내게 붙여졌다.

나는 21년 동안 그 이름으로 살았다. 그러니까 1945년 8월 15일 일본의 패전으로 제2차 세계대전의 포성이 멎은 후 내가 27세의 나이로 현해탄을 건너 해방된 조국으로 돌아왔던 1945년 10월 10일까지 그 이름을 썼다.

"도라쨩(虎ちゃん)!"

새엄마와 새아버지는 '호랑이'라는 뜻의 범 호(虎)자 한 자만을 써서 도라짱이라는 애칭으로 나를 부르곤 했다. 실상 호랑이와의 인연은 일본인 부모님을 만나기 훨씬 전부터였다. 어쩌면 태생의 인연이라고 할 수도 있었다.
　"우리 승억이는 아주 영특하지. 산신령(山神靈)님께 빌어서 점지받았으니 이 담에 크게 될 거야."

　엄마가 가끔 이런 말씀을 하셨던 기억이 난다. 아마도 네 살 때인 1922년 경으로 내가 고아가 되기 전이었다.
　"엄마, 산신령님이 뭐야?"
　어느날 나는 엄마에게 물었다.
　"산신령님은 말이다. 저어, 아주 영험하신 분이야."
　"영험하신 분이 뭔데?"
　"그저 그렇게만 알면 돼."
　산신령님이 호랑이를 의미하는 줄은 몰랐지만, 나는 해방 후 조국에 돌아올 때까지 결코 그 단어를 잊어버리지 않았다. 해방 후에 하리마오라는 이름을 사용하게 된 배경과도 무관하지 않다. 말레이 어로 '호랑이'를 의미하는 말이 바로 '하리마오'인 것이다.

　이렇게 해서 함께 살게 된 새엄마와 새아버지는 나를 여간 사랑해 주시는 게 아니었다. 내가 어려서는 제법 귀엽게 생겼거나, 적어도 밉상은 아니었던 모양이었다. 새엄마는 잘 때도 내게 잠옷을 입혀 한 이불 속에서 꼭 껴안고 자곤 했다. 일본 사람들은 원래가 부부간이라 해도 이불과 요를 따로따로 펴고 떨어져 자는 것이 습관인데, 나를 한 이불 속에 재운 것은 각별한 일이었다.
　그렇게 얼마 동안을 지내니 상여집이 생각나고 거기서 함께 겨울을 났던 아줌마 생각도 자꾸 났다. 혹시 아줌마가 돌아온 것은 아닐까 하는 생각이 문득문득 나곤 했다. 만약 그 아줌마가 돌아와 있다면 아무리 새엄마, 새아버지 집에서 좋은 옷 입고 과자도 먹고 맛있는 밥과 반찬을 먹고 지낸다 해도 나는 상여집으로 뛰어가 그 아줌마와 같이 살고 싶은 마음이었다. 내가 과자를 주었던 계집애도 궁금했다. 엄마가 도망갔다고 했는데, 나처럼 엄마와 아버지를 한꺼번에 잃어버린 가엾은 애가 아니었을까?

하루는 새엄마 손을 붙잡고 바깥으로 끌고 나갔다. 행길까지 나한테 끌려나온 엄마는 내가 상여집으로 가보고 싶어하는 눈치를 채고는 앉아서 나를 덥석 껴안더니 내 얼굴에 엄마 얼굴을 비비며 한참동안 꼭 껴안고 있었다.

그러더니 나를 집으로 데리고 들어갔다. 새엄마는 옷을 갈아입은 후 내 손을 잡고 밖으로 나가 가게들이 많은 시내로 갔다. 엄마는 예쁜 그림책도 사 주고 예쁜 모자도 사서 씌워 주고 예쁜 털장갑도 사주셨다. 또 과자 가게에 들어가 어떤 것이 먹고 싶냐고 이것저것 가리키며 한 보따리 사가지고 집으로 왔다. 내 마음을 달래려고 애쓰는 것 같았으나 나는 상여집에 가보고 싶은 생각에 사로잡혀 노상 시무룩했다.

첫눈이 펑펑 쏟아지던 어느날, 갑자기 이사를 간다고 했다.

나는 깜짝 놀랐다. 어디로 이사를 간다는 걸까? 어디로 가건 이곳을 떠나면 영영 상여집에도 못 가고, 붙잡혀 간 아줌마도 만날 수 없고, 친부모님도 만나지 못할 것 같은 생각에 겁이 덜컥 났다.

일꾼들이 많이 와서 이삿짐을 싸고 세간들을 나르느라 야단법석을 떠는 북새통에서 나는 털썩 주저앉아 울음을 터뜨렸다. 별안간 내가 울기 시작하자 엄마와 아버지는 놀라서 무슨 영문인지도 모른 채 나를 달래느라 애를 태우고 진땀을 뺐지만, 나는 막무가내로 울기만 했다. 나는 계속 울어대면서 윗도리와 바지를 벗어 팽개쳤다. 옷을 벗어던지는 걸 보자, 엄마와 아버지는 그제서야 왜 우는지 어슴푸레 짐작한 것 같았다.

두 분이 뭔가 의논을 한 후, 엄마가 벗어던진 옷을 억지로 입혀서 나를 밖으로 데리고 나가더니 상여집 쪽으로 가는 것이 아닌가!
 나는 속으로 잡혀갔던 아줌마가 거기 있으면 그 아줌마하고 같이 살아야겠다고 마음먹었다. 그래야 언제고 진짜 엄마와 아버지도 만나게 될 거라는 생각이 들었다. 나는 좋아라고 엄마 손을 꼭 잡고 상여집까지 따라갔다.
 상여집에 도착하여 엄마가 먼저 문을 열고 안을 살피더니 들어가 보라는 듯이 내 등을 밀었다. 나는 얼른 안으로 들어가 깔아 놓았던 이불이랑 밥그릇 따위를 유심히 훑어봤지만, 전에 내가 있을 때와 달라진 게 없었다. 아줌마가 왔던 것 같지도 않았다. 아줌마가 와 있으리라 기대했는데 그렇지 않으니 나는 을씨년스럽고 두렵고 공연히 무서운 생각이 들어서 한참동안 허탈한 심정으로 멍하니 서 있었다.
 엄마는 내 거동을 눈여겨보았다. 그러더니 내 앞에 다가와 앉아 나를 꼭 안아 주면서 뺨을 비벼대는 것이었다. 한참을 껴안고 있던 엄마가 일어나서 내 손목을 잡고 밖으로 나가자, 나는 잠자코 따라 나갔다. 계속 내 눈치를 살피며 상여집을 떠나 둑길을 걸어가는 엄마에게 손목을 잡힌 채 나는 아무 저항 없이 집으로 다시 갔다.
 아줌마도 없는 상여집에 혼자 주저앉아서 엄마를 따라가지 않겠다고 버틸 용기가 없었다. 전처럼 혼자서 밥 얻어먹으며 거지 생활을 한다는 게 두렵기만 했다.
 나는 일본인 새 부모님을 따라 자동차를 타고, 기차를 타고, 배를 타고, 또 기차를 타면서 이국땅인 일본으로 건너갔다. 그렇게 하여 나는 정든 상여집도, 거지 생활을 가르쳐 주던 아줌마도 영영 볼 수 없게 되었다.
 일본인 부모를 따라 현해탄을 건너 고꾸라(小倉)로 이사한 후에도 한동안 상여집이 자꾸 생각났고, 특히 거기서 한 해 겨울 동안 함께 지내며 나를 품에 안고 얼어죽지 않도록 보살펴 주었던 아줌마가 몹시도 그리웠다.

호랑이와의 인연 89

무슨 사연이 있어서 집을 떠나 걸인 생활을 했는지 몰라도 내게는 천사와도 같은 은인이었다. 그 상여집에서 살 수 있도록 해 주었고, 용기와 정직을 가르쳐 주었으며, 삶의 의지를 북돋아 주었던 착하고 좋은 아줌마였다. 그 아줌마의 따스한 품에 안겨 포근하게 잠이 들 때는 진짜 엄마처럼 좋았고, 춥고 배고플 때나 한없이 외로울 때는 태산을 옮겨다 놓은 것처럼 마음이 든든했었다. 그런 아줌마를 나는 한순간도 잊을 수가 없었다.

나중에야 알게 된 사실이지만, 일본인 부모님은 춘천에서 더 오래 살다가는 나의 친부모나 연고자가 나타나 나를 빼앗아 갈지도 모른다는 우려와 강박관념으로 몹시 번민을 하셨다고 한다. 그래서 부랴부랴 이사를 하게 되었던 것이다.

아버지는 도쿄 제국대학교(東京帝國大學校) 법문학부 재학 중 사법고등문관 시험에 합격하여 대학을 졸업하면서 법관생활을 시작하셨다. 조선 근무를 자원해서 여기저기 전전하시다가 경성 지방법원 춘천지청 재직 중에 나를 얻으시고 자칫하면 나를 빼앗길지도 모른다는 생각으로 상부에 전근 교섭을 해서 부랴부랴 일본 쿠슈 후꾸오까껭(日本 九州 福岡縣) 후꾸오까 지방재판소 고꾸라(小倉) 지부로 전근하셨던 것이다.

일본인 부모님은 나를 양자가 아니라 적자(嫡子)인 장남으로 호적에 입적시키셨다. 아버지의 성함은 무사시야 히꼬지로우(武藏谷 彦次郞)이고, 엄마는 같은 성에 이름은 기누꼬(絹子)였다. 나도 역시 아버지의 성을 따라 무사시야 도라노스께(武藏谷 虎之助)라는 이름으로 호적에 등재되었다. 생년월일은 대정(大正) 8년(1919년) 4월 18일이었다. 나의 생일을 알 수 없었던 아버지는 아버지의 생일인 4월 18일을 내 생일날로 정해 호적에 올렸다.

이사한 이듬해인 대정(大正) 14년(1925년) 후꾸오까껭 고꾸라 시에 있는 이다비쓰(板櫃) 심상고등소학교에 제61기로 입학했다. 처음 소학교에 입학했을 때는 일본인 부모 슬하에서 살게 된 지

겨우 3개월 남짓밖에 되지 않아 언어 소통에 어려움을 겪는 바람에 성적이 부진했지만, 2학년을 지나 3학년 때는 전교생 중에서 1등이었다. 4학년 때는 5학년 교과서를 구해다가 함께 공부하여 4학년 수료 후 5학년을 건너뛰고 곧바로 6학년에 진학했다. 4학년을 수료할 무렵에 학교 이름이 이다비쓰(板櫃)에서 기요미즈(淸水)로 바뀌었다.

나는 한 학년을 월반하고도 열심히 공부하여 전국의 졸업생 중에서 1등의 영예를 안고 소학교를 졸업했다. 그때는 만주사변이 일어나기 전 해라 별로 뉴스 거리가 없어서였는지 신문, 잡지, 라디오 등에 그 사실이 보도되면서 한동안 일본 전국이 떠들썩하기도 했다.

당시 기요미즈 소학교의 제10대 교장이셨던 와다(和田 熊彦) 선생님은 '우리 학교의 명예를 드높여 준 신동'이라고 나를 격찬해 주셨다. 특히 부모님께서 기뻐하시는 모습은 말로 표현할 수 없을 정도였다. 아마도 보람을 느끼셨으리라. 어머니는 너무 감격하신 나머지 눈물까지 흘리셨다.

나는 소화(昭和) 5년(1930년) 3월에 기요미즈 심상고등소학교를 제60회로 졸업하고 도쿄(東京)로 옮겨 명문학교인 게이오우 기쥬꾸(慶應義塾) 보통부(中學 5年 課程)에 입학했다.

중학생이 되면서 나는 부모님과 떨어져 살게 되었다. 부모님은 고꾸라(小倉) 시에서 사시고 나만 도쿄 시바꾸 미다 쓰나마찌(東京都 芝區 三田綱町)의 저택으로 거처를 옮겼다. 수도(首都)인 도쿄에서 공부를 해야 한다는 이유로 나를 도쿄 미나도꾸(港區) 소재 게이오우 기쥬쿠(慶應義塾)에 입학시키신 것이었다.

내가 살게 된 그 집은 조상 대대로 물려받아 일본인 아버지 명의로 된 700여 평의 대저택인데 무사시야(武藏谷) 가문의 유서 깊은 유산이었다.

그런 연유로 조선의 춘천에서 판사로 계셨을 때나 나를 데리고

도일(渡日)하신 후 고꾸라 시에서 법관생활을 하셨을 때도 도쿄의 저택만은 항상 친척분에게 맡겨 유지하고 관리해 오셨던 것이다.

내가 도쿄로 옮겼을 때는 어머니의 먼 친척 내외분이 그 저택을 관리하고 계셨는데, 나를 극진히 보살피고 보호해 주셨다.

부모님은 내가 소학교에서 일 년을 월반했으면서도 졸업할 때는 일본 전국에서 1등을 할 정도로 공부를 잘했기 때문에 나를 곁에 두시지 않아도 크게 걱정하셨던 것 같지는 않다. 가끔 어머니가 도쿄의 집에 오셔서 며칠 동안 계시거나, 어떤 때는 아버지도 함께 오셔서 며칠씩 지내시는 게 고작이었다.

얼마후에는 아버지의 직위가 높아지면서 오사까 고소원(高訴院; 고등법원)으로 옮기셨는데, 거기서도 법원 관사에서 생활하셨다.

"너는 이담에 반드시 법관이 되어 아버지의 뒤를 이어야 한다."

내가 중학생이 된 후로 아버지는 늘 이렇게 말씀하셨다. 그래서 중학교 졸업 당시에는 내 뜻을 물어 보지도 않고 법원 서기를 시켜 당연하다는 듯이 도쿄 제1고(第一高)에 입학 원서까지 접수시키셨다.

아버지의 모교이기도 한 제1고등학교는 도쿄 제국대학교의 예과(豫科)나 다름없었다. 제1고를 거쳐 도쿄 제대 법문학부를 나오고 법관이 되셨던 아버지는 내가 아까몽(赤門; 도쿄 제대의 상징)을 나와 아버지와 똑같은 코스로 법관의 길을 걷게 할 생각을 가지고 계셨으리라.

그러나 나는 죽어도 법관이 싫었다. 이유는 두 가지였다.

중학교 5학년 때였다. 학교에서 단체로 어느 흉악범 언도 공판 진행 과정을 견학한 적이 있었다. 도쿄(東京) 내의 고등법원인지 복심(覆審) 법원인지 확실한 기억은 없지만, 어떤 교육적 의미와 목적이 있어서 그런 재판 과정을 보게 했는지는 지금도 의문이다.

세 사람의 피고가 모두 살인강도인 흉악범이라고 했다. 자세한 사건 내막은 기억하지 못하겠으나 이미 결심(決審)도 끝난 다음의 언도 공판이라 피고들의 최후 진술이 끝나고 재판장의 형 언도 절차만 남아 있었다.
그런데 재판장의 형 언도라는 것이 너무나 천편일률적이었다.
"사형, 사형, 사형!"
세 피고가 모두 사형 언도를 받았는데, 가운데 서 있던 피고만 제외하고 양쪽에 서 있던 두 피고는 사형이 언도되자 졸도해 버렸다.
나는 그 순간 심각해졌다. 죄를 범했으면 당연히 죄값을 치르는 게 동서고금의 사리(事理)인지는 모르겠지만, 뭔가 좀 답답한 것 같았다. 재판이라는 절차를 통해 사람이 사람을 죽인다? 그러니까 아버지도 재판장 노릇을 하시면서 많은 사람을 죽이셨다는 것이 되지 않는가?
어디 직업이 없어서 사람이 사람 죽이는 직업을 택해야 한다는 것인가? 생각이 여기에 미치자 나는 법률가가 될 마음이 싹 가셔 버렸다. 이것이 내가 법률가를 기피하게 된 첫째 이유였다.
하기야 법률가라고 하더라도 벌을 주는 재판장이 아니라 피고의 권익을 챙겨주고 피고를 살려내는 변호사라면 더욱 값진 직업일 수도 있을 텐데, 어린 나이의 생각으로는 미처 거기까지 미치지 못했던 것이었다.
내가 법률가를 기피하게 된 두 번째 이유는, 배일사상에서 비롯된 염세관 때문이었다. 중학생 따위가 무슨 배일사상에다 염세관이란 말이냐고 할지도 모르겠다.
중학교 3학년 때 히비야(日比谷) 공원에서 우연히 김동웅 형을 만난 후 내가 조선인이란 사실을 깨닫고 은연 중에 배일사상에 젖어 들었다고 할 수 있다. 새삼스럽게 친부모님이 일본 헌병들에게 붙잡혀 가신 사실까지 떠올리면서 조선의 말과 글, 조선의 역사와 인물에 대해 새롭게 눈뜨기 시작했던 것이었다.
김동웅 형을 감시하던 도쿄(東京) 경시청 고등계 형사가 하숙집에 드나드는 나를 발견하고 수상히 여겨 뒷조사를 한 끝에 오사카 고소원 원장의 아들이라는 것을 알고 그 사실을 아버지에게 일러바치는 바람에 혼쭐이 나기도 했었다.

그래서 김동웅 형을 다시는 만나지 못하고 말았지만, 나는 그 일을 계기로 두 가지의 중요한 변화를 겪게 되었다. 김동웅 형의 가르침을 받지 못하자 혼자서 조선에 대한 공부를 하기 시작했고, 중학교 4학년 과정을 월반(越班)하여 바로 5학년이 되기로 결심했던 것이다.

부모님은 그때 내가 김동웅 형의 하숙집에 드나들며 조선에 대한 공부를 한다는 사실을 알고는 망연자실하여 부랴부랴 도쿄로 달려 오셨다. 나를 일본 제일의 대법률가로 입신양명시켜 보람을 찾으시려고 했던 아버지의 실망은 차마 눈뜨고 볼 수 없을 정도였다. 나는 아버지 앞에 무릎을 꿇은 채 머리를 조아리며 다짐했다. 그렇다고 법률가가 되겠다고 마음을 고쳐 먹은 건 물론 아니었다.

그리고 나는 아버지와 약속한 대로 4학년을 월반하여 바로 5학년이 되었다. 소학교와 중학교에서 각각 1년씩 월반을 했다고 해서 일본 전국의 매스컴이 한동안 떠들썩했다. 희열에 넘쳐 어쩔 줄 모르고 기뻐하시던 부모님의 모습은 지금도 눈에 선하다.

아버지의 동료 및 선후배 법관들을 비롯하여 부모님 친척분들의 축하 인사가 끊이질 않았고, 한동안 축하 전문과 전화도 계속되었다. 그럴수록 나의 법관 지망(법률 공부)에 대한 아버지의 기대는 한층 높아져 갔다.

그러나 나에게 조국을 일깨워 준 스승이자 은인인 김동웅 형을 만나지 못하게 되면서 오히려 내 생각은 더 심각하게 바뀌기 시작했다.

내 조국은 저렇듯 비참한 나락으로 떨어져 버렸고, 나는 나를 낳아 주신 부모도 일가친척도 없는 천애의 고아가 되었다. 내가 바랄 게 뭐란 말인가? 이제 일본인 아버지가 그토록 기대하시는 대심원 판사도, 대심원 원장도 싫고, 사회적 입신양명도 싫다. 장차 성년이 되더라도 결혼마저 싫고, 나아가 세상 천지에 내가 좋아하는 것은 아무것도 없다. 일본인 아버지가 물려주실 막대한 유산(돈)도 명예도 다 부질없다.

이런 식의 염세관(Pessimism)이 내 정신과 마음을 지배하기 시작했다. 그 결과로 배를 타겠다는 생각까지 하게 되었던 것이다.

'에라 모르겠다. 항해사 공부나 해서 항해사가 되고 선장이 되어 흘러가다 멈추고 멈췄다가 흘러가는 뜬구름처럼 6대주 5대양을 누비고 돌아다니며 이국풍정(異國風情)이나 만끽하면서 한 세상 살다가 인생을 마감하리라.'

이런 생각으로 나는 도쿄 고등상선학교에 들어가야겠다는 마음을 굳혔다. 1년을 월반하려는 계획도 따지고 보면 항해사가 되기 위해서 공부를 열심히 해야겠다는 의욕에 따라 더욱 촉발된 셈이었다.

내가 중학교를 졸업하던 소화(昭和) 9년(1934년)도 봄에 아버지는 내 뜻도 묻지 않고 사람을 시켜 도쿄 제1고(第一高)에 입학원서를 내셨다.

입학 시험을 치는 날 나는 영문도 모르고 도살장에 끌려가는 소처럼 마지못해 끌려가서 시험을 쳤다. 오사까로부터 상경하신 아버지의 손에 이끌려 어디론가 가던 도중에 비로소 이유를 알았지만, 때는 이미 늦어서 도리가 없었던 것이다.

그러나 나는 도쿄 고등상선학교 항해과를 지망하여 이미 입학시험까지 치른 후였다. 부모님이 펄펄 뛰며 당연히 반대하실 줄 알면서 미리 의논 드릴 수는 없다고 생각한 나머지 아무런 말씀도 드리지 않았던 것이다.

제1고(第一高)의 합격통지서가 집으로 배달되었을 때, 나는 이미 고등상선학교의 합격통지서도 품속에 간직하고 있었다.

도쿄 고등상선학교는 당시 문부성(文部省) 소관(所管)으로 수업료는 물론이고 식비, 기숙사비, 정복 및 작업복 등 피복비 일체를 무료로 지급하며 관비생으로 교육시키는 특수학교였다. 학생들은 입학과 동시에 교내 기숙사에서 생활하고 해군 예비생도의 신분으로 해군 병적에 입적되었다.

이 학교의 학제에 따르면 석상과정(席上課程) 3년, 포술(砲術) 학교 6개월, 연습선 실습 1년, 민간 기선회사 선박 승선 실습 1년 등 도합 5년 6개월 동안 수업을 받아야 했다. 연습선 실습 1년의 경우 항해과 학생은 범선(帆船), 기계과 학생은 공학 실습 과정이었다.

학교를 졸업하면 예비역 해군 소위가 되고, 동시에 갑종 2등 항해사(甲種 二等 航海士) 면장(免狀;자격증)이 수여되었다.

결국 나는 일본인 아버지의 그토록 간곡한 소망과 기대를 저버린 채 도쿄 고등상선학교 항해과(航海科)에 입학하여 기숙사로 들어가고 말았다. 감히 아버지에겐 아무 말씀도 못 드리고 그 사실을 어머니에게만 전화로 말씀드렸다.

기숙사 생활을 시작한 지 사흘째 되던 날, 나는 수업 중에 교장실로 불려갔다. 우스이(薄井 周介) 교장 선생님은 자못 심각한 표정으로 말했다.

"무사시야 군, 자네 신상에 문제가 생겼네. 자네 부친께선 입학 동의서에 도장을 찍은 사실이 없으시다며 엄중한 항의와 함께 입학을 취소하라고 하셨어. 도대체 어떻게 된 일인가?"

나는 아버지 서재의 책상 서랍에 사용하지 않는 도장이 하나 있던 것을 기억하고 그것으로 입학 동의서에 날인하여 학교에 제출했던 것이다.

나는 우스이 교장 선생님에게 매달렸다.

"아버지는 대단한 집념을 가지고 제가 반드시 법률 공부를 해야 한다고 고집하십니다. 불효 막심한 일이지만, 저는 그렇게 할 수가 없습니다. 기숙사에서 굶다가 죽어 나가는 한이 있더라도 항해사가 되겠다는 제 꿈은 절대로 바꾸지 않을 것입니다. 교장 선생님의 선처만 바랄 뿐입니다. 저는 지금부터 기숙사에 들어가 헝거 스트라익을 시작하려고 합니다. 죄송합니다. 교장 선생님만 믿겠습니다."

헝거 스트라이크(Hunger Strike)는 그 당시의 근로자들이 걸핏하면 사용하는 투쟁 수단이었다.

"이거 봐, 무사시야 군! 그런 식으로 문제가 해결되는 게 아니잖아? 지금이라도 늦지 않았으니 가서 아버지를 이해시켜 드리고 승낙을 얻어내란 말이야. 그게 순리(順理)지 덮어 놓고 단식 투쟁이라니, 말도 안되는 소리야. 알아듣겠어?"

"아닙니다. 아버지는 제가 말씀드린다고 해서 절대로 승낙하실 분이 아닙니다. 죄송합니다. 용서하십시오."

그렇게 말하고 교장실을 나와서는 그 길로 기숙사에 들어가 누워버렸다. 수업 중이었지만, 나름대로 비장한 각오를 하며 기숙사로 직행했던 것이다.

진작에 굶어죽거나 얼어죽었을 인생인데 여지껏 살아온 것도 덤으로 살아온 셈이니 죽음을 앞두고 이 세상에 대해 별로 아쉬움도 미련도 억울함도 없었다. 더구나 나의 친부모님은 어느 하늘 아래 살아 계시는지, 이미 돌아가셨는지 행방조차 모르는 것이다.

나의 철딱서니 없었던 행동은 결국 어머니의 끈질긴 구명 운동(?)으로 아버지가 사흘만에 백기를 드는 것으로 끝이 났다. 내가 사흘씩 굶으며 단식 투쟁을 하는 동안 아버지가 공들인 탑은 허무하게도 일순간에 와르르 무너져 버렸으니 그 허탈한 심정과 배신감이 오죽하셨으랴!

'조선의 이름없는 촌구석의 시골 거리에서 헤매던 어린 고아를 주워다가 공 들여 길러 대일본제국의 최고 법률가로 입신시켰다.'

아버지는 그래도 평생의 보람으로 이런 성취감을 만끽하며 장한 일을 했다는 작은 칭송이나마 들으려고 하셨을 텐데, 그것이 일거에 수포로 돌아갔던 것이다. 아버지는 그 일로 거의 한 달 동안이나 몸져 누워 계시는 바람에 장기간 법원에 결근하는 홍역까지 치르셨다.

　아버지의 기대를 허물어뜨리고 어머니의 속을 끓인 나의 철딱서니 없는 배신 행위에도 불구하고 두 분은 그런 일이 있고 나서 두어 달 후인 어느 주말에 예고도 없이 면회를 오셨다. 특급을 타도 하루종일 걸리는 형편에 오사까에서 곧장 오셨던 것이다. 면회도 뜻밖이려니와 어머니가 하신 말씀은 더욱 뜻밖이었다.

　"우리 도라짱, 그 동안 마음 고생 많았지? 내일은 일요일이니까 기숙사 생활로 고생하는 우리 도라짱을 위해 잔치를 하려고 왔다. 내일 맛있는 음식을 많이 장만할 테니 학교 친구들도 불러. 그 왜 집이 멀어서 주말에 집에도 못 가는 학생들 있잖니? 그런 친구들을 모두 초청하려무나. 내일 저녁에 말이다."

　나는 그만 목이 메어 말문이 막혀버렸다. 부모님의 표정은 아주 밝아 보였다. 어머니가 다가와 할 말을 잊은 나를 꼭 껴앉아 주셨다. 따스한 어머니의 얼굴이 내 볼에 닿을 땐 두 눈에서 주루룩 눈물이 흘렀다. 나는 어머니를 꽉 끌어안고 울먹였다.

　"어머니, 잘못했어요. 용서해 주세요."

　내가 끝내 흐느끼며 울어대자 어머니는 애기 달래듯 내 등을 토닥거려 주시며 조용히 나무라셨다.

　"너를 기쁘게 해주려고 왔는데, 울긴 왜 울어? 사내 대장부가 못나게시리! 어서 울음 그쳐, 어서."

　다음날 저녁때 우리집에서는 근래에 보기 드문 성대한 잔치가 벌어졌다. 집을 관리하시는 아줌마랑 어머니가 하루종일 장만해서 내놓은 맛있는 음식이 잔치상에 가득했다. 가까운 친척댁에는 며칠 전부터 미리 연락을 취하셨는지 많은 친척들까지 오랜만에 한자리에 모여 하루 저녁을 흥겹게 즐겼다.

　그후로 나는 주말마다 집에서 지냈다. 부모님은 옛날이나 마찬가지로 나를 변함없이 사랑해 주시고, 항상 나에게 마음을 써주시면서 건강에도 각별한 관심을 기울여 주셨다.

부모님은 내가 상선학교를 졸업하던 해인 소화(昭和) 14년(1939년) 중엽에 아버지가 대심원(大審院;대법원) 부장으로 영전하신 후 오사카의 관사에서 도쿄의 집으로 이사를 하셨다.

그 동안 5년 이상을 매월 한 차례씩은 일요일에 두 분이 함께 집으로 오셔서 어머니가 손수 장만하신 맛있는 음식으로 나를 즐겁게 해 주셨던 것이다. 특급을 타더라도 오사까에서 도쿄까지는 9시간씩 왕복 18시간이 걸리는 거리였다.

차라리 나를 미워하고 구박하셨다면 덜 괴로워했으리라. 잘해 주시면 잘해 주실수록 양심이 볶여서 나는 더욱 더 괴롭고 고통스러웠던 것이다. 거지였던 나를 거두어 정 붙이고 사랑을 쏟으며 온갖 정성을 다해 키워 주신 일본인 부모님의 은공은 결코 잊을 수도 배신할 수도 없다는 사실을 나는 너무나 잘 알고 있었다.

그러나 짧은 견학 과정이나마 재판관이라는 직업에 대해 느꼈던 강한 회의와 함께 내가 조선인이라는 사실을 각성함으로써 결국 법률가가 되는 길을 스스로 거부하고 말았다.

김동웅 형과의 만남은 감수성 예민한 중학교 3학년짜리의 심경에 엄청난 변화를 일으켰다. 나를 낳아 주신 부모님이 일본 헌병들에게 체포되어 끌려감으로써 대여섯 살의 어린 나이로 엄청난 고난을 겪지 않았던가? 이런 원한 사무친 감정이 가슴속에서 용광로의 쇳물처럼 끓어오르는 걸 억제하기 어려웠다.

일본인 아버지의 절대 소망이었던 법관의 길을 포기하면서 자연스럽게 항해사나 선장이 되어 6대주 5대양을 누비고 돌아다니며 일생을 마치겠다는 생각에 사로잡혀 도쿄 고등상선학교 항해과를 지원하게 되었던 것이다.

지금 생각하면 이런 결정도 내가 너무 어렸기 때문에 반드시 옳은 판단이었다고 할 수는 없었다. 나는 그때 왜 친부모님 찾을 생각은 못하고 유랑아가 되려고 했는지 모르겠다.

시즈꼬(靜子), 나의 첫 연인

도쿄의 우리집이 있는 동네는 원래 대저택들이 많았다. 가마꾸라(鎌倉) 시대로부터 에도(江戶) 시대, 명치(明治) 시대를 거쳐 대정(大正) 시대에 이르기까지 일본을 통치해 온 쟁쟁한 권력층들이 대대로 살아왔던 동네였기 때문이다. 말하자면 내노라 하는 일본의 양반촌이라고 할 수 있었다.

우리집과 길 하나 사이로 마주보고 있는 건너편 집도 우리집만큼 큰 저택이었다. 그 집에는 나와 동갑내기인 무남독녀 외동딸이 있었다. 귀티가 나는 얌전한 아가씨인데 소학교 때는 나처럼 한 학년 월반(越班)했을 정도로 공부도 곧잘 하는 것 같았다. 시즈꼬(靜子)의 생일은 나보다 불과 이틀 뒤였다.

내가 소학교를 졸업한 후 도쿄의 집에서 게이오우 기쥬꾸(慶應義塾) 보통부(중학과정)에 다니게 되자, 자연스럽게 만날 수 있었다. 서로 마주보는 집인데다 중학교 3학년 때까지는 학년도 같다 보니 날마다 만나게 되어 서로 이야기도 하고 같이 놀기도 했던 것이다.

내가 시즈꼬네 집에 가거나 시즈꼬가 우리집에 와서 틈만 나면 만났는데, 주로 숙제를 하거나 그림 그리기를 했다. 우리집 정원에서 그림을 그리는 시즈꼬의 앳띤 모습은 그 자체로 한 폭의 그림이었다. 공부는 아무래도 시즈꼬가 나보다 좀 처지는 편이어서 주로 시즈꼬가 나에게 와서 묻곤 했다. 어쩌면 일부러 만나기 위한 핑계로 질문을 만들었는지도 모르지만······.

집안끼리도 서로 허물없이 친숙하게 지내는 처지였다. 시즈꼬의 어머니가 나를 아주 귀여워하고 좋아하는 데다 나의 어머니 역시 가끔 집에 오시면 시즈꼬네 집으로 스스럼없이 놀러 가시곤 했다. 더구나 시즈꼬의 어머니는 장차 우리 두 사람이 결혼까지 하게 될 거라고 믿을 정도였다.

시즈꼬의 아버지는 그 당시 육군 군부의 실세로 욱일승천(旭日昇天)하며 위치를 점차 굳혀 가던 현역 장군이었다.

내가 중학교 3학년을 마치고 5학년으로 월반하는 바람에 시즈꼬보다 한 학년 앞서게 되었지만, 그런 일은 우리 두 사람 사이에 아무런 장애도 될 수 없었다.

여러 해 세월이 흘러 소년기를 벗어나 어느덧 사춘기에 이르렀고, 서로 좋아하던 감정이 자연스럽게 사랑으로 발전하여 이제는 하루도 얼굴을 보지 못하면 견디기 어려울 정도가 되었다.

소화(昭和) 11년(1936년), 우리는 이미 열여덟 살이었다. 그 해 10월 첫 주말인 10월 3일 오후, 나는 수업이 끝나자마자 부리나케 고등상선학교의 기숙사를 빠져나와 집으로 달려갔다. 잠시라도 빨리 시즈꼬를 보고 싶었기 때문이다.

시즈꼬는 도쿄 여자대학 국문과에 다니고 있었다. 왜 시즈꼬가 집에서 가까운 성심여자학원(聖心女子學院;대학임)을 마다하고 거리가 먼 스기나미꾸(杉竝區)에 있는 대학에 다니게 되었는지는 잘 모르겠다.

2층 자기방에서 이제나저제나 내가 집에 오기를 기다리며 내려다보고 있던 시즈꼬는 내가 도착하자마자 득달같이 우리집으로 건너와 단숨에 2층 내 방으로 뛰어올라 왔다.
　청춘남녀가 꼬박 엿새를 기다려 주말에만 만나야 하다니 얼마나 안타깝고 지루했으랴? 애타게 그리워하는 마음을 가눌 길 없었던 우리는 한참 동안 서로 포옹한 자세로 꼭 껴안은 채 석고상처럼 굳어서 떨어질 줄 몰랐다.
　그러나 우리는 서로 이성을 잃지 않고 자제할 줄도 알았다. 그 덕분에 벌써 수년째 밀접하게 만나면서도 그나마 아무런 말썽조차 없었던 것이다.
　시즈꼬는 우리집에서 저녁 식사까지 함께 하고 밤 늦도록 이런 저런 이야기를 하며 놀다가 자정이 넘어서야 자기집으로 돌아갔다. 둘이 있으면 시간 가는 걸 잊어버리기 일쑤였다.
　다음날 아침이었다.
　잠이 깨고 나서도 나는 일요일이라 느긋한 기분으로 아직 이불 속에서 뒹굴고 있었다. 바로 그때 시즈꼬가 노크를 하고 방으로 들어왔다. 시즈꼬는 말 한 마디 없이 다짜고짜 이불을 들치더니 내 품속으로 곧장 파고들었다. 순간적으로 좀 놀라기는 했지만, 나는 싫지 않은 기분으로 그녀를 힘껏 껴안아주었다.
　심장이 두근거리고 숨결이 거칠어졌다. 나는 자제력을 잃지 않으려고 안간힘을 쓰며 공연히 버르적거렸다. 시즈꼬도 가쁜 숨을 억제하느라고 무진 애를 쓰는 것 같았다. 여지껏 이런 일은 없었던 것이다.
　사람의 인내심은 한계가 어디쯤일까? 더구나 피 끓는 청춘을 두고 인내심을 이야기할 수 있을까? 속내의만 입고 이불 속에서 뒹구는 와중에 느닷없이 시즈꼬가 파고들었으니 점차 감정을 주체하기가 어려워질 수밖에 없었다. 나는 더 이상 견딜 수가 없어서 벌떡 일어나 앉았다.

시쯔꼬는 이불 속에서 엎드린 자세로 내 허리를 꽉 껴안은 채 뜨겁게 달아오른 얼굴을 밑으로 푹 수그리고 있었다. 시즈꼬의 어깨가 잔잔한 파도를 일으키기 시작했다.

나는 아무 생각 없이 왼손으로 시즈꼬의 등을 쓰다듬으면서 오른손으로는 머리카락을 만지작거렸다. 한참만에 몸을 일으킨 시즈꼬가 촉촉하게 이슬이 맺힌 눈으로 나를 쳐다보며 말했다.

"도라짱, 우리 결혼해요."

그것은 말이 아니라 차라리 절규였다. 시즈꼬의 심정을 웬만큼은 이해할 수 있을 것도 같았다. 그러나 아직은 결혼을 생각할 수 없는 처지가 아닌가? 나는 고등상선학교 3학년이고, 시즈꼬는 대학교 2학년이었던 것이다. 하긴 그 수가 많지는 않아도 대학생 중에 결혼한 학생들이 더러는 있었다.

"아직 학생 신분인데 어떻게 결혼을 해?"

시즈꼬를 사랑하면서도 느닷없이 결혼하자는 말에는 주춤하지 않을 수 없었다. 나는 선장이 되어 평생 세계를 누비고 다니겠다는 꿈을 안고 상선학교에 들어가지 않았던가? 시즈꼬와의 사랑 때문에 내 인생의 항로가 바뀔 수도 있었다. 결혼해서 육지에 볼모로 잡힌다고 생각하는 순간 갑자기 번민과 갈등이 생겼다. 나는 시즈꼬에게 조용히 말했다.

"시즈꼬, 내 말 잘 들어. 시즈꼬가 나를 사랑하는 것만큼 나도 시즈꼬를 사랑해. 그러나 한 가지 고백할 게 있어."

내가 조선사람이라는 사실을 밝힐 작정이었다. 사랑하는 시즈꼬로부터 결혼하자는 말을 듣고 내가 왜 그런 생각을 했는지는 지금도 잘 모르겠다.

시즈꼬와 결혼하고 나서 내가 조선인이라는 사실이 밝혀졌을 때 혹시라도 불행한 일이 생길지도 모르니까 미리 고백을 해 두자는 것이었을까? 아니면 세상에 영원한 비밀이란 있을 수 없고, 또 진심으로 시즈꼬를 사랑하니까 진실을 숨긴 채 결혼할 수는 없다고 생각했던 것일까? 이도저도 아니면 내가 조선사람이니까 시즈꼬가 결혼을 단념할 것이라는 이율배반적인 심정으로 그랬을까?
시즈꼬가 의아한 눈길을 보내며 물었다.
"무슨 고백이에요?"
막상 고백하자니 조금 망설여졌다. 지금 이 시점에서 정말 고백해야 옳은가? 판단을 내리기가 무척 어려웠다. 아니다, 결과가 어떻게 되든 진실을 밝히자. 여섯 살짜리 어린 거지를 속인 수레꾼처럼 진실을 감춰둔 채 사랑하는 여인을 기만할 순 없지 않은가? 나는 마침내 결심을 굳혔다.
"시즈꼬, 놀라지 마. 나는 조선사람이야. 내가 조선인이란 걸 알고도 역시 나와 결혼할 생각인지 우선 그것부터 대답해 봐."
잠시 뜻밖이라는 표정을 지었지만, 나를 쳐다보는 시즈꼬의 다정한 눈길에는 아무런 변화가 없었다. 시즈꼬는 조금도 지체없이 단호하게 선언했다.
"도라짱, 나는 지금의 도라짱을 사랑할 뿐이에요. 지난날 도라짱에게 어떤 사연이 있었는지는 나하고 아무런 상관이 없어요. 또 그 사연 듣고 싶지도 않구요. 설령 도라짱이 시나징(支那人;중국인을 천대해서 부르는 말)이라 해도 이 시즈꼬의 마음과는 아무 상관도 없어요."
서슴없이 이렇게 말하는 시즈꼬가 놀라웠다. 거짓도 가식도 아닌 순수한 마음씨가 분명했다. 마치 새벽에 내린 볏잎 위의 이슬방울처럼 맑고 티 없는 처녀의 애정 고백이었다.
나는 시즈꼬를 으스러지도록 힘껏 껴안았다. 여인의 아름다운 마음씨가 이토록 남자의 마음을 사로잡는 신비한 힘이 있다는 것을 내 어찌 알았으랴!
어렴풋한 기억으로도 조선의 고향 땅에서 엄마가 어린 나를 꼭 껴안아 주었을 때의 느낌이나 감정과는 분명 달랐다. 고아가 되어 거지 노릇을 하며 배고픔과 외로움에 지쳐 있을 때 상여집에서 천사 같은 아줌마의 품에 안겨 잠들곤 하던 때의 행복감과도 달랐다. 마찬가지로 일본인 어머니의 품에서 잘 때의 안도감과도 다른 느낌과 감정이었다.
　시즈꼬를 포옹하고 있는 동안의 포근하고 아늑한 느낌은 분명 그런 경우들과 또 다른 행복감이었다. 이 세상의 온갖 것들이 우리 두 사람만을 위해 존재하는 듯한 기분이었다. 세상 사람들이 누구나 다 이렇게 신비한 행복감을 누리며 살고 있는 것일까? 아니면 우리 두 사람, 시즈꼬와 나만 이렇게 행복한 것일까?
　그러나 우리 두 사람의 행복감과는 상관없이 현실은 어디까지나 현실이었다. 나는 시즈꼬에게 다시 다짐을 두었다.
　"시즈꼬는 내가 시나징이라도 상관없다고 했어. 그 마음 내가 너무나 잘 알아. 서로 사랑하는 사이라면 민족이나 국적이나 피부색 따위가 문제될 순 없겠지. 하지만 시즈꼬 부모님도 시즈꼬와 같은 생각일까? 우리가 부모님의 반대를 무릅쓰고 억지로 결혼해서 과연 행복하게 살 수 있을까? 우선 사실대로 말씀드리고 부모님의 승낙을 얻도록 최선을 다해 보는 거야. 내 말 알아듣겠지?"
　잠자코 나를 바라보며 천천히 고개를 끄덕이는 시즈꼬를 와락 끌어안았다. 내 얼굴과 맞닿은 시즈꼬의 볼은 무척이나 뜨거웠다. 나는 시즈꼬의 입술을 내 입술로 찾아 더듬으며 뜨거운 열기 속으로 빠져들어 갔다. 난생 처음 경험해 보는 황홀감을 간신히 억누르며 나는 시즈꼬에게 거듭 당부했다.
　"내가 조선사람이란 사실을 부모님께 꼭 말씀드려. 먼저 양가 부모님의 승낙을 받아낸 후, 온 세상 사람들의 축복 속에 결혼식을 올리도록 하자구. 알았지?"
　"응. 하지만, 내가 얼마나 도라짱을 사랑하는지 도라짱은 아마 모를 걸요?"
　"내가 왜 그걸 몰라?"
　"피, 그렇다면 부모님이 허락하든 않든 결혼하겠다고 해줘요."

"알았어. 하지만, 먼저 부모님께 승낙을 얻는 게 순서야."
 이런 일이 있고 나서 몇 개월이 훌쩍 지나갔다. 그후로 결혼 얘기는 잠잠한 가운데 시즈꼬와 나는 전처럼 변함없이 자주 만났고, 그냥 그렇게 지내는 동안 그 해도 저물어갔다.
 나이를 한 살씩 더 먹어 19살이 된 소화(昭和) 12년(1937년), 어느덧 봄이 성큼 다가온 3월 중순이었다. 내가 4학년, 시즈꼬가 3학년이 되는 새학기를 두어 주일 앞둔 3월 13일 토요일 오후였다.
 나는 여느 주말과 마찬가지로 부지런히 집으로 갔다. 앞으로 일주일만 지나면 학기말의 봄방학이 있을 참이었다. 불과 며칠 동안의 짧은 기간이긴 해도 날마다 시즈꼬를 만날 수 있고, 시즈꼬와 함께 어디든 돌아다닐 수도 있었다. 나는 잔뜩 기대에 부풀어 2층의 내 방으로 올라갔다.
 미닫이 문을 열고 방으로 들어가니 시즈꼬가 와서 기다리고 있었다. 시즈꼬의 표정이 밝지 않았다. 나는 걱정이 되어 물었다.
 "표정이 우울해 보이는데, 무슨 좋지 않은 일이라도 있었어?"
 시즈꼬가 자리에서 일어나 내게로 다가오더니 와락 달려들어 품에 안겼다. 나는 반사적으로 시즈꼬를 힘차게 끌어안았다. 내 가슴에 얼굴을 파묻은 시즈꼬는 아무말 없이 한동안 떨어질 줄 몰랐다. 나는 시즈꼬의 향긋한 머리 내음을 맡으며 말했다.
 "왜 그래? 어서 말해 봐."
 시즈꼬는 얼굴을 들고 나를 쳐다보며 희미한 미소를 지어 보였다.
 "아니에요. 그저 당신이 보고 싶어서 그랬어요."
 그러더니 곧장 다음 말을 이었다.
 "우리 어디 바람 좀 쐬러 가요, 네?"
 "그래, 어디로 가고 싶어?"
 "아무 데나. 우리 아다미(熱海) 갈까?"
 "아다미? 그렇게 먼 데까지?"
 "나 돈 많아요. 엔따꾸 불러요, 응?"

엔따꾸(えんたく)란 택시를 두고 하는 말이다. 그 당시 도쿄 시내에서는 어딜 가나 택시 요금이 1원(圓)이었다. 일본말로 1원은 '이찌엥(いちえん)'이라 하고, 택시(Taxi)의 일본식 발음은 '다꾸시(たくし)'라 한다. '이찌엥'에서 1(하나)에 해당하는 '이찌(いち)'는 생략하고, 원(圓)에 해당하는 '엥(えん)' 발음과 '다꾸시'에서 '다꾸(たく)' 발음만 따서, 통상 '엔따꾸(えんたく)'라는 약어(略語)로 사용했던 것이다.

그러니까 '엔따꾸를 부르자.'는 말은 '택시를 타고 가자.'는 뜻이었다. 택시 회사로 전화를 걸어 택시를 불러 타고 가자는 말인 것이다. 도쿄 시내에서는 어디를 가든 요금이 '이찌엥(1원)'이지만, 도쿄 시내를 벗어나 교외로 빠져나갈 때는 물론 예외였다.

아다미(熱海)로 가자고 할 땐 필시 무슨 까닭이 있으리라. 나는 시즈꼬가 하자는 대로 집 앞에서 택시를 불러 타고 교외로 빠져나갔다.

시즈꼬는 통 말이 없었다. 아까 방에서 잠깐 지어보이던 미소도 사라지고, 얼굴 옆모습에는 수심만 가득했다. 여지껏 저토록 우수에 찬 시즈꼬의 표정을 본 적이 있었던가? 나는 저으기 근심스러웠지만, 자꾸 말을 시키는 대신 얼마간 지켜보기로 했다.

택시에 탄 지 두어 시간이 지났는데도 시즈꼬는 여전히 굳은 채 침묵을 지키며 초점잃은 시선만 차창 밖으로 던지고 있었다. 불안한 생각마저 들었으나 어쩔 도리가 없었다.

집에서 출발한 지 3시간이 훨씬 지나서야 아다미 온천장에 도착했다. 택시를 타고 단 한 마디의 대화도 나누지 않아서 좀 지루한 편이었다.

"도라짱, 저리로 들어가요."

택시에서 내리자마자 시즈꼬는 금방 눈에 띄는 온천장 여관으로 들어가자고 나를 잡아끌었다. 언제 한번이라도 이런 일이 있었던가? 더욱 이상한 예감이 들고 불안했지만, 그 날만큼은 시즈꼬가 하자는 대로 따르리라 생각했다.
 우리는 아담하고 아늑한 방으로 안내되어 들어갔다. 들어가자마자 시즈꼬가 와락 달려들어 내 가슴에 얼굴을 묻었다. 그런 자세로 한참동안 숨 가쁘게 할딱거리던 시즈꼬는 너무나 뜻밖의 제안을 하는 것이었다.
 "우리 목욕해요. 벗어요. 제발 오늘만큼은 아무말 하지 말고 나 하자는 대로 해 줘요. 도라짱, 부탁이에요. 어서요."
 "이봐, 시즈꼬! 무슨 일이 있었는지 말이라도 좀 해 봐. 전에 없이 이러니까 내가 불안하잖아? 어서 말해 봐, 응?"
 "내가 말했잖아요. 오늘만큼은 아무말 말고 나 하자는 대로 해 달라구요."
 "알았어, 알았다구."
 "그럼 옷 벗고 욕탕으로 들어가요."
 나는 할 수 없이 시즈꼬가 하자는 대로 옷을 벗고 훈도시(ふんどし;일본 남자들이 음부와 항문만 가릴 수 있도록 팬티 대신 걸치는 것) 하나만 걸친 채 먼저 욕탕으로 들어갔다. 시즈꼬는 옷이란 옷은 홀랑 벗은 채 속옷 하나 걸치지 않은 알몸으로 욕탕에 따라 들어왔다.
 "훈도시도 마저 벗어요."
 도대체 뭘 어쩌자는 건가? 그러면서 시즈꼬는 생긋이 웃었다.
 내 어찌 상상인들 할 수 있었으랴? 그것이 이승에서 내게 보여 준 시즈꼬의 마지막 웃음이었다. 어쨌거나 나는 시즈꼬의 나체에 넋을 잃었다.
 그 나이가 되도록 여인의 나체라고는 그림에서조차도 본 적이 없었다. 사춘기에 흔히들 보는 춘화도나 남녀가 성교하는 장면을 찍은 사진같은 것도 본 일이 없었다. 청소년기에 있을 수 있는 자위 행위 따위도 상상조차 할 수 없을 만큼 지난날의 나는 오직 공부만 했던 것이다.

나는 시즈꼬가 하라는 대로 훈도시마저 벗어버렸다. 생긋 웃는 시즈꼬의 모습을 보니 조금은 긴장이 풀리는 것 같았다.

동갑내기라도 여자가 남자보다 더 조숙하다는 말을 들은 적이 있었다. 시즈꼬가 나보다 더 조숙한 탓으로 욕정을 견디기 힘들어 이런 기회를 만든 것일까? 나는 그런 정도로만 생각했을 뿐 그 이상은 상상해 보려고도 하지 않았다.

시즈꼬의 웃는 모습은 참으로 특이했다. 나는 문필가가 아니라서 시즈꼬가 웃을 때의 사랑스러운 모습을 감칠 맛 나는 글로 표현할 수는 없다. 그러나 웃을 때마다 시즈꼬의 볼에 생기는 보조개는 얼마나 아름답고 우아한지 모른다. 그 모습을 바라보는 것만으로도 마음속의 근심을 녹이는 듯한 따사로움을 느낀다.

한떨기 화사한 장미꽃 같다고나 할까? 이렇듯 향기롭고 아름다운 여인의 나체를 눈 앞에 두고 청춘의 피가 끓는 나더러 어쩌란 말인가? 엄청난 이적(異蹟)이었다. 지난날 아슬아슬한 고비는 몇 차례 넘겼으나 이렇게 서로 나체가 되어 마주 서리라곤 상상조차 못했던 것이다.

가슴이 설레고 흥분이 고조되었다. 나는 수치를 모르는 짐승이 되어 시즈꼬를 번쩍 안아들고 미리 펴 놓은 요 위에 눕혔다. 나는 마침내 회오리 바람이 휘몰아치는 태풍의 눈 속으로 빨려 들어가고 말았다.

인간을 창조한 조물주 신의 위대함이여! 온 세상이 마치 우리 두 사람만을 위해 창조된 것처럼 구름 위에 두둥실 떠 있는 기분을 주체하기 어려웠다. 나는 그 날로 남녀관계의 오묘함에 새삼 경탄하게 되었다.

이렇게 하여 우리들의 동정(童貞)은 난생 처음 겪는 신비스러운 황홀경 속에서 서로에게 고스란히 바쳐졌다.

격정의 순간이 진정되자 마치 사나운 태풍이 휩쓸고 지나간 것 같았다. 시즈꼬는 돌아누운 채 아무런 말도 움직임도 없었다. 잠시 적막이 흘렀다. 그러다가 시즈꼬의 어깨가 들먹여지기 시작했다. 시즈꼬는 울고 있었던 것이다. 소리 죽인 울음이 점점 흐느낌으로 바뀌어 갔다. 그러더니 마침내 옆 방에 들릴 만큼 큰소리는 아니었지만, 슬프게 엉엉 울어대는 상황으로 변했다. 그것은 꿀꺽꿀꺽 소리를 삼키는데도 어쩔 수 없이 터져나오는 오열(嗚咽)이었다.

"왜 그래? 왜 우는 거야? 울지 마."

시즈꼬는 아무리 달래고 위로를 해도 막무가내로 울어댔다. 무슨 이유인지나 알아야 어떤 대책이라도 강구하든지 할 게 아닌가? 나로서는 도무지 시즈꼬가 우는 까닭을 짐작할 수가 없었다.

소중히 간직해 왔던 처녀성에 대한 아쉬움 때문인가? 아니면 집안에서 나와의 결혼을 반대라도 한단 말인가? 그렇다면 대책이 없는 것만도 아닐 텐데 왜 이토록 슬피 우는 것일까? 실로 난감한 일이었다.

시즈꼬가 어찌나 슬피 우는지 가슴이 미어질 듯 안쓰러웠다. 나는 어쩔 줄 모르는 채 함께 울고만 싶었다. 시즈꼬는 장장 두어 시간을 울어대더니 겨우 잠잠해졌다.

나는 시즈꼬의 몸을 돌려 꼭 껴안아 주었다. 아직도 속울음은 멎지 않았는지 나에게 착 달라붙어 더운 열기를 내뿜는 시즈꼬의 알몸이 부르르 경련을 일으키는 것 같았다. 나는 숨이 막힐 정도로 시즈꼬를 꽉 껴안았다. 20여 분이 지나자 차츰 안정이 되는 듯했는데 온몸은 오히려 더욱 뜨겁게 열이 오르는 것 같았다.

"열이 높은 것 같은데, 병원에 가 봐야 되지 않을까?"

귀엣말로 내가 이렇게 묻자 시즈꼬는 말없이 몸만 흔들어 괜찮다는 반응을 보일 뿐이었다. 그런 상태로 조용하게 30분쯤 흐른 후 시즈꼬가 길게 한숨을 쉬면서 일어났다. 속옷을 주섬주섬 입기 시작하는데 얼굴을 보니 눈 언저리가 퉁퉁 부어 올라 있었다.

나는 시즈꼬를 잡아 끌어 품에 안고는 속옷을 도로 벗겨 버렸다.

우리는 또 다시 격렬한 태풍 속으로 휘말려 들어갔다. 그런 기분으로 두 사람이 함께 이 세상을 등진다면 조금도 여한이 없을 것 같았다.

우리는 격정의 순간이 지나고 나서 한참 후에 일어나 조용히 옷을 입었다. 나는 두 팔을 벌리고 다가가 시즈꼬를 껴안았다. 시즈꼬도 내 가슴에 얼굴을 옆으로 기대고는 나를 한번 꼭 끌어안았다가 풀었다. 그러면서 내 얼굴을 유심히 쳐다보는 눈길에 어쩐지 섬뜩하고 이상한 예감이 머리를 스쳤지만, 시즈꼬가 먼저 소매를 끄는 바람에 그냥 따라 나설 수밖에 없었다.

"이제 그만 집에 가요."

택시를 잡아 타고 집으로 돌아갈 때 시즈꼬는 내 손을 꽉 움켜쥔 채 앞만 바라보고 있었다. 나는 팔꿈치로 시즈꼬를 툭 건드리며 말했다.

"이거 봐, 시즈꼬! 무슨 일이 생기면 우선 나한테 말을 해줘야 함께 해결책을 찾을 거 아니야? 나를 그토록 사랑하면서 나한테 말하지 못할 사연이라도 있어? 그러지 말고 무슨 사정인지 말해봐."

"아니에요. 말할 게 없어요. 제발 그냥 가요."

참으로 답답했다. 시즈꼬는 집에 도착할 때까지 거의 너댓 시간 동안이나 내 왼쪽 어깨에 머리를 기댄 채 두 손으로 내 왼손을 꽉 움켜쥐고 있었다.

"사요나라(さようなら; 잘 가요)."

"그래, 잘 자."

시계를 보니 새벽 1시 반이었다. 시즈꼬와 나는 제각기 자기집 바깥 대문 앞으로 발길을 돌렸다.

대문을 열고 집으로 들어가서 돌아보니 시즈꼬는 여전히 자기집 대문을 등진 채 물끄러미 나를 바라보고 서 있었다. 내가 어서 들어가라고 손짓하자, 시즈꼬는 한사코 나더러 먼저 들어가라는 손짓을 했다.

나는 대문을 닫고 현관을 거쳐 2층 내 방으로 올라갔다. 전등을 켜고 혹시나 해서 창문으로 내려다보니 시즈꼬는 아직도 그 자리에 그대로 서서 내 방을 쳐다보고 있었다. 나는 의아해 하면서 어서 들어가라고 거듭 손짓을 했다.

그제서야 시즈꼬는 마지못해 대문 안으로 들어갔다. 나는 그냥 창가에 서서 내려다보았다. 대문을 닫고 10미터쯤 걸어 들어간 시즈꼬가 이번에는 3개의 층계를 올라가서 외등 밑에 멈춰 섰다. 그러더니 안으로는 들어가지 않고 현관문을 등진 채 또 다시 내 방쪽을 쳐다보았다.

이상한 예감이 들고 마음이 불안해서 도무지 갈피를 잡을 수가 없었다. 설마 무슨 일이야 있으랴? 애써 이렇게 생각하면서 나는 하릴없이 어서 들어가 자라는 손짓만 해댔다.

시즈꼬는 한참이나 꼼짝도 하지 않고 서 있다가 나를 향해 잘 자라는 듯이 손을 흔들어 보였다. 나도 손을 흔들며 입 속으로 잘 자라고 중얼거렸다. 시즈꼬는 마침내 안으로 모습을 감추었다.

불을 끄고 잠자리에 들었지만, 나는 잠이 오지 않았다. 이런저런 생각으로 뒤척이다가 퍼뜩 정신이 들었다. 시즈꼬가 대문 앞에서 헤어질 때 내게 한 말이 잘 자라는 말 '오야스미(おやすみ).'가 아니고 잘 있으라는 '사요나라(さようなら).'였다는 사실을 뒤늦게 깨달았던 것이다.

나는 다시 창문을 열고 시즈꼬의 방쪽을 바라보았다. 시즈꼬의 방에는 불이 꺼져 있었다. 얼마전부터 방을 수리하느라고 아래층 어머니의 방 옆방에서 기거하게 되었다고 한 기억이 났다.

어째서 '사요나라.' 라고 했을까?

답답하다. 그렇다면 밤 사이에 죽기라도 하겠단 말인가? 혹시 시즈꼬의 아버지가 나와 결혼하는 걸 반대하기 때문에 죽으려고 하는 것일까? 도대체 그것이 어떻게 죽어야 할 이유라도 된단 말인가? 나는 말도 안 된다고 생각했다. 아버지가 결혼을 반대한다면 왜 내게조차 그 말을 하지 못하고 죽으려 한단 말인가?

'아니야, 그게 아닐 거야.'

나는 불도 켜지 않은 채 창문을 활짝 열어 놓고 시즈꼬네 집의 동정을 살폈다. 집 안에서 혹시 소란스러운 일이 벌어지지 않을까 조바심하며 한 시간 정도 서서 지켜보았다.

지금 시즈꼬네 집 안에서 무슨 일이 벌어지고 있더라도 이미 때가 늦은 건 아닐까? 그러나 모두가 조용히들 잠들고 있는 오밤중이었다. 오밤중이 아니었다면 당장 뛰어내려가 시즈꼬의 집으로 들어가 보고 싶었다.

시계를 보니 벌써 새벽 3시 반이었다.

어찌 편안하게 누워서 잠들 수 있으랴? 도무지 불안해서 견딜 수가 없었다. 나는 창문을 닫고 자리에 앉았다. 한참을 앉아 있다가 다시 일어났다. 의자를 가져다 창문 앞에 놓고 앉아서 시즈꼬네 집의 동정을 살피기로 했던 것이다.

조용했다. 하늘을 보니 달빛도 없는 캄캄한 밤하늘엔 무수한 별들이 찬란한 빛을 발하며 반짝이고 있었다.

'저렇듯 아름답게 빛나는 무수한 별들을 만드신 조물주 신이시여, 사랑하는 시즈꼬가 제발 아무일도 없이 무사하도록 보호해 주소서. 지난날 그 엄청난 역경에서 헤매던 어린 시절의 저를 보살펴 주셨던 것처럼 말입니다.'

나는 간절한 염원을 담아 속으로 중얼거리며 빌고 또 빌었다.

'제발 시즈꼬에게 아무일도 없기를 비나이다.'

이런저런 생각을 하다가 나는 깜박 잠이 들었다. 잠든 사이에 꿈속에서 시즈꼬를 보았다. 나는 지금도 그때 꿈에서 보았던 장면을 생생하게 기억한다.

꿈 속에서도 나는 생시처럼 내 방에서 시즈꼬네 집을 걱정스럽게 내려다보고 있었다. 현관 앞의 촉광이 밝은 외등 불빛에 환하게 드러난 그 집 정원이 보였다. 갑자기 현관문이 요란스럽게 열리더니 군복을 입은 시즈꼬의 아버지가 풀어헤쳐진 머리채를 움켜쥐고 시즈꼬를 아주 거칠고 사납게 질질 끌어내다가 정원 한가운데에 꿇어앉혔다.

"아버지, 잘못했어요. 제발 살려주세요."

시즈꼬가 두 손을 모아 싹싹 빌며 울부짖었다. 그러나 시즈꼬의 아버지는 아랑곳하지 않고 닙뽄또우(日本刀)를 뽑아 시즈꼬의 목을 내려쳤다. 그러자 한칼에 시즈꼬의 머리가 뚝 떨어져 땅으로 뒹구는 것이었다.

그 순간 나는 소스라치게 놀라 꿈에서 깨어났다. 의자에 앉은 채 잠깐 잠이 든 모양이었다.

바로 그때 깜깜하던 시즈꼬네 집 아래층에 환하게 불이 켜졌다. 시계를 보니 새벽 5시였다. 나는 가슴이 덜컥 내려앉으며 도무지 불안해서 견딜 수가 없었다. 멍하니 서서 불 켜진 쪽을 보고 있으려니 이게 웬일인가? 까만 가방을 든 간호원이 흰 까운을 입은 의사를 앞세우고 시즈꼬네 집 바깥 대문을 박차고 허겁지겁 현관으로 들어가는 것이 아닌가!

나는 털썩 주저앉았다. 맥이 탁 풀리는 게 손발이 움직여지질 않고, 시즈꼬네 집으로 뛰어가야 할 텐데 도무지 몸이 말을 듣지 않았다. 나는 방바닥에 그대로 쓰러지고 말았다.

너무나 충격이 컸기 때문일까? 갑자기 정신이 혼미해지는 것 같았다. 얼마쯤 그냥 그 상태로 누워 있자니 아래층 아줌마(어머니의 친척)가 다급하게 나를 부르며 뛰어 올라와 노크도 없이 방문을 열었다.

"도라짱, 도라짱. 얼른 저 시즈꼬짱한테 가 봐요. 빨리, 빨리요."

숨 넘어가는 소리에 번쩍 정신이 들어 일어났다. 나는 앞뒤 가리지 않고 단숨에 뛰어 내려가 시즈꼬네 현관문을 박차고 들어갔다. 시즈꼬가 멍하니 누워 있고, 의사는 맥을 놓은 채 앉아 있었다.

시즈꼬의 어머니마저 혼절을 한 모양인지 그 옆에 아무렇게나 쓰러져있는데, 의사가 허겁지겁 방으로 들어서는 나에게 말했다.
"주사를 놓았으니까 어머니는 곧 깨어나실 거야."
나는 시즈꼬의 몸을 흔들었다. 이내 시즈꼬가 눈을 가늘게 뜨고는 입을 움직이려고 했다. 나는 얼른 귀를 시즈꼬의 입에다 바짝 갖다댔다.
"사랑했는데……."
그리고는 말이 없었다. 숨을 거두고 말았던 것이다.
"시즈꼬!"
나는 시즈꼬를 덥석 끌어안고 얼굴을 부벼대며 소리쳤으나, 시즈꼬는 더 이상 꼼짝도 않는 것이었다. 시즈꼬의 몸은 점점 싸늘해지기만 했다. 목이 메어 울음도 나오지 않았다.
혼절했던 시즈꼬의 어머니는 주사를 맞고 의식이 회복되었지만, 넋 나간 사람처럼 그냥 누워 있었다. 실성한 듯 울지도 못하고 말도 없었다.
"약명미상의 극약을 마셨는데, 이미 늦어서 손 쓸 겨를이 없었네. 내가 들어왔을 땐 계속 '도라짱'만 찾더군."
시즈꼬가 죽어가면서도 계속 내 이름만 불러대며 애타게 찾았다는 의사의 말이 내 귀에 우뢰처럼 메아리쳤다.
이렇게 열아홉 살의 꽃다운 나이에 시즈꼬는 인생의 꽃을 피워 보지도 못한 채 돌아오지 못할 저세상으로 영원히 가버리고 말았다.
시즈꼬는 왜 죽으려고 결심했던 것일까?
짐작대로 그녀의 아버지 때문이었다. 시즈꼬의 아버지는 사정에 의해 이름을 밝힐 수 없어 유감이지만, 누구라고 이름만 대면 알 만한 당시 육군 군부의 실세로서 육군성 고위직에 재직 중인 현역 장성이었다.
"시즈꼬가 죽기 한 달 전 나에게 고백을 했어요."
시즈꼬를 관 속에 넣던 날, 시즈꼬의 어머니는 틈을 내서 이렇게 이야기를 시작했다. 온통 가슴이 미어질 텐데도 시즈꼬의 어머니가 나에게 보내는 눈길은 조금도 원망(怨望)을 담고 있지 않았다.

"도라짱을 많이 사랑한다고 당장 결혼을 시켜 달라고 했어요. 도라짱이 조선인이라는 사실도 얘기했고요. 결혼 얘기는 이미 예상하고 있었던 일이지만, 도라짱이 조선 청년이라는 말에는 나도 매우 충격을 받았지요."

딸에 대한 어머니의 절절한 사랑이 묻은 말투였다. 안타까울 정도로 애처로운 모습에 나는 말문을 닫은 채 듣고 있기만 했다.

"도라짱하고 결혼을 못할 형편이라면 죽어버리겠다고 난리를 치니 나는 여간 고통스럽지 않았어요. 그것도 졸업 후가 아니라 지금 당장 결혼을 시켜 달라고 졸라대더군요. 무엇보다도 남편의 승낙을 얻어내는 일이 큰 문제였죠. 남편의 성품으로 봐서 시즈꼬의 결혼 승낙을 얻어낸다는 것은 도저히 불가능하다고 생각되었기 때문에 더욱 난감한 일이었어요."

시즈꼬 어머니의 눈에 촉촉히 이슬이 맺혔다. 감정을 추스리려고 무던히 애쓰는 것 같았지만, 어느새 눈물은 양볼을 타고 흘러내렸다.

"그렇다고 남편과 의논하지 않을 수도 없고 해서 어느날, 시즈꼬는 제 방에 가 있으라고 해 놓고…… 저녁 밥상머리에서 남편의 눈치를 살펴 가며 조심스럽게 사태의 심각성을 말씀드렸지요."

시즈꼬 어머니의 말이 끝나는 순간, 밥상이 후스마(ふすま:종이로 발라 만든 미닫이 문)를 뚫고 날아가 버렸고, 격앙과 분노에 찬 시즈꼬 아버지의 일갈로 집안이 발칵 뒤집혔다고 한다.

"아니, 무남독녀 내 외동딸이 세상에 어디 신랑감이 없어서 하필이면 조센징(조선인)에다 그것도 뱃놈이 되겠다는 놈하고 결혼을 하겠다고? 그 조센징과 결혼하지 못하면 죽는다고? 죽으라고 해. 우리 집안에 조센징과 결혼하겠다는 딸 자식은 둔 적이 없어. 당장 나가 죽으라고 해. 만일 내 딸이 그 조선놈과 피를 섞고 뼈를

섞는다면 나는 할복해서 조상님들에게 사죄를 할게다."

대충 이같은 내용으로 집안에 난리가 났던 것이 시즈꼬가 자살하기 사흘 전이었다고 한다. 시즈꼬는 아버지의 격앙된 모습을 목격하고 직접 들었던 것이다. 집안이 발칵 뒤집히고, 아버지의 호통으로 미뤄봐서 만분의 일도 가능성이 없는 나와의 결혼을 비관한 끝에 죽기로 마음을 굳혔으리라.

만일 시즈꼬가 죽기 전에 그런 사실을 말했더라면 나는 그녀를 데리고 유럽이나 미국으로 탈출할 수도 있지 않았을까? 일본인들은 섬 사람들이라 그런지 단순한 면이 있다. 걸핏하면 할복 자살, 모시고 있던 상사를 위해 자살, 사랑에 실패해서 자살, 사업에 실패해서 자살, 어쨌든 자살이 흔한 민족이다.

시즈꼬는 나와의 결혼을 너무나 원하면서도 부모의 축복조차 받지 못하는 결혼이라면 차라리 자신의 인생을 포기하겠다는 독한 마음으로 죽기를 결심했던 것 같다. 어쩌면 아버지에 대한 항거의 표시로 자살을 택했거나, 아버지의 얼굴에 먹칠을 하지 않겠다는 생각을 했을지도 모르겠다.

시즈꼬! 그 불타오르는 인생의 열정을 사르지도, 꽃 피우지도 못한 채 나를 남겨 놓고 다시는 못 올 저승길로 가다니……. 한편으로는 몹쓸 여자, 야속한 여자라는 생각도 들었다.

나는 여전히 시즈꼬의 죽음이 믿기지 않고 실감이 나지 않았다. 당장이라도 내 방문을 열고 '도라짱!' 하고 들어올 것만 같았다. 아다미 온천장에서의 일들을 생각하면 더더욱 믿기지가 않았다. 그토록 눈부시게 아름답던 여자가 죽다니, 이 무슨 운명(運命)의 장난이란 말인가?

시즈꼬의 시체를 묻고 온 다음날 아침이었다.

우리집의 넓은 정원을 둘러보았다. 양지바른 둔덕에 활짝 핀 매화나무 몇 그루가 눈에 띄었다. 겹사꾸라꽃보다도 더 진하게 붉으스레한 매화꽃은 시즈꼬의 미소짓는 화사한 얼굴 모습처럼 아름다웠다. 아직 이른 철이라 넓은 정원에 매화 말고는 마음에 드는 꽃이 피어 있지 않았다.

나는 매화꽃을 한아름 꺾었다. 아버지께서 보셨다면 펄쩍 뛰실 테지만, 나는 주저하지 않고 매화꽃을 꺾어 시즈꼬가 잠들어 있는 시바고우엥(芝公園) 조우죠지(增上寺)로 달려갔다.

저만치 무덤이 보이기 시작하면서부터 목이 메고, 눈에서 흘러내리는 뜨거운 눈물 때문에 앞이 잘 보이지 않았다. 꽃다발을 안은 채 돌부리에 걸려 넘어지는 바람에 꽃잎이 몇 장 땅에 떨어졌다. 떨어진 꽃잎을 애석해 하며 시즈꼬에게 다가가 꽃다발을 무덤 앞에 잘 세워 놓고 앉아서 소리없이 울기 시작했다. 울고 싶은 만큼 실컷 울었다.

사랑하던 여인을 잃은 사나이의 슬픈 심정은 당해보지 않고서는 감히 상상도 못하리라! 나는 심장이 멎어 질식할 것만 같았다.

'나의 사랑하는 천사여, 고이 잠드소서! 언젠가는 영계(靈界)로 그대를 만나러 가리라.'

나는 이승에서의 내 삶이 끝날 때까지 계속 그녀의 명복을 빌리라고 마음속으로 굳게 다짐했다. 그것만이 시즈꼬에 대한 내 사랑의 증표가 될 테니까……. 그리고 나는 고희를 훨씬 넘긴 지금까지도 시즈꼬의 명복을 비는 마음에 변함이 없다.

며칠 후 나는 또 다시 가슴 아픈 소식을 전해 들어야 했다.

시즈꼬를 묻고 온 지 사흘째 되던 날, 시즈꼬의 어머니마저 시즈꼬의 무덤 앞에서 면도칼로 팔목 동맥을 끊고 자살하여 딸의 뒤를 따랐다는 것이다. 유달리 살뜰한 애정을 쏟아 끔찍이도 사랑하고 귀여워하며 정성스레 키운 무남독녀 외동딸을 잃은 어머니의 심정이 오죽했으랴!

시즈꼬의 어머니는 자살하기 전에 옷과 신발, 책과 장신구 등 시즈꼬가 생전에 사용하던 모든 것과 자신이 사용하던 모든 것을 후원에 내다 놓고 모조리 불살라 버림으로써 이 세상에서의 흔적을 지웠다고 한다.

나는 학교에서 수업을 받다가 아줌마(어머니의 친척)로부터 비보(悲報)를 전해 듣고 망연자실(茫然自失)했다. 내가 사랑했던 시즈꼬와 그녀의 어머니가 불과 며칠 사이에 모두 세상을 떠났다는 사실이 도무지 믿어지지 않았다.

학기말 봄방학이 시작된 것은 시즈꼬가 죽은 지 1주일만이었다.

전 같으면 시즈꼬를 만날 수 있다는 기대에 부풀어 단걸음에 집으로 뛰어갔을 것이다. 그러나 시즈꼬는 이제 세상 어디에서도 만날 수 없는 사람이었다. 나는 무거운 발걸음으로 저녁때가 다 되어서야 집에 도착했다.

우리집 2층의 내 방에서 창문을 열어제치고 시즈꼬네 집을 내려다보고 있자니 1주일 전에 세상을 떠난 시즈꼬와 어제 자살한 그녀의 어머니가 자꾸만 애처로운 모습으로 눈에 밟혔다. 나는 넋 나간 사람처럼 시즈꼬네 집 정원에 시선을 고정시킨 채 망연히 서 있었다.

딸을 사랑하는 청년이라 하여 자기 딸을 대할 때처럼 잘해 주셨던 시즈꼬의 어머니. 장차 사위가 될 사람이라고 굳게 믿었던 내가 '조선인 뱃놈'이라는 사실이 알려져 결국 무남독녀 외동딸이 자살까지 하게 되자, 두려움 없이 딸의 뒤를 따랐던 일본의 어머니. 그 분이 베풀어 주셨던 사랑을 어찌 잊을 수 있으랴?

아래층에서 아줌마가 올라와 내게 뭐라고 말을 한 것 같았다. 나는 그저 멍하니 서 있다가 코 밑에 뭔가 불쑥 내밀었을 때에야 비로소 아줌마가 올라온 것을 깨달았다. 그것은 한 통의 편지였다.

구라하라(粟原 春江). 편지를 살펴보니 봉투에 적힌 발신자 이름이 의아했다. 보낸 사람의 주소는 분명 앞집 시즈꼬네로 되어 있는데…… 누구지?

편지를 뜯어 보고서야 시즈꼬의 어머니가 내게 남긴 글이라는 것을 알 수 있었다. 그녀는 남편의 성을 쓰지 않고 친정(결혼 전

본가)의 성을 썼던 것이다.

 '도라짱, 생전의 내 딸 시즈꼬를 그토록이나 사랑해 준 것을 정말 고맙게 생각합니다. 이처럼 도라짱에게 큰 충격과 아픔을 안겨 준 데 대해 못난 에미가 진심으로 사과하는 바이니 용서해 주기 바랍니다. 사랑하는 내 딸 시즈꼬, 아무도 돌봐 주는 이 없이 혼자 외롭게 내버려둘 수 없어 내가 따라가서 보살펴 주려는 겁니다. 저승에서 잘 보호하며 기다릴 테니 너무 마음 아파하지 말고 잘 있어요. 나중에 도라짱이 오면 우리 셋이서 그 누구의 방해도 받지 않고 못다 이룬 사랑을 서로 나누며 영원히 살게 될 것입니다. 못난 시즈꼬의 엄마, 구천에서 외로이 홀로 떠도는 저승으로 시즈꼬를 찾아가며 이 편지 드립니다. 소화(昭和) 12년(1937년) 3월 19일 시즈꼬(靜子) 엄마(母)."

 세상에 이보다 더 슬픈 비극이 어디 있으랴! 나는 울음을 삼키며 오열했다. 당장 그들을 쫓아가고 싶을 뿐이었다.

 나중에 알게 된 일이지만, 시즈꼬의 어머니는 내게만 그런 유서를 써 보냈지, 남편인 시즈꼬 아버지에게는 아무것도 남기지 않았다고 한다. 딸을 자살로 몰아간 남편에 대한 원한이 얼마나 사무쳤길래 이승을 등지고 마지막 떠나는 길에 말 한 마디조차 남기지 않았을까?

 얼마후에 시즈꼬의 아버지는 친척을 시켜 시즈꼬가 태어나고 열아홉 살까지 살았던 그 저택을 매각하고 어디론가 이사를 가버렸다.

 인명은 재천이라더니 사람이 죽고 사는 것도 타고난 운명이런가? 나는 꽤 오랫동안 그 충격에서 벗어나질 못했다.

무덤 속까지 가져가야 할 비밀

예고도 없이 부모님께서 도쿄의 집으로 오셨다. 이미 아줌마가 이 모든 충격적인 사실을 부모님께 알려드렸던 것이다. 어머니는 나를 보시자마자 껴안고 등을 토닥거리며 위로해 주셨다.
"가엾은 내 아들! 슬픈 일은 얼른 잊어버리는 게 좋다. 그게 건강에도 좋은 거란다. 그 동안 얼굴이 무척 수척해졌구나."
그러나 엄부자모(嚴父慈母)라는 말이 있듯이 아버지는 어머니와 또 달랐다.
"너, 이 애비 말 명심해서 듣거라. 이 시간부터 죽는 그 순간까지도 네가 조선인이라는 사실을 어느 누구에게도 말해서는 안된다. 이 비밀은 네가 죽어서 묻힐 무덤 속에까지 갖고 가야 한다. 이제서야 말이지만, 너는 이미 나와 너의 에미를 한 번 배신했던 적이 있다. 그랬는데도 우리는 너를 용서하고 사랑해 왔다. 그러나 두 번씩 배신했을 땐 우리도 너를 용서하지 못한다. 너도 이제 내일모레면 사회로부터 성년 대접을 받는 나이가 될 테니까 내 말귀를 잘 알아들을 줄 믿는다."

아버지께서는 내가 조선인이란 사실을 밝힌 데 대해 몹시 분노하셨다. 그 때문에 두 사람씩이나 자살하는 엄청난 사건이 발생한 것도 그렇지만, 무엇보다도 자식이 없었던 당신께서 조선에 근무하실 때 나를 주워다 길러 아들로 삼은 사실이 폭로됐다는 사실이 더욱 용서하기 어려우신 것 같았다. 물론 일본인 아버지께서는 내가 겪은 고통을 생각해서 '조선인이라는 비밀을 무덤 속까지 가지고 가라.'고 하셨다는 걸 모르는 바 아니었다. 당시 우리 나라가 일제의 식민 지배를 받고 있었기 때문에 '조센징(조선인)'은 결국 핍박받고 차별받을 수밖에 없는 형편이었던 것이다. 그러나 나는 어쨌든 조선인으로 태어났으니 조선인으로 살아, 나의 견고한 구심점이 되고 싶을 때가 많았다.

시즈꼬가 자살한 후 나는 한동안 방탕한 생활에 빠져들었다. 어린 나이에 너무나 엄청난 일을 겪었으니 그럴 만도 했다. 부모님은 그런 꼴을 보시고 얼른 결혼이라도 시켜야 내가 하루빨리 충격에서 벗어날 수 있겠다고 생각하셨는지 결혼을 서두르셨다.

여기저기 규수감을 물색하던 끝에 마침내 혼담이 이루어져 소화(昭和) 13년(1938년) 4월 17일 일요일 결혼식을 올리기에 이르렀다.

시즈꼬가 죽은 지 1년만이었다. 신부는 아버지와 같은 법조인인 이와끼(岩木傳次郎) 검사장(京都府 地檢)의 여식(女息) 미쓰에(三江) 양으로 그때 겨우 스무 살이었는데, 결혼하고 나서도 학업을 계속해야 했다.

처음 이 혼담이 나왔을 때 나는 펄펄 뛰며 사양을 했다. 시즈꼬와는 어쩔 수 없이 그런 홍역을 치렀지만, 더 이상은 싫다고 완강히 버티었다. 당초의 의지대로 항해사 생활을 하게 될 경우 육지에 묶이기가 싫었고, 또 여자는 시즈꼬와의 '추억'만으로 충분하다고 생각했기 때문이었다. 더구나 시즈꼬를 생각하면 말도 안되는 처사였다.
 그러나 부모님의 생각은 달랐다. 키운 정도 낳은 정 못지 않아서 하루빨리 손주가 보고 싶다고 야단이셨다. 학교를 졸업한 후에 결혼을 해도 하겠다는 핑계를 대고 사양해 보기도 했지만, 부모님은 막무가내로 결혼에 매달리셨다.
 부모님이 그렇게도 결혼에 매달리셨던 진의는 무엇일까? 시즈꼬로 인한 상처도 상처지만, 학교를 졸업하면 항해사 생활로 나갈 테니 그전에 손자라도 봐서 슬하에 두고 키워야겠다는 심산이 아니었을까?
 학교만 졸업하면 영영 나를 놓치고 말 것처럼 우려와 불안으로 조바심하시는 부모님을 뵐 때마다 나는 도무지 마음이 편하지가 않았다. 길러 주신 부모의 은공은 갚지 못할지언정 최소한의 소원마저 뿌리칠 수는 없었다.
 나는 결국 부모님의 말씀대로 결혼을 하기로 했다. 그래서 어렵사리 혼인이 이루어졌는데, 물론 처가인 이와끼 집안(岩木家)에서는 어느 누구도 내가 조선인이라는 사실을 전혀 몰랐다. '무덤 속까지 비밀을 가져가기로' 했던 아버지와의 약속에 따라 아무말도 하지 않았기 때문이었다.
 나는 일본이 무조건 항복을 하고 조국이 해방될 때까지 내가 조선인이라는 비밀을 지켰다. 물론 그때까지 아내와 처가에 대해서는 마음 한구석에서 항상 양심의 가책을 느끼고 있었다.
 세월이 흐르고 나이가 들수록 부모님께 불효했던 일이 자꾸만 마음에 걸렸다. 나를 낳아 주신 부모님은 아니지만, 고아가 되어 거리를 방황하는 나를 데려다가 아들로 삼고 훌륭하게 길러 주신 분들이 아닌가? 세상에 그처럼 착하고 관대하신 분들도 드물 것이다. 이런 고마운 부모님의 은혜를 어디에다 비길 수 있으며, 어찌 잊을 수 있으랴? 특히 벌률 공부를 포기하고 상선학교에 들어감으로써 부모님의 희망과 기대를 저버렸던 일은 아버지 말씀마따나 분명한 '배신'이었다. 그것이 불효든 배신이든 부모님께 죄를 지은 이상 그 멍에는 내가 죽을 때까지도 벗지 못할 것이다.

나는 선원이 되어 6대주 5대양을 떠돌아다니고 싶다는 생각으로 철없이 상선학교에 들어갔지만, 졸업할 무렵엔 마음이 바뀌어 선원도 싫고, 선장도 싫고, 해군도 싫었다. 일본인 부모님에 대한 죄책감 때문이었다. 그러니까 5년 6개월 동안의 고등상선학교 공부는 완전히 헛수고였던 셈이었다.

원래 도쿄 고등상선학교(東京 高等商船學校)는 해군사관학교 제도와 비슷했고, 졸업하면 해군 예비역 소위로 임관되는 동시에 갑종 2등 항해사(航海科)나 2등 기관사(機關科) 면허를 취득할 수 있었다.

수업 연한 중 처음 3년 동안은 석상과정(席上科程)으로 책상 앞에 앉아서 이론(理論)을 배우고, 다음은 포술학교(砲術學校)에 가서 6개월 동안 예비역 해군 소위가 되기 위한 군사 훈련을 마친다. 그런 다음 1년 동안 항해과 학생은 학교 소유의 연습선인 범선(帆船;돛단배)을 타고 실습을 하고, 기관과 학생들은 민간회사의 공장에 가서 공학 실습을 한다. 이렇게 4년 6개월 과정이 끝나면 항해과든 기관과든 모두 민간기선회사 선적(船籍)의 큰 기선(汽船)에 타고 또 1년 동안 실습을 하게 된다.

그러니까 고등상선학교는 사관학교 학제 4년보다 18개월이 더 많은 5년 6개월 동안 공부를 해야 하는 것이었다. 내가 이것을 헛공부라고 하는 것은 극구 만류하시는 부모님의 뜻을 저버리고 철없이 입학했다가 결국은 선원도, 선장도, 해군도 싫다고 생각하게 되었기 때문이었다.

졸업할 무렵의 어느 일요일 저녁, 나는 중학교 동기로 절친한 친구인 나가노(長野龍之助) 군과 함께 그의 외삼촌을 찾아갔다.

나가노군의 외삼촌인 엔도우(遠藤重太郞;가명) 육군 소장은 당시 보병 제104여단장으로 계셨다. 엔도우 장군은 몇 개월 후에 선박 수송사령관으로 영전할 예정이었다. 나는 그 분께 육군에 입대하려는 동기를 간곡히 말씀드리고 생떼를 쓰다시피 도움을 청했다.

"고등상선학교를 졸업하면 예비역 해군 소위로 임관하므로 병역 의무는 없습니다. 그러나 관비생으로 공부해서 갑종 2등 항해사가 되었으니 국가 사회에 보은한다는 의미에서 해군 당국의 인력수급계획에 따라 해군의 소집에 응해서 정식 해군으로 함선을 타거나 민간 선박회사에 취업해서 일정 기간 선원 생활을 해야 할 의무가 있습니다. 이를테면 해군에도 가지 않고 배도 타지 않으면 곤란하다는 것입니다. 그래서 육군에 입대하여 병역 의무를 마치려고 생각했던 것입니다. 꼭 좀 도와주십시오."

"알겠네. 어쨌든 국가에 대한 의무를 다하겠다는 뜻이니 내가 힘써 보기로 하지. 무사시야 군, 자네가 졸업하면 내가 추천하는 보병연대에 가서 견습사관으로 3개월 동안 육군 보병 훈련을 받은 후 소위로 임관할 수 있도록 주선하겠네."

엔도우 장군은 내 뜻을 선뜻 받아들이셨다. 나가노 군과 절친한 친구라고 하는 바람에 흔쾌히 승낙해 주셨던 것이다. 나는 결국 선원이나 해군이 되는 대신 엔도우 장군의 도움에 힘입어 육군 소속인 선박 장교의 길로 가게 되었다.

소화(昭和) 14년(1939년) 11월, 나는 도쿄 고등상선학교 항해과를 제108기로 졸업했다. 물론 예비역 해군 소위에 임관되고 갑종(甲種) 2등 항해사 면장(免狀; 면허증)도 받았다.

그러나 졸업하자마자 나는 곧 보병연대인 육군 현지 사관학교에 입대했다. 3개월 동안의 고된 보병 훈련을 마치고 선박공병 소위로 임관하면서 선박부대와도 인연을 맺게 되었다. 그러니까 나는 5년 9개월 동안의 고된 군사교육을 받은 후에야 겨우 육군선박 소위에 임관될 수 있었던 것이다.

엔도우 장군은 내가 군대 생활을 하는 데 든든한 배경이 되어 주셨다. 소화(昭和) 15년(1940년) 가을에는 제1선박수송사령부에 계시다가 전체 선박부대들을 총괄하는 선박수송사령관 겸 운수부장으로 영전하셨고, 그 다음해인 소화 16년(1941년) 3월 1일부로 소장에서 중장으로 승진하셨다. 또 소화 17년(1942년) 6월부터는 새로 개편 발족된 선박사령부의 사령관이 되셨다.

엔도우 선박사령관은 내가 소위로 임관한 지 9개월만에 중위로 진급시켜 주셨다. 진급과 동시에 나에게는 '특별기술교관'이란 이름의 직분이 주어졌다. 선박부대라고는 해도 고등상선학교 항해과 출신과 관련된 '특별' 직제는 없었고, 실제로 나도 '특별기술교관'이라고 불리워진 일은 한 번도 없었다.

이런 유례없는 진급은 아무래도 나의 학력과 함께 내가 거의 6년 가까이 고초를 겪고 나서 겨우 소위로 임관한 사실을 감안하신 모양이었다. '특별기술교관'이란 직분도 유례없는 중위 진급에 따르는 대외적 명분인 동시에 생질(甥姪)인 나가노 군의 중학교 동기인 나를 위한 엔도우 장군의 배려임이 분명했다.

엔도우(遠藤重太郎) 장군 덕분에 3개월 동안 육군 보병 훈련을 받고 선박장교로 임관했을 때 부모님은 몹시 안도하시는 것 같았다. 그제서야 철이 들고 정신을 차려 선원이 되겠다는 꿈을 접었다고 생각하셨으리라.

부모님이 안도하시고 아내가 좋아한 것과는 조금 의미가 달랐지만, 내가 장교로 임관한 걸 무척 좋아해 주었던 사람이 또 있었다. 바로 이와끼(岩木) 손위 처남의 부인인 처남댁이었다.

처남댁은 나를 무척 좋아했다. 처남이 질투를 할 정도로 좋아했다. 그러니까 처남댁은 내가 장교로 임관해서 좋아한 것만도 아니었던 셈이었다. 내가 소위로 임관했을 때 처남댁은 나에게 마사무네(正宗) 닙뽄또우(日本刀)를 축하선물로 주었다. 그것은 처남댁의 친정에 대대로 전해 내려오는 가보(家寶)였다.

몇 해가 지나고서야 알게 되었지만, 처남댁이 그 명검(名劍)을 나에게 선물로 주는 바람에 결국 처남과 처남댁의 결혼 생활이 파경 일보 직전까지 악화되기도 했다고 한다. 처남댁이 얼마나 나를 좋아했는지 짐작할 만한 일이었다.

이와끼(岩木) 집안으로 시집오기 전에 처남댁은 명문가인 미야모도(宮本) 집안의 무남독녀 외동딸로 귀엽게 자랐다. 9대째 독자로 이어져 내려와 아버지 형제분들도 없었다고 한다. 혈통(血統)으로는 대(代)가 끊긴 셈이었다. 처남에게 시집을 왔으나 양가 어른들의 주선으로 결혼했던 탓인지 부부간에 금슬은 좋지 않은 것 같았다. 시집온 지 1년만에 처남댁의 아버지가 돌아가시자 가보로 소중하게 간직해 오던 명검 마사무네(定宗)가 문제로 떠올랐다. 언젠가는 어머니도 세상을 뜰 텐데, 어떻게든 대책은 세워야 했다.

"가보로 내려오는 이 명검은 네가 가지고 가서 사위에게 주면 어떻겠니?"

어느날 처남댁의 어머니는 이런 생각을 밝히고 딸과 의논했다. 어쩐 일인지 처남댁은 펄쩍 뛰며 반대했다. 생각이 달랐던 것이다.

"무슨 말씀이세요? 돌아가실 때까지는 어머니가 간직하세요. 어머니가 돌아가신 후에는 제가 알아서 할게요."

명검에 관한 이런 사정은 물론 남편인 처남도 알게 되었다. 처남은 내심으로 은근히 심술이 났겠지만, 어쩔 도리가 없었으리라. 그랬는데 아버지가 돌아가신 지 1년 여만에 불운하게도 어머니마저 돌아가셨다.

장례식이 끝난 후 처남댁은 친정집의 가산을 정리했다. 집도 팔고, 모든 동산과 부동산을 정리해서 마련한 돈이 상당했다. 처남댁은 무슨 속셈이었는지 그 돈을 남편에게 주지 않고 금리를 불리기 위해 자신의 은행구좌에 넣었다. 그러면서 남편인 처남에게는 단호하게 못을 박았다.

"내 돈이니까 관여하지 마세요."

그것까지는 그런 대로 괜찮았는데, 처남댁은 한 술 더 떴다.
"가보로 전해 내려온 명검을 당신에게 줄 수는 없어요."
마사무네에 대해서도 이렇게 못을 박아, 당연히 닙뽄또우만은 자기 몫이려니 생각했던 처남을 실망시켰다. 이런 경위로 미루어 보아 처남댁은 남편을 사랑하지 않았던 게 분명하다.
그런 형편에 비전(秘傳)의 명검을 나에게 소위 임관 축하 선물로 서슴없이 내주었으니, 나도 그렇고 아버지도 그렇고 입장이 미묘해질 수밖에 없었다.
아버지는 애당초 마사무네를 준다고 할 때 여간 사양을 하신 게 아니었다. 사돈이 되는 내 장인에게도 민망하고 눈치가 보이는 것 같았기 때문이다. 그러나 처남댁은 애정이 안 가는 남편에게 주느니 차라리 '싫으면 이혼이라도 하라지?' 하는 배짱으로 버텼다.
'원래부터 내 것이니 내 마음대로 내가 주고 싶은 사람에게 주겠다는데 무슨 말들이 많지?'
이런 식으로 막무가내였던 것이다.
처남에게는 미안하기 이를 데 없었지만, 달리 도리가 없었다. 그런데도 처남 역시 나를 자기 부인만큼이나 좋아하다 보니 그 일은 그냥 넘어가게 되었다.
마사무네 닙뽄또우 문제로 한바탕 소동이 있고 나서 며칠이 지난 어느날이었다. 나는 육군선박 소위로 임관된 후 2주일 간의 특별휴가를 받고 집에서 보내고 있었다.
"아랏, 도라짱?"
전화 벨이 울렸을 때 그 옆에 있던 내가 수화기를 들자마자, 목소리를 알아채고 대뜸 이렇게 되물은 사람은 뜻밖에도 여자였다.
"네."
"아다시 오도메예요."
오도메(乙女)라면 처남댁 이름이 아닌가?
"마사무네는 정말 고마웠습니다."

며칠이 지난 일이었지만, 나는 우선 미야모도(宮本) 가문에 가
보로 전해 내려오던 닙뽄또우를 남편인 내 손위 처남 이와끼에게
도 주지 않고 내게 준 것에 대해 고맙다고 인사했다.
"도라쨩, 그런 말씀 마세요. 내가 좋아서 드린 거니까. 그보다
우리 지금 당장 만나요. 긴자(銀座)에 있는 깃사뗑(喫茶店)으로
곧장 나오세요."
혹시라도 선물로 받은 마사무네가 잘못됐나 하는 생각을 하면서
전화를 받았는데, 그건 아닌 모양이었다. 나는 무슨 일인가 하여
군복을 차려입고 부리나케 긴자(銀座)로 나갔다.
처남댁은 어머니가 돌아가신 후 친정 재산을 모두 정리하여 현
금으로 자신의 은행구좌에 넣고 남편에게는 손도 대지 못하게 하
면서 그 돈을 투자하여 오사까(大阪) 신세까이(新世界;오사까의
번화가 이름)에서 캬바레를 운영하고 있었다.
원래 성품이 활달하고 다분히 사교적인 성격이었던 처남댁은 결
혼 전에 도쿄 미나도꾸(港區)에 있는 성심여자학원(聖心女子學
園;대학) 영문과를 졸업했고, 결혼 후 아사히(朝日) 신문사 사회
부 기자가 되었다. 동창생과 공동으로 캬바레를 운영하는 동안에
도 여전히 그 신문사 기자로 근무하고 있었다.
처남댁은 직장인 신문사의 근무지도 그렇고 생활 중심권이 거의
오사까였기 때문에 사실상 처남과는 거의 별거생활이나 다름없었
다. 이혼을 하려고 해도 처남댁의 시아버지 되는 나의 장인께서 지
검 검사장이라는 대외적 체면과 집안의 위신을 생각해서 극구 만
류하시는 바람에 겨우 파경만 면하고 있었다.
그런 처남댁이 나를 너무 좋아했다. 남편으로부터 오해를 받을
정도였다. 물론 이루어질 수 없는 사랑이었기에 '당신을 사랑한
다.'는 따위의 표현은 한 번도 없었다. 처남댁은 나보다 8년 연상
이었고, 내 아내도 처남댁의 대학 후배로 아주 각별한 사이였다.
긴자(銀座)에 가서 처남댁을 만났다.

"우리 오사까에 가요. 내가 특별한 선물을 하고 싶어요. 휴가 끝나면 앞으로 기회가 없을 것 같으니까 지금 바로 가요, 네?"

처남댁은 나를 만나자마자 대뜸 이렇게 졸라댔다. 딱 거절할 수도 없고, 따라가야 할지 말아야 할지 얼른 생각이 나지 않아서 잠시 망설였다.

"뭘 그렇게 생각해요? 얼른 가요. 지금 도쿄 역에 가면 특급이 있어요. 가요, 어서."

처남댁이 내 소매를 잡아끌었다. 나는 마지못해 따라나섰다.

어떤 선물인지는 몰라도 선물을 안겨 주겠다는 그녀의 성의를 거절할 수가 없었고, 어쨌거나 이성을 잃고 탈선행위를 기도할 여자도 아니었다. 그녀의 인격에 대한 믿음 때문에 마지못해 따라나설 용기나마 생겼던 것이다.

9시간 동안이나 특급을 타고 가면서 이런저런 이야기를 많이 했지만, 처남댁은 생각했던 대로 조금도 흐트러지지 않았다. 물론 나를 사랑한다는 고백이랄까, 그와 유사한 어떤 기미조차 내비치지 않았다.

우리는 그 날 밤 10시 30분경에 오사까 역에 내려서 캬바레를 동업으로 운영한다는 처남댁의 친구집으로 갔다. 캬바레는 번화가인 신세까이(新世界)에 있었지만, 친구의 집은 덴노우지(天王寺)에 있었다.

처남댁이 소개해 준 친구는 상당히 세련된 미인이었고, 친구의 집은 굉장히 큰 저택이었다.

"오도메한테 말씀 많이 들었어요. 오도메가 쓰는 방이니까 들어가세요."

처남댁의 친구는 호들갑을 떨며 나를 처남댁이 기거하는 방으로 안내했다. 다다미 12조 방인데 아담하게 잘 꾸며져 있고, 기리단스(桐簞笥; 오동나무로 만든 장)랑 경대 등 고급 가구들이 잘 갖춰져 있었다.

둘러보니 처남댁의 생활이 모두 그 방에 있다는 생각이 들었다. 물론 남자의 체취는 전혀 느끼지 못했다.
"군복을 벗고 이걸로 갈아입으세요."
처남댁이 유까다(浴衣)와 오비(帶)를 내놓았다. 어차피 밤이 늦었으니 어디서고 자야 했다. 나는 유까다로 갈아입었다.
"목욕물 데워 놨으니까 목욕도 하세요."
아침저녁으로 목욕하는 일본인의 습관으로 봐서 당연한 응대 방법이었다. 욕실에서 씻고 나오자 몸이 개운했다. 갓 목욕을 한 다음이라 3월 초의 저녁 기온은 쾌적하기 이를 데 없었다.
"지금 찾아가는 친구는 대학 동기예요. 남편은 외교관으로 지금 주영국(駐英國) 일본대사관에 근무하고 있어요. 외무성에서 근무하다가 처음으로 해외근무를 하게 되었는데, 캬바레 경영 때문에 따라가지 못했죠."
처남댁이 열차에서 주인 여자에 대해 일러준 말이었다. 나는 처남댁의 말을 듣고 내색은 하지 않았지만, '젊은 여자가 남편과 떨어져 사는구나.' 하는 생각이 얼핏 들었다.
"우리 사까즈끼(작은 술잔) 한 잔 해요."
처남댁과 주인 여자가 나에게 권했다. 나는 느긋한 기분으로 담배 한 대를 피워 물고 생각에 잠겨 있다가 얼떨결에 두 사람의 안내를 받게 되었다. 두 사람은 경쟁이라도 하듯 양쪽에서 나를 호위하여 어느 방으로 데리고 들어갔다. 큰 저택이라 방이 꽤 여러 개 있는 모양이었다.
두 사람이 안내하는 방으로 들어가 본 나는 깜짝 놀랐다. 도대체 이게 어찌된 일인가? 굉장히 요란스러운 주안상이 차려져 있었던 것이다.
교자상 두 개를 이어 붙인 커다란 요리상은 진수성찬으로 가득하고, 화려하게 성장을 한 게이샤(藝者;기생) 세 명이 나란히 서서 정중하게 허리를 굽혀 인사를 했다. 눈이 휘둥그레진 내게 처남댁이 말했다.

"도라짱도 이제 어엿한 일본군 장교가 되었어요. 훌륭한 성년이 되었으니까 성년식을 올려줘야 할 것 같아서 오늘 이렇게 잔치를 차린 겁니다. 기분좋게 우리의 축하를 받아줘야 해요, 알았죠?"

"하하, 성년식이라구요?"

"자, 이리 제일 상석에 좌정하세요."

처남댁이 내 손을 마주잡고는 요리상 중앙에 마련된 넓고 높직한 방석 위에 나를 끌어 앉혔다.

성년식(成年式)이라면 만 20세가 되었을 때 결혼하지 않았을 경우 치르는 의식이 아닌가? 나는 이미 2년 전 20살 때 결혼을 한 몸인데도 성년식 운운한 것은 처남댁이 둘러댄 핑계임이 분명했다. 나는 감히 상상도 못했던 일이다.

게이샤가 내 양 옆에 앉고 맞은편에 나머지 한 게이샤, 그리고 그 좌우에 처남댁과 주인 여자가 각각 앉았다. 내 옆에 앉은 게이샤가 내 술잔에 술을 따랐다. 인원수대로 여섯 잔 사까즈끼에 모두 술을 따르자 처남댁이 잔을 높이 들고 말했다.

"자아, 우리 무사시야 도라노스께 육군 소위님의 성년을 축하하는 건배를 합시다. 건배!"

"건배!"

모두 잔을 높이 들고 '건배!'를 소리 높여 외친 다음 술잔들을 비웠다. 어쨌거나 고맙기는 한데 나는 얼떨떨해서 뭐가 뭔지 종잡을 수가 없었다. 더구나 나는 여지껏 게이샤가 따라 주는 술잔을 받아본 일이 없었다.

마사무네 닙뽄또우를 선물로 준 것도 그렇고, 처남댁의 나에 대한 파격적인 대접은 상상도 못할 일이었던 것이다.

"도라쨩, 여기 세 게이샤 중 마음에 드는 게이샤와 오늘밤을 함께 지내야 해요. 그래야 성년이 되는 거니까, 사양 말아요. 이 세 분의 게이샤는 오사까에서 최상류급의 일등 미인 게이샤들이에요."

처남댁은 일일이 세 게이샤를 한 사람씩 나에게 소개했다. 곧이어 맞은편에 앉은 게이샤가 다소곳이 인사를 올렸다.

"우리 세 게이샤를 대표해서 제가 인사를 올리겠습니다. 일본 최상류의 명문가 후예이신 미래의 장군님을 이렇게 지척에서 뫼시게 되어 다시 없는 영광으로 길이 간직하겠습니다. 어여삐 사랑해 주시길 바랍니다."

인사가 끝나자 일제히 박수 갈채를 아끼지 않았다. 나는 너무 황홀해서 마치 황태자라도 된 것 같은 기분이었다.

무사시야(武藏谷) 가문이야말로 일본에서는 명문가 중에서도 대단한 명문가로 알려진 훌륭한 혈통의 가문임에 틀림없었다. 아버지의 사회적 지위도 최고의 법관인 대심원(대법원) 부장(부장판사)이 아닌가!

내가 바로 이런 명문가의 자제라니? 조선의 이름모를 시골 구석 개울가 상여 넣어 두는 헛간에서 거지 생활을 하던 어린 고아가 왕자로 변신한 셈이었다. 나는 속으로 실소를 금할 수 없었다.

어쨌거나 나는 그 날 밤이 새도록 젊은 여자 다섯과 함께 어우러져 진탕 술을 마셨다. 처남댁도, 그의 친구도 어지간히들 잘 마셔댔다.

나를 미치게 사랑하면서도 연상이자 시누이의 남편이라는 이유로 사랑한다는 말 한 마디 건네지 못한 채 짝사랑으로 번민해 온 여인, 오도메(乙女). 사랑하는 사람에게 일등 기생 오입을 시키면서까지 몸부림치며 타오르는 욕정을 불사르려는 처남댁이 가엾고 측은해서 안쓰러운 마음을 금할 수가 없었다.

게이샤들의 샤미셍(三味線) 솜씨도 대단할 뿐더러 춤과 노래가 정말 일류 게이샤라 할 만했다. 처남댁과 그녀의 친구도 노래 솜씨가 수준급이었다. 여자 한량들이라고나 할까? 나도 많이 마셨지만, 여자들도 어지간히들 마셔댔다.

처남댁의 친구가 〈무죠우노유메:無情の夢〉를 불렀다. 이 노래는 사에끼(佐伯 孝夫) 작사에 사사끼(佐佐木 俊一) 작곡으로 5

년전인 소화(昭和) 10년에 고다마(兒玉 好雄)가 불러 공전의 대 히트를 친 노래였다. 많은 청춘남녀들을 울린 비련(悲戀)의 노래 이기도 했다.

1절에 이어 2절을 부르는데 처남댁이 후닥닥 일어나 바깥으로 뛰어나갔다. 노래가 갑자기 뚝 그쳤다. 처남댁의 친구는 공연히 이 노래를 불렀다고 후회스러워하는 눈치였다.

"잠깐 실례하겠어요."

노래를 부르던 처남댁의 친구가 나에게 양해를 구하고 일어나서 밖으로 나갔다. 처남댁이 진작에 나를 죽도록 사랑한다는 번민을 고백하여 친구는 이미 오래전부터 그 사실을 알고 있었던 것 같다. 그런 처지에 그만 〈무죠우노유메〉 같은 비련의 노래를 불러 분위기만 망쳐버렸던 것이다.

어쩐 일인지 이루지 못할 사랑으로 고민하는 사람들은 이 노래만 나오면 남녀노소를 가리지 않고 목이 메는 모양이었다. 아마도 그 노래의 곡도 곡이지만 그 가사가 더욱 사람들을 울렸던 것 같다. 나도 그렇고, 어느 누구든 그 가사에 매혹되지 않을 사람은 없으리라.

너무나도 매혹적인 가사라고 여겨져 여기에 1, 2절을 소개하고자 한다. 노래 제목은 〈무정의 꿈：無情の夢〉인데 아무리 우리말로 번역을 잘하려 해도 일본말 가사의 그 감정을 섬세하게 표현하기는 어렵다.

체념을 하려고	諦めましょうと
헤어져 봤건만	別れでみたが
어찌 잊으랴 잊혀질 소냐	何で忘りょう忘らりょうか
목숨을 건 사랑일진대	命をかけた戀じゃもの
몸과 마음을 태우는 그리움이여	燃えて身をやく戀ごころ
기쁨은 사라지고	喜び去りて

남은 건 눈물	殘るは涙
어찌 살랴 살 수 있으랴	何で生きよう生きらりょうか
몸도 세상도 버린 사랑인데	身も世もすてた戀じゃもの
꽃을 등지고 우는 남자	花にそむいて男泣き

처남댁을 생각하니 나도 마음이 아팠다.

밖으로 뛰어나간 처남댁은 지금, 이루지 못할 사랑으로 쌓였던 고통과 자기 혼자만의 외로움에 겨워 봇물 터지듯 눈물을 쏟고 있으리라.

처남댁은 내가 결혼할 당시부터 나에게 연정을 품기 시작했던 것으로 기억된다. 아무튼 그녀는 나를 그렇게도 무작정 좋아하고 사랑하면서도 전혀 한 마디의 고백도 없었다. 나를 향한 자신의 무조건적인 마음 씀씀이와 행동으로 나에 대한 애정을 발산시키려고 몸부림쳐 왔던 것이다.

이루지 못할 사랑에 스스로를 내맡긴 처남댁이 안쓰럽고 안타까울 때가 한두 번이 아니었지만, 행동을 자제하고 처신을 조심하지 않을 수 없는 나로서도 여간 괴롭지 않았다. 그저 모르는 척할 수밖에 달리 무슨 도리가 있었으랴?

그녀가 그저 불쌍하기만 했다. 연하의 시누이 남편을 그토록이나 사랑하면서도 흐트러진 행동을 보이지 않고 의연한 태도를 취하는 처남댁의 모습에서는 명문 미야모도(宮本) 가문의 후예다운 기상(氣像)마저 엿보였다.

나는 술에 취한 채 어느 게이샤의 시중을 받으며 침실로 들어가 그녀를 품에 안고 곯아떨어졌다. 내가 잠에서 깨어났을 때는 다음 날 오후 2시가 조금 넘었을 무렵이었다. 게이샤가 옆에 앉아서 이불 속으로 내 손을 꼭 쥐고 있었다. 나는 잠자리에 그대로 누운 채 그녀를 안아들여 포옹을 했다.

한참동안 거센 태풍이 휘몰아치고 지나간 후에야 자리에서 일어났다. 욕조로 들어가 눈을 감고 앉아서 처남댁을 머리속에 떠올렸다.
 게이샤와 함께 나를 침실로 밀어 넣고 처남댁은 도대체 무슨 생각을 했을까? 불타는 애정을 받아들이지 못하는 나를 처남댁은 얼마나 원망스럽게 생각했을까? 아무리 생각해 봐도 그녀를 받아들일 수 없는 내 입장과 처지가 안타까울 따름이었다.

초년에 옥에 갇힐 운세

대강 식사를 마친 나는 군복을 입고 처남댁과 함께 밖으로 나갔다. 아직은 좀 추운 편이었지만, 하늘에는 구름 한 점 없이 화창하고 상쾌한 날씨였다. 딱히 어디로 가리라는 예정도 없이 그냥 바람이나 좀 쏘일 겸 무작정 걸었다. 걷다 보니 나까노시마(中之島) 공원이 저만치 보였다.

그 날은 3월 3일이었다. 마침 일요일이라서 그런지 벌써 공원 주변에는 성급한 젊은이들이 모여들어서 이른 봄날의 따뜻한 햇살을 즐기고 있었다. 놀이 보트를 타는 청춘남녀들도 꽤 많아 보였다. 처남댁도 나도 말없이 그냥 오사까 성(城)을 바라보며 걷고 있었다. 바로 그때 누군가가 부르는 소리가 들렸다.

"여보시오, 젊은 장교님! 이리 좀 오세요."

발길을 멈추고 주위를 살펴보니 저쪽 길(人道) 옆에 자리를 펴고 앉아 있는 노인들 중의 한 사람이 우리를 향해 연신 손짓을 하는 것이었다.

"이리 와요, 어서. 두 분 다 와요."

책 몇 권을 앞에 놓고 너댓 명이 주욱 늘어 앉은 모양으로 봐서 관상쟁이나 사주보는 노인들임이 분명했다. 나는 피식 웃으며 그냥 지나가려고 하는데, 처남댁이 내 팔짱을 끼고 잡아당겼다.

"우리 한번 가 봐요."

"창피하게 뭘 저런 걸 다 보려고 합니까?"

"흥미 없으세요? 우리 재미 삼아 한번 보기로 해요."

처남댁이 자꾸 끄는 바람에 나는 할 수 없이 그 노인 앞에 쭈그리고 앉았다.

"도대체 왜 길 가는 사람을 불러세우는 거요?"

나는 여전히 어색한 기분으로 노인을 향해 퉁명스럽게 물었다.

"젊은 장교님이 지나가는 모습을 얼핏 보니 상(相)이 참으로 좋긴 한데, 잠깐 얼굴에 먹구름이 드리워져 있어서 그것을 말해 드리려고 불렀습니다."

아무리 주책없는 노인의 말이라고 해도 약간 기분이 언짢았다. 감정을 숨긴 채 웃으며 일어나려고 하자, 노인은 한사코 붙잡았다.

"젊은 장교님, 복채는 안 줘도 좋으니 내 말은 꼭 듣고 가시오."

처남댁도 웃으면서 노인을 거들었다.

"도라짱, 나쁜 말은 아닐 테니까 들어나 봐요."

노인이 물었다.

"나이가 몇 살이우?"

"대정(大正) 8년생(1919년)이니까 따져 보시오."

나는 퉁명스럽게 내뱉았다. 사주를 보자면 생년월일을 말해야 할 텐데 실은 확실한 날짜를 몰랐던 것이다.

너댓 살 때 엄마가 노상 일러주던 생일날은 '3월 보름'이었다고 어렴풋이 기억한다. 나중에 커서 미루어 짐작한 바로는, 우리 나라에서는 음력을 주로 쓰니까 내 생일은 틀림없이 '음력 3월 15일'이라는 생각이 들기도 했다.

"생일은 언제요?"

일본 아버지는 당연히 확실한 내 생일을 알 수가 없었기 때문에 출생신고를 할 때 아버지와 같은 날짜인 4월 18일을 생일로 해서 나를 호적에 올리셨다. 그러니까 항상 아버지 생일이 내 생일이고, 내 생일이 아버지 생일이었던 것이다.

"4월 18일입니다."

처남댁 앞에서 우물쭈물할 수도 없고 해서 나는 생일이 4월 18일이라고 말해 버렸다. 노인이 이름을 묻자, 이번에는 처남댁이 가로채서 재빨리 대답했다.

"무사시야 도라노스께."

노인은 해묵은 책자들을 이것저것 뒤지며 퍽 복잡한 계산을 하는 것 같더니 또 다른 두툼한 책자를 뒤져 어느 면을 펼치고는 내게 내밀면서 말했다.

"여기를 좀 자세히 보시우."

보라는 곳을 자세히 보니 펼쳐진 면의 윗쪽 절반은 여러 가지 색조로 칠을 한 그림이 있고, 아래쪽 절반은 한문 초서로 마구 휘갈겨 씌어져 있었다. 말하자면 초서는 윗쪽 그림의 뜻을 해설해 놓은 글 같은데, 마구 휘갈겨 써서 나는 도무지 알아볼 수가 없었다. 노인이 사정을 짐작하겠다는 듯이 말했다.

"한자(漢字)를 잘 이해하지 못하겠거든 윗쪽의 그림을 자세히 보시우."

그것은 일본 시대극(史劇) 영화에서 가끔 볼 수 있는 로우고꾸(牢獄;감옥)에 젊은 남자 한 사람이 갇혀 있는 그림이었다.

"이 그림이 어쨌다는 겁니까?"

"장교님의 초년 운세가 이 그림과 같다는 말입니다."

나는 무슨 뚱단지 같은 헛소리를 지껄여대나 하는 생각에 그냥 일어서려니까 노인이 또 붙잡고 늘어졌다.

"참, 성질도 급한 장교님이시네. 당사주(唐四柱)를 보려면 평생을 다 봐야지 초년 운세만 보면 되나?"
　노인은 또 다른 면을 뒤적여 찾아낸 그림을 나에게 보여주며 말했다.
　"이 그림은 중년입니다. 보십시오."
　그것은 준마를 탄 장군이 긴 칼을 뽑아 휘두르며 달리고, 그 앞에 수도 헤아릴 수 없을 만큼 많은 군졸들이 돌격 대형으로 쳐들어가는 그림이었다.
　"중년의 장교님 운세는 그림과 같이 수많은 병사들을 거느리고 지휘하는 장군이 된다는 것입니다."
　이번에는 어쨌거나 기분이 나쁘지는 않았다. 그 다음 찾아낸 그림을 보여주는데, 거기에는 추수기의 가을 풍경 아래 연못에 낚싯대를 드리운 노인의 모습이 있고 그 주위의 뒷쪽과 옆쪽으로는 누런 볏섬을 산더미처럼 쌓아올린 노적가리가 다섯 군데나 있었다.
　"말하자면 장교님의 노후에는 그 그림처럼 팔자가 늘어질 운세입니다."
　"수고하셨습니다."
　나는 '당사주(唐四柱)'를 본 복채로 1원짜리 지폐 석 장을 기분좋게 내놓고 인사를 한 다음 자리에서 일어났다. 사람의 마음이 간사하다고 하지만, 중년에 노년까지 팔자가 늘어진다는 말을 들으니 싫지는 않았던 것이다.
　처남댁과 함께 외출했다가 당사주를 본 기억은 히로시마 헌병대 지하실에서 1년 동안 모진 고문과 체벌을 감내할 때도 전혀 떠오르지 않다가 육군형무소에서 캄캄한 징벌 독방에 갇혔을 때 퍼뜩 생각이 났다. 로우고꾸(牢獄)에 갇힌 그림대로 초년 운세가 딱 그 꼴이 되었던 것이다.
　나는 사주(四柱)나 관상, 골상, 수상학 따위가 과거 경험학적 통계에 의한 근거를 바탕으로 한다면 전적으로 '미신'이라고 무시할 것만은 아니라고 생각한다. 따지고 보면 인간이 겪는 모든 역경은 타고난 팔자소관대로 어차피 스스로 겪어야 할 몫이 아니던가?

그렇다. 결국 내 인생은 내가 이 세상에 태어날 때부터 운명적으로 타고난 팔자소관인 것이다. 사주팔자가 그런 데야 피할 도리가 없지 않은가? 이렇게 생각하면 마음이 편하다. 나는 이런 마음가짐으로 역경을 맞을 때마다 어떠한 운명도 초연한 자세로 받아들여 슬기롭게 극복해야겠다고 다짐하곤 했다.

앞으로 닥쳐올 사태도 마찬가지다. 신념에 따라 '이것이 옳다.'고 판단되면 내 생명이 끝나는 날까지 절대로 변하지 않고, 어떤 난관이 가로막더라도 결코 후퇴하거나 타협하거나 좌절하지 않을 수 있는 것이다.

진주만 폭격

대동아전쟁이 일어나기 10여일 전인 1941년 11월 29일, 토요일 저녁이었다. 어머니의 52회 생일이자 아내의 23회 생일이기도 했던 그 날은 하루종일 날씨가 음산하고 쌀쌀하여 기분이 좋지 않았다. 우리집은 묘하게도 아버지와 내 생일도 같은 날이어서 두 번의 생일 잔치가 절약되는 셈이었다.

나는 어머니와 아내의 생일을 축하하기 위해 오랜만에 도쿄의 시바꾸(芝區)에 있는 집으로 갔다. 2년 동안의 군대 생활 중 네 번째 귀가였다.

어느새 부쩍 자란 첫딸 세쓰꼬(節子)는 할아버지와 할머니의 품속에서 재롱을 떨며 공주처럼 곱게 자라고 있었다.

내가 좀 안아보고 싶어도 고것이 한사코 안기려 들지를 않았다. 그도 그럴 것이 상선학교를 졸업하던 해 2월에 세쓰꼬를 낳았는데, 11월에 졸업하자마자 군대 생활을 하기 시작하여 겨우 네 번째 만나는 날이었다. 이웃집 아저씨만큼도 낯을 익히지 못했으니 안기려 들지 않는 게 오히려 당연하다고나 할까? 그래도 오랜만에 가족과 함께 지낼 수 있어서 나는 무척 즐겁고 행복했다.

　아버지의 형제는 세 분이셨는데, 원래 어느 분도 자손이 없었다. 그래서 아버지께서는 손녀딸 재롱을 자랑삼아 보여주기 위해 집안에 무슨 경사나 좋은 일이 있을 때면 가까운 친척들을 모두 초대하시곤 했다.

　그 날도 우리집에는 예외없이 아이들을 포함해서 60여 명의 친인척들이 축하 꽃다발이나 선물꾸러미를 들고 모여들었다.

　초겨울 문턱에 들어선 11월 말이어서 별로였지만, 봄철이나 여름철의 우리집은 굉장했다. 대지가 무려 700평에다 아래윗층을 합한 연건평이 100여 평도 넘는 큰 저택이었던 것이다.

　건물이 들어서지 않은 곳에는 사철 푸르른 소나무와 상록수, 그리고 온갖 관상목들이 적당한 위치에 여러 모양으로 고루 배열되어 잔디와 더불어 숲을 이루고 있었다. 흙이라도 눈에 띌 새라 빈 틈없이 잔디로 덮혀 있었고, 꽤 넓게 만들어 놓은 인공 연못에는 검은 색과 붉은 색의 팔뚝만한 잉어들이 노닐었다. 잘 가꾸어진 정원과 후원에는 계절마다 온갖 종류의 꽃나무와 당년초들이 아름다운 자태를 뽐내며 하늘거렸다.

　특히 봄철의 분위기는 환상적이었다. 만물이 새싹을 돋우며 푸르름과 생동감을 과시하는 봄철이면 울긋불긋 봄꽃들이 만발하고, 라일락 꽃 향기가 사람을 황홀경에 빠뜨렸다. 잉꼬새, 꾀꼬리, 종달새 등 여러 종류의 새들도 봄꽃들에 뒤질새라 목청껏 지저귀며 날아들었다.

　일본인들이 '국민의 꽃'이라고 하는 겹사꾸라 나무가 담 둘레로 뺑 돌아가며 적당한 간격으로 심어져 있었는데, 겹사꾸라 꽃이 피게 되면 우리집이 바로 삼국지에 나오는 도원경이 아닌가 싶을 정도였다.

　원래 그 동네는 옛날 에도(江戶) 시대 훨씬 이전부터 굉장한 실세였던 무사들이 어마어마한 저택들을 짓고 모여살던 동네였다. 그리고 그 후예들이 계속 실세로 등장하여 대대로 살아오고 있었다.

우리집도 조상 대대로 물려받은 유산이었다. 아버지는 직업 때문에 조선으로, 고꾸라로, 오사까로 옮겨 다니시면서도 도쿄의 저택만은 조상의 유산이었기에 친척이 들어와 살면서 관리하도록 할망정 없애지 않고 유지해 왔던 것이다.

아버지는 내가 상선학교를 졸업하던 해에 대심원(대법원) 부장(판사)으로 승진하셨고, 마침내 수십 년 동안 친척에게만 맡겨 관리해 오셨던 도쿄의 저택으로 돌아오셨다.

11월 29일이면 늦가을에서 겨울 문턱으로 들어선 계절이라 봄이나 여름 같지는 않아도 그런 대로 운치가 있는 게 대자연을 감상하기에는 부족함이 없었다.

하객들은 넓은 정원과 후원 여기저기를 산책하거나 적당한 위치에 놓인 벤치에 앉아 담소를 나누면서 계절의 무상함과 만추의 스산함, 자연 만물의 변화와 신의 섭리를 음미하고 있었다.

집 안이 하도 넓다 보니 60여 명의 하객들이 함께 어우러져 북적대도 그리 비좁아 보이질 않았다. 워낙 단출한 식구라서 집 안이 절간 같다가 이렇게 친척들이 모이면 정말 사람사는 집 같아서 마음이 흐뭇해지는 것이었다.

당시 교토후(京都府) 지방검사국의 검사장(昭和 16年 현재)으로 계셨던 나의 장인과 나보다 10살 위인 손위 처남 이와끼 마사노리(岩木 正節)도 하객으로 참석했다.

처남 마사노리는 나를 무척 좋아했고 나도 그를 친형처럼 따랐다. 꽤 오랜만에 만나는 자리라 처남은 나를 얼싸안고 등을 두드리며 반겼다.

처남은 게이오우(慶應) 대학 경제학부를 수석으로 졸업한 엘리트였다. 연기했던 병역 의무를 마치고 육군 병장으로 제대한 다음, 소화(昭和) 9년(1934년) 대장성(재무부)에 들어가 고등관으로 근무하던 중 소화 13년(1938년) 흥아원(興亞院)이란 곳으로 옮겨 근무하고 있었다.
 단 두 남매로 자라다가 귀여운 여동생을 내게 시집보낸 후 처남은 내가 없을 때도 내 아내가 된 미쓰에(三江)를 만나려고 자주 우리집에 찾아오곤 했다고 한다. 아들 하나만 낳고 손이 끊기는가 했다가 10년만에 얻은 딸이었으니 그 집안으로서는 얼마나 경사스러운 일이었고, 또 처남으로서는 얼마나 귀여운 여동생이었으랴? 그야말로 온실에서 고이 키워 내게 시집을 보냈던 것이다.
 처남은 나와 통하는 데가 많았다. 친밀감이 넘치고 자석처럼 내 마음을 끄는 마력이 있는 것 같기도 했다. 혈육이 없는 탓이었을까? 친밀감이 넘치는 처남을 나도 친형처럼 좋아했다. 그래서 가끔 처남과 만나면 많은 대화를 나눴고, 처남도 나와 만날 때면 흥미진진한 이야기를 숱하게 들려 주곤 했다. 시국관에 있어서도 처남과 나는 견해를 같이 할 때가 많았다.
 그런데 처남이 근무한다는 흥아원(興亞院)에 대해서는 전혀 알 수가 없었다. 무슨 일을 하는 곳인지 처남도 그것만은 내게 말해주지 않았기 때문이다. 나도 처남이 꺼내려고 하지 않는 화제를 굳이 묻고 싶지 않아서 여태 그냥 지내왔다.
 도대체 뭘 하는 곳이길래 다른 이야기는 다하면서 흥아원에 관해서만은 굳게 입을 다물고 있는 것일까?
 나는 문득 흥아원에 관한 호기심이 강하게 일어났다. 그래서 흥아원에 관한 것을 듣고 싶어 손님들과 담소하고 있는 처남을 데리고 윗층에 있는 아버지 서재로 올라가면서 아내에게 부탁했다.
 "2층 서재로 차 두 잔만 갖다 줘요."
 대심원(대법원) 부장(판사)인 아버지의 서재에는 직위에 걸맞게 온통 법률서적들로 꽉 차 있었다. 30평 정도 되는 남향의 널찍한 서재로 들어가 소파에 마주앉은 처남은 자못 의아하다는 표정으로 내 말을 기다리는 눈치였다.

"아니끼(あにき;형), 우선 담배나 한 대씩 피우면서 애기합시다."

나는 우선 처남에게 담배를 권했다. 그러자 처남이 담배를 손가락으로 집어 들고는 되받아서 말했다.

"무슨 애기인지 모르겠지만, 미쓰에에게 술상 좀 차려 오라고 해. 술이나 한 잔 하면서 애기하자."

"그럽시다."

그때 아내가 차 쟁반을 들고 들어왔다.

"술상도 좀 봐다 줘요."

"아래층에 술상을 차려 놨는데 왜 여기서 두 분만 따로 드시려는 거예요?"

아내가 묻는 말에 나는 웃으며 대답했다. 물론 농담기가 섞인 말이었다.

"아주 중대한 비밀 애기가 있어서 그러니까 어서 술상부터 차려 와요."

"무슨 비밀 애긴데 그래?"

이번에는 처남이 물었다. 나는 잠자코 처남을 쳐다보다가 되물었다.

"처남이 근무한다는 홍아원에 관해서 애기 좀 해줄 수 없겠어요?"

그랬더니 그는 펄쩍 뛰면서 손사래를 저으며 웃었다.

"초특급 비밀인데, 큰일날 소리는 하지도 마."

농담처럼 하는 말 같지만, 나는 육감적으로 퍼뜩 잡히는 감이 있었다.

그때 아내가 술상을 차린 쟁반을 들고 들어왔다. 나는 쟁반을 받아 탁자 위에 올려 놓은 다음, 처남의 잔에 가득 술을 따르고 내 잔에도 따랐다.

"당신은 내려가서 볼일 봐요."

"네에!"
 옆에서 기웃거리는 아내에게 이렇게 다그치자, 아내는 피식 웃음을 머금은 채 길게 대답을 빼면서 아래층으로 내려갔다.
 "홍아원이란 곳이 그렇게 비밀스러운 곳입니까?"
 술잔을 비우며 처남에게 이렇게 묻자, 그는 정색을 하고 대답했다.
 "사실 그렇게 비밀스러운 곳은 아니지만, 홍아원에서 하는 일이 대외적으로 알려지면 곤란하거든. 그래서 직원들은 거기서 하는 일에 관해 외부에 누설하지 않겠다고 서약을 하지. 물론 이 서약을 위반하면 처벌을 받게 되고."
 "그래요? 아니끼가 그렇게 말하니까 더욱 얘기가 듣고 싶어지네요."
 바로 그 순간 처남이 내가 조선사람이란 것을 전혀 모르고 있다는 사실이 내 머리를 스치고 지나갔다.

 "이 시간 이후로 너와 네 엄마와 나, 이렇게 세 사람 말고는 누구도 네가 조선사람이란 사실을 알아서는 안된다. 알겠지?"
 시즈꼬가 자살한 후 아버지는 이렇게 엄명하셨던 것이다. 가까운 친척들조차 아버지가 옛날 조선 어느 고을 재판소에 근무할 당시 두 분 사이에서 내가 태어난 것으로 알고 있었다.
 "앞으로 살아가면서 군대생활을 하든 사회생활을 하든 절대로 조선사람이라고 밝혀서는 안된다. 그 비밀은 죽어서 '무덤 속까지' 가져가야 할 것이다."

 아버지께서 이토록 엄명을 내리시게 된 까닭은 시즈꼬 모녀의 자살이라는 충격적인 사건이 계기가 되었지만, 그보다는 내가 장차 살아가면서 그 사실 때문에 받게 될지도 모를 불이익에 대해 우려하셨기 때문인 것 같다.
 어쨌든 처남은 내가 졸라대니 이야기는 해야겠고, 그러자니 뒤

진주만 폭격 147

가 켕기는지 좀 근엄한 표정을 지으며 내게 신신당부하는 것을 잊지 않았다.
 "지금부터 내가 하는 말을 듣기만 하고 질문은 하지마. 그리고 다 들은 후에는 어느 누구에게도 절대로 말을 옮기면 안돼. 아버지께도 말씀드리면 안된단 말이야, 알겠어?"
 "약속합니다. 말씀하세요."
 이제 그 날 처남이 했던 말을 그대로 옮겨 보겠다. 어차피 질문도 할 수 없는 일방적인 설명이었으므로 대화 형식조차 무의미할 테니까……

 소위 일지사변(日支事變)을 도발한 다음해인 소화(昭和) 13년(1938년) 고노에(近衛 文麿) 내각은 흥아원(興亞院)이라는 공적(公的) 기관을 설립했다. 표면상으로 흥아원의 설치 취지는 중국 점령 지역의 정치·경제·문화적 문제를 통일하기 위해서라고 했다. 그러나 실제로 그들이 하는 일이란 중국 전역에 아편을 무제한 공급하는 일이었다. 그것은 아편의 확산을 통해 중국의 4억 인민을 아편중독자로 만들어 전의를 마비시키고 과잉인구를 쓸어버리겠다는 중국인 말살정책에서 비롯된 끔찍한 발상이 아닐 수 없었다.
 흥아원이 얼마나 중시된 기구인지는 흥아원을 운영하는 인적 구성을 보면 알 수 있다. 총재는 언제나 현임 수상이 맡고, 4명의 부총재도 언제나 육군성·해군성·대장성·외무성 등 4개 성(省)의 현직 대신들이 각각 맡도록 되어 있는 것이었다. 그래서 초대 총재로 당시의 고노에 총리대신(수상)이 취임했다.
 그러니까 현직 총리와 현직 4명의 대신들이 자동적으로 총재와 부총재를 맡으면서 국책으로 마약매매를 직접 관장해 온 셈이다. 마치 일본의 마피아 조직(야꾸자를 말함)이 정부를 지배하는 듯한 드라마 같은 이야기가 아닐 수 없다.
 "더러운 아편 전쟁을 일으킨 영국을 닮은 꼴로 배우려고 한 거지.

사실 300여 년 동안이나 인도를 지배해 오면서 아편 정책으로 2억 인도인을 죽여왔던 영국은 그 수법을 중국에도 그대로 적용하려다가 아편 전쟁을 촉발시켰다고 할 수 있어.
 '앞문(홍콩)으로 쳐들어오는 호랑이를 물리쳐서 쫓아내니 이번엔 뒷문(만주, 북지로)으로 사자가 무리지어 쳐들어온다.'는 고사(古事)처럼 바로 일본이 그 사자로 둔갑하여 영국의 식민정책을 그대로 답습하려고 했던 거야."

 이상이 처남 마사노리가 근무하는 흥아원의 실체였다. 듣기만 하고 묻지는 말라고 했던 사전 경고 때문에 흥아원이 어디에 있는지 소재지조차 물어볼 수가 없었다. 묻지도 못하고 그가 말하지도 않는 바람에 더 이상 흥아원의 정체에 대해 알아내기는 어려웠다.
 일본의 그런 아편 공급 정책은 분명히 국제법 위반이었다. 아울러 그 목적이 중국인의 일본에 대한 항전 의지를 약화시키고 마비시키는 데 있었음은 두말할 나위도 없다. 아편의 무제한 공급으로부터 얻어지는 수입 또한 막대했으리라.
 마사노리 처남은 흥아원에 대해 입을 다무는 대신, 더욱 더 경천동지(驚天動地)할 초극비 기밀사항을 내게 털어놓았다. 아마도 처남이 대장성(大藏省) 출신이라서 그런 기밀을 알게 된 모양이었다.
 군부 수뇌들은 소화(昭和) 15년(1940년) 말경부터 태평양전쟁을 도발하기 위한 만반의 준비를 진행하면서 한편으로는 외화표시 군표(軍票) 발행을 협의하여 극비리에 진행해 왔다. 그러니까 일본인들이 일컫는 소위 대동아전쟁을 도발하기 1년 전부터의 일이다.
 앞으로 1년 후에 연합국을 상대로 전쟁을 일으켜 필리핀(比島), 말레이시아, 싱가폴, 홍콩, 랑잉(蘭印;인도네시아) 등 동남아 일대를 점령할 것을 전제로 이들 점령지역에서의 군비지불을 위해

편의상 외화표시 군표(軍票)를 발행한다는 것이었다.

그래서 이미 3,700만 페소(Peso)와 4,500만 길더(Guilder；네덜란드의 화폐 단위)와 4,500만 달러 어치의 외화표시 군표를 발행했고, 소화(昭和) 16년(1941년) 5월 경부터 마대(麻袋；포대)에 포장한 후 극비리에 일본은행으로 인도(引渡)하여 금고에 보관하도록 했다고 한다.

처남이 대장성 출신이고, 대장성의 선배가 앞으로 적당한 시기에 흥아원에서 대장성으로 옮기도록 해 주겠다는 등 대장성과 깊은 관계가 있었기에 그런 엄청난 기밀사항을 알게 되었으리라고 짐작하면서도 나는 어쩐지 가슴이 떨렸다.

그러니까 일본은 수년 전부터 하와이 진주만 공격을 비롯하여 다방면에서 전쟁준비를 해왔다는 사실이 분명해진 셈이었다.

그러고 보니 나도 짚이는 데가 있었다. 두어 달 전 육군성에서 '비매품' 딱지를 붙여 각 부대로 보낸 책 한 권을 받았던 것이다. 장교들에게만 배부된 그 책은 4×6판 크기의 300여 쪽에 달하는 단행본으로 제목은 『虐げられた印度』, 즉 '학대받은 인도'라는 뜻이었다.

이를테면 18세기에 인도가 영국의 식민 지배에 들어가기 수 세기 전부터 영국은 인도를 괴롭혀 왔다고 할 수 있는데, 그토록 오랜 기간 동안 인도 국민을 학대해 온 잔인하기 짝이 없는 영국의 식민지 정책을 파헤쳐 폭로하고 고발하는 내용을 담고 있었다.

영국은 인도에서 아편 재배를 권장하고, 이를 재배시켜 자유롭게 판매하도록 함으로써 수 억 인도인을 아편중독자로 만들어 말살시키려 한다는 것이었다.

우리나라에 '사돈 남 말한다'는 속담이 있듯이 일본에도 비슷한 속담이 있다. '自分のことは棚にあげて'라는 속담이다. 직역하자면 '자기 일은 선반 위에 올려 놓고'라는 뜻인데, 자기 허물은 깨닫지 못하면서 남의 흉만 본다고 비아냥거리는 말이다.

생각해 보면 『학대받은 인도』라는 책이 꼭 그 짝이었다. 결국 일본은 영국이 수세기 전부터 인도에서 해왔던 못된 짓을 꼬집으면서도 그대로 흉내내고 있는 꼴이 아니던가?

그럼에도 불구하고 그 책은 두말할 나위도 없이 각급 지휘관을 비롯한 전군 장교들에게 읽힘으로써 대미·대영 전쟁을 앞두고, 영국에 대한 적개심을 유발시키고 전의를 고양시키려는 목적을 가지고 있었다. 소위 '미영구축(米英驅逐)'이라는 구호에 걸맞는 선전책자인 셈이었다.

『학대받은 인도』라는 책의 내용을 기억나는 대로 몇 대목만 옮겨보겠다.

영국이 수세기 동안 인도를 괴롭혀 오던 중 19세기 중엽에 영국군의 인도 용병이 반란을 일으켰다. 여기에 구(舊) 지배계층이 가세하여 대반란으로 확대되는 바람에 영국은 커다란 타격을 입게 되었다. 이에 영국군은 어른 아이 할 것 없이 인도인을 무차별로 마구 살육하면서 인도 전역을 제압했다.

이때(1858년)부터 인도 주재 총독에게만 맡겨 왔던 인도 통치를 본국 정부에서 직접 맡기에 이르렀고, 반란으로 수많은 용병들이 체포되었다. 영국은 체포된 반란의 주모자급 가운데서 350여 명을 가장 악질적인 반란분자로 골라내고, 나머지 수백 명은 모두 교수형과 총살형으로 처단해 버렸다. 아울러 반란 주모자들을 수용·관리하는 현지 주둔 영국군 모 연대장에게 직접 명령을 내려 가장 악질적인 반란분자 및 선동분자들이라고 가려낸 350여 명 전원을 포살하라고 했다. 포살(砲殺)이란 사람을 대포 포구에 묶어서 매달아 놓은 채 불을 당겨 대포를 발사하여 처단하는 것이다.

이 명령을 받은 현지 연대장은 그 날부터 며칠을 고민하다가 본국 정부에 그런 비인도적 처형방식은 도저히 감행할 수 없노라고 항명했다. 항명을 한 연대장이 본국으로 소환되어 항명죄로 처벌

되었음은 말할 것도 없다.

　영국 정부에서는 다른 연대장을 다시 임명하여 인도 현지로 파견했다. 새로 부임한 연대장도 전임자와 같이 양심선언을 하고 포살집행은 할 수 없다고 본국 정부에 항명했다. 역시 본국 정부의 소환명령을 받은 그도 전임자처럼 항명죄로 처벌되었다.

　세 번째로 현지에 부임한 연대장 역시 도무지 용기가 나지 않기는 마찬가지였다. 그러나 그는 전임자들과는 달리 본국 정부에 다음과 같이 건의를 했다. 즉 '350여 명 가운데 가장 죄질이 나쁜 자들만 추려 포살하고 나머지는 보통 총살형으로 집행하면 어떻겠냐?'는 것이었다.

　그제서야 본국 정부에서도 하는 수 없이 그 건의를 받아들여 이 연대장에게 재량권을 주어 형을 집행하도록 했다. 그래서 그는 50명 정도의 극렬분자만 가려내어 포살형을 집행하고, 나머지 300여 명은 보통 총살형으로 처단하여 어려운 문제를 일단락지었다.

　영국 정부는 인도에서 아편을 무제한으로 재배시켜 총생산량의 절반을 의약품으로 사용하도록 본국 정부에 보내고, 나머지 절반은 전부 인도 국내에서 자유판매를 허용했다. 또한 인도 주재 영국 총독은 인도 인민의 재산소유권을 일체 인정하지 않고 인도인이 본래 소유했던 전재산을 동결하고 몰수해 버렸다.

　한편으로는 노동자와 농민을 혹사하여 사흘 동안 노동 품팔이를 해야 가족이 하루를 살 수 있을 정도로 저임금을 주어 겨우 연명하게 함으로써 모두 영양실조 및 기타 질병에 걸려 뼈만 앙상한 몰골로 만들었다는 것이다. 그러니 자연히 자유판매로 풀어놓은 아편에 손을 대는 사람이 많아졌다.

　아편에 손댄 사람은 한 사람도 예외없이 모두 아편중독자가 되는 것은 불문가지(不問可知)고, 심지어 중독된 임산부가 낳은 아기는 뱃속에서부터 아편중독증에 걸려 출생하기도 했다. 그 결과 인도 국민의 평균 수명은 25세 내지 30여 세에 불과했다.

위에서 열거한 내용이 비매품으로 보급된 선전책자『학대받은 인도』의 내용이다. 소위 대동아전쟁을 일으키기 이전, 일본군 장교의 적개심을 유발하기 위해 만들어진 그 책의 내용이 얼마만큼 진실성이 있었는지는 나도 잘 모를 일이었다.
 처남은 담배 한 대를 피워 물면서 풀죽은 목소리로 말했다.
 "나도 그런 일을 하는 흥아원에서 근무하고 싶은 생각은 별로 없어. 하지만 전에 함께 근무하던 대장성의 선배가 조금만 참고 기다리라니까 마지못해 거기에 머물러 있는 거야. 그 선배가 기회를 봐서 대장성의 과장 자리로 발탁되도록 조치를 취하겠다고 했거든."
 처남은 원래 대학을 졸업하고 병역을 마치자마자 대장성(재무부) 공무원이 되었는데, 흥아원의 총무장관 겸 정무부장인 스기모리(杉森 哲夫:가명)라는 경응대학 동창 대선배가 수석으로 졸업한 그를 발탁해 갔다고 한다.
 "또 다른 놀라운 사실 하나를 더 말해 주지."
 처남은 술을 한 잔 마신 다음 천천히 운을 뗐다. 나는 귀를 쫑긋 세우고 그의 말을 기다렸다.
 "흥아원하고는 무관한 딴 얘긴데, 이것 역시 사회에 알려져서는 곤란해."
 처남은 이렇게 경고를 한 다음 이야기를 꺼내기 시작했다.

 지나사변을 일으킨 지 몇 개월 후인 소화(昭和) 12년(1937년) 12월 13일이었다. 중지나방면군(中支那方面軍) 사령관 나리다(成田 英治) 대장과 그의 참모부장(參謀副長)인 하마다(浜田 純一) 중장의 지휘를 받는 휘하 군 부대가 남경(南京)에 입성했다.
 입성하기 이전 남경의 평상시 인구는 약 50만 명 정도였는데, 일본군이 지나사변을 일으켜 북쪽으로부터 남으로 들이닥치자 갑자기 피난민들이 몰려들었다. 그 바람에 50여만 명이 증가하여 남경에 일본군이 입성할 무렵에는 거의 100만 명에 이르는 시민이 붐비고 있었다.

그런데 일본군이 남경에 진주하면서 100만 인구의 4분의 1인 25만여 명의 남녀노소 양민을 학살했다는 것이다.

전투하는 병사도 아닌 일반 양민을 닥치는 대로 총검으로 찔러 죽이고, 총으로 쏴 죽이고, 건물 안에 몰아넣은 다음 불을 질러 죽이고, 생매장도 하고, 부녀자를 강간하고는 찔러 죽이고, 총 개머리로 머리통을 때려 타살(打殺)하기도 하며 마구 도륙을 했다고 한다.

일본군 최고 지휘관의 묵인 아래 전투 장병들이 불과 6주간(42일)에 걸쳐 100만 인구의 4분의 1인 25만 명을 살육해 버렸던 것이다.

당시 군의 보도관제 아래 공식으로 세상에 알려진 사실은 없었다. 그러나 워낙 대규모 학살이라 그와 같은 참상은 자연히 세상에 알려졌다.

나도 그 사건이 일어난 지 수년 후에 '남경학살'이라 하여 십수만 명을 죽였다는 이야기를 들은 적이 있었다. 그렇지만 그렇게 많은 수의 양민을 무차별 살육한 줄은 미처 몰랐다.

처남은 몹시 마음이 괴로웠던지 서너 잔의 정종을 거푸 마시고 나서 담배를 피워 물고는 한숨을 내쉬며 이야기를 이어갔다.

"지금까지 말한 남경사건은 더러 알려지고 있는 일이지만, 그보다도 진짜로 놀라운 이야기는 따로 있어."

나는 더 이상 듣고 싶은 생각이 없었으나 진짜로 놀라운 이야기라고 하는 바람에 다시 귀를 기울이게 되었다.

이때 아내가 노크를 하고 들어왔다.

"술을 더 갖다 드릴까요?"

아내는 꽤 시간이 흘렀으니까 비밀 이야기라는 것이 끝났나 하고 눈치를 살피며 물었다.

"술을 좀더 데워 와요."

내 말에 아내가 한 마디 덧붙였다.
"아래층의 손님들이 도라짱은 어디 갔느냐고 찾아요."
내가 보이지 않으니까 손님들이 찾는 모양이었다.
"알았소. 좀더 있다가 내려갈 테니 술이나 얼른 좀 데워 갖고 와요."
아내가 내려가자 처남은 담배를 피우며 한참동안 생각에 잠기는 것 같더니 다시 말문을 열었다. 그가 말한 내용을 옮겨 보기로 하겠다.

남경 소재 중지나(中支那) 방역급수부(防疫給水部) 사까에(榮) 1644부대는 특수부대로 일명 다마부대(多摩部隊)라고도 한다. 여기서는 중국사람들을 재료(材料)로 생체실험을 한다. 모르모트(Marmot)로 의학실험을 하듯 살아있는 중국인을 온갖 방법으로 생체실험에 이용한다는 것이다.
일본군은 세균전 실험을 위해 중국군(國府軍) 포로나 일반 시민을 붙잡아 들여 각종 전염병을 감염시키거나 그 신체 일부를 냉동시키기도 하고, 여러 포로들에게 파쇄성(破碎性) 폭탄을 터뜨려 죽어가는 과정을 지켜 보기도 한다. 중국인 여성에게는 왁진 개발을 위해 매독을 전염시키는 일도 있다.
또 포로들에게 페스트, 지프스, 출혈열, 콜레라, 탄저병(炭疽病), 야토병(野兎病), 천연두(天然痘), 적리(赤痢) 등을 감염시켜 온갖 실험을 하거나 몇 번씩 말의 피를 퍼먹이기도 하고, X선을 장시간 투사시켜 간장을 파괴시키기도 한다. 더러는 생체를 해부하여 별별 실험을 다하곤 한다는 것이다.
그리고 장(腸) 페스트 등 무서운 균이 들어 있는 산탄통(散彈筒)을 기둥에 묶여 있는 포로들에게 폭발시킨 다음, 방호복을 입은 일본군 전문가가 시계(Stop watch)를 들고 포로들이 완전히 사망하기까지의 시간을 계측(計測)하기도 한다. 이같은 실험들은 대개 만주나 남경 교외에서 행해지고 있다.

　일본의 중국인에 대한 이런 악행과 25만 남경 시민의 학살 등은 바로 중국 인민 말살정책에서 기인한 것이었다.
　나는 처남의 이야기를 들으면서 등골이 오싹하고 모골이 송연함을 느꼈다. 생전 처음 듣는 말이라 큰 충격을 받았을 뿐 아니라 두려운 생각마저 들었다.
　대동아전쟁(태평양전쟁)이 터지고 나서 필리핀(比島)의 '바탄(Batan) 죽음의 행진' 참상과 태·버마 철도부설공사 현장에서의 천인공노할 일본군의 잔학무도한 악행을 듣고 난 후로는 별로 그같은 이야기를 들어도, 전쟁 직전 처남의 말을 들었을 때처럼 충격을 받거나 놀라지도 않게 되었다. 면역이 생겨 버렸던 것이다.
　방역급수부에 관해서는 사실 처남에게 이야기를 듣기 꼭 3개월 전에 누군가로부터 한 번 들은 적이 있었다. 그러나 그때는 생체실험 운운하는 이야기는 전혀 듣지 못했다.
　석 달 전인 8월 31일 도쿄 군인회관에서 중학 동기로 상지대(上智大學) 문학부를 나온 하세가와(長谷川)라는 녀석을 우연히 만났다. 그 날은 일요일이었는데, 군인회관에서 무슨 행사가 있어 거기 갔다가 그를 만났었다. 그는 육군성에 근무한다고 하면서 이야기를 나누다가 우연히 방역급수부에 대한 말을 꺼냈던 것이다.
　"형은 어떻게 지내셔?"
　나는 중학 시절 가와사끼(川崎)에 있는 그의 집에 자주 놀러간 일이 있었는데, 가끔 만날 때마다 용돈까지 5원, 10원씩 주었다. 하세가와 집은 꽤 부자였는데, 그의 아버지가 금융계의 실력자라고 했다. 내가 그의 형 안부를 묻자 하세가와가 말했다.
　"형은 군의관 대위로 조선군 사령부 소속으로 어느 야전군 병원에 복무중이었는데, 얼마전 관동군 방역급수부 731부대로 전속가게 되어 휴가차 집에 다녀간 일이 있었어."

하세가와와는 다른 일화도 있었다.
 5년 전 내 결혼식 날인 4월 17일을 하루 앞둔 날이었던 것 같다. 그 날은 토요일이었는데 하세가와가 고등상선학교로 수업 중인 나를 찾아왔다.
 "형 결혼식이 내일이어서 네 결혼식에는 참석하지 못하게 되었어."
 그러면서 몹시도 미안해 하는 표정이었다. 그가 상지대학(上智大學)에 다니고 있을 때였다.
 "형이 결혼하신다니 정말 축하할 일이야. 오히려 내가 참석하지 못하게 되어 미안한걸. 그래, 형은 요즘 어떻게 지내셔?"
 "형은 동경제국대학 의학부에서 세균학을 전공한 후 지금은 군의관 중위로 있어. 전공은 세균학이고."
라고 말했었다.
 그렇다. 그러니까 하세가와의 형도 처남이 말한 남경 소재 방역급수부 다마(多摩) 부대처럼 생체실험을 하는 곳에서 근무하고 있는 것이 분명했다. 하세가와는 자기 형이 근무하고 있는 부대가 하루빈 교외 어디라고 했던 것 같다.
 당시 하세가와 녀석도 자기 형이 근무한다는 731부대에서 인간 생체실험을 한다는 사실에 관해서는 전혀 몰랐으리라. 만약 그런 사실을 알았다면 내게 형에 대한 이야기를 했을 리가 없는 것이다.
 처남이랑 손님들이 모두 돌아갔다. 새벽 1시가 넘어서야 잠자리에 들었는데 아내가 내 눈치를 살피면서 물었다.
 "오빠하고 무슨 심각한 얘기를 그렇게 오래 했어요?"
 "별일 아니니까 몰라도 되오."
 나는 공연히 퉁명스럽게 대꾸하고는 이내 잠이 든 것처럼 누워 있었다. 눈을 감고 있어도 처남이 해준 이야기가 이 대목 저 대목 자꾸 머리에 떠올라 도무지 잠을 이룰 수가 없었다. 나는 속이 답답하여 자리를 박차고 일어나 자고 있는 아내를 깨웠다.
 "술상 좀 간단히 차려다 주시오."

잠시후 아내가 술상을 차려 들어왔다. 아내는 술상머리에 앉아 술을 따라 주면서 연신 내 눈치를 살폈다. 아마도 자기 오라버니와 무슨 좋지 않은 일이라도 있었나 하고 걱정하는 것 같았다.
"혼자 마실 테니 먼저 자요."
"괜찮습니다."
나는 술을 꽤나 많이 마셨다. 평소에 그 정도로 마시면 무척 취했을 텐데, 이상했다. 마신 만큼 취하지가 않는 것이다. 자꾸만 처남에게서 들은 이런저런 말이 떠올라 혼란스러웠다.

그 일이 있은 후, 소화(昭和) 16년(1941년) 12월 8일 새벽 3시 19분 진주만을 처음 폭격한 지 불과 11분이 지난 3시 30분에 나는 대동아전쟁에 관한 소식을 들었다. 일본이 일컫는 소위 대동아전쟁, 즉 태평양전쟁은 그렇게 막이 올랐던 것이다.
경비 전화의 요란한 벨 소리가 그 소식을 알려주었다. 그때 나는 전날밤 내 중대의 제2소대장인 이와나미(岩波) 소위와 밤 늦게까지 술을 마신 탓으로 세상 모른 채 잠에 곯아떨어져 자고 있었다. 부대와 연결되어 있는 경비 전화가 내 귓전을 요란하게 울려대는 바람에 눈을 번쩍 뜨고 수화기를 귀에 대니 사령부 주번사관인 모리다(森田) 대위의 숨가쁜 목소리가 흘러나왔다.
"드디어 전쟁이 터졌어."
나는 내 귀를 의심할 정도로 깜짝 놀랐다. 전쟁이야 이미 진행중이었지만, 또다른 전쟁이 터졌다는 것이었다. 일본은 당시 중·일전쟁을 치르고 있었다.
"전쟁이라고?"
"새벽 3시 19분 현재 일본 태평양함대 소속 항공대가 하와이 진주만을 공격하기 시작해서 정박 중인 꽤 여러 척의 미국 전함들을 격침시켰어. 초비상사태니 즉각 사령부로 출두하게."
습관적으로 시간을 보니 3시 30분을 가리키고 있었다. 폭격이 시작된 지 꼭 11분 후에 나는 그 사실을 알게 되었다.

바로 그 날 소화(昭和) 16년(1941년) 12월 8일, 일본은 겁없이 잠자는 사자의 콧수염을 뽑았던 것이다. 둔기로 뒷통수를 얻어맞은 것처럼 뒷골이 띵하고 몹시 무거웠다. 나는 잠시 눈을 감고 생각에 잠겼다.

'드디어 올 것이 왔구나.'

사실 나는 7, 8개월 전에 진주만 공격 계획을 알고 있었다. 그러나 막상 닥치고 보니 흥분과 불안에 짓눌릴 것 같은 압박감으로 역시 가슴이 떨렸다. 아무리 예상하고 있던 일이라 하더라도 전쟁은 전쟁이었다.

미국이 허를 찔린 셈이었다. 미국과 영국도 정보기관을 통해 소화(昭和) 15년(1940년) 전후(前後) 일본의 동태를 살펴보고 일본이 분명 미·영에 대한 새로운 전쟁을 준비하고 있다는 사실을 알고 있었으리라.

그러나 언제 어디로 공격할지는 몰랐던 것 같다. 아마도 미국과 영국은 일본이 싱가폴이나 타이, 아니면 동남 아시아 어디쯤을 공격 목표로 삼을 것이라고 생각했으리라. 도쿄 정가 사정에 밝다는 미·영의 정보통들도 우선 일본이 서방을 칠 것인가, 남방을 칠 것인가 하는 정도로 예상했을 것이다.

하기야 일본의 강경파 중에서도 작전상의 의견이 달라 진주만을 공격하자는 쪽과 미국 함대를 서남 태평양에서 요격하자고 주장하는 쪽으로 엇갈려 있었다. 그러다가 진주만 공격을 주장하는 쪽의 우세로 급기야 야마모도(山本) 태평양 연합함대 사령장관이 임명한 제1항공 함대(기함은 赤城艦)의 장관인 나구모(南雲) 중장의 지휘 아래 진주만을 공격하게 되었던 것이다.

조용히 잠자고 있던 사자 우리의 화약상자 뇌관에 불을 당기고 말았으니 장차 일본의 운명이 어떻게 바뀔 것인가? 그것은 오직 신(神)만이 아는 일이었다.

아무튼 미국은 평화스러운 일요일 아침(미국 하와이 시간, 12월 7일 오전 7시 49분)에 날벼락을 맞은 것이다.

일본의 치밀한 전쟁계획이 진행되던 1941년 초 미국은 허버트 국무장관을 통해 일본에게 '일본군은 중국에서 철수하고 평화적 수단으로 태평양의 평화를 보증(保障을 뜻함)하라.'고 요구한 바 있었다. 미·영은 첩보전에 어두웠던 대가를 톡톡히 치르는 셈이었다.

내게 비상소집을 알려준 모리다 대위도 흥분과 공포에 휩싸여 불안한 음성이었다. 어쩌면 그도 나처럼 두려움을 느끼고 있었는지도 모르겠다. 그러나 그의 두려움은 내가 느끼는 두려움과는 좀 다른 것이었다.

바로 어제 내 사무실에서 정보부 주임인 모리다 대위와 나눈 대화가 불현듯 머리를 스쳤다. 어제 점심 식사 후 담배 한 대를 피우고 있는데, 노크를 하면서 모리다 대위가 들어왔다. 그는 주로 그의 아버지에 대한 이야기를 나에게 들려 주었다.

그의 아버지는 구미 교육을 받은 엘리트로서 현재 외무성 고위직에 있으며 반전주의자, 즉 평화주의자란 사실은 나도 이미 듣고 있었다. 모리다 대위의 아버지는 당시 외무성 외무대신이었던 마쓰오까(松岡 洋右)와 아주 막역한 친구인데, 마쓰오까의 처신에 대해 납득하기 어렵다는 생각을 가지고 있었다.

마쓰오까 외상은 열세 살 때인 1893년에 도미하여 미국에서 성장했다. 오리건 주립대학을 나온 지 3년 후 일본에 귀국하여 명치(明治) 37년(1904년) 외무성에 들어갔다. 그후 외교관 수업을 쌓은 지 수년 후 영사관보(領事官補)가 되어 외교관으로서 처음으로 중국 상해 주재 일본영사관에 부임했다.

1910년 상해 주재 일본 영사관에 재직중이던 그는 당시 로이터 통신의 동 아시아 특파원 윈(A.E.Win)에게 일본의 장래에 관해 다음과 같이 예언했다고 한다.

"앞으로 3, 40년 후 일본은 서양과 전쟁을 일으켜 서로 광적인 전투를 벌이게 되고, 일본은 기진맥진하다가 열강들의 단결에 의해 완전히 파괴된 후 백기를 들게 될 것이다."

그런데 이상한 것은 그렇게 예언했던 그가, 또 미국에서 성장하고 미국에서 최고 학부를 나온 그가, 그러니까 미국의 저력을 너무나도 잘 알고 있는 그가 어째서 초강경파 군부의 첨병 노릇을 하는지 모리다의 아버지로서는 도무지 이해할 수 없다고 한다는 것이었다. 그의 아버지가 도저히 이해가 안된다고 열거했던 마쓰오까 외상의 몇 가지 치적(?)이란 대강 다음과 같다.

첫째, 소화(昭和) 8년(1933년) 마쓰오까는 국제연맹 임시총회에 일본을 대표하는 전권사자(全權使者)로 참석했다. 만주 침략을 기정 사실로 정당화하려는 일본의 만주 승인 요청을 국제연맹 총회가 표결로 거부하자 '국제연맹을 탈퇴한다.'고 선언한 후 수행원들을 데리고 퇴장함으로써 당시의 일본은 그를 일약 국민적 영웅으로 추켜세웠다. 이것이 초강경 군벌의 선도적 역할을 시작하게 된 계기가 되었던 것 같다.

둘째, 소화(昭和) 15~20년(1940~45년) 제2차 근위 내각의 외무대신으로 재임 중 일·독·이(日·獨·伊) 3국 동맹을 체결하는 데 주도적 역할을 했다.

셋째, 이어 일·소(日蘇) 중립조약을 맺었다.

결국 마쓰오까는 일·독·이·소 4개국과의 제휴를 압력의 배경으로 하여 대미 교섭을 유리하게 이끌려는 계산이었을 것이다. 그러나 이러한 3개 추축국(樞軸國)의 동맹은 결과적으로 미국을 자극하게 되었고, 오히려 일·미(日米) 관계를 악화시키는 결과를 초래하고 말았다.

마쓰오까는 이에 그치지 않고 군국주의자들, 특히 관동군과의 친밀한 관계를 이용하여 막강한 권력을 배경으로 그들 군벌의 대변자 역할을 하며 침략 전쟁을 선두에서 옹호했다. 누구보다도 미국을 잘 아는 마쓰오까가 무모한 침략전쟁의 선도적 견인차 역할을 해온 셈이었다.

모리다 대위의 아버지는 그와 같은 행보를 일삼는 마쓰오까를 도무지 알 수 없는, 수수께끼 같은 인물이라고 개탄했다는 것이다.

그러니까 모리다 대위가 직접 진주만 기습 공격 소식을 내게 알려온 것은 어제의 대화 내용을 상기시키려는 생각 때문이었으리라. 모리다 대위의 흥분된 목소리는 바로 마쓰오까가 예견한 '일본 종말의 서곡'에 대한 그의 '두려움'을 담고 있겠지만, 나의 두려움은 전쟁통에 어떻게 살아남아서 그 결과를 지켜볼 수 있을까 하는 것이었다.

나는 손등으로 비벼 눈꼽만 떼고는 바로 군복을 주워 입고 자고 있을 아내가 깰 새라 조용히 현관쪽으로 다가갔다. 중간문이 열려 있고 거기에 아내가 장화를 꺼내 놓은 채 서 있었다. 아마도 요란하게 울린 전화 벨 소리 때문에 잠에서 깬 모양이었다.

"미안하구려, 잠을 깨워서."

그러나 아내는 대답 대신 겁먹은 얼굴로 내 얼굴 표정을 읽으려는 눈치였다. 모리다 대위가 일방적으로 비상을 알리는 전화였으니까 전화를 엿들었다 하더라도 무슨 내용인지는 몰랐겠지만, 아내는 뭔지 몰라도 심상치 않은 분위기라는 것만은 직감한 모양이었다. 사령부로부터 한밤중에 비상 경비전화가 걸려 온 적은 일찍이 없었기 때문이었다.

아내와는 내내 같은 방을 사용해 왔다. 그러다가 최근 들어 세 살짜리 첫딸 세쓰꼬(節子)가 홍역을 앓는 기미가 있어 자주 보채는 바람에 얼마전부터 각 방을 쓰고 있었다. 남편의 수면을 방해하지 않으려는 아내의 배려였다.

관사 현관문을 나서자 어느새 아라이(荒井) 하사(伍長)가 사이드카를 몰고 와서 대기하고 있었다. 사령부는 사이드카로 약 10분 거리가 되는 우지나(宇品 ; 히로시마 해변 항구 지역)에 있었다. 사이드카에 올라 앉으면서 아라이에게 물었다.
 "무슨 일인가?"
 "모르겠습니다. 급히 모시고 오라는 주번사관님의 명령이셨습니다. 비상이라고 하셨습니다."
 그는 아직 아무것도 모르고 있는 모양이었다.
 어느덧 사이드카는 사령부 본부 건물 앞에 멈춰섰다. 나는 약 1분 정도 사이드카에서 내리지 않고 그대로 앉아 있었다. 2층을 쳐다보니 사령관실과 옆 회의실의 불은 환하게 켜져 있었다.
 나는 두려움과 불안감이 교차되면서 몹시 두근거리는 가슴을 좀 진정시키려고 애썼다. 사이드카에서 내려 문을 열고 들어서는데, 2층으로부터 주번하사 이께다(池田) 중사(軍曺)가 급히 층계로 내려오다가 나와 마주쳤다.
 "중대장님, 지금 사령관 각하 이하 모두 참석하셨는데 사꾸라이(櫻井) 참모장(大佐)님만 연락이 안되고 있습니다. 어서 올라가 보십시오."
 나는 당시 사령부 근무 중대장이었다. 이께다 중사는 나에게 이렇게 말하면서 문 밖으로 뛰어나갔다. 그도 흥분하고 있는지 표정이 좀 상기되어 있었다. 현관문 밖으로 뛰어나가는 그의 뒷모습을 바라보던 나는 돌아서서 계단을 올라갔다. 당시 계단을 오르며 옮겨 놓던 내 발걸음은 왜 그리도 무거웠을까?
 힘겹게 층계를 다 올라가서 회의실 문을 열고 들어서니 사령관 엔도우(遠藤 重太郞 ; 가명) 중장 이하 전 참모들을 비롯하여 사령부 장교들 거의가 참석해 있었다. 그러고 보니 내가 제일 늦게 참석한 것 같아 좀 미안한 생각이 들었다. 한동안 침묵이 흘렀다. 힐끗 훔쳐보니 하나같이 모두 심각한 표정들이었다.
 잠시후에 사꾸라이 참모장이 들어왔다. 한 사람도 빠짐없이 모두 참석한 것이 확인되자 엔도우 사령관은 일어서서 일장의 연설을 하기 시작했다. 엄숙하면서도 패기만만한 표정이었다.

그는 우선 예상했던 전쟁이라고 전제하면서 간략하나마 금차 전쟁이 발발하게 된 당위성을 자기 나름대로 역설하고, 이번 대전(大戰)의 승리는 절대적으로 대일본에 있다고 단언했다. 그리고 그 승리는 바로 선박수송사령부 예하 장병들에게 부과된 중차대한 임무를 어떻게 차질없이 수행하는가에 달려 있다고 강조하면서 예하 장병들의 분발을 촉구하는 말로 끝맺음을 했다.

사령관 엔도우 장군은 실세(實勢) 집권층(執權層)의 인정을 받아 그 해 3월 1일 중장(中將) 진급과 함께 선박수송사령부 사령관에 임명되었다. 그는 바로 나와 절친한 중학 동기인 나가노(長野 龍之助) 군의 외삼촌으로 나를 선박부대 장교가 되도록 해주신 나의 백그라운드이기도 했다.

"오랫동안 연마한 끝에 얻어낸 해군 소위와 2등 항해사를 포기하면서까지 육군으로 들어오겠다고 하는 무사시야 군의 행위가 몹시 못마땅하네. 이는 국가적으로도 얼마나 큰 손실인가?"

내가 나가노 군과 함께 처음 찾아갔을 때 그는 이렇게 개탄을 금치 못했다. 그 분으로서는 당연한 말씀이었다. 그러면서도 떼를 쓰는 우리들의 고집을 끝내는 받아주셨던 것이다.

장교들을 비상 소집해 놓고 연설할 때 선박수송사령관 겸 운수본부장으로서 '금차 대전의 승패가 바로 우리 선박수송사령부 예하 장병들에게 달렸다.'고 역설한 엔도우 장군의 말씀은 결코 과장이 아닌 것 같았다. 사실상 선박수송 업무는 그만큼 막중했던 것이다.

소화(昭和) 16년(1941년) 12월 8일, 바로 그 날 새벽 진주만 공격 개시(3시 19분)와 함께 시작된 사령부의 움직임으로 미뤄 보건대 미리 예상하고 작전 계획을 세워두었던 것이 분명했다.

나는 선박부대 중대장으로 제14군 휘하의 제48사단(사단장 土橋 勇逸 중장)에 합류하여 제5비행집단 3,600명과 더불어 필리핀

(比島 : 비도) 공략을 위해 참전하게 되었다. 제14군(사령관 本間 雅晴 중장)은 이미 선박수송사령부 예하의 각 선박부대로부터 4,600여 장병을 차출하여 필리핀 공격을 준비중인 부대였다.

나는 바로 그 날 오전 9시에 출진 명령을 받았다.

관사에는 들를 생각도 하지 못한 채 아내에게는 곧 짐을 챙겨 당분간 도쿄의 부모님댁에 가 있으라는 전화 연락만 하고 대만을 거쳐 필리핀으로 향했다.

12월 31일, 공격을 개시한 지 약 3주 동안의 치열한 격전 끝에 마닐라 시(市)에 입성했다. 미·필리핀 군과 경찰이 모두 후퇴한 마닐라는 무질서 상태였다. 여기저기서 방화가 행해지고 상가는 약탈과 파괴가 자행되고 있었다.

내가 속했던 제48사단은 1942년 1월 1일, 제16사단(사단장 森岡皐 중장)은 1월2일까지 각각 마닐라 시에 상륙하여 질서와 치안을 회복했다. 또 1월 3일에는 일본 총영사관원 이하 재류 일본인 3,500여 명의 구출작전을 끝냈다.

그러나 내가 맡은 중대 전담 업무는 제14군 휘하의 온갖 전략 물자등 군수품 수송이었기 때문에 직접적인 전투 행위는 없었다.

그후 다이홍에이(大本營)의 전반적인 전략 지도 방침에 따라 내가 속한 제48사단은 작전 명령을 받고 자바 섬(오란다 령) 공격 투입을 위해 새로 제16군에 편입되어 필리핀을 출발하던 2월 16일까지 약 두 달 동안 마닐라에 주둔했다.

자바 섬에 상륙한 제48사단은 3월 2일, 스라바야를 향해 진군하여 3월7일 자바의 주요항인 스라바야를 점령했다. 3월 9일 오전 8시 드디어 텔 폴텐 사령관이 전 랑잉군(全 蘭印軍)에 대한 정전 항복 명령을 방송함으로써 이 섬의 점령도 끝이 났다. 자바 섬을 점령한 지 약 8개월 후인 11월 8일, 제16군 사령관 이마무라 중장은 제8방면(라바울) 사령관으로 임명되어 랑잉을 떠났다.

나는 이보다 두 달 앞선 9월 8일 아까쓰끼(曉) 제4500부대로 전보 발령을 받고 후방으로 전출되었다. 그러니까 아까쓰끼 제4500부대는 불과 8일 전인 소화(昭和) 17년(1942년) 8월 31일 새로 개편된 제1선박수송사령부 다까오(高雄;대만에 있는 항구 지역) 지부였다. 두어 달 전인 6월에 히로시마 우지나 소재 선박수송사령부가 '선박사령부'로 개칭되면서 사령부 휘하의 전 선박부대가 개편된 모양이었다.

나는 새로 개편된 아까쓰끼 제4500부대의 제1대대 제2중대장에 보임되었다. 이것도 선박사령부의 엔도우 사령관의 배려로 후방으로 한 발 물러나 있게 된 것이라는 생각이 들었다. 제4500부대장은 가또우(加藤 忠義) 대좌였는데, 우지나의 사령부 본부 근무 중대장으로 있을 때보다는 사뭇 편했다.

그 곳 히로시마의 사령부에는 높은 분들이 많고 또 높은 분들의 출입이 잦다 보니 항상 긴장 상태의 연속으로 느긋한 시간이 별로 없었다. 외출을 해도 마찬가지였다. 히로시마는 대여섯 사령부를 비롯 70여 크고 작은 각급 부대들이 시내 곳곳에 산재해 5~6만 명의 군인들이 들끓는 서부군의 근거지(根據地)로서 군인들을 제외하면 민간인들은 그리 많지 않다고 할 만큼 군인들로 붐비는 군사도시였다. 그러니까 시내를 돌아다니다 보면 나보다 계급이 낮은 병사들의 경례를 받기에 바쁘고, 나보다 높은 상급자들에겐 경례를 붙이기에 바빴다.

그런데 대만(臺灣)의 다까오(高雄)란 곳은 히로시마에 비해 번잡하지 않을 뿐더러 남국의 중국 풍속이라는 퍽이나 이채로운 이국 풍경까지 느낄 수 있었다. 아무튼 나로서는 다까오가 히로시마보다 훨씬 좋았다.

그 땅은 40여 년 전 청·일(淸日) 전쟁(1894년~1895년)에 패한 중국과의 강화조약에 의해 일본이 양도받은 곳이었다. 나의 조국인 조선보다는 약 12년 먼저 일본의 식민 통치를 받기 시작한 셈이었다.

대만 원주민들은 반세기 동안 일본 총독의 통치를 받으며 살았던 탓으로 일본 문화에 퍽이나 익숙한 듯이 보였다. 오래전부터 일본의 동화정책에 의한 교육을 받아 와서 그런지 아이 어른 할 것 없이 일본말을 할 줄 알았다.

그런데 일본이 말하는 대동아전쟁의 특징은 일본군이 개전 벽두에 거의 완전한 선제 기습 성공으로 서전기(緖戰期)의 대세를 일거에 휘어잡은 데 있었다.

소화(昭和) 16년(1941년) 12월 8일의 선제 기습은 나구모(南雲 忠一) 해군 중장이 이끄는 나구모 기동부대의 함재기(艦載機)에 의한 진주만의 미 태평양 함대공격, 제25군 사령관 야마시다(山下 奉文) 중장의 말레이시아 북부와 타이(泰國) 남부에 대한 상륙 작전과 싱가폴 상륙 작전, 제14군 사령관 홈마(本間 雅晴) 중장의 필리핀(比島) 작전, 홍콩 공격, 중국 상해(上海) 해역의 영국 포함(砲艦) 페트렐 격침 등 각처에서 거의 동시에 도발되었다.

이후 남방 작전은 다이홍에이의 예정을 상회하는 속도로 세(勢) 확장이 이루어졌다. 12월 15일 싱가폴, 이듬해(1942년) 3월 8일 랑궁, 3월 9일 자바 등을 차례로 함락시켰고, 바탄 고레히돌에서 버티고 저항하던 미·필리핀 군대도 5월 상순에 항복했다. 이로써 미얀마와 인도 국경으로부터 솔로몬 군도에 이르는 광대한 영역이 일장기의 지배 아래로 들어갔다.

전쟁 초기에 일본은 서남 태평양에 있어서의 제해권과 제공권을 완전히 장악했다. 훈련이 부족하고 사기가 떨어진 식민지군이 태반이긴 했지만, 적의 해·공군을 휩쓸어 35만 명(그 중 절반은 원주민 병사)을 포로로 잡고 군 장비 등 엄청난 전리품을 획득했다.

그런 혁혁한 전과의 대가로 지불한 일본군의 손실은 전사자 약 5,700명과 비행기 약 300기였으며 수상함에 있어서는 전혀 손실이 없었던 일방적인 일본군의 승리였다. 더구나 전사자 중 3,200명은 말레이시아 작전에서 입은 손실이었다.

개전 초 엄청난 군의 도전과 광범위한 모험에 초긴장 상태로 숨을 죽이고 있던 일본 국민은 연전연승의 기쁨과 환희의 도가니 속에서 잔뜩 들떠 있었다.

"이기고 투구의 끈을 졸라매라."

순전히 자신의 구상과 기획으로 진주만 공격을 감행했던 일본 태평양 연합함대 사령장관 야마모도(山本 五十六) 해군대장은 이런 말로 부하 장병들에게 '자만은 금물'이라는 뜻의 훈계를 했다고 한다.

일본의 기습 작전은 위에서 열거한 대로 일단은 성공적이라 하겠다. 그러나 새벽 잠 속에서 단꿈을 꾸다 느닷없이 불벼락을 맞은 미국을 비롯한 연합국 쪽이 마냥 밀리고만 있을지는 두고 볼일이었다.

어쨌든 나는 대만 다까오의 아까쓰끼 제4500부대 생활에 만족하면서 전쟁의 추이와 양상을 지켜보기로 하고 도쿄의 집에 소식을 전하기 위해 펜을 들었다.

5X 비밀결사단

소화(昭和) 17년(1942년) 가을이었다. 전쟁 중이었지만, 나는 대만의 다까오(高雄)에 있는 아까쓰끼(曉) 4500부대 제1대대 제2중대장으로 그럭저럭 편안하게 지내고 있었다. 어느 날 나보다 한 계급 위인 제1중대장 스기모도(杉本) 대위가 제안을 했다.

"무사시야 중위, 관사(官舍)에서 생활할 생각 없어?"

"글쎄 나도 다다미 방에서 기거하고 싶긴 한데, 죠쮸우(女中;가정부)가 있어야죠?"

"그 문제라면 걱정할 것 없네. 일찍이 고아가 된 내 이종 여동생이 지금 어느 일본인이 경영하는 대북(台北)의 큰 요리집에서 10개월째 일하고 있어. 고녀(高女;여자고등학교)는 나왔는데, 일이 무척 힘드는 모양이야. 그 애를 데려다가 편히 좀 지낼 수 있게 해주겠나? 그렇게만 되면 참으로 고마울 텐데. 어떤가? 자네만 좋다면 관사는 내가 부대장에게 말해서 곧 마련하도록 주선하겠네."

나는 귀가 솔깃했다. 우선 부대에서 먹는 보리밥이 싫었다. 부대에서 먹는 보리밥이라면 점심 한 끼로도 족했다. 나는 스기모도 대위의 제의를 긍정적으로 받아들여야겠다고 생각했다.
"이종사촌 여동생의 신상에 대해 얘기해 줄 수 있겠소?"
"얘기할 수 있다마다. 이름은 이시이 미쓰꼬(石井 光子), 나이는 열아홉 살. 미쓰꼬의 엄마가 내 어머니의 막내 동생이고, 이모부는 육군 헌병 중위였어. 미쓰꼬가 다섯 살 때인 14년 전 관동군 소속으로 하루빈 지구 헌병대에 근무했는데, 중국인 청년들의 방화에 의해 관사가 불타는 바람에 부부가 모두 불에 타서 숨지고 말았지. 졸지에 고아가 된 다섯 살 짜리 미쓰꼬는 이후로 줄곧 우리 집에서 자랐어. 동기간에 형제자매 하나 없던 나에게는 귀여운 여동생이 생겨 그 동안 몹시도 사랑해 왔어. 미쓰꼬가 소학교와 여학교를 졸업하고 남의 집에서 일하게 된 것도 다 이유가 있지. 거 왜 있잖아? 부모가 사랑스러운 딸을 남의 집에 보내 고생시킴으로써 수양을 쌓게 한다는 일본사람 특유의 자녀 교육 방침 말이야."
"그러니까 대위님의 여동생인 셈이네요?"
나는 스기모도 대위의 말에 맞장구를 치며 좋은 발상일 수도 있다고 생각했다. 일본 속담에 '귀여운 자식일수록 여행을 시킨다.' 는 말도 있지 않은가?
"그렇지. 내 부모님은 10년 전 대만의 대북(臺北)에 와서 조그마한 규모의 제재소를 경영해 오셨는데, 별로 재미를 보지 못하셨어. 그러다가 6개월 전쯤 일본 북해도로 가 다시 제재소를 차리셨어. 그래서 미쓰꼬가 큰 요리집에서 남의 집 살이를 하는 게 더욱 힘들어 보이고 안쓰러워. 나도 이전에는 관사 생활을 해 왔는데, 부모님이 북해도로 이사를 가시면서 자리가 잡히면 곧 돌려보내시겠다고 아내와 젖먹이 아들을 데리고 가셨어. 지금은 할 수 없이 식사는 부대에서 하고 잠만 관사에서 자고 있지."
결국 내가 관사 생활을 하게 되면 중노동에 시달리는 미쓰꼬를 그 요리집으로부터 구해 달라는 부탁인 것이다.
"별로 말수가 없는 과묵한 편이지만, 심성은 착하기 그지없네. 친부모가 없는 탓인지 항상 외로워 보이는 게 마음이 아파. 좋은 배필이라도 만나 행복하게 살아야 할 텐데."
자못 걱정스러워하는 스기모도 대위의 모습이 사뭇 진지해 보였다. 그래서 나는 그의 권유를 받아들이기로 했다.
"알겠습니다. 대위님만 믿겠습니다."
며칠 후부터 나는 미쓰꼬의 시중을 받으며 관사 생활을 시작했다.
영내 생활에 비할 바가 아니었다. 심신이 편한 것은 말할 것도 없고, 아침·저녁 식사도 만점이었다. 유까다를 입고 다다미방에서 뒹구는 생활이란 일본의 독특한 문화 속에서 성장해 온 나로서는 너무나 편안하기만 했다. 진작부터 처자(妻子)를 데려다 관사 생활을 하고 싶었지만, 꿈이나 꿔 볼 수 있는 일이었으랴? 부모님께서 그것만은 도무지 허락하실 것 같지 않았다.
얼마동안 미쓰꼬와 지내 보니 스기모도 대위의 말마따나 얌전하고 심성이 아주 착해 보였다. 조신한 몸가짐이 여자답고 귀여웠다. 친부모 없이 자라왔다는 게 어쩐지 내 신세와 비슷해서 연민의 정마저 느껴지기도 했다. 그래서 스기모도 대위 못지 않게 나도 미쓰꼬가 장차 괜찮은 남자와 결혼해서 행복하게 잘 살 수 있기를 진심으로 바라게 되었다.
관사 생활을 시작한 지 2개월 여가 지난 12월 26일, 그 날은 토요일이었다. 일과를 마치고 부대 영문을 나와 시내로 들어가서 여기저기 둘러보며 돌아다녔다. 조금전 스기모도 대위로부터 미쓰꼬의 생일이 내일(12월 27일)이라는 말을 들었기 때문에 그녀에게 생일 선물을 사다 주기 위해서였다. 나는 어느 양품점에서 시세이도(資生堂) 회사 제품인 여성용 화장품 크림 하나를 사서 관사로 돌아가 미쓰꼬에게 생일 선물로 주었다. 미쓰꼬는 뜻밖이라는 표정으로 나를 쳐다보았다.

"스기모도 대위에게 들었어. 내일이 미쓰꼬의 생일이라며? 생일 축하해!"

미쓰꼬는 무척 좋아했다. 거푸 두 번씩이나 감사하다는 인사를 할 정도였다.

목욕을 하고 내 방에서 담배 한 대를 피우고 있는데, 미쓰꼬가 노크를 하고 들어왔다.

"깜빡 잊고 전해 드리지 못했습니다. 아침 나절에 편지가 왔어요."

미쓰꼬가 내게 편지 한 통을 건네주었다. 관사로 온 편지는 처음이었다. 이상하다고 생각하며 발신자를 보니 '대일본제국 육군성(大日本帝國 陸軍省)'이라고 인쇄된 활자 말고는 발신자의 이름이 없었다. 예감이 이상했다. 육군성에서 나에게 이런 편지를 보내 올 리는 없지 않은가?

중학교 동기 동창으로 상지대학(上智大學) 문학부를 나온 하세가와(長谷川)가 육군성에 근무한다는 말을 듣긴 했지만, 그는 지금 내가 어디 있는지도 모르는데 무슨 편지를 한단 말인가?

더구나 사적이든 공적이든 모든 우편물은 부대로 배달되는 게 정상이었다. 이상하게 생각하면서 편지 봉투를 뜯고 내용물을 끄집어내 펼쳐보았다. 그런데 이게 웬일인가?

나는 순간 깜짝 놀랐다. 영문으로 인쇄된 편지였다. 두 장으로 된 영문편지의 내용을 대강 훑어본 나는 또다시 놀라지 않을 수 없었다. 무슨 법조문처럼 개조식(箇條式)으로 씌어진 내용을 보고 나서는 더더욱 내 눈을 의심하지 않을 수가 없었다. 나는 눈을 비비고 다시 들여다보았다. 분명 내가 잘못 본 것은 아니었다.

우리는 귀관이 탁월하고 유능한 지휘관임을 인정하여 다음과 같은 메시지를 전한다. 평화를 애호하는 지식인 젊은 장교들이 모인 우리 XXXXX(5X) 비밀결사단은 연합군에게 극적인 전쟁 종식을 제의하여 세계 인류의 평화를 이룩하고 도탄에 빠진 우리 일본을 구출하고자 한다. 그 목적을 위해 다음과 같은 우리 결사단의 취지와 목표와 결의를 밝혀두면서 국가적 차원에서의 근본적인 개혁을 도모하고자 하는 우리와 뜻을 같이 하는 연대장급 이하 각급 지휘관(연대장, 대대장, 중대장)들이 적극 동참해 줄 것을 피눈물로 호소한다.

1. 우리는 전쟁과 파괴와 살상을 원치 않는다.
2. 우리는 목숨을 걸고 평화를 지키며 전 인류의 공존공생을 주창한다.
3. 우리는 연합군에게 전쟁 행위의 즉각 중단을 제의한다.
4. 우리는 현 일본의 군주제 군벌 국가체제를 부인한다.
5. 우리는 군국주의 무단정치 정체를 배격한다.
6. 우리는 상징적인 천황제 법통은 고수 존속한다.
7. 우리는 입헌군주제 국체를 유지, 그 전통을 확립한다.
8. 우리는 입헌민주제의 정치체제 하에 국민의 참정권을 최대한 확대 보장한다.
9. 우리는 일본 국토 이외의 모든 나라들로부터 일본인을 철수한다.
10. 우리는 조선국의 자주 독립을 보장, 이를 적극 지원한다.
11. 우리는 오늘 이전의 모든 외국인들에게 일본 군부가 행한 온갖 잔학 행위에 대해 돈수재배(頓首再拜) 사죄한다.

우리는 세계의 열강들에게 다음 두 가지를 주장·선언한다.

其一
평화를 애호하는 우리 5X(XXXXX) 결사단은 과거 수세기에 걸친 세계 열강들의 식민지 획득을 위한 약육강식의 침략과 식민통치 행위는 금차 세계대전 종식을 끝으로 영원히 사라져야 함을 주장한다.

其二

세계 열강들은 금차 세계대전 종식과 더불어 수세기에 걸쳐 통치해 온 식민국들을 해방시켜 완전 자주독립을 허용함으로써 금세기의 온 누리에 평화가 오도록 협력·지원하라.

위와 같은 우리 지식인 젊은 장교단의 세계평화를 위한 취지와 목적에 뜻을 같이하고 결의에 동참하고자 결심하는 연대장급 이하 각급 지휘관들의 분발을 촉구하면서 이의 승복을 결심한 지휘관들은 일단 유사시의 지령 하달에 지체없이 행동할 것을 명령한다.

但 (1) 위 제반 사항의 승복을 결심한 지휘관은 본건 제1신 내용의 절대 극비 유지는 물론, 본 제1신 내용 문건을 즉각 소각하고 더욱 군무에 분발하면서 다음 지령을 대기할 것.
(2) 만일 위의 제반 사항에 승복하지 않을 생각이면 지체없이 헌병대 또는 경찰관서에 고발조치할 것.
(3) 우리는 그대들의 일거수일투족을 밤낮없이 감시하고 있음을 밝혀둔다.
(4) 우리 5X(XXXXX) 비밀 결사단의 배후나 그 조직을 알려고 하지 말라. 오직 지령만을 지체없이 실천할 뿐이다.

XXXXX 비밀결사단 본부로부터
소화(昭和) 17년 12월 2일.

대략 위와 같은 서문에 11개항의 선언적 거사 지침, 연합국 열강들에 대한 2개의 선언문, 그리고 끝 맺는 말 다음에 4개항의 단서를 달고 있었다.

  얼떨떨한 정신으로 나는 우선 그 괴문서를 내 방 책상 서랍에 넣고 자물쇠를 채웠다. 그리고는 생각에 잠겼다. 도대체 이게 뭔가? 쿠데타를 계획하는데 나더러 동참하라는 포섭인가? 전쟁을 중단해야겠다고 역설한 대목은 이해가 간다. 그리고 전쟁을 도발한 확전주의 강경파 군부와 그들을 지지하는 일부 세력들(이 숫자도 엄청나게 많을 테지만)을 제외하면 '전쟁 중단'이란 모든 국민이 바라는 희망사항이기도 하다.

  그러나 사태가 예까지 확대되었는데 이제 와서 그게 가능하단 말인가? 쿠데타의 성격은 달라도 지난날 군부에서 일어난 5·15와 2·26 두 번의 자그마한 소란이 모두 불발로 끝난 바 있다. 현재 일본의 국체와 정체를 뿌리채 뒤집어엎는 이 괴문서의 내용도 '전쟁을 중단하고 입헌민주제를 도입한다'는 발상은 좋지만, 그것은 현실적으로 불가능한 일이었다. 한 마디로 내용도 엉성하고 모순된 점이 많을 뿐 아니라 황당무계한 발상이라고 할 수 있었다.

  이런 식으로는 쿠데타의 성사를 위해 거사에 참여하려는 지휘관들의 단결도 문제려니와 비밀유지도 어려운 일이었다. 마치 어설픈 쇼를 보는 것 같았다.

  이 전쟁이 승산없다는 것은 확실하다. 육군 군부의 강경파 실세들이 엄청난 일을 저질러 육·해군 전군을 죽음의 구렁으로 돌이킬 수 없는 지경까지 끌고 간 것도 사실이다. 하지만 젊은 좌관급이나 위관급 가운데도 전쟁을 도발한 군부 고위층의 전쟁광 못지않게 한술 더 뜨는 광적인 젊은 강골파 장교들도 엄청나게 많다는 사실을 간과해서는 안될 것이다.

  그런데 이게 될 법이나 한 소린가? 번연히 안될 일이라는 생각이 들었다. 아무리 그렇긴 하더라도 정신이상자의 장난으로 무시해 버리기에는 내용이 너무나 진지했다.

나는 연사흘이나 밤낮없이 번민을 했다. 아무런 묘안도 없었기 때문이다. 도대체 어쩌면 좋단 말인가?

X가 다섯 개인 '5X' 비밀결사단 본부라는 건 또 뭔가? 그들이 뭐라고 주장하든 나로서는 관심 밖의 일이었다. 다만 10항 하나만 관심을 좀 끌 뿐이었다. 사실 관심을 좀 끄는 정도가 아니라 관심이야 대단하지만 도무지 불가능한 일이라 '소 닭 보듯 한다.'는 뜻이다.

얼마 가지 않아서 전쟁은 끝이 날 테고, 이번 세계대전이 끝난 후에는 어차피 지도의 색깔이 달라지면서 지각 변동이 일어날 것이다. 또 전후 열강들의 세력이 재편성되는 과정에서 당연히 우리 조선도 사슬에서 풀려나게 될 것이다. 그러니까 문제는 당장의 현실에 어떻게 대처할 것인가 하는 점이었다. 말하자면 괴편지를 어떻게 처리하느냐가 당면한 문제였다.

단서의 (2)항대로 헌병대에 고발해야 할까? 정녕 그럴 수밖에 없을까? 고발하지 않으려면 그것을 소각해야 하고, 소각하면 그 내용을 전적으로 수용한다는 뜻이다. 그것은 바로 비밀결사단에 한 발 성큼 들어선다는 것이 아닌가? 단서 (3)항에는 나의 거동을 밤낮없이 감시한다고 협박까지 하고 있었다.

실로 진퇴유곡이었다. 헌병대에 고발하기로 한다면 자칫 고발하러 헌병대로 가다가 죽음을 당할지도 모를 일이 아닌가? 워낙 실현 가능성이 희박해서 어떨지는 몰라도 어쨌든 전쟁이 단축(중단)되고 조선이 해방되어 독립을 맞이한다니까 기대를 버릴 수는 없었다. 그 기대를 위해 괴편지를 소각해 버릴 경우 곧바로 5X에 가담하는 것으로 간주될 테니 이것 또한 겁나는 일이 아닐 수 없었다.

단서 (3)항이 자꾸만 뇌리에 맴돌았다. 내가 만일 헌병대에 고발한다면 5X가 나를 그냥 놔둘 것인가? 도무지 어떻게 해야 할지 모르겠다. 하필이면 왜 내게 이 따위 고통거리를 가져다 준단 말인가? 내가 조선사람이라는 걸 알고 내 사상을 시험해 보려는 정보기관의 공작일까? 그렇지만 일본인 부모의 호적에 적자로 입적되어 있는 내가 조선인이란 사실을 아는 사람이 누가 있단 말인가? 아무리 생각해 봐도 사상 테스트를 하기 위한 정보기관의 함정이라고 하기엔 앞뒤가 잘 맞지 않았다. 나는 며칠 동안 번민한 끝에 결국 그 괴편지를 불살라 버렸다.

또다시 무슨 지령(?)이라도 오면 그때 상황을 봐서 결단을 내리기로 했던 것이다. 어쩌면 헌병대에 고발하려다가 피살될지도 모른다는 강박관념 때문일 수도 있었다. 어차피 가담하거나 않거나 죽음을 당할 수밖에 없다면 그 시기를 조금이라도 연장해 보자는 심리가 작용했는지도 모르겠다. 어쨌든 괴편지를 소각해 버리면 당장 피살은 모면할 수 있을 테니까.

게이오우 기쥬꾸(慶應義塾) 보통부(중학 5년 과정) 동기 가운데 아사노(淺野)란 녀석이 불현듯 떠올랐다. 그의 아버지는 지나(中國) 방면의 무슨 사령관으로 육군 중장이었는데, 언젠가 육군 헌병 대위였던 아사노의 맏형이 나까노(中野) 학교에 들어갔다는 말을 들은 적이 있었다. 나까노 학교는 소화(昭和) 13년(1938년)에 새로 설립된 정보 교육 기관이었다.

그 녀석은 지금 어디서 무슨 일을 하고 있을까? 그를 찾으면 그의 맏형을 찾을 수도 있으리라. 나는 금새 괴편지를 태워 버린 것을 후회했다. 어떻게든 아사노의 형을 만나서 의논하면 괴편지에 대한 수수께끼가 풀릴 수도 있을 텐데 하는 생각이 들었다.

다음에 또 괴편지가 올 경우 꼭 아사노를 찾아야겠다고 나는 굳게 다짐했다. 여전히 불안하고 찜찜했지만, 한결 마음이 좀 놓이는 것 같았다.

괴편지를 태워 버리긴 했지만, 몇 가지 의문점은 떨쳐 버릴 수가 없었다. 왜 하필이면 영문으로 인쇄되어 있었을까? 국내에 침투한 적국 지하 정보조직이 아군의 전력을 약화시키기 위해 시도한 첩보 공작은 아닐까? 물론 전시였기 때문에 일선 지휘관들에게 갈

등과 교란을 일으켜 전의를 상실하게 만드는 첩자들의 음모일 수
도 있었다. 그러나 그런 목적이라면 굳이 영문이어야 할 이유는 없
었다. 국문(일본어)보다 영문이 더 위험할 테니까. 그러니 적국
첩자들의 소행이라고 단정하기도 어려웠다.
　그리고 왜 하필이면 나에게 전달되었을까? 다른 지휘관들에게
도 그런 괴편지가 전달되었을까? 대위도 아닌 일개 중위로서 중대
장을 맡고 있는 하급 장교일 따름인 내가 그럴 만한 특정인이라도
된단 말인가?
　아무리 생각해도 모를 일이었다. 더구나 이젠 괴편지를 태워 버
렸으니 고발조차 할 수가 없었다.
　'에라 모르겠다, 될 대로 되라지. 더 이상 번민은 접어 두기로
하자.'
　나는 아무일도 없었던 것처럼 괴편지를 잊어버리기로 작정했다.
그게 잘 될지는 모르겠지만……

　우리 XXXXX 비밀결사단은 현실을 직시한 구국의 충정으로
제1신을 전폭 지지하고 승복한 귀관의 현명한 판단과 용단에 경
의를 표한다. 이제 구국의 기치를 드높일 시기가 다가오고 있음
을 알리는 바이다. 귀관은 가까운 시일 내에 1계급 특진과 함께
보다 많은 병졸을 통솔하게 될 것이다. 더욱 군무에 분발하고,
일단 유사시에 있을 절대 명령에 지체없이 행동할 것을 거듭 당
부한다. 건투를 빈다."

　但 (1) 지금이라도 늦지 않았으니 제1, 2신을 불신하거나 배격하
　　　고 불복할 생각이라면 헌병대 또는 경찰 관서에 고발 조
　　　치할 것.
　　(2) 그러나 제1신과 2신을 계속 지지하고 승복할 경우에는 본
　　　건 제2신을 지체없이 소각하고 다음 지령을 대기할 것.

(3) 우리 XXXXX 비밀결사단의 배후나 그 조직을 알려고 하지 말라. 오직 명령만 따를 뿐이다.
(4) 우리는 귀관의 일거수일투족을 밤낮없이 감시하고 있음을 밝혀둔다.

                     XXXXX 비밀결사단 본부로부터
                     소화(昭和) 18년 10월.

  괴편지 제2신을 받은 것은 제1신을 받은 지 열 달쯤 지났을 때였다. 그 날은 '언제 그런 편지가 온 적이 있었나?' 할 정도로 까맣게 잊고 있을 무렵인 소화(昭和) 18년(1943년) 10월 15일이었다.

  나는 대만 다까오(高雄)의 아까쓰끼 제4500부대에서 제3선박 수송사령부 마닐라 지부인 아까쓰끼(曉) 제2944부대로 자리를 옮겨 근무하고 있었는데, 이번에도 역시 부대가 아닌 관사로 편지가 배달되었다.

  육군성에서 장교에게 부대가 아닌 관사로 편지를 보낸다? 봉투에 '대일본제국 육군성'이라고 인쇄했다 하더라도 정작 보내는 곳이 5X 비밀결사단이라면 그럴 수도 있으려니 했지만, 어쩐지 미심쩍기는 마찬가지였다.

  '귀관은 가까운 시일 안에 한 계급 특진과 함께 보다 많은 병졸을 통솔하게 될 것이다.'

  이건 또 무슨 뜻이란 말인가? 나는 괴편지 제2신을 소각하지 않고 깊이 간직해 두었다. 그 이유는 5X 비밀결사단이 보냈다는 편지에서 말한 대로 되는지 두고 보기 위해서였다. 나는 편지에 적힌 대로 되면 그때 가서 제2신을 소각해버리고, 만일 6개월 정도 기다려 봐도 편지 내용대로 실천이 안될 경우에는 헌병대에 신고해 버릴 작정이었다.

  대위 특진은 제2신을 받은 지 꼭 한 달 후인 11월 15일에 이루어졌다. 그리고 12일만인 11월 27일부로 대대장에 보임되는 동시에 후방인 본토 야마구찌껭 야나이(山口縣 柳井)에 있는 서부 제8부대로 전속 명령이 떨어졌다. 나는 특진, 대대장 보임 등 제2신 내용대로 진행되는 것을 확인하자 두근거리는 심장을 억누르면서 편지를 불살라 버렸다.

　나의 대위 진급은 그야말로 특진이라고 할 수 있는 경우였다. 보통 중위에서 대위로 진급하는 데는 4년이 걸렸다. 그런데 두드러진 전공을 세운 것도 아닌 내가 3년만에 대위로 진급했던 것이다.

　신참(新參) 대위가 대대장에 보임된다는 것도 흔치 않은 일이었다. 각급 지휘관의 인력 수급이나 인사정책상 필요한 경우에 고참(古參) 대위가 소좌 보직(TO)인 대대장에 보임되는 일은 종종 있었다. 그러나 대위로 진급하자마자 대대장에 보임되는 일은 특이한 경우였다. 그런데 나는 제2신 내용대로 대위 진급 12일만에 대대장으로 임명된 것이었다.

　고참 중위도 아니면서 대위 보직인 중대장이 된 것도 파격이었지만, 그것은 아무래도 엔도우 선박사령관의 후광 때문이었던 것으로 생각된다.

　이렇게 따져 볼 때 나는 육군 선박부대에 들어온 후 진급이나 보직에 관한 한 정말 '특별'했다고 할 수 있었다. 소위로 임관한 지 9개월만에 엔도우 장군이 나를 중위로 진급시켜 주셨고, 중위 진급과 함께 '특별기술교관'이란 특별한 직분을 받았다가 부대를 옮긴 다음 중위로서 대위 보직인 중대장을 맡아왔던 것이다. 어쨌든 여기까지는 엔도우 장군의 영향력 덕분이라고 할 수 있었다.

　그러나 중위 진급 3년만의 대위 특진은 분명 엔도우 선박사령관의 배려 때문이 아니라는 생각이 들었다. '가까운 시일 안에 특진한다'는 내용이 담긴 괴편지 제2신을 받은 지 한 달만에 진급이 이뤄졌던 것이다.

　이런 상황에서 5X 비밀결사단의 존재에 관해 나는 대관절 어떻게 판단해야 하는 것일까? 정말 고민거리가 아닐 수 없었다.
 아무리 명석하고 지휘 능력이 탁월하더라도 명령체계와 위계질서가 확립된 토대 위에서라야만 수백만 명의 방대한 군 조직을 일사불란하게 운영해 나갈 수 있는 것이다. 내 생각으로 풀리지 않는 의문은 바로 이 대목이었다.
 제1신을 받을 때만 해도 그 내용의 진위 여부를 가리기 힘들어서 어느 정도는 헛수작이나 장난이라고 생각했던 게 사실이다. 그러나 제2신을 받고 나서 대위 특진과 대대장 보임이 이뤄지는 걸 보고는 생각이 달라졌다.
 그런 일들이 군부의 일각에서 단순히 어느 특정인을 시험해 보기 위해 꾸밀 수 있는 장난일까? 아니면 실제로 군부의 인사 정책과 보직 명령을 좌지우지할 만한 거대한 조직과 능력을 가진 어떤 실체가 있는 것일까? 아무래도 단순한 장난이 아니라 어떤 실체가 있다는 쪽으로 마음이 기우는 데 나의 고민이 있었다.
 그래서 제1신을 받아 보고 불사를 때의 감정과는 다른 차원에서 제2신을 불살라 버렸던 것이다. 물론 제2신을 받아본 즉시 소각했던 것은 아니었다.
 그렇다고 제1신과 2신의 내용을 내가 전폭 지지하고 승복했던 것은 아니었다. 아무리 좋은 내용이 담겨 있다 하더라도 그것이 일부 군부의 황당무계한 쿠데타로 성취될 수 있다고는 믿을 수 없기 때문이다.
 과연 내 판단이 옳았을까? 한때는 신동(神童)이라는 말까지 들은 적이 있지만, 내 판단이 현명했는지 바보스러웠는지 당시의 나로서는 도무지 가늠하기 어려운 일이었다.

사령관의 처조카 요시하라 소위

대만의 다까오(高雄)에 있는 아까쓰끼(曉) 제4500부대에 근무하다가 옮겨간 마닐라의 아까쓰끼(曉) 제2944부대는 제3선박수송사령부의 지부로 역시 선박부대였다. 마닐라는 남방 전선과 가까워서인지 대만과는 달리 다소 긴장감이 감돌았고, 군대 생활도 제법 전시(戰時)의 병영(兵營)이라는 느낌이 들었다.

내가 근무할 당시 아까쓰기(曉) 제2944부대의 부대장은 이와지마(岩島;가명) 대좌였다. 그는 소화(昭和) 18년(1943년) 6월 10일 부대장으로 전보되어 왔는데, 나는 그 이틀 후인 6월 12일부터 약 6개월 동안 그를 모시고 보좌했다.

나는 이와지마 부대장을 무척이나 따르고 좋아했다. 그는 첫인상부터 평소의 인품까지 나무랄 데 없는 분이었다. 군인답지 않게 중후하고 인자한 인품이 나의 일본인 아버지와 흡사하고 연배도 비슷하여 더욱 그 분을 좋아했는지도 모른다. 이와지마 부대장은 명치 16년 4월 22일생, 아버지는 명치(明治) 17년(1884년) 4월 18일생이었다. 나이는 그가 아버지보다 한 살 많으셨지만, 생일마저 비슷했다.

마닐라 선박부대에서 근무하는 동안 가장 기억에 남는 사람은 역시 부대장인 이와지마 대좌지만, 그에 대해서는 곧바로 언급할 기회가 있기 때문에 여기서는 편의상 요시하라 소위에 관한 이야기부터 시작하기로 하겠다.

요시하라(吉原) 소위는 히로시마 고등사범학교 3학년을 수료하고 간부 후보생으로 군에 입대한 후, 구마모도(熊本)에 있는 예비사관학교를 나온 신참 소위였다. 미나라이시깡(見習士官·曹長)을 거쳐 대만의 아까쓰끼(曉) 제4500부대에서도 몇 개월 복무하다가 마닐라 아까쓰끼(曉) 제2944부대의 내 중대로 전보되어 왔다. 그러니까 내가 제4500부대에 근무할 때 그는 두 달 동안인가 다른 중대에 있었는데, 내가 마닐라 2944부대로 전보되자 바로 뒤따라 온 셈이었다. 마닐라에서는 내 중대 제2소대장으로 약 5개월 동안 함께 근무했다.

요시하라 소위는 현지(比島方面軍 司令部) 사령관 간다(神田秀雄;가명) 중장의 처조카(妻姪)였다. 아마도 이모가 조카를 가까이에 두고 싶다며 남편인 간다 장군에게 간청하여 대만에서 마닐라로 데리고 온 모양이었다. 나는 그 사실을 몰랐다.

그런 배경 때문이었는지 그는 소대장으로 전보되어 오는 순간부터 자주 내 비위를 건드려 기분을 상하게 했다. 불과 한 달 사이에 눈에 거슬리는 일로 나를 불편하게 만든 게 한두 번이 아니었다. 한 마디로 그의 복무 태도는 군기가 엄하기로 유명한 군국주의 일본의 군 규율 아래서는 용납될 수 없을 정도였다. 상급자를 대하는 태도가 여간 오만불손한 게 아니었다. 나는 그의 버릇을 고쳐 주어야겠다고 단단히 마음먹고 있었다.

어느날 점심 식사가 끝나고 휴식 시간이었다. 부대 본부 사무실에 볼일이 있어서 잠깐 들렀다 나오는 길이었다. 나는 왼쪽으로 꺾어서 돌아가려 했고 요시하라 소위는 오른쪽으로부터 오면서 부대 본부건물 정문으로 꺾어서 들어가려고 했다. 그 순간 나도 그를 힐끗 봤지만, 그도 물론 나를 보았을 텐데도 내게 경례도 하지 않고 그냥 건물 안으로 들어가려고 했다. 나는 돌아서서 그를 불러 세웠다.

"오이, 요시하라 소위! 이리 좀 와."

그가 정문 안으로 들어가려다 말고 돌아서서 되물었다.

"저 말입니까?"

"그래, 자네 말고 여기에 또 누가 있나?"

"왜 그러십니까?"

그는 내 앞으로 올 생각은 하지 않고 오히려 그 자리에 버티고 서서 이렇게 반문하는 게 아닌가?

"오라면 올 것이지 무슨 잔말이야?"

나는 몹시 화가 나서 목소리를 높였다. 그는 마지못해 내 앞으로 다가왔다. 그러면서 그때까지도 상급자, 아니 직속상관인 나에게 경례조차 할 생각을 하지 않고 있었다.

"날 따라와."

이렇게 명령하고 돌아서려는데 그는 따라올 생각은 하지 않고 도리어 나를 불러 세웠다.

"저, 중대장님. 잠깐만."

나는 어처구니가 없는 표정으로 돌아다 보았다.

"주번하사를 잠깐 만나고 가면 안되겠습니까?"

"급한 일인가?"

"급한 일은 아닙니다만."

"그러면 그냥 따라와."

나는 뒤도 안 돌아보고 곧장 내 사무실로 갔다. 그냥 따라오라고 소리를 질렀을 때 그가 '네.' 하고 대답하는 소리는 없었다. 뒤따라 들어온 그는 숨을 헐떡이고 있었다.
"내가 부를 때까지 제2소대 내무반에 가 있어."
나는 이세끼(伊關) 당번병을 내보냈다. 사병이 보는 앞에서 장교가 기합받는 꼴을 보일 수는 없었기 때문이었다. 그러면서 중학교 2학년 땐가 어떤 잡지에서 흥미롭게 읽었던 고사(古事) 한 토막을 생각하고 있었다.

일본 에도 시대(江戶時代) 말, 에도바꾸후(江戶幕府)는 낭인(浪人)을 중심으로 신셍구미(新選組)라는 조직체를 만들어 도꾸가와(德川 家茂)의 경호 임무를 맡겼다. 그 낭인 조직의 두목은 곤도우 이사무(近藤 勇)란 무사였다. 막강한 권력을 배경으로 거들먹대는 신셍구미의 대장 곤도우 이사무라고 하면, 말만 들어도 으시시해서 기(氣)가 꺾일 정도였다. 많게는 300여 명의 낭인무사(浪人武士)들을 모아 부하로 거느릴 때도 있었다.
'나는 막부의 막강한 절대 권력을 배경으로 삼고도 많을 때라야 겨우 300여 명의 부하밖에 거느리질 못하는데, 도박이나 싸움을 일삼는 건달 세계의 두목인 시미즈 미나도(淸水港)의 지로찌요(次郞長)는 나보다도 훨씬 많은 부하를 수하에 거느리고 있지 않는가?'
곤도우는 어느날 문득 이런 생각을 하기에 이르렀다. 도무지 마음에 들지 않을 정도로 은근히 질시와 의문이 생겼던 것이다. 그래서 어느날 주안상을 성대하게 차려 놓고 지로찌요를 정중히 초대하여 융숭한 대접을 하는 자리에서 곤도우는 짐짓 그에게 물었다.
"그대는 나보다 꽤 많은 부하를 수하에 거느리고 있다고 들었는데, 수하 사람들을 다스리는 데 무슨 비법이라도 있는가?"
그러자 지로찌요는 너무나 황송한 자리인지라 아주 겸손하게 두 손을 부비며 조심스럽게 다음과 같이 말했다.
"죄송합니다. 비결이랄 게 뭐 있겠습니까마는, 저는 아랫사람들의 잘못을 꾸짖고 나무랄 때는 아무도 보는 사람이 없는 곳에서 타이르곤 하지요."

"아하, 바로 그것이었구나. 과연!"

곤도우는 무릎을 탁 치며 감탄을 했다고 한다.

이런 이야기였다. 바로 이 대목이 어렸을 때 내 심금을 울려 그후로 나는 줄곧 지로찌요의 흉내를 내왔던 것이다. 지극히 상식적인 이야기지만, 어렸을 때여서 무척 감명깊게 마음에 새겼던 모양이었다.

이세끼 당번병을 내보낸 것도 요시하라 소위를 위해 너무나 당연한 배려임에도 나는 항상 그 '시미즈의 지로찌요(淸水の次郎長)'를 염두에 둔 것이었다.

숨을 헐떡이는 요시하라 소위에게 물었다.

"내 뒤를 따라 나와 같이 걸어왔을 텐데, 왜 자네만 그리 숨을 가쁘게 몰아쉬는가?"

"아닙니다. 뛰어가서 주번하사를 잠깐 만나보고 오느라고 그렇습니다."

분명히 그냥 따라오라고 했는데 기어코 제 고집대로 제 볼일을 다보고 왔다는 것이 아닌가? 나는 벌컥 화가 나서 당장 물고를 내고 싶었다.

"뭐가 어쩌고 어째?"

그런 사실도 모른 채 나는 어떤 방법으로 이놈의 버릇을 고쳐 줄까 하는 생각에만 골몰하면서 걸어왔던 것이다. 직속상관에게 경례를 하지 않은 것만으로도 용서하기 어려운 판에 참으로 위험하기 짝이 없는 놈이었다. 군기가 엄하기로는 세계적으로 일본이 으뜸이라고 알려져 있는데, 이따위 놈이 일본군 장교라니? 이런 놈을 데리고 전투에 임하면 어찌 될 것인가? 도대체 예비사관학교에서는 6개월 동안 무슨 교육을 어떻게 시켰기에 이런 놈이 생겨났단 말인가? 소름이 끼치고 기가 찰 노릇이다.

　나는 요시하라 소위의 못된 버릇을 단단히 고쳐 주어야겠다고 다시 한번 마음먹었다. 그래도 나는 끓어오르는 분노를 애써 삭이며, 안간힘을 기울여 침착하려고 노력하면서 요시하라 소위에게 차분하게 질문을 했다.

　"주번하사 만나는 일이 그토록 긴급한 용무였나?"

　"아닙니다."

　"아니라니? 비밀인가?"

　"아닙니다."

　그가 웃음을 띠면서 대답했다. 이 판국에 웃음이라니?

　"아니면 뭐야?"

　나는 목소리를 높였다. 그는 심상치 않다고 생각했는지 잠자코 있었다.

　나는 미끼(三木) 주번하사에게 전화로 물었다.

　"요시하라 소위가 방금 전 무슨 용건으로 자넬 만났나?"

　따져 묻는 내 어투가 심상치 않게 들렸던지 그는 사실대로 솔직하게 털어놓았다.

　"요시하라 소위의 주문은 오늘 위안부 데려다 줄 때 제일 나이 어린 계집 아이로 데려다 달라는 것이었습니다."

　그 날은 토요일이었다. 일과 후에 사병들을 정신대 위안부들에게 보내 오입을 시켜 주게 되어 있는 날인데, 통상 장교들에게는 주번하사가 괜찮은 애들을 사전에 골라서 집무실로 데려다 주곤 했다. 미끼 주번하사도 평소 요시하라 소위의 밉살스러운 태도에 기분이 틀어졌던지 사실대로 순순히 말해 주었다.

　그런 일 때문에 '그냥 따라오라.'는 내 지시를 어겼다고? 더구나 전화를 끊고 요시하라를 돌아보니 그가 히죽 웃고 있는 게 아닌가? 직속상관을 우습게 보는 그의 안하무인격인 태도에 잔뜩 화가 나 있는 내 앞에서 히죽히죽 웃는 걸 보고 나는 너무나 기가 막혔다.

"안경 벗어!"

내가 버럭 소리를 질렀다. 돗수 높은 안경을 걸치고 있던 그는 깜짝 놀라서 안경을 벗어들고 정색을 하며 나를 쳐다보았다. 나는 느닷없이 그의 왼쪽 턱을 주먹으로 후려쳐 버렸다.

"엎드려 뻗쳐!"

나는 다시 기합용으로 구석에 세워두었던 몽둥이(木劍)를 집어들고 그를 사정없이 마구 두들겨 팼다. 이런 식으로 장교를 두들겨 패고 기합을 준다는 것은 있을 수 없는 일이었다. 그러나 나는 직속상관을 무시하고 능멸하는 그의 안하무인격인 행동을 도저히 묵과할 수는 없었다.

한참동안 북어 두들기듯 그를 두들겨 패고 나서 일으켜 세운 다음, 눈물을 펑펑 쏟고 있는 그에게 물었다.

"네놈이 직속상관인 나에게 무엇을 어떻게 잘못했는지 알고 있나?"

그는 대답이 없었다. 무척이나 분한 모양이었다.

'제14군(필리핀 방면군) 사령관의 조카를 몰라보고 마구 두들겨 패고도 아무렇지도 않은지 어디 두고 보자.'

요시하라 소위는 속으로 이렇게 나를 벼르고 있었는지도 모른다. 그러나 나는 그런 사실을 몰랐을 뿐더러, 알고 있었다 하더라도 마찬가지였을 것이다. 오히려 한술 더 떠서 더욱 호된 응징을 가했을지도 모른다. 묻는 말에 대답 없이 흑흑 울고만 있는 그에게 다시 벽력 같은 호통을 쳤다.

"내 말 못 알아들었나?"

"네, 잘못했습니다. 용서해 주십시오."

"무엇을 얼마나 어떻게 잘못했는지 묻고 있잖아?"

"네, 경례를 하지 않았습니다. 그리고 따라오라고 하셨는데 주번하사를 먼저 만나고 왔습니다."

"그뿐인가?"

"네."
"이놈이 아직도 정신이 덜 들었군. 한참 더 맞아야겠어."
내가 몽둥이를 집어들자 그는 지레 겁을 집어먹으면서 말했다.
"네, 또 있습니다. '앞으로 다가오라.'고 하셨는데, 그냥 서서 '왜 그러십니까?' 하고 얼른 다가가질 않았습니다."
"또 있잖아?"
"네, 중대장님! 중대장님은 화가 나셨는데, 저는 웃고 있었습니다."
"그렇다면, 군법회의에 회부될 경우 무슨 죄에 해당하는가?"
"상관 모욕죄와 명령 불복종죄에 해당됩니다."
"적전(敵前)에서라면?"
"총살입니다."
"그러면 지금 이 곳은 적전인가, 아닌가?"
"적전은 아닙니다."
"그러나 지금은 전시야. 네놈이 소위(所謂) 장교냐? 네놈이 그래도 장교로서의 품위와 인격을 갖추었다고 생각하나? 네놈이 취한 그런 행위는 절대로 용납될 수 없다. 어떤가, 군법회의에 회부해도 이의는 없으렷다?"
"잘못했습니다, 중대장님. 한 번만 용서해 주십시오. 다시는 안 그러겠습니다."
"그래? 정말인가?"
"네, 다시는 안 그러겠습니다."
"좋아, 이번 한 번만 기회를 주마. 또다시 그런 불손한 행동을 보일 땐 가차없이 군법회의에 회부하겠다. 가서 이세끼 상등병을 보내라."
"네, 감사합니다."
"됐어, 나가 봐."
요시하라 소위는 그후에도 서너 차례 내게 기합을 받았다. 중영창이나 군법회의에 회부하고 싶은 생각도 있었으나, 그의 전도를 생각해서 그것만은 참기로 했다. 어디든 골칫거리 한둘은 있게 마련이라고 하지 않았던가!

"요시하라 소위의 소대원인 어느 상등병에게 들은 얘기입니다만, 요시하라 소위는 중대장님에게 기합을 받을 때마다 기합받게 된 경위를 일일이 자신의 수첩에다 꼭꼭 기록해 둔다고 합니다."

어느날 이세끼 당번병이 내게 이런 말을 했다.

'그의 위신을 생각해서 나는 아무도 보는 사람이 없는 데서 기합을 주었는데, 자기 스스로가 떠벌리고 돌아다녀? 못난 놈 같으니……. 무슨 자랑이라고.'

이런 생각을 하고 있자니 요시하라 소위가 모자란다고 해야 할지, 철이 없다고 해야 할지 참으로 어이가 없었다.

바로 그때 부대장인 이와지마 대좌로부터 전화가 걸려왔다.

"제14군(比島 方面軍) 사령부 참모장 우에마쓰(가명) 중장님으로부터 전화가 왔는데 일과 후 별 약속이 없으면 저녁 식사를 하지 말고 제14군 간다 사령관(神田 秀雄 중장) 관사로 오라는 연락이 왔네."

나는 내 귀를 의심하면서 부대장에게 물었다.

"소관에게 하시는 말씀입니까?"

"그럼 지금 내가 누구하고 말하고 있는가?"

"도대체 무슨 일입니까?"

"그걸 내가 어떻게 알겠나?"

"정말 모를 일인데요?"

"그건 나도 마찬가지야. 하지만 나쁜 일은 아닐 테지. 저녁 식사에 초대해 놓고 나쁜 애기야 하겠나?"

"알겠습니다. 어쨌든 가 보겠습니다."

수화기를 놓고 아무리 생각해 봐도 도무지 모를 일이었다. 내가 저녁 식사에 초대받을 위치에 있는 것도 아니고, 그 분들을 전혀 모를 뿐더러 아무런 인과관계도 없지 않은가? 그저 얼떨떨하기만 할 뿐 끝내 영문을 알 수 없었다.
 당시 육군 중위였던 나로서는 얼굴도 바로 쳐다볼 수 없을 정도로 하늘처럼 높은 분이었다. 그런데 저녁 식사에 나를 초대하다니? 더구나 각하(제14군 사령관)의 그러한 뜻을 제14군 참모장 겸 필리핀(比島;비율빈) 군정감(軍政監)인 우에마쓰 중장께서 부대장인 이와지마 대좌에게 직접 연락을 하시다니, 이게 무슨 조화 속이란 말인가?
 나는 퍼뜩 5X를 생각해 봤다.
 '육군성으로부터 온 영문 괴편지 제1신과 2신에 밝힌 5X 비밀결사단의 구심인물(求心人物)일까? 아니지, 아냐. 천만의 말씀이야. 그 분들은 육군 군부의 초강경파 골수분자들인데 그럴 리가 없어.'
 나는 사령관 각하의 얼굴 모습을 그려 보았다. 얼마전 우리 부대에 들렀을 때 먼발치에서 잠깐 얼굴을 본 일이 있지만, 아무리 상상해 봐도 확실한 그 분의 얼굴을 기억해낼 수가 없었다. 그리고는 두 번 다시 얼굴을 본 일도 없었다. 한편으로는 두렵기도 하고, 참으로 묘한 기분이었다.
 나는 일과를 끝내고 관사로 돌아가 미쓰꼬에게 '저녁 식사는 준비하지 말라.'고 말한 후 옷을 벗고 욕조에 들어갔다. 아무리 생각해 봐도 무슨 일인지 감이 잡히지 않았다. 무엇 때문에 나를 초대하는 걸까? 혹시 도쿄의 아버지께서 잘봐 달라고 부탁이라도 하셨을까? 그럴 리는 없었다.
 나는 목욕을 끝내고 군복으로 갈아입은 후, 용기를 내서 간다 사령관 각하의 관저로 차를 몰았다. 15분쯤 달리자 태평양이 펼쳐져 보이는 해변 언덕에 동쪽으로 향한 야트막한 2층 양옥 한 채가 보였다. 거기가 바로 사령관 관저였다.
 관저는 굉장히 크고 넓은 저택으로 잔디 정원이 시원스러웠다. 남국의 정취를 물씬 풍기는 여러 종류의 보기 드문 관상목이 골고루 보기 좋게 배치되어 있어서 한 폭의 그림처럼 아름다웠다.
　길 옆에 저택을 경비하는 초소가 있었다. 정문 앞 행길가에 군용 지프 차 한 대가 서 있고, 저택 앞 주차장에는 군용 세단차 한 대만 주차되어 있었다. 잠시 저택 전경을 바라보고 있다가 초소 앞으로 다가가자 세 명의 헌병이 일제히 기립하여 경례를 붙였다. 그 중 중사(軍曹)가 내게 물었다.
　"무사시야 중위님이십니까?"
　그렇다고 하자, 중사가 주차장 쪽을 가리키며 말했다.
　"저쪽에 차를 세우십시오."
　차를 세우고 중사의 안내를 받아 현관문을 들어서자 복도 왼쪽에 손님 대기실 같은 방이 있었다.
　"여기서 잠시 기다리십시오."
　갓 시집온 새색씨처럼 대기실로 들어가 머뭇거리며 벽에 걸려 있는 벽화랑 족자 등을 살펴보고 있는데, 중사가 곧장 되돌아와서 말했다.
　"각하께서 들어오라고 하십니다."
　그를 따라 들어서자 사령관과 부인인 듯한 50대 후반쯤으로 보이는 여자, 단 두 사람뿐이었다. 두 사람은 나를 보자 인사도 받기 전에 마치 오랜만에 가까운 친척이라도 만난 것처럼 어찌나 반갑게 맞이하는지 다소 얼떨떨했다. 우리집에서 식구들이 맞아주는 걸로 착각할 정도였다. 나는 부동자세로 경례를 올려붙였다.
　"무사시야 중위, 부르심을 받고 왔습니다."
　그러자 각하는 부드럽게 감싸는 말투로 말했다.
　"오! 듣던 바대로 아주 훌륭한 청년 장교로군. 이리와서 앉아요."
　나는 잔뜩 긴장한 탓인지 무척 굳어 있었던 것 같다.
　"무사시야 군, 여기는 군대가 아니야. 긴장하지 말고 편안히 앉아요."
　각하는 호탕하게 한바탕 웃어 제꼈다.

"그래요. 편안하게 어서 앉으세요."

부인도 일어서서 이렇게 권하고는 주방쪽으로 갔다. 잠시후 부인이 찻쟁반을 갖고 와 오차(茶)를 내 앞에 따라 놓았다.

"어서 드세요."

그러나 나는 긴장이 풀리지 않았다. 우선 내가 불려온 이유를 알아야겠는데 답답하기 짝이 없었다. 무슨 곡절인지를 모르니 내 표정이 어떻게 부드러워질 수가 있었으랴! 그토록 환영을 하며 맞아주는 것으로 봐서는 부대장 말대로 나쁜 일은 아닐 듯해서 적이 안심은 되었다. 사령관이 담배를 권하며 물었다.

"이 곳 부대 생활에 어려움은 없나? 물론 힘들겠지?"

"아닙니다. 별로 어려움은 없습니다. 덕분에 감사합니다."

영문도 모르고 덕분에 감사하다니 스스로 생각해 봐도 내가 우스웠다.

"귀관의 부친께서 대심원 부장으로 계시다고 들었는데 건강은 좋으신가?"

"네, 아주 건강하십니다."

나는 그의 얼굴을 마주 쳐다보지도 못하고 시선을 탁자 위에 꽂아놓고 묻는 말에 대답만 하고 있었다.

'이 사람도 천황 앞에 가면 나처럼 오금을 못 펴겠지?'

엉뚱하게 이런 생각을 해보기도 했다. 관사엔 하녀도 없는 것 같았다. 그때 나를 안내했던 헌병 중사가 노크를 하고 들어와서 각하에게 말했다.

"지금 막 도착하셨습니다."

"응, 들어오시게 해."

각하의 말이 떨어지는 것과 동시에 안내도 받지 않고 들어온 사람이 사령관에게 경례를 붙이고 다가왔다. 바로 정장을 하고 누런 금빛 판에 별이 두 개 붙은 계급장을 단 육군 중장이 아닌가! 아마도 그 분이 참모장인 것 같았다. 계급은 사령관과 같은 중장인데,

사령관의 처조카 요시하라 소위

서열이 다른 모양이었다.

연합군에는 별 하나를 준장(准將)이라고 하는데 일본군에는 준장 제도가 없었다. 별 하나면 소장이다. 나는 벌떡 일어나 그에게 경례를 했다.

"아하, 이 친구가 바로 무사시야 군이구먼."

그는 나를 보더니 손을 내밀며 악수를 청하는 것이었다. 이런 사석에서 장군을 두 분이나 마주하고 있다니 그야말로 황공하기 이를 데 없는 영광이 아닌가! 군국주의 국가에서 장군이라면 모두 각하라 불리울 만큼 그야말로 하늘의 별처럼 위대한 존재인 것이었다.

도대체 내 이름을 부르며 아는 척하는 이 중장은 나와 무슨 관계란 말인가? 제14군 참모장이라면 그 해(소화 18년, 1943년) 6월 10일 중장으로 진급한 우에마쓰(植松) 장군이었다. 참모장인 동시에 필리핀(比島) 군정감이란 사실은 알고 있었지만, 이렇게 가까이에서 보기는 물론 처음이었다.

'그런데 어떻게 나를 안단 말인가? 왜 내가 지금 여기 불려 와 있는 건가?'

나는 더욱 궁금해서 못견딜 지경이었다. 각하께서는 그 중장을 내게 소개해 주었다. 내가 추측한 대로 제14군 참모장 겸 필리핀 군정감인 우에마쓰 장군이었다. 그가 내게 말했다.

"어이, 무사시야 군! 요시하라 소위 때문에 속깨나 썩지? 실컷 두들겨 패 주라구."

나는 소스라치게 놀랐다. 난데없이 요시하라 소위라니? 간다 사령관 각하 내외분과 우에마쓰 장군 등 세 분과의 대화를 통해 그날 밤 나를 초대한 수수께끼가 완전히 풀렸다. 요시하라 소위는 사령관 각하의 처조카였던 것이다.

"요시하라는 3대 독자인 데다가 집안이 부유해서 부모의 극진한 사랑과 귀여움을 독차지하며 자라다 보니 도무지 버릇이 없어요.

어른을 공경할 줄 모르고 저만 이뻐해 달라는 성화에 무던히도 속을 썩여 왔지요. 히로시마(廣島) 고등사범에 들어가게 한 것도 성격 교정에 도움이 될까 하여 선생님을 만들려고 했던 거랍니다. 군대에나 가면 사람이 좀 달라질까 했더니 그렇지도 않았던가 봐요."

부인에 이어 사령관이 말을 꺼냈다. 내가 대화에 끼어들 자리는 없었다.

"미나라이시깡(견습사관)이 뭔지는 알지?"

미나라이시깡, 즉 견습사관(見習士官·曺長)은 소위로 임관하기 전에 거치는 과정이었다.

"요시하라는 미나라이시깡으로 본토에서 4개월 복무한 후, 대만에서 2개월째 복무하다 소위로 임관했지. 대만에서 미나라이시깡의 상사로 소대장 노릇을 할 때는 어찌나 못되게 굴었는지 동료나 상급자들이 학을 뗐다고 하더군. 육군 중장의 조카라니까 어떻게 처벌할 수도 없고, 그렇다고 장교 후보생을 두들겨 팰 수도 없고 해서 무진장 속을 태웠다는 거야. 이런 소문이 자꾸 내 귀에 들리고, 그럴 때마다 우리 부부가 걱정을 해봐도 별 뾰족한 방법이 없어서 고민만 거듭했지. 소위로 임관하자마자 마닐라로 끌고 온 것도 가까이에서 야단도 치고 타이르기도 하다 보면 그 못된 버릇이 고쳐지겠지 하는 생각 때문이었어."

요시하라의 행실로 봐서 사령관 각하의 내외분이 여간 걱정하지 않았으리라는 것은 능히 짐작하고도 남음이 있었다.

"녀석을 마닐라로 처음 끌어왔을 때 자네 부대장 이와지마 대좌와 의논해 봤어. 중대장 중에서 요시하라 소위의 그 못된 버릇을 고쳐 줄 만큼 똑똑하고 엄격한 지휘관이 누군지. 그때 이와지마 대좌가 자네를 추천하더군."

그러니까 이와지마 대좌는 처음부터 요시하라 소위가 사령관의 처조카라는 걸 알고도 나 뿐만 아니라 어느 누구에게든 비밀에 붙여 왔고, 각하의 저녁 초대 이유도 이미 다 알고 있었다는 것이었다.

사령관의 처조카 요시하라 소위 *195*

"물론 녀석에게는 목에 칼이 들어오더라도 사령관인 내가 이모부란 사실을 밝히지 못하도록 철저하게 자갈을 물려 놓고, 이와지마 대좌로 하여금 녀석을 자네 중대에 배치한 후 자네와 요시하라를 조심스럽게 지켜보라고 했지. 자네가 요시하라를 자네 방에 데려다 놓고 기합을 줄 때마다 녀석의 위신과 체면을 지켜 주기 위해 무슨 구실로든 당번병을 내보낸다는 얘길 듣고 얼마나 믿음직스러웠는지 모른다네. 그렇게 내보낸 당번병이 바로 자네가 녀석에게 기합주는 사실을 이와지마 부대장에게 보고해 왔다는 것은 아마도 몰랐을 테지? 그 점에 대해서는 내가 대신 사과를 하겠네."
"아닙니다, 각하."
이번에는 우에마쓰 참모장이 웃으며 덧붙였다.
"각하께서 이런 보고를 받고 얼마나 흡족해 하셨는지 몰라. 녀석의 못된 버릇을 고쳐 놓을 사람은 오직 무사시야 중위밖에 없다고도 하셨지. 나도 마찬가지 생각이야. 요시하라가 대여섯 살 때부터 각하 댁에 드나들며 안아 주고 귀여워해 주다 보니 정이 들어서 나도 이제는 그를 친자식처럼 사랑한다네."
사령관의 부인이 대화를 이어받았다. 대화라고는 하지만, 요시하라 소위를 놓고 나를 상대로 설명하는 자리처럼 이어졌다.
"며칠 전에는 요시하라가 여기 와서 다른 부대로 전속시켜 달라고 어찌나 떼를 쓰며 졸라대던지 한바탕 소란이 일어났어요. 그래서 우리가 '어딜 가거나 네 버릇을 고치기 전에는 소용없다.'고 몹시 야단을 쳤지요. '사병 기합주듯이 두들겨 맞고는 도저히 못견디겠다.'는 푸념도 하더라구요."
그러면서 부인은 환하게 웃음을 지었다.
"말하자면 요시하라의 버릇을 고칠 사람은 무사시야 중위밖에 없으니까 계속 맡겨야 한다는 결론에 이르렀지. 각하 내외분과 내가 자네를 초대해서 저녁 식사라도 대접하며 노고를 치하하자고 합의를 본 거야. 앞으로도 계속 수단과 방법을 가리지 말고 '사람 좀 만들어 달라.'고 부탁하겠네."

　나는 그제서야 모든 수수께끼가 풀리는 것 같았다.

　"정말 죄송하게 생각합니다."

　"죄송하다니 무슨 소리야? 우리가 얼마나 고맙게 생각하는데?"

　그 분들은 펄쩍 뛸 듯이 내 말을 가로막았다. 나는 머리를 조아리며 말했다.

　"그렇게들 생각하신다니 정말 감사합니다. 제가 요시하라 소위에게 좀 심한 기합을 주긴 했지만, 제 본심은 그를 훌륭한 장교로 교육시키자는 것이었기 때문에 결코 후회하지는 않습니다. 두 분 각하께서 소관을 믿고 격려해 주신다면 기필코 요시하라 소위를 좋은 장교로 만들어 보겠습니다."

　내 말을 들은 세 사람은 아주 흡족한 듯 박수까지 치며 좋아했다. 나도 역시 덩달아 기분이 좋아졌다.

　"귀관은 참으로 훌륭한 지휘관이야. 앞으로 무슨 일이든 어려움이 있으면 서슴치 말고 내게로 오게. 장래가 촉망되는 아주 유능한 장군이 될 걸세. 내가 적극 도와줄 테니 건투를 비네."

　사령관의 그런 파격적인 격려의 말씀을 듣고 밤 10시가 넘어서 관사에서 나왔다. 요시하라의 이모가 되는 사령관의 부인은 바깥까지 나를 배웅해 주면서 다음과 같은 말을 몇 번이고 되풀이했다.

　"조카를 잘 부탁해요."

　실로 자상하고 자애심 깊은 어머니 같았다. 집으로 돌아와 잠자리에 눕자 많은 생각이 떠올랐다.

　'내가 진짜 야마도다마시(大和魂;일본인들이 숭앙하는 정신)가 머리에 꽉찬 일본인이라면 기분이 어땠을까? 사령관의 말처럼 두 장군을 백그라운드로 삼는다면 탄탄대로로 장래가 보장될 것이다. 아마도 일본 군인이라면 누구나 춤이라도 출 듯 기뻐했으리라.'

　그러나 나는 오로지 죽지 않고 살아남는 것에만 관심과 흥미가 있었다.

'그나저나 이모부를 믿고 오만방자하게 행동하는 요시하라 소위를 어떻게 다루어야 할까? 그토록 얻어터지고도 정신을 못 차리고 다른 부대로 전속을 보내 달라며 이모부에게 졸라댈 정도로 구제불능이 아닌가? 어딜 가면 제버릇 남 주랴만, 괘씸한 놈 같으니! 어디 두고 보자, 이놈.'

다음날 아침 조회가 끝난 후 나는 이세끼 당번병을 내보낸 다음, 요시하라 소위를 불렀다.

"소지품을 모두 책상 위에 꺼내 놔."

우물쭈물하고 있는 그에게 다시 호통을 쳤다.

"내 말이 안 들려?"

그는 소지품을 모두 꺼내 놓았다. 수첩은 보이지 않았다. 그의 호주머니를 뒤졌더니 하의 왼쪽 호주머니에서 수첩이 손에 잡혔다. 귀싸대기를 한 대 후려쳤다. 수첩을 펼쳐보니 깨알 같이 작은 글씨로 무엇인가 잔뜩 씌어져 있었다. 자세히 들여다보니 과연 이세끼 상등병의 말대로였다. 나는 양면괘지 몇 장을 그에게 주면서 다그쳤다.

"수첩에 적혀 있는 내용을 하나도 빼지 말고 죄다 써내. 모월모일모시 어디서 무슨 일로 어떻게 잘못하여 이러저러한 기합을 받았노라고 구체적으로 자공서(自供書)를 쓰란 말이야."

한참후에 요시하라가 쓴 자공서를 받아 읽어보니 하나도 빠짐없이 죄다 썼다는 생각이 들었다. 나는 전화로 주번사관을 찾았다. 주번사관은 마침 내 중대본부의 인사계인 니시바시(西橋) 준위였다. 내가 그에게 명령을 내렸다.

"요시하라 소위를 군법회의에 회부하도록 조치를 취할 테니 우선 지금 곧 영창에 구금시켜. 부대장의 승인은 사후에 받도록 하겠다."

그러자 그가 깜짝 놀라며 걱정스럽다는 듯이 물었다.

"요시하라 소위가 무슨 일을 저질렀습니까?"

"명령대로 즉각 수감이나 하라."

나는 이렇게 지시하고 수화기를 놓았다. 명령 불복종죄, 상관 불경죄, 상관 모욕죄 등을 열거한 군법회의 회부 상신에 관한 구신서를 작성하는데, 주번사관 니시바시 준위가 들어왔다.

"잘못했습니다. 중대장님, 용서해 주십시오."

사태가 여기에 이르자 심상치 않다는 걸 직감한 요시하라 소위가 그제서야 정신이 드는지 사정사정하기 시작했다. 나는 들은 척도 않고 니시바시 준위에게 버럭 소리를 질렀다.

"뭘 하고 있나? 이놈을 당장 구금시켜."

그는 요시하라 소위를 보고 또 나를 보더니 그를 데리고 나갔다.

"제발 용서해 주십시오, 중대장님."

요시하라 소위는 끌려 나가면서도 애절하게 매달렸다.

"사나이답지 못하게 언젠가는 이런 사태가 올 거라는 각오도 없이 상관을 능멸해? 더구나 제14군 사령관인 이모부를 믿고 안하무인격으로 그 따위 행패를 부려? 괘씸한 놈."

나는 사실을 알기 전보다 더욱 분노가 끓어올라 혼자 중얼거렸다. 구신서를 마저 끝낸 다음 그가 쓴 자공서와 함께 가지고 부대장실로 갔다. 이와지마 부대장은 요시하라 소위에 관한 나의 보고서를 포함한 구신서를 훑어 보고는 아무 말없이 눈을 감고 생각에 잠기는 것 같았다. 눈을 감은 채 내게 '거기 좀 앉으라.'는 턱짓을 했다.

10여 분쯤 지났을까? 부대장이 일어나서 내가 앉은 소파의 맞은편 자리로 옮겨 앉더니 담배 한 대를 피워 물고는 내게도 담배를 권한 다음 말문을 열었다.

"어떻게 할 생각인가?"

"비공식으로 접수해 두시길 바랍니다. 요시하라의 못된 버릇을 고쳐 주기 위해서는 이게 마지막 수단입니다."

"좋아, 귀관을 믿겠네."

이와지마 부대장은 일단 내 방침을 묵인하려는 눈치였다. 사무실로 돌아온 나는 니시바시 준위에게 전화로 명령했다.

"요시하라 소위에게 두 주일 동안 징계 조치(輕營倉)를 내리고, 어느 누구든 절대로 접근하지 못하도록 철저히 감시해."

우선 경영창이 어떤 곳인가를 알게 해주어야겠다고 생각했던 것이다. 일 주일이 지났다. 나는 영창으로 가서 요시하라가 갇혀 있는 꼴을 시찰구로 들여다보았다. 경비 헌병에게 문을 열게 하여 그를 데리고 옆방으로 갔다.

옆방으로 들어가자마자 그를 마룻바닥에 무릎을 꿇려 앉히고는 몽둥이를 집어들고 인정사정없이 두들겨 패기 시작했다.

"용서해 주십시오, 중대장님."

요시하라가 겁에 질려 싹싹 빌었다. 나는 못 들은 체, 그냥 무시해 버렸다. 한참동안 마구 두들겨 패다가 매를 멈추고는 말했다.

"내 말 잘 들엇. 너는 소대장이란 직책을 갖고 소대원 사병들을 지휘 통솔하는 장교라구. 그래서 너의 위신과 체통을 생각해서 아무도 보는 사람이 없는 곳에서 기합을 줬던 거야. 그런데 반성하는 기미는 추호도 없이 무슨 자랑스러운 일이라고 체통없이 사병들 보는 데서 기합받은 전말을 수첩에다 적고 있어? 못난놈 같으니, 도대체 군대 생활 몇 해째야?"

"1년이 좀 넘었습니다."

"그동안 장교가 상급자에게 얻어맞고 영창에 들어가는 일 봤나?"

"못 봤습니다."

"그런데 넌 왜 그래?"

그는 계속 흑흑 흐느껴 울고 있었다. 분해서 우는지도 모르겠지만……

"요시하라 소위, 내 말 잘 들어. 나는 며칠 전에 비로소 네놈이 제14군 사령관 각하의 처조카임을 알았다. 네놈의 이모부가 이 곳(比

島) 최고사령관이라고 해서 그 배경을 믿고 정신을 못 차리는 모양인데, 이모부가 사령관이라는 것과 네놈의 군대 생활은 아무런 상관도 없다. 네 못된 버릇을 고치지 않은 채 다른 부대로 가면 견딜 수 있을 것 같은가? 그건 절대로 안돼. 일본 군대가 네 이모부 군대냐? 그 따위 얼빠진 사고방식은 용납될 수 없어. 내가 너를 붙잡고 있는 한 절대로 넌 전속 못 간다."

"알겠습니다, 중대장님. 제발 한 번만 용서해 주십시오."

"너 똑똑히 들어둬. 2주일 경영창이 끝나면 또 2주일 중영창이야. 그 다음엔 군법회의에 회부되어 끝내는 육군형무소까지 가서 복역하고 전과자가 된다는 사실을 알아야 해. 전과자란 낙인이 찍히면 네놈의 인생은 끝장이야. 알겠어? 네 인생은 파멸이라구. 지금 전선에서는 전우들이 죽어가고 있는데 네놈은 이런 꼴로 전락을 해? 지금 전황이 어떻게 돌아가는지 알아? 연일 여기저기서 전멸이다, 옥쇄다 하여 비참한 소식만 답지(遝至)하고 있는 판국에 일본군 장교가 이꼴이 뭐야? 네 잘못을 깨닫거든 혀를 깨물고 자결이라도 해서 네놈의 조상에게 사죄를 해, 알았나?"

"잘못했습니다. 다시는 안 그러겠습니다."

요시하라가 애걸복걸했지만, 나는 그의 읍소(泣訴)를 무시한 채 영창에 처넣어 버렸다.

그후 또 1주일이 지났다. 그 동안 요시하라가 나에게 몇 차례 간곡한 면회 요청을 해왔지만, 나는 일부러 묵살해 버렸다. 나는 다시 영창으로 가서 요시하라 소위를 꺼내 놓고 겁을 주었다.

"이번에는 중영창에 들어갈 차례다, 알겠나?"

보통 사병들은 하사관들을 시켜 징벌하지만, 요시하라는 명색이 장교였다. 그래서 징벌당하는 꼴을 하급자들에게 보이면 안되겠다 싶어 내가 직접 나서서 으름장을 놓고 겁을 주게 된 것이었다. 그러자 아니나 다를까, 새파랗게 질린 요시하라가 내게 매달렸다.

"제발 한 번만 용서해 주십시오. 중대장님 말씀이라면 무조건 따르겠습니다."

나는 징징 울면서 숨 넘어가는 소리를 하는 그의 귀싸대기를 한 대 후려갈기면서 말했다.

"장교답게 가만히 꿇어앉아 있어. 다시는 안 그러겠다고 울부짖고 했던 일이 한두 번이야? 네놈의 이런 꼴을 사병들에게 보이기가 뭣해서 내가 직접 이러는 거야. 고맙게 생각하고 가만히 있어."

내가 야단을 치는데도 그는 막무가내로 매달렸다.

"살려주세요, 중대장님. 제발 한 번만 살려주세요."

"너 다시는 안 그러겠다고 내게 맹세한 적이 모두 몇 번인 줄 알아?"

"네, 중대장님! 그러나 이번만은 정말 믿어주십시오. 또다시 중대장님을 괴롭히는 일이 있을 땐 지난일까지 포함해서 군법회의에 회부하셔도 이의 없습니다. 이번엔 정말 반성하고 전혀 딴사람이 되겠습니다. 정말입니다. 한 번만 기회를 주십시오."

"그래? 이번엔 정말 믿어도 되나?"

"네, 중대장님! 이제 새로 태어나는 각오로 중대장님 뿐만 아니라 어느 누구에게도 장교로서의 품위나 위신을 손상시키는 언행을 하지 않겠습니다. 한 번만 믿어주십시오."

"정말인가?"

"네, 앞으로 장교의 체통을 실추시키는 일은 결코 없을 겁니다."

"좋아, 그럼 그와 같은 결의를 내게 각서로 쓰게."

"네, 중대장님! 감사합니다. 당장 각서를 쓰겠습니다. 중대장님의 은혜는 죽는 날까지 잊지 않고 기억하겠습니다."

요시하라는 마룻바닥에 머리를 조아리고 일어날 줄 몰랐다. 좀 측은한 생각도 들었다. 그러나 이런 방법이 아니고서는 오만불손한 버릇을 고칠 수가 없으니 어쩌겠는가? 제발 새사람이 되어 이 모부 내외를 비롯하여 그를 아끼는 모든 분들을 기쁘게 해주면 얼마나 좋을까 싶었다.

요시하라는 약속대로 정말 새사람이 되었다. 이렇게 하여 천방지축의 개구쟁이 망나니였던 그의 버릇을 고쳐 놓았던 것이다. 나는 이와지마 부대장에게 요시하라가 쓴 각서를 보여 주며 그 동안의 전말을 보고하고, 요시하라 소위에게 1주일 동안 휴가를 보내주도록 상신했다. 이만저만 고통이 아니었을 두 주일 동안의 경영창 징벌에 대한 배려에서였다. 부대장은 특유의 너털웃음을 한바탕 웃어대더니 말했다.

"이제는 요시하라 소위가 정신을 차리겠지. 그 동안 수고 많았네. 사령관 각하께서도 크게 기뻐하실 걸세. 자네가 요시하라에게 1주일 휴가를 보내게."

"감사합니다, 부대장님."

나는 내 방으로 돌아와 니시바시 준위에게 전화를 걸었다.

"부대장님이 허락하셨으니까 요시하라 소위가 1주일 동안 휴가를 갈 수 있도록 주선하게."

사령관 관저에도 전화를 걸어 각하의 부인에게 특별히 부탁했다.

"요시하라 소위에게 1주일 동안 휴가를 허락했으니 가거든 잘 좀 먹이고 보살펴주시기 바랍니다. 지난 2주일 동안 잘 먹지도 못했습니다."

"고맙습니다. 고맙습니다."

부인은 그 동안 무슨 일이 있었는지도 모르고 그냥 고맙다는 말만 여러 번 되풀이하는 것이었다.

그후 요시하라 소위는 정말 다른 사람이 되어 나에게 그렇게 잘할 수가 없었다. 피를 나눈 친형에게도 그렇게는 못할 정도였다. 그렇게 길들여 놓고 보니 요시하라는 정말 귀여운 녀석으로 변모했다. 이모네 집에 가서 맛있는 음식도 가끔 만들어 달라고 해서 내게 갖다 주곤 했다.

요시하라가 그렇게 달라진 지 한 달쯤 후였다. 사령관 각하께서 직접 걸어 온 전화를 받았다. 육군 중장이 중위에게 전화를 걸었던 것이다. 나는 너무나 황송하고 놀라와서 몸 둘 바를 모르고 쩔쩔 맸다. 안절부절 못하는 내 태도와는 달리 각하의 말씀은 부드럽기 그지 없었다.
 "오늘 저녁에 집에서 잔치가 있네. 맛있는 음식을 많이 장만하니까, 이와지마 대좌랑 요시하라 소위랑 함께 오도록 하게."
 어떤 머저리 같은 민간인이 어느 회사에 입사하기 위해 이력서를 써서 제출했는데, 그 끝머리에 '아무개 헌병 오장(伍長)과 저녁 식사 한 번 했음.'이라고 써넣었다는 말을 들은 적이 있다. 나야말로 '제14군 사령관 각하와 식사 한 번 한 일 있음.'이라고 이력서 첫머리에 써넣어야 하지 않을까?
 나는 부대장에게 전화로 각하의 말씀을 전했더니 깜짝 놀라는 듯했다.
 "그래, 그게 정말이야?"
 먼저 연락을 받고도 짐짓 처음 듣는 척했는지, 정말 처음 듣는 이야기였는지 나로서는 알 수가 없었다.

전속 명령

소화(昭和) 18년(1943년) 11월 27일 아침.
"자네에 대한 전속·보직 명령이 하달됐네."
 이와지마 부대장이 자기 아들의 일이라도 되는 것처럼 기뻐하면서 전화로 소식을 알려주었다.
 "임지는 본토야. 야나이(柳井)에 있는 서부 제8부대네. 보직은 대대장이고."
 야나이의 서부 제8부대는 야마구지껭(山口縣)의 세도나이까이(瀨戶內海) 해변에 있고, 아까쓰끼(曉) 제6174부대인 선박공병(船舶工兵) 제6연대 요원을 보충하기 위한 보충부대(補充部隊)였다.
 나는 이게 꿈이 아닐까 하는 생각이 들었다. 전쟁 중에 본토(本土) 전속이라니! 무척 기쁘면서도 한편으로는 놀라웠다. 5X가 보낸 영문 편지 제2신의 내용이 머리에 떠올랐기 때문이었다. 아무래도 전세가 불리하게 돌아가는 것 같아 불안했는데, 우선 마음이 놓이고 긴장이 풀리는 것 같았다. 무엇보다도 가족을 만나게 된다는 생각에 마음이 급해지고, 벌써부터 꼬마들이 눈앞에 어른거렸다. 반갑게 맞아줄 아내와 어머니, 아버지의 모습이 스치고 지나갔다.

새로운 임지에 부임해야 할 날짜는 12월 15일이었다. 그때까지는 18일이 남아 있었다. 부대장에게 빨리 좀 보내 달라고 사정이라도 해볼까 하는 생각으로 막 나가려는데 유난히도 요란스럽게 전화 벨이 울렸다.

"네, 무사시야 대위입니다."

수화기를 들자 부대장 이와지마 대좌의 명랑한 목소리가 귓전에 울렸다.

"오이, 무사시야 대위. 오늘 저녁에 한 잔 할까?"

"네, 부대장님. 뭐 좋은 일이라도 있습니까?"

"암, 있구 말구. 귀관이 한 잔 사야 할 일인데, 하여간 내 사무실로 좀 오게. 총알 같이 말이야?"

"네, 곧 가겠습니다."

나는 수화기를 놓고 단숨에 2층의 부대장실로 달려갔다. 뭔지 몰라도 기쁜 일이 있을 것만 같은 예감이 들었다. 가쁜 숨을 가라앉히고 노크를 했다.

"들어와, 들어오라구."

나라는 걸 알고 일부러 목청을 돋워 큰소리를 내는 듯했다. 문을 열고 들어서자 이와지마 부대장이 자리에서 벌떡 일어나더니 내게로 다가와 손을 마주 잡고 소파로 안내했다.

그는 내게 담배를 권하고 불까지 붙여 준 다음, 자기도 담배 한 대를 피워물고 연기를 내뿜으며 말했다.

"귀관은 참 행운아야. 중위로 진급한 지 3년만에 대위 진급, 진급 10여 일만에 본토 전속, 더구나 신참 대위에게 소좌 보직인 대대장 보임이라니? 뭔가 잘못된 거 아냐? 하하하."

그는 한바탕 호탕하게 웃어 제치더니 후방으로 전속되는 나를 부러운 듯이 쳐다보며 물었다. 대답을 기대하는 것 같지는 않았지만……

"귀관의 오야지(아버지)가 대심원(大審院) 부장이라더니 육군성에 굉장한 배경이라도 있는 모양이지?"

"고맙습니다. 부대장님께서 보살펴 주신 덕분이라 생각합니다. 은혜 잊지 않고 기억하겠습니다."

"뭐라, 은혜? 자네 지금 은혜라고 했나?"

"네, 부대장님. 분명히 은혜라고 말씀드렸습니다."

"그래, 진짜 내 덕분이란 말이지?"

"네, 그렇구 말구요."

"좋아. 그러니까 귀관이 내게 은혜를 갚아야 한다, 그 말이지?"

도대체 무슨 이야기를 하려는 것일까? 나는 자못 궁금했다.

"물론입니다. 아무렴요, 그렇구 말구요."

"그렇다면 지금 당장 은혜를 갚게."

그러면서 또 한바탕 웃어대더니 정색을 하고 본론을 꺼냈다.

"귀관은 늦어도 임지 부임일 열흘 전에는 이 곳 마닐라를 출발해야 하네."

"알고 있습니다."

"그러나 특별히 내일 이 곳을 떠나도록 편의를 봐 주겠네. 그 대신 내 심부름 하나만 해 주게."

순간 나는 기쁘면서도 심부름이란 말을 되씹으며 다음 말을 기다렸다.

"뭐 그리 어려운 일은 아니고, 실은 내 사적인 부탁이야. 만주의 신경(新京) 지구 헌병대장인 이시바시(石橋 ; 가명) 대좌가 절친한 후배인데, 그에게 편지 한 통만 전해 주면 되는 거야. 알겠나?"

"네, 잘 알겠습니다."

"그런데 꼭 비밀을 지켜야 해. 어느 누구에게도 편지를 보여 줘서는 안되고, 내가 그에게 편지를 전한다는 사실조차 절대로 밝히면 안돼. 무슨 말인 줄 알겠나? 무사시야 대위를 믿으니까 이런 부탁을 하는 거라네."

"부대장님, 그런 걸 뭐가 어려운 문제라고 그리 힘들게 말씀하십니까? 염려마십시오. 책임지고 임무 완수하겠습니다."

나는 그 편지의 내용이 무엇인지 대뜸 눈치챘다. 남쪽 방면의 실제 전황이 다이홍에이(大本營) 발표와는 거리가 멀다는 사실을 후배에게 솔직히 알려주려는 것이리라. 부대장은 몇 마디 당부하는 말을 덧붙였다.

"내가 써줄 편지 내용에 대해 궁금하게 생각할 건 없어. 자네가 신경까지 가는 동안 자연히 알게 될 테니까. 부탁하겠네."

"잘 알겠습니다."

"나는 오늘 저녁에 편지를 써야 할 테니까 귀관은 동료들에게 작별 인사나 하고 내일 아침 9시까지 내게로 오게. 떠날 준비를 다 하고 말일세."

"네, 알았습니다. 그런데, 전별주 한 잔도 안 하시겠습니까?"

"이 사람아, 지금은 전시야. 아까 했던 말은 농담이야, 농담. 그리고 수단껏 항공편에 편승하면 꽤 여러 날 벌 수도 있을 걸세."

이와지마 부대장은 싱긋 웃으며 윙크를 던져 주고는 나가라고 손짓을 했다. 그는 내가 믿음직스러운 모양이었다. 아마도 내가 조선사람이란 사실을 몰랐기 때문이리라. 어쨌거나 그는 호감이 가는 분으로 어찌보면 반전파(反戰派) 편에 서 있는 군인 같기도 했다.

나는 수학여행 가기 전날밤의 소학교 학생처럼 마음이 들떠 있었다. 상급자와 동료들, 그리고 내 중대 부하 장병들과 마지막 인사를 나누고 곧장 관사로 돌아갔다. 별로 시간 여유가 없었기 때문이다.

"본토로 전속 명령이 떨어졌다. 내일 아침에 이 곳을 떠나야 하니까, 대충 짐을 꾸려 준비해 두도록 해라."

목욕을 하고 식사를 끝낸 다음 미쓰꼬(光子)에게 전후 사정을 설명하고 이렇게 지시했다.

"네, 알았습니다."
 대답하는 목소리에 생기가 넘치는 걸로 봐서 그녀도 몹시 기쁜 모양이었다.
 "그리고 내일 아침에는 6시에 깨워줘."
 나는 일찍 잠자리에 들었다. 잠이 와서가 아니라 조용히 누워서 생각을 정리할 참이었다. 무엇보다도 얼른 집으로 가서 가족을 만나고 싶었다. 될 수 있으면 식구들과 오붓하게 지내는 시간을 많이 가져야겠다고 다짐하기도 했다. 그래서 나름대로 시간 계산을 해 보았다. 우선 신경를 최단시일 안에 다녀와야 하는데, 아무리 따져 봐도 일본에 도착하기까지는 두 주일 이상 걸릴 것 같았다. 위관 장교로서 신경까지 비행기편을 이용하기란 좀처럼 어려울 테고, 특급열차로 부산과 신경 사이를 왕복하자면 어쩔 수 없는 일이었다.
 여섯 살 때 떠나온 조선 땅도 볼 수 있으리라. 19년만에 몽매에도 그리워하던 조국을 볼 수 있다니 얼마나 가슴 설레는 일인가? 그러면서도 땅 한 평 밟아 보지 못하고 열차에 실려가면서 차창 밖으로만 조국의 모습을 바라보아야 한다는 사실이 그저 안타깝고 아쉬울 따름이었다.
 나는 새벽 열차를 타야겠다고 마음먹었다. 그나마 내 조국의 모습을 밝은 하늘 아래에서 똑똑히 보고 싶었기 때문이다. 어머니 아버지는 살아계실까? 조국에 대해 생각하다 보니 어느덧 꿈에도 그리던 부모님과 함께 어린시절의 고향 생각이 주마등처럼 스치고 지나갔다. 하루빨리 전쟁이 끝나야 고향에도 가고, 부모님도 찾아볼 수 있을 텐데⋯⋯.
 양쪽 손목이 포승줄에 묶여 왜놈 헌병에게 끌려가면서도 뒤돌아보고 '승억아, 승억아!' 내 이름을 부르며 울부짖던 어머니와 아버지!
 나는 그 날로 졸지에 아무도 돌보아 주는 이 없는 천애의 고아가 되어 버렸던 것이다. 벌써 20여 년 전, 아련히 떠오르는 나의 어린 시절을 생각하니 어느새 목이 메고 두 볼에 눈물이 흘러내려 베개를 적셨다.
 전쟁이 끝나면 만사 제쳐놓고 그리운 고국 산천으로 찾아가 어렸을 때의 기억을 더듬어 꼭 내 어머니, 내 아버지를 찾으리라.
 이런저런 생각으로 뒤치락거리다가 잠을 설쳐 새벽녘에야 잠이 들었다. 꿈속에서나마 부모님의 모습을 보고 싶다는 간절한 소망과 함께……
 서너 시간쯤 잤을까? 미쓰꼬가 깨우는 바람에 눈을 떠보니 시계가 6시를 가리키고 있었다. 나는 자리를 박차고 일어나자마자 곧바로 욕조에 들어가서 잠시 눈을 감고 생각에 잠겼다.

 그 무렵 나는 일본군의 패색이 점점 짙어가는 것을 느낄 수 있었다.
 진주만 기습공격을 시작으로 일제히 포문을 열면서 연전연승(連戰連勝)하여 서남방면에 있는 미·영·프·스페인 등 열강들의 속령(屬領)들을 휩쓸어 일장기를 펄럭였던 일본이 아니던가?
 그런데 불과 8개월 여만에 솔로몬 군도, 가다루가나루 등 주변 섬들이 무너져내리기 시작했던 것이다.
 소화(昭和) 17년(1942년)이었던 지난해 8월 21일, 일본군 익끼지대(一木支隊)가 개전 이래 최초로 가다루가나루 섬 탈환작전을 벌이던 중 '전멸'이라는 쓴 맛을 경험했다.
 이것을 시작으로 20여 일만에 가와구찌지대(川口支隊)의 공격 실패, 또 10여 일만에 이 지역의 육·해군 및 항공대를 망라하여 시도한 총공격도 실패했다. 12월 8일, 뉴기니아의 바사부아에서 상당수의 일본군이 옥쇄(玉碎)를 했다. '옥쇄'란 충의나 명예를 위해 미련이나 비겁함이 없이 용감하게 죽어간다는 뜻으로 다시 말하면 끝까지 싸우다 한 사람도 남김없이 죽는다는 뜻이다. 그러니까 '전멸'이나 다름없는 상황이었다. 12월 31일, 마침내 다이홍에이(大本營)에서도 가다루가나루 섬으로부터 철수하기로 결정하고 현지 지휘관들에게 철수를 명령하여 총퇴각시켰다.
 소화(昭和) 18년(1943년)인 새해에 들어와서도 상황은 나아지지 않았다. 정월 초이튿날 뉴기니아의 부나에서, 3월 1일 역시 뉴기니아 증원 수송선단이 단피일 해역에서 모두 침몰하여 각각 전멸하고 말았다.
 4월 18일, 태평양 연합함대 사령장관인 야마모도(山本 五十六) 해군 원수가 전사했다. 전투기 편대의 호위를 받으며 남해의 격전지로 날아가던 지휘기가 미 공군기의 포격을 받고 공중 폭발했던 것이었다. 거성(巨星)이 사라졌다고 그의 명복을 빌며 울먹이는 장병들도 많았다. 야마모도는 진주만을 공격하기 2년 여 전부터 공격 계획을 구상하고, 또 이를 실천에 옮겼던 장본인이었다.
 5월 12일, 앗츠 섬에 상륙한 미군과 격전을 벌인 끝에 일본군은 5월 29일 또다시 옥쇄를 했다. 6월 30일, 렌드바 섬에 미군이 상륙했다. 7월 29일, 일본군은 가스가 섬에서 철수했다.
 10월 2일, 솔로몬 군도 고롬방가라에 진을 치고 있던 일본군이 철수했고, 나흘 후에는 역시 솔로몬 군도 베라라베라 섬으로부터 또 철수를 했다. 11월 1일, 드디어 미군이 솔로몬 군도의 부겐빌 섬에 상륙함으로써 솔로몬 군도 여러 섬에 흩어져서 버티고 있던 일본군은 대부분 옥쇄하거나 전멸하고, 나머지는 모두 철수해 버렸다.
 그로부터 20여 일 후 미군은 길버트 여러 섬 가운데 마킨과 다라와 두 섬에도 상륙했다. 별로 효용성이 없는 자그마한 섬들이었지만, 전략적으로는 매우 중요한 가치를 지니고 있었다.
 이처럼 연전연패가 계속되는 추세라면 앞으로 2년 안에 전쟁은 일본의 패배로 끝장이 날 것 같다는 생각이 들었다. 이제 그 끝이 보였던 것이다.
 소화(昭和) 17년(1942년) 4월 18일, 항공모함에서 발진하는 미군기가 최초로 일본 본토 공습을 감행했다. 정찰을 위해서인지 공격을 위해서인지 알 수 없었지만, 일본 국민에게 주는 심리적 충격은 매우 클 수밖에 없었다.

　마닐라라고 안심할 수 있는 상황이 아니었다. 언제 전멸, 옥쇄라는 종말이 다가올지 예측하기 어려운 상황이었다. 그런 형편에 일본 본토로 전속된다는 것은 행운임이 분명했다.

　그러나 일본 본토가 초토화될 날도 멀지 않아 보였다. 이제 안전한 곳이란 세상 어디에도 없었다. 인명은 재천이라 했거늘 나는 죽기가 싫었다. 누구나 한 번은 죽는 것이지만, 적어도 이따위 명분 없는 전쟁의 틈바구니에서 죽기는 싫었던 것이다. 내가 누구를 위해 무엇 때문에 죽어야 한단 말인가? 일본과 천황을 위해 죽는다고? 천부당한 말씀이었다. 애당초 이따위 전쟁에는 끼어들지 말아야 했는데, 어쩌다 예까지 오게 된 셈이었다.

　내 중대의 제2소대장인 요시하라 소위로부터 며칠 전에 들은 말이 떠올랐다.

　"미국의 루즈벨트 대통령과 영국의 처칠 수상, 그리고 중국의 장개석 총통이 카이로에 모여서 회담을 했답니다. 일본의 항복을 전제로 전후 처리를 논의하는 자리였다고 합니다."

　나는 깜짝 놀랐다. 생전 처음 듣는 이야기였기 때문이었다. 요시하라가 어떻게 그런 사실까지 알고 있단 말인가? 영창 사건 이후 친형제처럼 격의가 없어지긴 했지만, 함부로 입 밖에 내기에는 너무나 엄청난 사실이었다.

　"요시하라 소위, 어디서 누구에게 그런 말을 들었나?"

　"지난 토요일 저녁에 이모님 댁에 가서 저녁을 먹었는데, 식탁에서 이모부와 우에마쓰(植松 文作) 참모장님이 대화하시는 말씀을 들었습니다."

　그렇다. 필리핀 방면군(比島方面軍)인 제14군 사령관 간다(神田 秀雄) 중장이 바로 요시하라 소위의 이모부가 아닌가? 아마도 일본군의 패색이 짙어가는 것을 우려하며 이런저런 이야기를 한 모양이었다.

"그밖에 다른 말씀은 안 계셨어?"

내가 이렇게 묻자, 그는 서슴없이 이야기 보따리를 풀어 놓았다.

"조선에 관해서도 말씀하시던데요. 전쟁이 종결되면 독립을 보장할 거라구요. 식사 끝나고 곧장 부대로 돌아왔기 때문에 다른 얘기는 못 들었어요."

"전쟁이 종결된다는 말이 무슨 뜻일까?"

"잘은 모르겠지만, 전쟁을 중단한다는 말이 아닐까요?"

나는 더 이상 캐묻지 않았다. 너무나 충격을 받아서 요시하라에게 '언행을 조심하라.' 고 주의를 주는 것마저 잊어버렸다. 그는 추호도 일본이 패망할 거라고는 생각하지 않는 것 같았다.

욕실에서 나와 아침 식사를 막 끝내고 담배 한 대를 피우고 있는데, 주번하사관인 모리시다(森下) 중사(軍曹)가 집으로 왔다.

"부대장님께서 9시까지 모셔 오라고 하셔서 왔습니다."

모리시다 중사도 내가 전속을 간다니까 서운한 모양이었다. 역시 내 중대 소속이었던 그는 와세다 대학(早稻田大學) 법과 출신의 전직 검사(檢事)로서 소집영장을 받고 출정한 응소병이었다. 중년 신사의 중후한 풍모에 별로 말이 없었고 중대에서는 여전히 검사님이라고 불렸다. 이와지마 부대장의 법률 고문 역할도 맡고 있어서 법률 문제에 관한 한 모리시다 '검사님'이 부대장실이나 참모회의에 불려가곤 했다. 나이가 마흔여섯 살이라고 했는데, 예순 살쯤으로 겉늙어 보이는 사람이었다.

"중대장님께 부탁이 있습니다."

"부탁이라니 뭡니까?"

"죄송하지만, 도쿄 미나도꾸에 있는 가족에게 편지를 좀 전해주십시오. 국가와 천황 폐하를 위해 이 한 몸 바치는 것은 영광이라고 아무 염려 말라는 말도 좀 전해주시고요."

"우리집도 그 부근이니 마침 잘 됐습니다. 아무래도 임지로 가

전속 명령 *213*

기 전에 집에 다니러 가야 할 테니 그때 어김없이 편지를 전하지요."
"감사합니다. 저도 시바꾸(芝區)에 있는 중대장님 댁을 잘 알고 있습니다. 아버님도 여러 번 뵈었는 걸요."
"그래요? 참, 검사님이셨으니까 잘 아시겠네요. 그런데 왜 진작 나한테 얘기하지 않았어요?"
"말씀드리면 '잘 좀 돌보아주십시오.' 하는 뜻으로 들릴 것 같고, 그저 저만 알고 있으면 된다고 생각했던 거죠, 뭐. 또 굳이 말씀드리지 않아도 잘 돌보아 주셨잖습니까?"
사실 그는 내 중대에 속한 부하였지만, 사회적 지위나 인격 등을 고려해서 함부로 대하지 않았을 뿐 아니라 단 둘이 있을 땐 나이 대접을 해서 노상 높임말을 써왔다. 존경할 만한 분이라고 생각하던 차에 막산 헤어진다니 섭섭했다.
부대장실로 들어서자 부대장은 어제와 달리 근엄한 표정으로 말했다.
"잘 부탁하네. 이 봉투에는 신경까지의 공용(公用) 출장명령서가 들어 있네. 그리고 이 두툼한 봉투는 이시바시 대좌에게, 또 이 봉투는 일본에 도착해서 우편으로 부쳐주게. 내 가족에게 보내는 걸세."
이렇게 말한 후 이와지마 대좌는 흰 봉투 하나를 더 주었다. 거기에는 마닐라 현지에서 통용되는 일본은행 발권군표(日本銀行發券軍票)가 아닌 일본은행권 지폐 300원이 들어 있었다.
"이건 뭡니까?"
"여비에 보태 쓰게."
전시수당(戰時手當) 100%를 제외한 대좌 1등급 연액(年額;연봉)이 4,400원이니까 300원이면 부대장의 거의 한 달치 월급이었다. 신참 대위인 내게 지급되는 월(月) 급여액이 120여 원이었으니까 석 달치에 조금 모자라는 돈이었다. 내가 한사코 사양을 해도 부대장은 돈 300원이 든 봉투를 막무가내로 내 호주머니에 쑤셔 넣어 주었다.
"교통편은 귀관이 알아서 하고, 잘 가게. 인연이 있으면 이승에 서고 저승에서고 다시 만날 수 있겠지?"
어쩐지 좋지 않은 예감을 풍기는 말 같았다. 이미 전사(戰死)를 각오하고 있단 말인가? 나는 문득 그의 손을 한번 만져 보고 싶었다.
"부대장님, 악수도 한 번 해 주시지 않는 겁니까?"
"오, 참 잊을 뻔했군. 자!"
부대장이 손을 내밀었다. 악수를 하려고 잡은 그의 손은 부드럽고 따스했다. 이것이 아마도 그와는 마지막 작별이 되리라. 어차피 마닐라도 머지않아 연합군과의 결전장으로 변할 게 분명했다.
부대장에게 부동자세로 거수경례를 하고 부대장실에서 나오자 요시하라 소위가 복도에서 기다리고 있다가 나에게 경례를 하고 다가왔다.
"중대장님, 이렇게 헤어지게 되어 섭섭합니다. 이것은 저의 작은 성의입니다. 받아주십시오."
그가 흰 봉투 하나를 건네주며 말했다. 한때는 불편한 사이였지만, 그가 내 기합을 받고 못된 버릇을 고친 다음부터는 친동생처럼 아껴왔던 부하가 아닌가!
"뭐야, 전별금인가? 자네 용돈도 모자랄 텐데, 그만 넣어두게."
그는 계단을 따라 내려오며 부득부득 봉투를 호주머니에 집어넣어 주었다. 성화에 못 이겨 봉투를 받아 넣자 뭔가 할말이라도 있는 듯이 그가 물었다.
"지금 어디로 가십니까?"
"왜? 무슨 할말이라도 있는가?"
"네."
"그럼 내 방으로 따라오게."
내 사무실로 들어서면서 '주보(酒保 ; 미군 PX와 같은 매점)에 가서 담배 한 갑 사오라.' 며 당번병을 내보냈다.
"자, 이리로 앉게."
그는 자리에 앉더니 정색을 하고 말했다.
"지난날, 중대장님에게 너무너무 많은 잘못을 저질렀다는 걸 뼈저리게 느끼고, 그동안 반성도 많이 했습니다. 이모부께서도 중대장님이 참으로 훌륭한 장교라고 말씀하셨습니다. 벌써 용서해 주셔서 고맙게 생각하고 있습니다만, 중대장님을 뵐 때마다 죄송한 마음에 항상 괴로웠습니다."
"이 사람아, 다 지나간 일인데 왜 자꾸 그런 생각을 하나? 잊어버리게. 나도 자네에게는 좀 너무 했다 싶어서 늘 마음이 편치 않았어. 미안하네."
내가 이렇게 위로의 말을 해 주자 그는 주루룩 눈물까지 흘리고 있었다. 마지막으로 이런 말을 할 것 같아서 당번병을 내보냈던 것이다.
그때 주번사관 오우따(太田) 중위가 노크를 하고 들어와 부대장 이하 모든 장교가 거둔 전별금 봉투를 내밀고 작별인사를 한 다음 밖으로 나갔다.
요시하라 소위의 이야기가 계속되었다.
"저도 일본 본토의 전속부대로 중대장님을 따라가고 싶습니다. 중대장님만 승낙하시면 이모부가 도와주겠노라고 어제 저녁에 약속을 하셨습니다. 제발 승낙을 좀 해 주십시오."
좀 철이 덜 든 녀석이라고 야단을 치고 싶었지만 참았다.
'군대가 어디 가고 싶다고 마음대로 갈 수 있는 덴가? 더구나 지금은 전시 아닌가? 사령관은 나를 믿고 마지못해 그러라고 했던 모양인데, 요시하라가 가족이 그립고 또 애인이 보고 싶어 내지(內地 ; 일본, 곧 본국)로 가겠다고 떼를 쓴 것일 테지.'
얼핏 이런 생각이 들어서 그에게 말했다.
"자넨 군인이야. 군인이 그렇게 나약한 생각을 해서야 쓰나? 자넨 아직도 어린애 같군. 철이 덜 들었어. 기합을 좀 받아야 정신 차리겠어?"

나는 그러면서 피식 웃었다. 속이 빤히 들여다보여서 그랬을까? 요시하라도 멋적게 따라 웃었다. 아쉬워하는 그의 표정이 '하는 수 없구나.' 하는 체념으로 바뀌는 것 같았다.

때마침 부대장의 전화가 걸려왔다.

"일본까지 가는 교통편이 있나 하고 이리저리 알아봤더니 바로 11시에 대만 다까오(高雄)로 가는 항공편이 있어서 알려주려고 전화했네."

고마웠다. 나는 배편이 있나 하고 알아보려던 참이었는데, 벌써 항공편까지 수배해서 전화를 걸어주셨던 것이다. 다까오에 가서는 또다시 항공편이고 선박편이고 알아보면 될 거라는 생각이 들었다.

시계를 보니 10시 20분이었다. 나는 급히 나가서 나를 전송하기 위해 모인 동료들과 부하 장교들에게 일일이 악수를 했다. 그들의 무운장구(武運長久)를 빈다는 인사를 남기고 대기해 놓은 차에 급히 올라탔는데, 요시하라를 비롯한 몇몇 장교와 당번병이었던 이세끼(伊關) 상등병이 함께 올라탔다. 항공기지까지 전송차 배웅을 해주려는 것이었다.

위병소에서 기다리고 있던 미쓰꼬를 태워 바로 군용 비행장으로 갔다. 배웅 나온 사람들과 아쉬운 작별인사를 하고 비행기에 오르는데, 얼핏 보니 요시하라의 눈에 눈물이 글썽이고 있었다. 몇 차례 기합을 받고 나서 나를 친형처럼 따르기 시작했던 그는 몹시 섭섭한 모양이었다.

11시 정각이 되자, 비행기는 서서히 활주로를 미끄러져 나갔다.

'마닐라여, 안녕!'

나는 속으로 이렇게 인사를 했다. 배웅 나왔던 사람들이 순식간에 시야에서 사라졌다.

미우라 대위와 바탄 죽음의 행진

　　　　닐라를 떠난 비행기가 대만을 향해 비행하는 동안 나는
마　이런저런 생각에 잠겨서 계속 눈을 감고 있었다. 눈을 떴
을 때는 벌써 저 멀리로 대만섬이 아스라이 보이기 시작했다. 미쓰
꼬는 간밤에 잠을 못 잤는지 꾸벅꾸벅 졸고 있었다.

　주위를 둘러보는데, 대위 한 사람이 책을 읽고 있다가 나를 마주
쳐다보았다. 그와 눈길이 마주치는 바람에 내가 고개를 끄덕하며
목례를 하자 그도 똑같이 답례를 했다. 처음 비행기에 오를 때부터
무척 낯이 익다고 생각했는데, 어디서 본 사람일까? 그 대위도 계
속 나를 쳐다보고 있었다. 한동안 서로 어색한 눈길을 주고 받았
다. 그가 문득 뒤로 기댔던 윗몸을 약간 앞으로 내밀더니 내게 말
을 건넸다.

　"혹시 게이오우 기쥬꾸(慶應義塾) 보통부(중학 5년제 과정임)
를 졸업하지 않았습니까?"

　"그렇습니다만, 혹시 절 아십니까?"

"무사시야(武藏谷)?"

"네, 제가 무사시야입니다."

"나, 미우라(三浦)야. 너 그때 3학년 마치고 한 학년 월반해서 5학년 때 우리반에 편입했잖아?"

"그건 맞는 얘긴데……?"

분명 그가 중학교 동기생이라는 건 의심할 여지가 없는데, 그래도 나는 얼른 생각이 나지 않았다. 소학교에서 한 학년 월반한 후 전국에서 1등으로 졸업한 데 이어 중학교에서도 한 학년 월반한 후 전국에서 2등으로 졸업했다. 그러자 신문, 잡지 등 당시 매스컴이 나를 신동(神童)이라 치켜세우는 등 한동안 화제가 된 적이 있었다.

그래서 같은 반 동급생이라 해도 5학년 1년 동안만 같은 반이었다면, 다른 급우들은 나를 기억해도 나는 그들을 잘 기억하지 못한다. 게다가 중학교를 졸업한 지 벌써 10년 가까운 세월이 흐른 다음이 아닌가!

어쨌든 나를 알아보는 동기생이 있다니 반가웠다. 어느덧 비행기는 다까오(高雄)에 착륙했다. 미우라 대위가 비행기에서 내려 내게로 다가오며 말했다.

"무사시야, 아직 기억이 잘 나지 않는 모양이지? 왜 졸업하던 해(소화 9년, 1934년) 정월 초하룻날 우리 아버지가 사업 실패로 자살하는 바람에 정초부터 신문에 크게 보도되어 한동안 화제가 됐잖아? 겨울 방학 끝나고 개학했을 때 우리반에서도 내 얘기로 술렁거렸고. 그래도 모르겠어?"

"옳아, 그래 맞아. 그때 겨울 방학 중에 그런 일이 있었지."

미우라의 아버지는 그때 건축업자로 건물을 짓는 중이었는데, 준공을 몇 달 앞두고 불이 나는 바람에 엄청난 손해를 보고 많은 빚을 져서 그만 파산하기에 이르자 유서도 남기지 않은 채 정월 초하룻날 아침에 스스로 목숨을 끊어 삶을 마감했다고 신문에 보도

된 바 있었다.

　독실한 불교 신자였던 미우라의 어머니도 그가 아홉 살 때쯤에 백중날(불교에서 죽은 사람의 명복을 비는 날. 일본에서도 '오마쓰리(お祭り)'라는 행사가 있음) 강가에 나갔다가 실족하는 바람에 익사했다는 이야기를 당시에 들었던 것 같았다.

　중학생 시절의 기억이 되살아나자 너무나 반가와서 나는 그를 얼싸안았다. 졸업하고는 서로 한 번도 만나지 못하다가 10년 세월이 흐른 다음 뜻밖에 만나게 되었으니 실로 감개가 무량했다.

　"우선 시내로 들어가서 식사나 하지?"

　나는 미우라와 함께 미쓰꼬를 데리고 어느 일본인 식당에 들어가 점심을 시켜 놓고 이야기를 계속했다.

　"아버지가 돌아가시자 오갈 데 없는 고아 신세였는데, 가까운 친척이라곤 딱 고모 한 분밖에 안 계셨어. 고모에게 의탁해서 겨우 중학교만 졸업하고, 상급학교 진학은 포기할 수밖에 없었지. 고모네가 너무 가난해서 도리가 없었거든. 그래서 학자금이 필요 없는 관비생을 뽑는 육군사관학교에 들어갔던 거야. 소화(昭和) 13년(1938년)에 육사를 마치고 소위로 임관해서 군인의 길로 들어섰지."

　미우라는 나보다 두 살 위였다. 결혼도 했고, 3살짜리 아들도 있다고 했다.

　"그 동안 마닐라에서 근무했나?"

　"아니야. 중국 상해 제4사단 소속으로 작년 2월 말에 비율빈(필리핀) 군도 제2차 바탄(Batan) 작전에 참가했다가 그냥 비율빈에 머물러 있었지. 마닐라에는 이번에 전속 명령을 받고 히로시마로 가는 길에 잠깐 들렀던 거야."

　바탄은 필리핀 북쪽에 있는 섬 이름으로 일본군이 승리를 거둔 바 있었다.

　"히로시마로 전속명령을 받았다고? 나도 히로시마 조금 못 미쳐 야나이(柳井)에 있는 서부 제8부대로 전속되어 가는 길이야.

앞으로 자주 좀 만나자."

"그래? 그 참 잘 됐네. 이제 자주 볼 수 있겠어."

그도 무척 반가운 모양이었다.

"혹시 일본 가는 배편이나 항공편이 있을까?"

"나는 오늘 밤 9시에 요꼬스카(橫須賀) 군항으로 가는 작은 함정이 있어서 그 편으로 가게 돼 있어."

나는 속으로 마침 잘 됐다고 생각했다. 잘하면 미쓰꼬를 그 편에 보낼 수도 있을 것 같았기 때문이다. 9시라면 아직도 6시간이 남아있었다. 나는 미우라 대위가 제2차 바탄 작전에 참가했다는 말에 흥미가 생겨 그와 좀더 이야기를 나누고 싶었다.

바탄, 죽음의 행진. 제2차 바탄 작전이 승리로 끝난 후인 작년 5월경부터 끊임없이 들려오던 소문이었다. 7만여 포로들을 바탄에서 산 페루난도까지 120여 킬로미터(약 300리)를 도보로 행군하게 했는데 무려 1만여 명이 행군 중에 죽었다던가? 그래서 '바탄, 죽음의 행진'이란 이름이 붙여졌다는 것이다. 도대체 어떤 행군이었기에 그런 이름까지 붙여졌단 말인가?

나는 우선 미쓰꼬에게 양해를 구했다.

"8시 반까지는 미쓰꼬가 여기서 기다려야겠는데, 심심해서 어떻게 하지? 이종사촌 오빠가 여기 그대로 있었더라면 잠시 만나고 가겠지만, 그 오빠도 중국 한구(漢口)로 전속가고 없으니 말이야."

"저는 괜찮아요. 볼일 있으시면 다녀오세요. 전 여기서 기다리겠습니다."

"그렇게 해 주겠어?"

"네."

미쓰꼬의 동의를 얻은 나는 식당 안주인에게 사정했다.

"제가 볼일이 좀 있어서 그러니 이 아가씨가 밤 8시 30분까지만 이 곳에서 기다릴 수 있게 해주십시오."

안주인은 쾌히 승낙하면서 미쓰꼬를 안채로 안내해 주었다.

"푹 좀 쉬고 있어."

나는 트렁크 두 개를 들고 안채로 따라 들어가서 미쓰꼬에게 이렇게 이르고, 안주인에게는 따로 부탁을 했다.

"저녁때가 되면 아가씨에게 식사를 차려 주십시오."

식당에서 나온 미우라와 나는 부근에 이야기할 만한 곳이 있나 하고 두리번거리다가 마침 눈에 띄는 깃사뗑(喫茶店 ; 다방)으로 들어갔다. 나는 미쓰마메(蜜豆), 미우라는 고히(커피)를 시켰다. 내가 미우라에게 물었다.

"요꼬스카 항에 도착하면 바로 히로시마로 가나?"

"아냐, 가와사끼(川崎)에 있는 집에 들렀다가 갈 거야. 오래간만에 아내와 아들놈 좀 만나봐야지. 하룻밤 쉬었다가 다음날 곧바로 부임지로 가야 해. 더 이상 시간 여유가 없거든."

"그럼 미안하지만, 미쓰꼬를 우리집에 좀 데려다 줄 수 없겠나? 짐은 아까 너도 봤듯이 트렁크 두 개 뿐인데. 어떻게 안되겠나?"

"안되긴 왜 안돼? 자그마한 구축함인데, 함장이 기노시다(木下) 소좌라고 내 친구의 형이야. 집 주소만 가르켜 줘."

"바로 너의 집 부근이야. 가와사끼라고 했지?"

"그래."

"우리집은 도쿄 시바꾸(芝區)야."

"그래? 거 참 잘 됐군. 난 또 멀면 어쩌나 했지. 거리가 멀면 내가 우리 식구들하고 함께 있는 시간이 짧아질 것 아냐? 하하하."

나는 그에게 우리집 주소와 전화번호를 적어주었다.

"야나이로 간다면서 같이 안 갈 거야?"

"응, 나는 내일 여기서 볼일 좀 보고 야나이로 곧바로 가야 해. 부대장에게 신고하고 관사에 입주할 수 있는지도 알아본 다음, 한 열흘쯤 지나서 며칠 휴가를 얻어 집에 가려고 해."

나는 신경까지 갔다 와야 한다는 사실은 말하지 않았다. 절대 비밀을 지키기로 한 부대장과의 약속을 지키기 위해서였다.

"전시에 거추장스럽게 왜 죠쮸우(女中 ; 가정부)는 데리고 다녀? 애인이야?"

미우라 대위가 웃으면서 물었다.

"애인이라니? 위신 깎이게 그런 농담은 하지 마. 영내 생활도 싫고 보리밥도 싫어서 관사 생활을 하거든. 일과 끝나면 집에 가서 목욕하고 밥 먹은 다음 다다미 방에서 마음껏 뒹굴고 싶어서."

"넌 참 팔자도 좋구나. 야, 네 아버지 오사까 고소원(大阪 高訴院) 원장이셨지? 지금도 그대로 계셔?"

"아니야, 지금은 대심원(大審院 ; 대법원) 부장으로 계셔."

"그래? 굉장하구나. 언제부터?"

"내가 도쿄 고등상선학교 졸업하던 해부터니까 만 5년째야."

"뭐, 네가 도쿄 고등상선학교를 나왔다구? 거기 관비고 5년 6개월 동안 공부하는 데 아냐?"

"그래, 왜?"

"내가 육사 들어간 것을 얼마나 후회했다구. 나는 고등상선학교도 관비생이라는 걸 나중에야 알았어. 진작 알았다면 상선학교에 들어갔을 거야."

"그랬구나."

"내가 도쿄 고등상선학교에 못 들어갔던 일을 후회한 것은 마도로스가 좋아서라기보다 사람 죽이는 군인이 싫었기 때문이야. 그런데, 넌 너의 오야지(아버지)처럼 판사나 검사가 되는 공부(法律)를 할 일이지 난데없이 뱃놈이 됐냐?"

"그래서 한바탕 진통을 겪었지."

"그런데 또 어째서 해군이 아니고 육군이냐?"

"사정이 그렇게 됐어. 그런 얘기는 이 다음에 하고."

"그래 네놈에게 딸을 준 양반은 도대체 어떤 분이냐? 그래도 뱃놈이 용케도 결혼은 했구나. 어느 집안의 귀한 따님이냐?"

"그 분도 법조인이셔. 지금 도쿄(東京) 고등 검사국 검사장으로 계셔."

"야아, 너의 집안은 정말 굉장하구나. 역시 부께(武家;무사) 혈통 집안은 다르다니까. 우리 선조는 상인이었거든."

옛날 우리 나라에 반상제도(班常制度)가 있었듯이 일본에도 근대화를 받아들인 명치유신(明治維新) 이전에는 계급제도가 있었다. 우리 나라 양반에 해당하는 무사(武士)와 농·공·상(農·工·商)의 상민 등 사·농·공·상(士·農·工·商)의 4계층으로 그 신분이 분류된 계급제도였다. 미우라 대위의 선조는 그 가운데 제일 하위급인 장사아치, 즉 상인이었다는 것이다. 이외에 사·농·공·상의 어디에도 속하지 못하는 맨밑바닥 계층이 하나 더 있었다. 예다비인(穢多非人=えたひじん)이라고, 우리 나라의 백정(白丁)에 해당되는 계층이었다.

그는 우리 집안이 부러운 모양이었다. 그러나 미우라는 아마도 내가 일본인들이 가장 경멸하는 죠센징(朝鮮人) 또는 한또우징(半島人)이란 사실을 알면 뒤로 벌렁 나자빠지리라.

나는 애당초 내가 조선사람이라는 사실을 숨기고 싶은 생각도 없었지만, 굳이 내세우려고 하지도 않았다. 열아홉 살 때 시즈꼬에게 내가 조선사람이라는 걸 고백했다가 씻지 못할 아픔을 맛보았기 때문이다.

"도라짱, 나는 지금의 도라짱을 사랑할 뿐이에요. 도라짱이 조선사람이란 건 나와 상관없는 일이에요. 설령 도라짱이 시나징(支那人;중국인을 천대해서 부르는 말)이라 해도 이 시즈꼬의 마음은 달라지지 않아요. 도라짱과 결혼하지 못할 바엔 차라리 자살하고 말겠어요."

나의 첫연인이었던 동갑내기 여대생 시즈꼬. 시즈꼬는 결국 그녀의 아버지가 조선사람을 사위로 맞을 수 없다고 결혼을 완강하게 반대하자 자살해버렸다. 당시 초강경파 군부의 실세로 부상하기 시작했던 현역 육군 장성의 눈에 조선인 청년의 존재가 어떻게 비쳤을지는 짐작하고도 남음이 있다. 그야말로 목숨을 건 사랑이었는데, 결말은 참으로 비극적이었다.

"앞으로 네가 조선사람이란 사실을 절대로 밝히면 안된다. 이 비밀은 죽어서 무덤에까지 함께 가지고 가거라."

시즈꼬 모녀의 자살사건이 있은 후 아버지는 이렇게 말씀하셨다.

그것은 일종의 명령이었다. 나는 아버지의 말씀을 반드시 지켜야겠다고 생각하지는 않았지만, 천애의 고아였던 나를 구해 길러주시고 교육시켜주신 은공을 생각해서 굳이 어기려고 생각하지도 않았다. 그후로 꽤 여러 번 '나는 조선사람'이라고 말하고 싶을 때가 있었지만, 그때마다 근엄하신 아버지의 말씀이 떠올라 차마 사실대로 밝히지는 못했다.

"너는 나보다 나이도 두 살이나 많고, 군대 보리밥도 많이 먹은 선배 아닌가? 그러니 군대 경험담 좀 들려주게. 내가 특별히 듣고 싶은 얘기가 있어. 네가 제2차 바탄(Batan) 작전에 참가했다니까 말인데, 어떻게 '바탄, 죽음의 행진'이란 얘기가 나오게 된 거야?"

내가 미우라에게 질문을 던지자 그는 전혀 다른 얘기로 운을 뗐다.

"너는 참 팔자 좋은 놈이구나. 난 말이야, 아버지 돌아가신 후로 엄청난 고생을 했어. 군대 생활을 하면서도 그랬지. 육사 4년을 빼고도 지금까지 5년 이상 군대 생활을 해왔지만, 남다른 고생으로 무척 어려움을 겪은 셈이야."

"남다른 고생이라니?"

"나는 선대로부터 불교를 믿어 온 독실한 불교 집안의 3대 독자였네. 내가 어렸을 때 본 엄마는 철저하게 불교 교리의 지배를 받았어. 다시 말해서 불교가 엄마 인생의 전부였지. 그런 엄마와 어린 시절을 보낸 나도 엄마의 절대적인 영향을 받아 불교라면 엄마 못지않게 맹목적이었어. 특히 살생을 금하는 계율에 대해서는 아주 철저했지. 파리 한 마리도 죽여서는 안된다는 것이 불교의 계명이자 엄마의 엄한 명령이었거든.

내가 아홉 살 땐데, 오마쓰리(お祭り) 행사가 성대하게 열리는 백중날 엄마가 돌아가셨어. 엄마는 그 날 시장에 가서 거북이, 자라, 남생이, 미꾸라지 등 살아있는 물고기를 한 바케츠(양동이) 사들고 방생(放生)하기 위해 강으로 가셨지. 자그마한 보트를 빌려 타고 강 한복판까지 가서 방생을 하다가 보트가 뒤집혀 그만 익사하시고 말았어. 뒤뚱거리는 보트에서 발을 헛디뎠던 거야."

불교신자들이 많은 일본에서도 백중날에 죽은 자들의 명복을 비는 불교 행사인 오마쓰리(お祭り)가 대단하다. 매년 음력으로 7월 15일은 지옥의 영혼들을 극락으로 천도하기 위해 부처님에게 불공을 드렸다. 물고기를 물에 넣어 살려보내는 방생도 오마쓰리(お祭り) 행사의 일환이었다.

"엄마가 돌아가신 후 홀아버지 밑에서 성장하면서도 불교신앙은 생활의 전부나 마찬가지였어. 특히 살상을 금하는 계율은 철저하게 지키며 살았지. 아버지도 조상으로부터 물려받은 재산없이 건축일을 배워 온갖 고생 끝에 건축회사를 이룩하여 경영하고 계셨는데, 건축 중이던 꽤 규모가 큰 빌딩이 준공 얼마 전에 원인 모를 화재로 잿더미가 되자 엄청난 부채를 감당할 길이 없어서 고심하시다가 그만 세상을 떠나 버리셨어. 내가 중학교 5학년 때였지. 고아가 된 나는 한 분밖에 없는 고모댁에 얹혀 어렵사리 중학교를 졸업하고, 더 이상 고모님에게 학비 부담을 지울 수가 없는 형편이어서 육사로 갔어. 언뜻 생각하기에 학비 부담이 없다고 육군사관학교를 택했는데, 그게 잘못이었어."

그는 그러면서 한숨까지 내쉬는 것이었다.

"4년 동안 군사교육 이수 과정에서 적군을 죽이는 교육과 훈련을 받으며 '앗차, 이게 아니구나.' 하고 후회하기 시작했지만, 이미 때는 늦어서 할 수 없이 여기까지 밀려오게 된 거야. 육사를 졸업한 후 중국 상해 제4사단에 배속되고 나서도 고통의 연속이었어. 평화시도 아닌 전시(支那事變)에 전쟁터에서 적군을 죽이지 않고 어떻게 전쟁을 하겠어? 파리 한 마리도 죽여서는 안된다는 계율을 지키며 이제까지 살아왔는데, 어떻게 사람을 죽일 수가 있었겠어? 그래서 어떤 비상 수단을 쓰더라도 사람 안 죽이는 부서에서 복무를 할 수 있도록 신경을 쓰고 골라 다녔지. 그게 어디 쉬운 일이었겠나? 어쨌든 지금까지는 연대본부나 사단본부, 병참부대 같은 곳에서 행정 업무나 군수품 조달 업무 등을 맡으며 군대 생활을 할 수 있었기 때문에 사람을 죽인 일은 없었어."

나도 마찬가지로 이제껏 적군을 죽인 일은 없었다. 그러나 내가 사람을 죽이지 않으려는 생각은 물론 미우라의 종교적인 이유와는 동기가 다르긴 했다.

미우라는 여기까지 얘기를 하고는 길게 한숨을 내쉬면서 담배 한 개비를 꺼내 입에 물었다. 내가 잽싸게 성냥을 그어 담배에 불을 붙여주었다. 지난날 그의 고충을 충분히 알 만했다.

"그래도 나는 참 운이 좋은 놈이야. 용케 위기(살상 행위)를 모면해 왔거든. 정말이지 전쟁이란 없어져야 해. 하루빨리 아니 1분 1초라도 빨리 전쟁은 종식돼야 해."

어쩌면 이렇게 나와 생각이 같단 말인가? 아니지, 어찌 우리 두 사람뿐이었으랴? 전쟁에 참가하고 있는 전 세계의 군인들은 물론 지구상의 인류라면 어느 누구든 지금의 전쟁이 더디 끝나기를 원하는 사람이 어디 있었으랴? 나는 문득 미우라에게 '이번 전쟁이 어떤 형태로 끝날 거라고 생각하느냐?'고 묻고 싶었으나 그만두었다. 미우라의 이야기가 이어졌다.

"군부 강경파들은 왜 그렇게 전쟁을 좋아하는지 모르겠어. 전쟁이 끊이질 않잖아? 일·청(日淸)전쟁, 일·러(日露)전쟁, 조선침략, 제1차 세계대전, 만주사변, 지나사변, 그리고 이번 대동아(大東亞) 전쟁까지 전쟁의 연속이야. 자꾸 전쟁만 해서 도대체 어쩌자는 거야? 지구상의 25억 인구를 몽땅 군부 강경파들이 지배하겠다는 거야, 뭐야?"

이 친구 위험 수위를 넘나드는 말을 이렇게 막 해도 되는 건가? 나는 순간 자신도 모르게 주위를 한 바퀴 둘러보았다. 다행히 우리의 대화를 귀담아 듣는 사람은 없는 것 같았다.

나는 '바탄 죽음의 행진'에 대한 이야기를 듣고 싶었는데, 미우라는 딴소리만 늘어놓고 있어서 한번 슬쩍 건드려 보았다.

"이봐, 미우라. 너 제2차 바탄 작전에 참가했다며?"

"응. 하지만, 고생은 별로 하지 않았어."

"고생을 하지 않았다니, 그게 무슨 말이야? 별로 고생을 하지 않았다면 왜 듣기만 해도 끔찍한 '바탄 죽음의 행진'이라는 말이 나돌았을까?"

"어어, 그 얘기는 항복한 포로들을 약 120킬로미터나 되는 수용장소까지 도보로 행군하게 했다는 이야기야."

나는 짐짓 모르는 척하고 그리로 화제를 유도하려 했다.

"그래? 어쨌거나 나는 왜 '죽음의 행진'이라고 했는지 그게 알고 싶은데?"

"난 제2차 바탄 작전에 참가했지만, 죽음의 행렬에는 관여하지 않았어. 그러나 실상은 알고 있어. 내 입으로 그 참상을 얘기한다는 게 썩 기분내키는 일은 아니지만, 어쨌든 말로 표현하기 힘들 정도로 처참한 비극이야. 인간이 이보다 더 잔학할 수 있을까? 파리 한 마리도 죽여서는 안된다는 신념으로 살아와서 이런 생각을 하는지는 모르겠지만, 우리 일본 군인이 어떻게 그토록 잔인한지 도무지 이해하기 어려워. 인간이기를 포기하는 발악이었다고 할 수밖엔 없어. 아무튼 전율을 금할 수 없었다니까."

그는 약간 흥분하고 있는 것 같았다. 미우라가 털어놓은 '바탄 죽음의 행진'에 관한 이야기를 듣고 보니 흥분하는 이유를 알 듯했다.

제2차 바탄 작전에서 총공격 개시 6일만인 소화(昭和) 17년 (1942년) 4월 9일 상오 6시경, 바탄(Batan) 반도(比島 西北部)의 미군 총지휘관인 킹(King) 소장이 항복했다. 이때 미・필리핀 군(米・比軍) 포로가 약 5만 명, 게릴라 성격을 띠고 전투 행위에 참가한 일반 주민이 2만6천여 명 해서 모두 7만6천여 명에 달하는 적군이 투항해 왔다.

포로들은 투항하기까지 3개월 반 동안이나 산중에서 악전고투를 겪었기 때문에 이질, 말라리야 등의 질병에 걸려 있는 환자들이 대부분이었는데, 그들은 산 페르난도(San Pernando)까지 약 120킬로미터를 7일에 걸쳐 도보로 행군해야만 했다.

자동차 행군밖에 모르던 미・필리핀 군(米・比軍)들이 염천 (炎天) 아래서 도보행군을 해야 했으니 아마도 끔찍한 노릇이었으리라. 더구나 거의가 각종 질병으로 허약해진 환자들인데다 극도로 심신이 쇠약해진 포로들이 아닌가?

바탄 죽음의 행진. 말 그대로 120킬로미터 도보 행군을 하는 동안 미・필리핀 군(米・比軍) 포로 1만 명 이상이 죽어갔다. 포로들에 대한 일본군의 잔학행위는 잊혀질 수 없는 악행으로 역사에 기록될 것이었다.

7일에 걸친 120여 킬로미터 행군 중에 일본군은 이들 7만6천 여명 포로들에게 급식은 고사하고 먹을 물 한 모금도 주지 않았다고 한다. 아니 줄 수 없었는지도 모르겠다. 그러니까 300여 리(里)나 되는 길을 먹을 것과 마실 것은 아무것도 주지 않고 그냥 굶긴 채, 염천(炎天) 아래 하루 17, 8킬로미터씩 도보(徒步)로 끌고 갔다는 이야기다.

포로들이 행군하는 길 양옆에 드문드문 있는 민가의 주민들이 참상을 보다 못해 먹을 것을 던져주기도 했는데, 이런 적선행위마저 생사(生死)를 걸어야 했다. 포로들에게 먹을 것을 던져주다가 일본군에게 들키면 총검에 마구 찔려 죽거나 총에 맞아죽기 일쑤였던 것이다. 이렇게 당하는 것을 보면서도 주민들은 눈치껏 몰래 먹을 것을 던져 줄 정도였다고 하니 그 참상이 오죽했으랴?

주민들이 죽음을 각오하고 먹을 것을 던져주면 포로들은 서로 집어먹으려고 아귀다툼을 벌였다고 한다. 그렇게 소란을 떨고 웅성거리면 행군을 인솔하던 일본군 병사가 쏜살같이 달려가서 누가 떠들어댔든 상관하지 않고 총검으로 인정사정 볼 것 없이 그 주변의 포로들을 마구 찌르고 두들겨 팬다는 것이었다.

7만6천여 명의 포로들에게 주민들이 던져주는 음식이라고 해봐야 새발의 피에 지나지 않을 정도로 미미했겠지만, 그것을 받아먹는 포로들은 얼마나 눈물겹게 고마워했으랴?

금수(禽獸)만도 못한 일본군에게 있어서 인도주의니 박애정신이니 제네바 협정의 포로 취급에 관한 조항이니 하는 따위는 그야말로 웃기는 이야기일 뿐이었다. 한 마디로 귀신 씨나락 까 먹는 소리쯤으로 여겼을 것이었다.

다소 부드러워 보이는 길가의 풀은 보이는 족족 포로들의 입으로 들어갔다. 포로들은 길옆에 아무렇게나 자라난 사탕수숫대 같은 것도 닥치는 대로 꺾어서 씹어 삼켰다. 목이 타고 갈증이 나도 마실 물이 있을 리 없었다. 불볕 더위 속의 행군이라 샘물이든 흙탕물이든 개울물이든 가릴 처지가 아니었다. 길가에 고여 있거나 개천에 흘러가는 물은 불결할 뿐 아니라 뙤약볕에 달구어져 미지근하거나 뜨겁기까지 했다. 포로들이 이런 물이라도 마구 퍼마시다 보니 이질이나 말라리아를 비롯한 여러 가지 질병에 걸리는 것은 너무나 당연했다.

질병으로 비틀거리는 포로가 보이면 독종(毒種) 일본군은 가차 없이 길 옆으로 끌어내 착검한 총으로 심장이고 배고 가릴 것 없이 마구 찔러 죽였다. 그냥 놔 두어도 질병으로 쓰러지거나 허기져서 죽을 사람들인데, 총검으로 두 번이고 세 번이고 찔러서 목숨을 빼

앗었던 것이다. 포로들이 행군하는 길 양쪽 옆으로는 이렇게 죽어 간 시체들이 즐비했다.

120킬로미터를 가는 동안에 1만 명이 죽었다면 12미터마다 시체 한 구씩 나뒹굴었다는 것이 아닌가? 몸을 비틀거리며 대열에서 처지는 낙오자도 용서없이 찔러 죽이거나 총으로 쏴 죽였다. 포로들이 걸어가는 맞은편에서 오는 일본군과 어쩌다 마주치기라도 하면 그들은 아무 이유도 없이 총검으로 이사람 저사람 가리지 않고 마구 찔러 쓰러뜨리며 지나가기도 했다. 이처럼 잔인한 종족이 어디 또 있더란 말인가?

분풀이인지 화풀이인지 모를 이런 심술은 아마도 '너희놈들 때문에 우리 일본군이 이 땅에 와서 이렇게 고생하고 있다.' 는 뜻이었으리라. 애당초 누가 시작한 전쟁인데, 적반하장(賊反荷杖)의 억지가 아니고 무엇이랴?

양쪽 길가에 즐비하게 널린 포로들의 시체 말고도 이미 죽은 지 오래된 민간인의 시체들도 부지기수였다. 그 중에는 배가 만삭인 몇몇 임산부의 시체도 눈에 띄었다. 어느 곳인가를 지나다보니 노적가리를 쌓아놓은 듯이 어린이까지 포함된 민간인 남녀노소의 시체들이 무더기로 쌓여 있었다. 무더위 속에서 시체들이 썩는 악취가 어찌나 심했던지 한참동안 코를 막고 지나가야 했다. 어림잡아 150여 구는 되어 보이는 시체로 미루어 보아 아마도 인근 부락 사람들을 한데 모아 몰살시킨 모양이었다.

나는 미우라에게 물었다.

"너는 그 죽음의 행진에 관여하지 않았다고 했는데, 어떻게 그리 소상하게 잘 알고 있나?"

"응, 나도 처음엔 전혀 몰랐지. 그런데 소문이 자꾸만 꼬리를 무니까 점령 지역의 여론이 좋을 리가 없잖아? 그래서 군정 당국이 민심수습 차원에서 모종의 조치를 취하기에 앞서 진상을 조사하라고 명령을 내렸어. 그래서 내가 하사관 몇 명을 데리고 진상조사를 했던 거야. 직접 산 페르난도로 가서 주민들의 여론도 듣고, 포로 수용소로 가서 포로들에게 직접 얘기도 들었지. 어쨌든 일본이 이번 전쟁에서 승리한다 해도 그 땅의 역사가들은 그 나라의 민족사에 그런 비인도적 만행을 기록할 테고, 만약 일본의 패망으로 전쟁이 막을 내리면 도처에서 열리는 전쟁범죄 재판(戰犯裁判)을 통해 죽음의 행진에서 살아남은 자들의 증언을 바탕으로 가해 주범들에 대한 심판을 내릴 거야. 그게 순리가 아니겠어?"

미우라 대위는 일본이 패전하기라도 해서 가해 주범들에게 심판을 내려야 한다고 주장하는 것 같았다. 나는 그럴 날이 곧 올 거라고 말하고 싶었지만, 차마 그렇게 말할 수는 없었다.

나는 전쟁이 2년을 넘기지 못하고 일본의 패전으로 끝날 것이라 생각했다. 물론 확실한 근거는 없었다. 다만 남방(주로 동남쪽)이 계속 허물어지는 추세로 보아 그렇게 짐작했을 뿐이었다. 개전 1년도 지나지 않은 작년 8월경부터 뉴기니아 주변의 일본군 점령 지역들이 무너져내리기 시작하여 계속 내리막길로 치닫고 있는 현실이 그렇게 생각하도록 만들었던 것이다.

우리는 이야기에 팔려 시장한 줄도 몰랐다. 시계를 보니 어느새 7시 반이었다. 내가 미우라에게 말했다.

"아까 그 식당에 가서 식사하고 떠날 준비를 하세."

"그러지."

우리는 함께 미쓰꼬가 기다리는 식당으로 갔다.

"아가씨는 이미 식사를 마쳤어요."

식당의 안주인이 우리를 반기며 주문을 기다리는 눈치였다.

나는 우나기 돔부리(장어덮밥), 미우라는 오야꼬 돔부리(닭고기에 계란덮밥)를 시켜 먹은 후 미쓰꼬와 함께 해군 기지로 향했다. 도착 시간은 8시 30분이었다.

미쓰꼬와 나는 위병소에서 기다리기로 하고, 미우라가 기지로 들어가서 기노시다(木下) 함장을 만나 그와 함께 위병소로 왔다. 예감이 좋지 않았다. 아니나 다를까, 기노시다 소좌가 말했다.

"미우라 대위의 승선은 사전에 상부의 승인을 얻었기 때문에 문제가 없지만, 민간인은 곤란하네."

그러자 미우라 대위가 기노시다 소좌에게 물었다.

"이 사람은 제14군 사령관 각하의 지시에 의해 육군 항공기로 여기까지 왔는데, 무슨 방법이 없겠습니까?"

"그래? 하지만, 내게는 아무런 지시 사항도 없었잖아?"

"아니끼(兄)가 어떻게 좀 도와줄 수 없습니까? 내가 책임질 게요."

"이 사람아, 자네가 뭘 어떻게 책임진단 말이야?"

기노시다 함장이 웃으면서 위병소로 들어가 어디엔가 전화를 걸었다.

"상부에 허락을 구해 봤는데 안되겠어. 미안하게 됐네. 또 지금은 전시야, 임마. 군함에다 어떻게 사회인을, 그것도 여자를 태우겠냐? 배가 뒤집힌다고 수병들이 난리를 피울 텐데."

그는 잠시후에 밖으로 나오더니 이렇게 말하며 웃어댔다. 그가 다시 내게 말했다.

"자네, 무사시야 대위라고 했나? 안됐네. 자네 혼자라면 어떻게 해보겠네만, 다른 방법을 찾아 봐. 선편이 많이 있을 거야, 미안하네."

"아닙니다. 죄송합니다."

그런데 이상했다. 나는 미우라 대위에게 물었다.

"야, 미우라. 제14군 사령관 각하의 지시라는 게 무슨 얘기야?"

"넌 모르고 있었니? 원래 그 항공기에는 조종사인 중위와 세 사람이 탑승하게 되어 있었어. 그런데 네가 탑승하기 20분쯤 전에 항공대 소속의 누군가가 뛰어와 조종사에게 말하더군. 어떤 대위 한 사람과 민간인 여자 한 사람을 추가로 더 태우라는 제14군 사령관

각하의 특별지시라고 하던데, 당사자가 모르다니 어떻게 된 거야?"
"그래? 난 몰랐어. 우리 부대장이 말해서 탑승하게 된 줄 알았는데?"
아마도 부대장이 항공편이나 선박편을 알아보다가 사령관과 이야기가 된 모양이었다. 미우라는 몹시 미안하다며 어쩔 줄 몰라했다. 나는 오히려 그를 위로해야만 했다.
"상관없어. 배편은 많이 있을 거야. 자네가 미안하게 생각할 건 없네. 당초부터 우리 생각이 무리였어."
미우라가 말했다.
"나중에 서부 제8부대로 자주 만나러 찾아가겠네."
다음에 만나면 술이나 마시며 중학시절의 이야기를 나눠야겠다고 생각하며 미우라와 아쉬운 작별을 했다. 섭섭했다.

함경환(咸鏡丸)을 타고 부산으로

나는 미쓰꼬를 데리고 시내로 들어가서 미우라와 함께 여러 시간을 보냈던 깃사뗑(喫茶店;다방)을 찾아갔다.
"미쓰꼬는 여기서 잠시 기다려."
 나는 깃사뗑(契茶店)에서 나와 선박편이 있는지 알아보기 위해 6개월여 전까지 복무하던 아까쓰끼(曉) 제4500부대와 해군 기지 등 여기저기를 돌아다녔다. 그러다가 결국 나가사끼(長崎)에 입항하여 하루 정박한 후 다음날 부산항으로 가는 함경환(咸鏡丸)이란 선편이 있다는 걸 알아냈다.
 함경환은 원래 조선 우선(郵船) 선적(船籍)으로 육군에서 징발한 화물선이었다. 전쟁이 발발하면서 모든 민간 선박회사 선적의 선박들은 육군이나 해군에 징발되어 육군 고요우셍(陸軍 御用船) 또는 해군 고요우셍이라 불리며 운용되고 있었다. 선원들도 자동적으로 군속의 신분이 되어 징발선에서 근무했다.
 함경환의 출항시간은 다음날 새벽 3시였다. 승선은 당장이라도 할 수 있다고 했다. 일단은 안도감이 들면서도 못내 아쉬운 구석이 있었다. 단 한 시간이라도 빨리 신경에 다녀와야 집에 가서 쉬는 시간이 많을 텐데, 8일 동안 꼼짝없이 배에서 지내야 했기 때문이었다. 선박편으로 다까오에서 나가사끼까지 가자면 적어도 일 주일은 걸리고, 나가사끼에서 부산까지는 정박시간까지 포함하여 하루를 잡더라도 꼬박 8일이 되는 것이다.

부산에서 특급을 탄다고 해도 신경까지는 왕복 4일, 다시 시모노세키(下關)까지 배로 8시간, 시모노세키에서 특급으로 도쿄까지 약 20여 시간. 대충 잡아도 14일은 걸리는 일정이었다. 또 집에서 야마구찌껭(山口縣) 야나이의 부대까지 가는 하루를 계산에 넣으니 집에서 쉬는 시간은 겨우 이틀밖에 없지 않은가?

어쨌든 나는 미쓰꼬를 데리고 부둣가로 달려갔다.

함경환은 부두에 닿아 있는 것이 아니라 1킬로미터쯤 떨어진 바다에 닻을 내리고 있었다. 해안을 돌아다니는 해군의 주정(舟艇)이 눈에 띄어 불러 타고 함경환에 올랐다. 어림잡아 3,000톤은 훨씬 넘어 보이는 화물선이었다. 건조된 지도 십수 년은 되어 보였다. 선장에게 안내되어 인사를 하자 무척 반가워했다.

"방금 전에 무전으로 연락을 받았소."

"도쿄 고등상선학교 항해과 108기생입니다."

나를 소개하자 선장은 양팔을 벌려 포옹까지 하며 반겼다. 어찌나 힘차게 끌어안았던지 숨까지 막힐 정도로 힘이 세기도 했다.

"여, 뜻밖에 후배를 만났군. 정말 반갑네, 반가워."

40세가 좀 넘어보였는데, 키는 나와 비슷했으나 몸집은 나의 두 배나 되는 것 같았다. 그는 대뜸 내 손을 잡아끌면서 선장실로 들어갔다.

"나는 75기야. 후배를 만났으니까 우선 한잔 하세."

그는 서둘러 책상 구석에 놓여 있는 양주병을 들고 왔다. 책상 구석에는 양주가 스무 병쯤 있었다. 맥주잔 같은 유리컵 두 개를 갖고 와서 내 앞에 하나를 놓고 가득 따른 다음 자기 컵에도 가득 따랐다.
"자, 건배! 귀관의 무운장구를 빌며."
선장은 호탕하게 한바탕 웃어 제끼더니 나더러 '어서 들라.'고 권하면서 양주를 무슨 맥주 마시듯 한 잔 쭉 들이켰다. 술을 꽤나 즐기는 모양이었다. 나도 반 컵쯤 마셨다.
"그렇지 않아도 목이 컬컬하여 한잔 하려던 참이었네. 무사시야 대위, 자네 108기라고 했지? 지금 교수로 계시는 분들은 누구누군가?"
"제가 졸업할 당시에는 세끼다니(關谷), 이세끼(井關), 아사이(淺井), 와다나베(渡邊) 이렇게 네 분이 계셨습니다."
"그래 그래, 그 아사이가 바로 내 동기야. 세끼다니와 이세끼 두 교수는 내 5년 선배고 기수(期數)로는 각각 11기와 10기 선배야. 아사이 교수는 학생 때 얌전한 게 꼭 소학교 선생님 타입이었지. 배도 몇 년 탔지, 아마? 지금은 외모대로 선생님이 됐지만 말이야."
그는 양주 한 잔을 쭉 들이키더니 내게 재촉을 했다.
"자네도 한 잔 쭈욱 들게."
그러면서 자기 잔에 또 양주를 가득 따랐다. 그는 어느새 일곱 잔째 마시는 중이었다. 맥주잔으로 일곱 잔이면 양주 세 병은 실히 되는 양이었다. 그는 병을 든 채 내가 마시기를 기다렸다가 잔을 가득 채웠다. 나도 이미 네 잔째였다. 그가 다시 이야기를 꺼냈다.
"교장 선생 알지? 우스이(薄井) 교장 선생 말이야. 지금도 계시지? 난 그 선생님에게서도 배웠어. 그때 말이야."
벌써 혀가 꼬부라지기 시작하는 것 같았다. 그는 내 군복 상의에 부착된 육군 선박부대 휘장을 게슴츠레한 눈으로 한참 들여다보더니 물었다.
"너 왜 선박부대야? 해군이어야 하잖아, 응?"
그때 누군가 노크를 했다.
"누구야, 들어와."

들어온 사람은 2등 항해사였다.
"손님 주무실 방을 어떻게 할까요, 선장님?"
2등 항해사는 미쓰꼬와 내 걱정을 하는 것 같았다.
"어, 손님방? 그래, 네 방이든 누구 방이든 하나 비워. 교대 근무자 방에 가서 자면 되잖아?"
"네, 선장님. 제 방을 비우도록 하겠습니다."
밖으로 나가려는 2등 항해사에게 나를 가리키며 선장이 말했다.
"이것 봐, 이놈이 내 후배야. 무사시야 대위."
이번에는 2등 항해사를 내게 인사시켰다.
"저놈은 고베(神戶) 상선 출신이야."
"쓰루미(鶴見 行雄) 2등 항해사입니다. 잘 부탁드립니다. 술자리 끝나면 나오셔서 아무에게나 2등 항해사 방으로 안내해 달라고 하시면 됩니다. 같이 오신 분은 먼저 그 방으로 모시겠습니다."

2등 항해사는 내게 경례를 붙이며 이렇게 말하고 밖으로 나갔다. 그는 미쓰꼬를 내 안사람으로 알고 있는 듯했다. 그러나 배에 여유 있는 방이 없는 것 같아 짐짓 잠자코 있었다. 미쓰꼬가 죠쮸(女中 ; 가정부)라고 하면 방을 하나 더 비우느라 고충을 겪을 수밖에 없는 상황이었던 것이었다.

선장의 술은 참으로 대단했다. 몸이 피곤해서 좀 누웠으면 싶은데도 선장이란 양반이 도무지 그만둘 기미조차 없이 붙들고 늘어지며 술을 권하는 바람에 이러지도 저러지도 못할 형편이었다.

더구나 술자리가 끝나도 누워서 쉴 수조차 없지 않은가? 눈치가 보여 미쓰꼬가 죠쮸(하녀)라는 걸 밝히지는 못했다 하더라도 그녀와 한 방을 쓰자니 정말 난감했다. 물론 사관 선실에는 1인용 침대밖에 없기 때문에 간이 침대를 하나 준비해 놨을 터였다.

'어쩌지? 에라 모르겠다. 선장도 이미 혀 꼬부라진 소리를 내겠다, 나도 몇 잔 더 마시며 몹시 취한 척하다가 그냥 선장실에서 쓰러져 자야겠다. 그나저나 오늘 하루는 그렇더라도 앞으로 일 주일

동안이나 어떻게 지내지?'
 이런 고민에 빠져 있을 때 선장이 물었다.
 "고만 마실까? 아니면 몇 잔 더 마실까?"
 "아닙니다. 됐습니다, 선배님."
 "그래 그래, 선배라고 불러. 참 내 이름을 안 가르쳐 주었지?"
 혀는 꼬부라진 것 같은데 정신은 말짱한 모양이었다.
 "내 이름은 스기우라(杉浦金太郞)야."
 선장은 침대에 눕고 싶은 것 같았다. 그렇다면 나는 어쩐다?
 "선배님, 안녕히 주무십시오."
 좌우간 인사를 하고 선장실에서 나왔다. 11시 30분이었다. 덱끼(deck)에서 서성거리며 바람을 쐬는 동안 담배 한 대를 피워 물고 육지쪽을 바라보았다. 명멸하는 불빛이 마치 꽃밭처럼 아름다웠다.
 '앞으로 내 운명은 어떻게 될 것인가? 일본 본토라고 해서 마냥 안전할 수는 없지 않을까?'
 나도 모르게 불안감을 느끼고 있었다.
 '군인이, 그것도 장교가 목숨을 두려워하다니?'
 불쑥 이런 생각이 들면서도 한편으로는 정반대의 의구심이 생겨났다.
 '아니지, 내가 왜 일본을 위해 죽어야 한단 말인가?'
 중학교 다닐 때 만났던 김동웅 형에게 들은 이야기도 떠올랐다. 그는 와세다 대학(早稻田大學)에 다니던 조선인 유학생이었다.
 "우리 독립군이 북만주와 중국을 무대로 일본군에 대항해서 싸우고 있어. 신출귀몰한다는 김일성(金一成) 장군과 상해 임시정부의 김구 주석 같은 분들이 대활약을 하고 계시지. 미국에서도 역시 이승만 박사를 비롯한 많은 애국지사들이 독립 운동을 하고 있어."
 문득 김동웅 형의 안부가 궁금했다. 그는 지금 어디서 무엇을 하고 있을까? 도쿄의 하숙집에서 경시청 고등계 형사에게 붙잡혀 간

후로 종적이 묘연한 김동웅 형을 생각하다 보니 마음속에 확신과 불안이 교차하며 자리잡았다.
'일본은 분명히 망할 것이다. 그렇다면 내가 이 시점에서 어떻게 처신해야 할까? 신경까지 가는 길에 탈주라도 해버릴까? 누군가 길 안내를 해 주는 사람은 있어야 하지 않을까? 섣불리 행동했다가는 오히려 특무기관이나 헌병대에 체포될 수도 있다. 그러면 내 꼴이 어찌 될까? 조선인 중에서도 일본 관헌의 끄나풀(密偵)이 많다는 얘기를 들은 적이 있는데, 도대체 누구를 믿고 무슨 얘기를 어떻게 할 수 있단 말인가?'
도무지 답답하기만 했다. 또다시 5X 비밀결사단이란 정체불명의 존재에 대한 의혹이 불쑥 고개를 내밀었다. 나는 수수께끼 같은 두 번의 영문 편지로 인해 얼마나 많은 갈등을 느꼈던가? 분명히 일단 유사시에는 궐기하여 전쟁을 종식시키고, 조선의 독립을 보장한다고도 했다. 언제 그렇게 한단 말인가? 당시 5X는 나 자신의 앞날에 대해 뭔가 생각할 때 반드시 비집고 들어와 사람을 혼란스럽게 만들곤 하는 존재였다.
'미쓰꼬는 자고 있을까?'
2등 항해사의 방이 어디 있는지 물어 보려고 주위를 두리번거리는데, 갑판 저쪽에서 두 사람의 선원이 두런두런 이야기를 하며 다가왔다. 내게 가까와질수록 대화하는 소리가 점점 크게 들렸는데, 그들은 조선말을 하고 있었다.
'그렇구나! 이 배의 선적이 조선 우선(朝鮮郵船)이라 했으니 선장을 비롯한 사관들은 일본인이라 하더라도 하급선원들은 분명 조선사람들일 것이다.'
나는 반가운 심정을 감추며 그들에게 물었다. 물론 일본말이었다.
"2등 항해사의 방은 어디쯤 되오?"
"나를 따라오세요."
두 사람 중 키가 좀 작고 통통한 젊은이가 선뜻 앞장서면서 말했지만, 나는 굳이 그의 행동을 말렸다.
"아니오. 그냥 일러주기만 하면 내가 찾겠소."
 그가 친절하게 가르쳐주어서 2등 항해사의 방이 어디쯤인지 짐작할 만했다. 내가 다시 물었다. 괜히 말을 걸어보고 싶은 욕심으로 그랬는지도 모른다.
"몇 시에 출항하오?"
"새벽 3시 정각에 출항합니다."
 이렇게 말문이 터지자 쉽게 대화가 이뤄졌고, 마침 그다지 바쁘지는 않다고 해서 이런저런 이야기를 나눴다. 동족(同族)이라는 생각이 내 마음속에 자리잡고 있어서인지 분위기는 더할 나위없이 좋았다.
 내가 조선사람이란 말도 하고 싶었지만, 그것만은 참았다. 조선 출신의 정신대 위안부를 마닐라에서 만났을 때처럼 섣불리 조선사람이란 사실을 밝혔다간 어떤 난감한 경우를 당할지 몰랐던 것이었다.

열네 살 짜리 정신대 위안부

맘모스 위문 공연이 있었던 다음날은 일요일. 대낮부터 장병들을 위안부 막사로 보내는 날이기도 했다. 내게도 연락이 와서 오후 3시에 나가겠다고 말했다. 그 시각에 영내의 내 사무실로 갔더니 예쁘장하게 생긴 위안부 처녀가 앉아서 기다리고 있었다.

그녀는 내가 들어가자 일어나서 공손히 머리숙여 인사를 하고는 다소곳이 서 있었다. 자세히 살펴보니 고작해야 열서넛 정도로 아주 앳되어 보였다.

'세상에, 이렇게 어린것들을 잡아오다니? 죽일 놈들!'

나는 속으로 분개하지 않을 수 없었다.

위안부들은 조선 처녀들이 가장 많았고, 더러는 중국, 필리핀, 말레이시아, 태국 등에서 데려온 여자들도 있었다. 처녀인지 유부녀인지 구별하기는 어렵지만, 영국 여성이 더러 있다는 말도 들었다. 물론 이들 위안부들은 모두 강제로 붙잡혀 온 여자들이었다.

숫자가 적기는 했지만, 일본인 여성들도 더러 눈에 띄었다. 그들은 본국의 유곽(遊廓)에서 몸을 팔던 창녀들로 돈을 벌기 위해 자원해서 온 여인들이라고 했다.

나는 원래부터 위안부를 원치 않았고, 어느 나라 여성이건 한 번도 접한 일이 없었다. 이유는 두 가지였다.

아무리 전쟁 중이라 하더라도 조선사람인 내가 조선 처녀들을 성적 노리개로 삼아 품에 안고 즐긴다는 것은 나 자신이 도저히 용납할 수 없었기 때문이다.

또다른 이유는 온갖 종류의 성병에 감염되는 것이 두려워서였다. 고온다습한 지역인 열대지방에는 성병이 만연되어 있었고, 위안부들이 군의관의 정기 검진을 받는다고는 해도 절대 안전은 보장하기 어렵다고 생각했던 것이다.

처음 몇 번은 소신대로 위안부를 사양하기도 했지만, 내가 사양한다 하더라도 어차피 다른 곳에 끌려가 시달림을 받게 될 것이라는 생각이 들었다. 그래서 사양하지 않고 조선 처녀들을 위안부로 맞아들여서 이것저것 물어보곤 했다.

"어떻게 여기까지 오게 되었나?"

내가 받아들인 조선 처녀들은 편안히 앉아서 정신대 위안부로 끌려오게 된 경위만 이야기하다가 돌아갔다. 때로는 맛있는 과자나 나마까시(生菓子)라는 일본 케이크를 미리 갖다 놓았다가 먹이기도 했다.

그 날도 무척 어려 보이는 계집 아이를 맞아서 일본말로 물어 보았다.

"몇 살이냐?"

"열네 살입니다."

"학교는 다녔나?"

"고향에서 보통학교(초등학교)를 졸업하고 집에 있다가 잡혀왔어요."

정신대로 끌려온 여자 치고 어느 누구라고 사연이 없으랴만, 어리디 어린 열네 살짜리 위안부의 이야기가 또 한번 내 마음을 아프게 했다.

"우리집은 조선의 강원도 속초에서 가까운 해변 마을에 있었습니다. 어부인 아버지와 엄마와 나, 이렇게 세 식구가 살았구요. 어느날 '등유 배급소에 가서 석유 한 병 사오라.'는 엄마의 심부름으로 읍내에 다녀오다가 행길에서 잡혀오게 되었습니다. 인가가 드문 행길 가로 걸어가는데 뒤에서 '빵빵' 하고 자동차 소리가 들려 돌아다보니 제 또래의 처녀들을 가득 태운 도라꾸(트럭) 한 대가 옆에 멈춰섰습니다. 조선사람 순사 한 사람이 트럭 위에서 '아레모 노세(저것도 태워).'라고 하자 안면이 좀 있는 면서기가 트럭 위에서 훌쩍 뛰어내리더니 나를 번쩍 안아서 도라꾸 뒤에 집어넣듯 싣고는 쏜살같이 달려갔습니다. 행길 바닥의 자갈 위에 내동댕이쳐진 채 깨져버린 석유병이 지금도 눈에 삼삼합니다. 너무나 졸지에 황당한 일을 당해서 정신없이 엄마만 부르며 울부짖어 봤지만, 아무 소용이 없었지요. 함께 도라꾸를 탄 처녀들은 나이가 조금씩 많은 몇몇을 빼고 나면 주로 제 또래였습니다. 대부분이 마구 울부짖고 발버둥을 쳐봐도 순사와 면서기는 '야까마시!(시끄럽다).'라고 윽박지를 뿐이었어요. 도라꾸는 그대로 두어 시간을 달려 어느 자그마한 포구에다 모두 내려놓았습니다. 거기서 통통대는 자그마한 배에 실려 꽤 여러 시간만에 도착한 곳이 부산입니다. 부산까지 가는 동안 배 멀미를 견디지 못해 토악질을 해대며 얼마나 고생들을 했는지 모두 초죽음이 되었죠. 부산에서 커다란 화물선에 옮겨 실린 후 열흘인지 얼만지 아무튼 꽤 여러 날 동안 항해를 한 끝에 바로 두 달 전 마닐라에 도착했습니다. 제 이름은 영례고, 아버지 이름은 김만석입니다."

한동안 자신이 끌려온 이야기를 하던 영례라는 아가씨는 '집에 가고 싶다.'고 울먹이며 끝내 눈물을 떨구고 말았다.

충청도 어느 곳에서 끌려왔다는 열일곱 살의 영옥이라는 처녀도 있었다. 꽤 귀엽게 보이는 처녀였는데, 마찬가지로 제 사연을 늘어놓다가 결국은 눈물 바람으로 끝을 맺었다.

"면사무소에서 일본 어느 곳인가의 큰 병원 간호원으로 채용한다고 하여 모집한 48명 가운데 끼어 부모님의 극구 반대를 무릅쓰고 고향을 떠났던 것인데 결국 이런 운명의 함정에 빠지고 말았어요. 어떤 날은 하루에도 60여 명의 병사들을 치러낼 정도로 짐승보다 못한 시달림을 받습니다. 하루에 몇 번씩 죽고 싶지만, 고향에 계신 부모님을 만나지 못하고는 죽을 수도 없습니다."

내 방에서 만나는 위안부들은 자기 몸에 손가락 하나 대려고 하지 않으면서 자꾸 이야기만 하려고 드는 내가 의아한 모양이었다.

"어떻게 여기까지 오게 됐느냐?"

내가 이렇게 물으면 처음에는 누구든 말을 잘 하려고 들지 않았다. 그러다가 먹을 것도 주고 친절하게 대해주면 그제서야 끌려오게 된 경위를 솔직하게 털어놓는 것이었다. 서투른 편이긴 해도 일본말들을 곧잘 하기도 했다. '곧잘'이라기보다는 겨우 의사 소통이 가능한 수준이라고 해야 옳겠지만.

한 번은 일본말을 전혀 할 줄 모르는 처녀가 내 방으로 왔다. 겁먹은 얼굴로 내 눈치를 보며 건드리기만 하면 곧장 울음보가 터질 것 같은 표정으로 서 있었다. 내가 하도 답답해서 조선말로 물었다.

"너 어디서 왔니? 고향이 어디야?"

같은 조선사람이라고 생각했을까? 눈이 휘둥그레진 채 한참동안 멍하니 나를 쳐다보다가 그만 울음을 터뜨리고 말았다.

"제발 저를 집에 좀 보내주세요."

금줄에다 별이 2개나 있는 계급장을 달고 길다란 칼까지 찬 걸로 봐서 무척 높은 사람인 줄 알았던 모양이다. 강원도 어느 산골에서 학교 구경도 못하고 농사일을 하는 부모를 거들다가 잡혀왔다는 처녀였다. 집에 보내달라고 떼를 쓰며 어찌나 슬피 울어대던지 달래느라고 진땀을 뺀 일이 있었다.
"내가 너를 집에 보내 줄 수는 없어."
이야기를 해도 막무가내였다. 이런 홍역을 치르며 혼이 난 후부터는 함부로 조선사람이라고 밝힐 수가 없었다. 타관객지에서는 고향에서 보던 것과 비슷한 강아지만 봐도 반갑다는데, 그런 역경에서 같은 조선사람을 만났다고 생각하니 서러움이 복받쳐 울음이 터져나왔으리라.
그 처녀를 만나기 한 달쯤 전에도 집에 보내달라고 떼를 쓰는 바람에 진땀을 뺀 일이 있었다. 보통학교 4학년까지 다니다 중퇴한 열아홉 살의 장언년이란 경상도 처녀였다.
"어쩌다가 여기까지 오게 됐나?"
"시골 주재소(경찰 지서) 순사와 면서기가 오더니 정신대에 나가야 한다고 해서 강제로 끌려오게 됐심더. 집에 좀 보내 주시소."
나는 집(관사)에서 가지고 온 나마가시 봉지를 뜯어놓고 그녀에게 말했다.
"우선 앉아서 이것 좀 먹어봐."
그러나 그녀는 앉지도 않고 그냥 그대로 서 있기만 했다. 이제껏 먹을 것을 내놓고 먹으라고 한 사람이 없었기 때문에 어리둥절해서 그러는 것 같았다. 나는 조선말로 다시 한번 재촉했다.
"왜 안 앉아? 앉아서 이거 먹으라니까. 아무 걱정 말고 앉아요."
그러자 그녀가 놀라서 되물었다.
"조선사람잉기요?"
"그래. 그러니까 여기 편히 앉아서 먹으라구, 어서."
물을 한 컵 따라 주며 권해 봐도 그녀는 과자를 먹으려 하지 않고 그냥 앉아서 고개를 숙인 채 울기만 했다. 자꾸만 눈물이 쏟아지는 모양이었다. 손등으로 흐르는 눈물을 몇 번 문지르나 했더니 금방 어깨를 들먹이며 흐느껴 울기 시작했다. 그것은 단순한 울음이 아니라 깊은 슬픔이었다. 듣도 보도 못한 낯선 이국 땅까지 끌

려와서 엄청난 정신적·신체적 고통에 시달리는 고통과 부모형제
와 동무들, 정든 고향 땅을 애절하게 그리워하면서도 끝내 소원을
이루지 못하는 슬픔이었을 것이다.
  아마도 뜻밖에 동족인 조선사람을 만나 슬픔이 와락 복받쳐 올
랐으리라. 나는 그녀를 실컷 울도록 내버려두고 내 책상으로 가서
의자에 앉아 담배 한 대를 피워 물었다. 한참 동안 엉엉 소리를 내
며 울더니 이윽고 울음을 그치고 조용해졌다. 나는 그녀의 맞은편
의자에 앉아서 말을 건네기 시작했다.
  "어디서 왔나?"
  "경상도 안동에서 왔심더."
  그녀는 겨우 말문이 터지면서 마닐라까지 끌려온 경위를 설움에
겨운 목소리로 털어놓았다.
  "처녀들은 모두 정신대로 끌려간다는 소문에 집에서는 서둘러
시집을 보내려고 했심더. 급작스럽게 여기저기 신랑감을 듣보고
있던 어느날, 일본 어딘가 군복 만드는 큰 피복 공장에 취직을 시
켜 준다고 느닷없이 일본 순사와 면서기가 들이닥쳤심더. 데리러
왔으니까 무조건 가야 한다고 했심더. 부모님은 이제 곧 결혼하게
돼 있는데 데려가면 어떻게 하느냐고 울고불고 사정을 했지만, 피
복 공장에 가서 돈 많이 벌어가지고 와서 결혼하면 되지 않느냐고
강제로 끌고 갔어예. 엄마랑 아버지랑 온 식구들이 얼마 멀지 않은
면사무소까지 따라가며 사정해 봐도 아무 소용이 없었심더. 면사
무소에 도착해보니 이미 제 또래거나 나보다 더 어린 계집애들이
30여 명 가까이 끌려와 있었는데, 그중에는 겨우 두 달 전에 사촌
오빠와 혼인 잔치를 했던 올케 언니도 있었어예. 올케 언니는 나보
다 한 살 아래인 열여덟 살이고 사촌 오빠는 스무세 살이었지예.
사촌 오빠는 징용 가기가 싫어서 징용 영장이 나오기 하루 전에 만
주로 도망가 버렸는데, 결혼한 지 닷새만이었심더. 아마도 그 앙
갚음으로 새댁인 올케 언니까지 잡아온 것 같았어예. 스물두 살인

친오빠는 그보다 석 달 전에 이미 징용으로 일본 큐슈(九州)의 어느 탄광으로 끌려갔심더."
　그러니까 한 마디로 말해서 젊은 여자라면 닥치는대로 마구 잡아들인 모양이었다. 모집이라는 허울에도 불구하고 강제로 당했음이 분명했다.
　"처녀고 새댁이고 따질 것 없이 30여 명의 여자들은 군용 도라꾸(트럭)로 곧장 부산까지 실려가서 평안환(平安丸)이라는 반화물 객선에 태워졌심더. 그 배에는 300명쯤 되는 제 또래의 여자들이 먼저 붙잡혀 와있었심더. 일본으로 가는 줄만 알았는데, 수십일만에 도착하고 보니 바로 여기였심더. 고향의 면사무소에서 도라꾸에 실려 떠나올 때 제 이름을 목이 터져라고 부르며 쫓아오다 넘어진 엄마의 모습이 지금도 눈에 선합니다."
　그녀가 다시 울먹였다. 사연이 오죽하랴 싶어서 나는 그냥 듣기만 했다. 어찌나 서럽게 울어대는지 나도 울컥 목이 메었다. 측은한 생각이 들어 몹시 마음이 아팠지만, 얼른 위로할 말이 생각나지 않아서 할말을 잃은 채 울음이 그치기를 기다렸다. 이윽고 울음을 그치고 웬만큼 마음을 가라앉혔을 때 나는 그녀에게 이런 말을 했다. 그것은 마치 나 자신에게 하는 말처럼 들렸다.
　"전쟁은 이제 곧 끝난다. 그때까지 죽지만 말고 꼭 살아남아라. 살아있어야 이담에 식구들을 만나 볼 게 아니냐? 마음을 굳게 먹고, 알겠지?"
　위로가 되었는지 어쨌는지 장언년이라는 처녀가 고개를 주억거렸다.
　"자, 알아들었으면 눈물 씻고 이거 먹어봐. 여기 물 먼저 좀 마시고."
　그녀는 물만 한 컵을 다 마시고 생과자는 손도 대지 않았다.
　"언년이라고 했지? 이제부터는 무슨 일이 있어도 울지 마라. 울면 마음이 약해지거든. 절대로 울어서는 안된다, 알겠지? 대답 좀 해봐."

 대답도 없이 잠자코 있던 그녀가 별안간 매달리며 고함을 지르듯 말했다.

 "선생님, 절 고향에 좀 보내주세요. 선생님처럼 높으신 분이라면 저 하나쯤 고향에 보내주실 수 있잖아요?"

 울며불며 떼를 쓰기 시작하는데, 야단을 칠 수도 없고 여간 곤혹스럽지 않았다. 나는 한 시간 이상 그녀를 달래느라 진땀을 뺐다. 조선사람이라는 걸 밝혀서는 안되겠다고 줄곧 생각해 왔는데, 일본말을 전혀 못하는 처녀를 만났다가 또 한번 진땀을 뺐던 것이다.

 소위 '천황폐하의 황군'은 '정신대(挺身隊)'라는 미명 아래 열너댓 살 전후의 어린 처녀들까지 노예 사냥하듯 마구잡이로 끌어다가 성적 노리개로 유린했다. 이런 만행을 저지르고도 '천황폐하의 황군'이란 말인가?

 정신대 위안부는 전쟁이 끝날 때까지 살아남는다고 해도 저주스럽고 수치스러운 만행(蠻行)으로 황폐해진 정신건강 때문에 평생 한을 품은 채 눈물로 살아가야 할 게 아닌가!

 이처럼 멀쩡한 여자들을 일생동안 건전하고 정상적인 생활을 할 수 없는 운명의 불구자로 만든 데 대해 일본 군부(정부)는 어떻게 보상하려고 그런 만행을 저질렀던 것인가?

 정신대와 관련해서 더욱 기가 막히는 사연은 조선인 지원병으로 군문에 들어온 가네모도(金本) 하사(伍長)의 경우라고 하겠다.

 그는 원래 나와 같은 제14군 휘하의 제48사단 제1연대(연대장 今井 大佐) 소속이었다. 개전 초 필리핀 공략작전(比島 攻略作戰)에도 참가했던 군대 보리밥 6년째의 고참병으로 하사관 시험에 합격한 후 하사(伍長)가 되었다.

 나이는 스물여덟 살로 나보다는 세 살이 위였는데, 뭔가 일이 있어서 마닐라 선박부대의 내 중대로 전속을 왔다. 언젠가 그는 내 중대로 전속오게 된 이유와 자신의 출신에 관해 나에게 털어놓은 적이 있었다. 고향은 K도 어디라고 했고, '부자' 소리를 들으며 살아온 7천 석 부농 집안의 장남이라 했다.

"할아버지는 옛날에 도지사를 지내셨고, 보성전문 법과 출신의 큰아버지(伯父)는 황해도 경찰국 소속 경부로 어느 시골 을지(乙地) 서장으로 계십니다. 일본 와세다 대학(早稻田大學) 법학부를 졸업하신 아버지는 고문(고등문관 사법과) 시험에 패스하여 판·검사가 되는 게 꿈이었지만, 세 번 응시하여 모두 실패한 후 큰아버지보다 한 계급 높은 경시로 경상도 어딘가의 갑지(甲地) 경찰서장이 되셨다가 지금은 총독부 경무국에 계십니다. 아래로 남동생 셋과 막내 여동생이 있는데, 제가 지원병으로 입영할 때 모두 학교에 다니고 있었습니다. 당시 여동생의 나이가 아홉 살이었으니까 올해(昭和 18년;1943년)로 열다섯 살이 됩니다."

가네모도 하사가 주위 섬기는 집안 내력으로 봐서는 아주 철저한 친일파 집안이라는 생각이 들었다. 일제(日帝)에 과잉충성하던 그의 아버지는 조선인에게 창씨개명을 강요하기 몇 년 전부터 이미 창씨개명을 하여 가네모도(金本)라는 일본인과 비슷한 성(姓)을 사용해 왔다는 것이었다.

"일본제국(日本帝國) 칙령(勅令) 제95호 '육군 특별지원병령'이란 게 있습니다. 지나사변이 일어난 다음 해인 1938년 2월 2일에 공포되어 4월 3일 시행된 법령이죠. 저는 보성전문 법과를 졸업했는데, 아버지와 큰아버지의 명령(?)에 따라 바로 그 법령이 시행된 첫날인 4월 3일에 제1호 지원병으로 입영했습니다. 지금까지 중·일 전쟁(지나사변)에도 참가했고, 상해(上海) 등지로 옮겨다니기도 했어요. 해남도에 있을 때 대동아전쟁이 일어나서 필리핀 공격작전에도 참가했구요."

가네모도 하사에게는 내가 조선사람이라는 말을 하지 않았기 때문에 그는 내가 조선사람이라는 걸 몰랐다. 나는 그에게 물어보았다.

"자네 집안 얘기를 들으니 조선사람들로부터 친일파라는 말을 들었을 법도 한데, 그런 적은 없었나?"
"아닙니다. 정반대입니다."
"정반대?"
"네, 그렇습니다. 할아버지께서 도지사(道知事)가 되신 것은 일본인이 정책상 모셔다 놓았을 뿐이랍니다. 일본의 식민통치에 협력한 사실은 별로 없었다고 합니다. 오히려 조선사람의 권익을 위하는 방향으로 노력하셨다고 들었습니다. 큰아버지와 아버지께서도 할아버지와 뜻을 같이해서 가급적 우리 조선사람들을 보호한다는 차원에서 일했다고 합니다."
"그래? 자네도 그렇게 생각하나?"
그는 대답없이 묵묵히 앉아 있었다.
"담배 피우겠나?"
내가 담배 한 개비를 꺼내서 권했다.
"감사합니다."
"그런데, 자넨 왜 선박부대로 오게 되었나? 고넹헤이(古年兵; 고참병)로서 더구나 보병인데, 부대에서 무슨 잘못을 저지르기라도 했는가?"
그는 고개를 숙인 채 잠자코 있었다. 그의 표정이 심각했다. 아무래도 무슨 곡절이 있는 것 같았다.
"왜 아무말이 없나? 무슨 사연이 있었던 것 같은데?"
"네, 있었습니다. 여기로 전속되어 오기 10여 일 전입니다. 일요일이었는데, 위안부 막사에 갔다가 못 볼 것을 보고 말았습니다."
그는 그렇게 말하고는 입을 다문 채 더 이상 말을 잇지 못했다. 차마 입을 떼기가 어려운 모양이었다.
"비밀스러운 얘기라면 그 비밀을 지켜 주겠다. 기탄없이 말해봐."
"저로선 차마 입에 담을 얘기는 못 됩니다만, 그래도 이렇게 가슴 아픈 일을 누구에겐가 털어놓지 않고는 견딜 수 없기에 중대장님께 말씀드리렵니다."

가슴 속에 묻어 둔 얘기를 털어놓겠다는 의지에도 불구하고 가네모도 하사의 표정은 참담하게 일그러졌다.

"일요일 오후였습니다. 여느 병사들과 같이 위안부 막사 앞에서 허리띠를 풀고 허리춤을 쥔 채 줄을 서서 기다리다 차례가 되어 문을 열고 들어갔지요. 제 눈앞의 침상에 널부러져 누워있는 위안부가 누구였는지 아십니까? 바로 제 막내 여동생이었습니다."

세상에! 지원병으로 남의 나라 전쟁에 끌려나와서 맞닥뜨린 위안부가 자기 막내 여동생이라니……. 도대체 이런 일도 있을 수 있단 말인가? 참으로 기막힌 사연이 아닐 수 없었다.

"도저히 믿어지지가 않아 눈을 부릅뜨고 장승처럼 떡 버티고 선 채 한참동안 여동생을 뚫어지게 바라보고만 있었습니다. 여동생도 넋이 나간 듯 저를 쳐다보고 있었습니다. 벙긋벙긋 입술만 달싹거리며 너무나 기가막힌 심정으로 '오빠'라고 부르는 것 같았지만, 제 귀엔 아무 소리도 들리지 않더군요. 질식할 것처럼 목이 콱 막혀서 더 이상 그 자리에 서 있을 수가 없었어요. 후다닥 뒤돌아 뛰어나오는데, 등뒤에서 여동생이 '오빠, 오빠!' 애절하게 부르며 따라오는 것 같았습니다. 저는 무엇에 쫓기듯 뒤도 돌아보지 않고 미친 듯이 뛰어 부대로 돌아가 엉엉 목을 놓고 울었습니다. 세상에 이럴 수도 있는가 하는 생각에 죽고만 싶더군요."

가네모도의 심정이 어떠했을지는 짐작하고도 남음이 있었다. 그는 또한 여동생이 결국 스스로 목숨을 끊고 말았다는 기막힌 사실도 나중에야 알게 되었다.

잠시 위안부 막사가 소란스러워지는 바람에 사실을 알게 된 부대에서 미처 어떤 조치를 취할 겨를도 없이 그의 여동생은 극적으로 오빠를 만난 지 30분도 지나지 않아, 혀를 깨물고 죽어버렸다는 것이다. 그러자 부대에서는 여동생이 자살했다는 것도 알리지 않은 채 즉각 가네모도 하사를 영창에 구금했다가 일 주일이 지난 후에야 그의 소속 중대장이 찾아와서 그 사실을 밝히고 위로하더라는 것이었다.

"유감스러운 일이긴 하지만, 모두가 다 천황 폐하를 위한 일이 아닌가? 머잖아 일본군의 승리로 이 전쟁이 끝나면 그땐 나름대로 정부로부터 포상이 있을 테니 마음을 진정하게."

스스로 목숨까지 끊은 비참한 상황인데 천황폐하를 위한 일이라니, 일본 정부의 포상 따위로 가네모도의 여동생이 살아 돌아오기라도 한단 말인가?

더욱 기가막힌 일은 가네모도(金本) 하사(伍長)의 경우처럼 자식을 지원병으로 내보내고 그것도 모자라 하나뿐인 딸까지 정신대 위안부로 보내느라 성화를 부리며 친일하기에 허겁지겁했던 얼빠진 조선사람이 있다는 사실이었다.

그 다음날 가네모도는 영창에서 나와 헌병에게 어디론가 이끌려 갔다.

"어디로 가는 거요?"

"전속 명령이야."

헌병은 이렇게 말하며 마닐라 선박부대로 데려다 주더라는 것이다.

"자네 사물이야."

헌병은 그에게 보따리 하나를 던져 주고는 돌아가버렸다.

이야기를 하고 있는 동안 가네모도의 얼굴에서는 계속 눈물이 흘러내렸다. 그의 참담한 심정이 오죽했으랴?

"대동아전쟁이 발발하기 몇 달 전 추석 때 휴가차 집에 갔는데, 여동생은 그 해 봄에 중학교 입학했다고 교복을 귀엽게 차려입었더군요. 5남매 가운데 하나뿐인 계집애였던 여동생은 어찌나 사랑스럽던지 어른들의 사랑은 물론 오빠들의 귀여움도 독차지하며 자랐지요."

그러면서 그는 그만 목이 메는지 말을 잇지 못했다. 나는 다시 담배 한 개비를 권했다. 손등으로 눈물을 훔치고 담배에 불을 붙여 한 모금 깊이 빨고 나서 크게 한숨을 내쉬더니 그가 말했다.
"여동생이 그렇게 죽을 줄 짐작이라도 했다면 뛰어나올 게 아니라 덥석 안아주고 볼도 부비고 손도 만져주면서 여동생의 체온이라도 느껴 볼 것을. 어떤 참을 수 없는 고통이 닥치더라도 마음을 굳게 먹고 악착같이 살아서 고향에 돌아가 식구들도 만나고 동무들도 만나보아야 할 게 아니냐고 달래면서 위로하면서 용기와 희망을 갖게 해 주었더라면 그렇게 혀를 깨물고 죽지는 않았겠죠. 식구들 중 가장 저를 사랑하고 이뻐해 주던 큰오빠였는데, 울부짖으며 뒤쫓아나와 목이 메도록 불러도 돌아보기는 커녕 외면하고 달아나버린 것이 못 견디게 서럽고 야속했던 모양입니다. 그래서 순간적으로 죽을 결심을 했을 겁니다. 모두 제 잘못입니다. 제가 잘못해서 여동생을 죽인 겁니다."
가슴이 찢어지는 듯한 아픔이리라. 죄책감에 시달리는 가네모도 하사를 보면서 나는 들어서는 안될 이야기를 들은 기분이었다. 그를 위로할 말이 없었다.
"이제 그만 나가보게."
가네모도가 간신히 감정을 수습하고 밖으로 나갔다. 나는 그를 내보내고 서류함 위에 있던 양주를 한 잔 따라 마신 후, 소파에 몸을 푹 파묻고 눈을 감았다. 그의 이야기를 들었다는 사실 자체가 몹시도 후회스러웠다.
'차라리 안 듣느니만 못하군. 열다섯 살밖에 안된 어린 누이동생을 만났을 때 그가 취한 행동은 분명 잘못이었다. 너무나도 어처구니 없는 현실에 순간적으로 취한 행동이겠으나 어린 누이동생은 자격지심에 수치감과 모멸감을 감당하기 어려웠으리라. 어디까지나 남의 나라 전쟁터, 머나 먼 남방의 전선에서 가네모도 남매의 기구한 운명이 얽혀들 줄이야 누가 알았으랴? 가네모도는 지나사변이 발발한 후 큰아버지와 아버지의 권유에 따라 지원병으로 군에 입대했다고 했는데, 집안 어른들이 친일하는 데는 조금이라도 뒤질세라 앞장섰던 모양이다. 출정할 때는 아마 굉장한 환송 잔치가 벌어졌을 테고, 뒤를 이어 너도나도 지원병으로 내보냈으리라. 미루어 짐작하건대 여자 정신대 운운하니까 솔선수범해서 귀여운 막내딸까지 천황폐하께 바쳤으리라. 그의 부모나 식구들이 정신대로 나간 딸이 지원병으로 먼저 나갔던 오빠를 위안부 막사에서 만난 후 자살했다는 걸 알고 나서도 천황폐하를 위해 죽은 것이니 무상의 영광이라고 할 것인가?'

내가 군대 위안부들을 처음 만난 것은 대만 다까오(高雄)의 아까쓰끼 제4500부대에서 마닐라의 아까쓰끼 제2944부대로 전속되었던 소화(昭和) 18년(1943년) 6월 경이었다. 2주일에 한 번 꼴로 즐겁게 해준다는 명목 아래 장병들을 위안부 막사로 보냈던 것이었다.

내가 만났던 조선 처녀들은 군대 위안부임에도 모두 하나같이 정신대(挺身隊)라는 거창한 이름으로 붙잡혀 왔다고 했다. 이들 조선인 처녀들이 정신대라는 이름 아래 군수 공장 직공이나 야전병원 간호원 등으로 위장한 군대 위안부로 공공연하게 강제동원되었다면 표면상으로라도 무슨 법적 근거가 있었으리라는 생각이 들었다. 물론 당시의 나로서는 자세히 알 수 없는 일이었다.

전쟁이 끝나고 알게 된 사실이지만, 일본 정부는 소화(昭和) 19년(1944년) 2월 25일자로 '중학생 이상의 학도 전원 동원령'을 제정·공포했다. 전쟁 막바지에 전국 군수공장의 인력이 달리자 만 14세부터 25세까지의 미혼 여성을 여자정신대(女子 挺身隊)로 동원하여 인력을 공급하기 위한 결정이었다. 이 법령을 근거로 일본 정부는 전쟁이 끝날 때까지 계속 일본 여성들을 동원하여 각처의 군수 공장등에 취업시켜 왔다.

말하자면 이 법령에 근거하여 일본 여성들을 데려다 군수공장에 보내고, 조선 여성들은 강제로 체포하여 군대 위안부로 보냈다는 것이다. 그리고 종전 직전에는 조선인 위안부들을 사살해 버리려고 했다는 끔찍한 이야기도 들었다.

　이 법령이 공포된 소화(昭和) 19년(1944년) 2월 25일에 나는 히로시마 헌병대에서 모진 고문을 당하고 있을 때였다. 그렇다면 조선에서는 이 법령보다 9개월 이상이나 앞질러 정신대라는 이름으로 마구잡이식의 체포라는 만행이 저질러졌다는 것이 아닌가? 일제(조선총독부)에 과잉충성하는 친일파 조선인들에 의해 저질러진 만행이었을까?

　내가 도무지 납득할 수 없는 놀라운 사실이 바로 이 대목인 것이다. 개인의 영달만을 위해 일제에 아부하고 동족을 팔아먹은 조선 사람들이 꽤나 있었다는 사실을 반증하는 게 아니고 무엇이랴?

함경환의 조선인 선원들

새벽 출항을 앞두고 함경환에서 만난 조선인 선원 두 사람이 그다지 바쁘지 않다고 해서 이런저런 이야기를 나눴다. 한 사람은 승선 경력 10년에 부산이 고향인 서른두 살의 조타수(操舵手)였고, 다른 한 사람은 승선 경력 17년에 포항이 고향인 마흔세 살의 갑판장(甲板長)이었다. 그야말로 노련한 마도로스(Matroos)라고 할 수 있었다.

"바닷가에서 태생이라 어쩔 수 없이 바다가 좋아서 뱃사람이 됐어예. 한평생 바다에서 살다가 바다에서 죽을 것이구만요."

조타수가 말했다.

"고향엔 부모형제와 처자가 살고 있는데, 전쟁이 터지고 배가 징발된 후로는 수입이 오히려 나아진 셈입니더."

"수입이 나아지다니요?"

갑판장의 말에 내가 되물었다.

"전쟁 전에는 수입이라야 월급이 고작 아니었겠능교? 그것도 별로 쓸 겨를이 없어 몇 개월치 봉급을 한꺼번에 집에 갖다주면 요긴하게 쓰기는 해도 돈이 모이지는 않는다고 했심더. 그런데 전쟁이 터진 후로는 다른 수입이 꽤 짭짤해서 제법 돈을 모을 수 있능기라요."

"다른 수입이란 게 뭡니까?"

맞장구를 쳐주니까 신이 나서 떠벌이기는 했는데, 정작 내막을 묻자 떨떠름한 모양이었다. 말을 할똥말똥 어물어물하다가 이왕지사 시작한 김에 이야기를 해도 괜찮다고 생각했는지 갑판장은 짬짬이 거드는 조타수의 도움을 받아 전쟁 중의 수입원(源)에 대해 다음과 같이 털어놓았다.

대동아전쟁 개전 초 일본군이 파죽지세로 들이닥쳐 남방(南方) 지역을 숨가쁘게 점령해 나가자, 구미 열강의 피식민지 국가들은 졸지에 일본군의 군정 통치를 받게 되었다. 그러자 당장 식민국으로부터 생활필수품을 비롯한 담배, 의약품 등의 공급이 중단되어 버렸다. 선원들은 바로 이런 부족한 물자들만 부분적으로 메꾸어 주는 역할을 했다.

알기 쉽게 담배를 예로 들어보자. 점령지의 담배 재고가 바닥이 날 경우 일본에서 담배를 많이 사가지고 온 선원들이 항만(港灣)에 상륙하면 현지 주민들은 남녀노소 가리지 않고 몰려와 물물교환을 한다는 것이다.

부족한 물자가 있는가 하면 아직 재고가 많은 물자도 있었다. 그래서 담배 몇 갑으로 미·영·프·스페인 등 선진국의 각양각색 제품들을 교환한 다음 일본으로 다시 가져가서 팔면 이익이 많았다. 백화점에 가서 담배 열 갑 정도만 주면 아주 좋은 가죽 트렁크와 교환할 수 있었다. 담배 열 갑이라고 해봤자 2~3원 정도인데, 극상품 가죽 트렁크는 일본에서 수십 원씩에 팔렸으니 엄청난 마진이 떨어질 수밖에 없었다. 일본에서도 식량 배급 제도가 실시되고 각 가정에 의료 전표(衣料切符 ; 의료구입표)가 배급되는 등 물자 부족으로 부분적인 통제를 시작했지만, 다행히 담배나 의약품 따위는 아직 부족하지 않아서 쉽게 살 수가 있었다.

당시의 담배 종류와 가격 등을 예로 들어 보면, 처음의 가격이 두 차례 인상되긴 해도 아주 염가였음을 알 수 있다.

10개들이 긴시(金鵄) 10전. 15전, 23전으로 인상.
10개들이 사꾸라(櫻チェリ) 25전. 45전, 70전으로 인상.
20개들이 아까쓰끼(曉) 20전. 30전, 45전으로 인상.
10개들이 히까리(光) 18전. 30전, 45전으로 인상.
10개들이 호우요꾸(鵬翼) 15전. 25전, 35전으로 인상.
20개들이 호우요꾸(鵬翼) 30전. 50전, 70전으로 인상.
20개들이 아사히(朝日) 25전. 45전, 70전으로 인상.
20개들이 시끼시마(敷島) 35전. 65전, 1원으로 인상. 소화(昭和) 18년(1943년) 말에 공급 중단.

남방은 더운 지방이라서 말라리아에 복용하는 약이라든가 성병에 효험이 있다는 데라뽀루(テラポール) 같은 것도 장사가 잘 되는 품목들이었다.

뿐만 아니라 일본을 거치지 않고 현지에서 사가지고 또 다른 점령지에서 파는 것도 돈벌이가 잘 되었다. 예를들어 싱가폴에서는 아직 재고가 많은데 마닐라에서 동이 난 물건이라면 싱가폴에서 싸게 사다가 마닐라에 가져가서 팔면 수지가 맞는다. 어쨌든 재화(財貨)는 남아도는 곳에서 모자라는 곳으로 흘러가기 마련이라는 사실을 새삼 실감할 수 있는 일이었다.

수지가 맞는다고 해봤자 보따리 장사수준이었다. 해군이나 육군(군함 또는 육군 선박부대 소속 선박) 선박들은 선원이 현역 군인들이니까 그마저 할 수 없고 군에 징발된 민간 선박의 선원들은 곧

잘 그렇게 해서 톡톡히 재미를 본다는 것이었다.

물론 거기에도 고충은 있었다. 기항(寄港)할 목적지를 모르고 떠나는 경우가 많아 교환할 물건을 제대로 선택하기가 어려웠기 때문이다.

육·해군이 민간에서 징발한 고요셍(御用船)은 일본, 조선, 대련, 중국 등 여러 항구에서 신병 훈련을 마친 사병들이나 부대 이동을 하는 군병력, 탱크와 탄약과 식량을 비롯한 각종 군수품 등 전략물자를 적재하고 특정한 군항(軍港)으로 총집결하게 되어 있었다.

거기서 30척 내지 40척 안팎으로 선단(船團)을 구성하여 항공기(주로 水上機)와 구축함을 비롯한 여러 척의 함정들이 호위하는 가운데 제1번선, 2번선, 3번선 하는 식으로 일정한 거리를 두고 일렬로 나란히 움직여야 했다.

따라서 선단의 선박들은 각각 남방의 목적지에 도착할 때까지 어디로 가는지 전혀 알지 못했다. 선장도 행선지를 모르는 채 오직 군부의 지시대로 따라갈 뿐이었다. 군사전략상의 극비사항이었기 때문이었다.

사람이나 물자를 실을 때부터 어디로 가는지 알아야 채산이 맞는 물건을 미리 준비할 수 있을 텐데, 목적지를 사전에 모르니 어떤 물건을 얼마나 사가지고 가야 할지 고민이라는 것이었다.

물건을 실을 때 보면 어느 점령지 어느 부대로 갈 것인지 꼬리표가 달려있거나 물건 자체에 먹물로 표시가 찍혀 있는 경우가 많은데, 그것이 '마닐라 주둔 몇 사단 무슨무슨 부대' 하는 식으로 알기 쉽게 씌어 있는 것이 아니라 그냥 아라비아 숫자로만 씌어져 있다고 한다.

먼저 적힌 숫자가 도착지 지명인지, 나중 숫자가 부대 이름인지, 아니면 그 반대 순서인지 도무지 알 수가 없었다.

한번은 남방 어느 곳의 점령지로 싣고 갔던 물건에 표시된 연이은 두 개의 숫자를 적어 두었다. 얼마후 일본에서 군수물자를 실을 때 참고로 대조해 보니 한 가지 맞는 숫자가 있어 '옳다구나.' 하고 그 지역에서 부족하다 싶은 물건을 사가지고 갔더니 전혀 딴 곳으로 가는 바람에 낭패를 보기도 했단다.

그러니까 군사비밀을 유지하기 위해 난수표처럼 숫자의 배열을 불규칙하게 수시로 변경하거나 다른 배열 방법이 있다는 이야기였다.

그런 일이 있고 나서는 미리 물건들을 사놓았다가 점령지역의 형편대로 그때마다 대처하여 장사를 했다고 한다. 그래서 갑판부원들의 숙소인 오-베야(大部屋;큰방)나 기관부원들의 큰방에는 온갖 물건들로 꽉 차 있다는 것이다. 그렇다고 점령 지역의 항구에 정박하여 상륙할 때도 쉬운 일만은 아니었다. 관문(關門)의 헌병이 어느 정도 단속을 했기 때문에 물건을 육지에서 배로는 얼마든지 갖고 올 수 있어도 배에서 육지로 마구 갖고 나갈 수는 없었다.

나는 포항 출신의 갑판장과 부산 출신의 조타수로부터 이런 이야기를 들으면서 공연히 그리움과 서글픔이 복받쳐 그들을 와락 끌어안고 싶은 충동을 느끼기도 했다. 같은 핏줄을 이어받고 태어난 동포들이 아닌가!

내가 조선사람이라는 것을 알면 그들은 얼마나 반가워할까? 그런데도 나는 왜 내가 조선사람이라는 사실을 밝힐 수 없단 말인가? 미쓰꼬나 스기우라 선장에게는 그렇다 치더라도 같은 동포인 조선사람에게조차 그것을 밝힐 수 없다는 것은 참으로 슬픈 일이었다.

일본인에게 업신여김을 당할까 봐 내가 조선사람이라고 밝히지 못하는 것은 결코 아니다. 내가 조선인이라고 밝히는 바람에 첫사랑의 연인 시즈꼬와 그녀의 어머니가 자살하고 말았던 가슴아픈 일을 겪었고, 그 일이 일어난 후 '비밀을 지키겠다.'고 일본인 부

함경환의 조선인 선원들 *261*

모님과 굳게 약속했기 때문이다.

　그후로는 오직 정신대 위안부인 조선 처녀 두 사람에게만 내가 조선사람이라는 사실을 밝혔을 뿐이다. 워낙 안타까운 상황에서 어려움을 겪고 있었기 때문에 나도 모르게 밝히고 말았던 것이다.

　약 5개월 전 내 중대로 전속되어 온 조선인 지원병 가네모도 하사와 함경환에서 만난 조선인 선원 두 사람에게도 내가 조선사람이라는 것을 말하지 않았다. 이들은 중학 시절에 유학생 형들을 만난 이후 실로 오랜만에 만나는 동포들이었다. 와락 포옹을 하고 싶을 정도로 반가운 동포들인데도, 같은 동포라고 말하지 못하는 내 심정인들 오죽했으랴?

　바다가 좋아서 한평생 바다에서 살다 바다에서 죽겠다는 그들의 순수한 인생관이 부럽기도 하고 안쓰럽기도 했다. 나는 그들이 항해하고 있는 바로 이 남지나 해역에서 일본의 제해권(制海權)이 연합군에 의해 점점 잠식되고 있는 현실이 몹시 걱정스러워서 한 마디 던졌다.

　"당신들은 조선사람이오. 풍랑이나 난파가 아니라 전쟁 때문에 희생될지도 모를 이런 위험한 항해생활이 마냥 낭만일 수만은 없지 않겠소? 한 번 죽으면 그만인 인생이라고 하지만, 당신네 조선사람들이 이 전쟁통에 죽어야 할 이유는 없다고 생각하오."

　나는 그들이 내 말을 들으면 '일본군 장교가 시국에 역행하는 말을 하다니?' 하는 식으로 의아한 표정을 짓고 나를 바라볼 줄 알았다. 그런데 그들의 반응은 아주 뜻밖이었다.

　"인명은 재천이라고 사람의 명이란 하늘에 있는 것이 아니겠습니까? 지금은 조선사람이라도 징용으로, 학병으로, 또 지원병으로 마구 끌려가는 판국입니다. 일선이나 탄광으로 가서 고생하기보다 이렇게 동원되어 선원 생활을 하는 것이 한결 좋습니다. 신분도 군속이니 괜찮은 편 아닙니까? 우리 조선사람에게 징병제도가 적용될 날도 멀지 않았답니다."

나는 무척 놀랐다. 아닌 게 아니라 군부에서도 조선인 징병제를 논의 중이어서 곧 실행될 것 같고 나도 그렇게 생각해 왔지만, 하급 선원들인 그들의 입에서 그런 말이 나올 줄은 몰랐던 것이다.

내 말이 무색해지는 바람에 약간 당황하면서도 그들의 시국관에는 놀라움을 금할 수 없었다. 혹시라도 내가 조선사람이란 걸 알고 있기라도 하단 말인가? 나는 그들에게 마지막으로 한 마디를 덧붙였다.

"어쨌거나 어떤 역경이 닥치더라도 반드시 살아남아서 전쟁이 끝나면 고향땅 조선으로 돌아가야 할 것입니다."

"말씀 고맙습니다. 이제 잠깐 눈 좀 붙이고 출항 준비를 해야겠습니다."

그들은 인사를 한 다음 숙소가 있는 쪽으로 사라져갔다.

시계를 보니 새벽 1시경이었다. 밤 기온이 조금 찬 편이라 술기운이 가시는 듯했다. 여전히 잠은 오지 않았다.

하늘을 쳐다보니 무수한 별들이 찬란하게 빛나고 있었다. 무수한 별들이 저마다의 아름다움으로 반짝이는 밤 하늘이었다. 저토록 오묘한 대자연의 하늘 아래서 서로 적대시하며 상대편을 죽이지 못해 발버둥을 치는 인간은 얼마나 하찮은 존재인가?

나는 한기(寒氣)와 피로를 느끼고 잠시 쉴 생각으로 2등 항해사의 방을 찾아갔다. 노크를 해도 반응이 없는 것으로 보아 미쓰꼬는 잠이 든 모양이었다. 살며시 문을 열고 들어서니 미쓰꼬는 담요를 뒤집어 쓴 채 잠이 들었고, 여분의 베개와 담요가 따로 있었다.

"에라, 모르겠다. 피로한데 그냥 누워야겠다."

이렇게 생각하고 칼(日本刀)만 떼어 구석에 세워둔 다음, 군복은 입은 채로 장화도 벗지 않고 누워버렸다. 금방 잠이 올 것 같지는 않았다.

'미쓰꼬도 실은 고독하고 불쌍한 아이다. 이번 기회에 부모님께 소개하여 혼처를 알아보아 결혼시키도록 부탁드려야겠다. 심성이

착하고 별로 말이 없이 얌전한 아이가 아닌가! 좋은 신랑 만나서 행복하게 살아야 할 텐데, 어쨌든 내가 끝까지 친동생처럼 보살펴 줘야지.'

1주일 동안의 긴 항해 끝에 12월 5일 자정 무렵 나가사끼(長崎) 항에 도착했다. 스기우라 선장은 내게 다섯 근씩 들어 있는 설탕 다섯 상자를 선물이라고 선뜻 내주었다.

"선원이든 손님이든 대만에 들렀다 가는 사람에게는 누구든지 한 사람당 다섯 근들이 설탕 두 상자씩 주게 돼 있네. 그런데 자네는 그 기회마저 놓친 것 같아 내 몫으로 얻어두었던 걸 선물로 주는 거야. 모처럼 후배를 만났는데, 이것밖에 줄 게 없구만. 하긴 요즘 일본에서는 설탕도 배급제여서 귀한 물건일세."

후배를 아끼는 마음에 뭔가 주고 싶은데, 별로 줄 게 없었던 모양이다.

"내일 아침 8시에 출항하니까 볼 일이 있으면 상륙했다가 그때 돌아오도록 해. 나도 곧 상륙할 거야."

나는 미쓰꼬에게 짐을 다시 꾸리도록 지시했다.

"설탕 다섯 상자는 트렁크에 넣고, 트렁크에 있던 내 겨울 내의와 망토 등은 작은 빽에 옮겨 담아."

다시 짐을 꾸려서 작은 백은 놔두고, 트렁크 두 개만 내가 들고 미쓰꼬를 데리고 나가사끼 역으로 갔다.

열차 시각표를 보니 상행선은 단 한 차례 낮 12시 45분발 334열차였다. 출발하려면 12시간이나 남아 있었다. 그러니까 열차는 하루에 한 번 뿐이었던 것이다. 할 수 없이 미쓰꼬를 역전 부근의 어느 여관으로 데리고 가서 숙식을 하게 했다.

"12시 45분발 열차를 타고 가다가 하까다(博多) 역에서 내린 다음, 거기서 시발하는 상행선 도쿄 행 특급 후지(富士)를 타면 돼. 하까다 역까지 6시간쯤 걸리니까 거기서는 바로 후지 특급이 연결되어 있을 거야."

나는 미쓰꼬에게 도쿄의 우리집 주소와 전화번호를 적어 주고 찾아가는 길을 자세히 일러준 다음 돈 100원을 주었다. 그 정도면 집에 도착할 때까지의 여비는 충분한 셈이었다. 나는 다시 한번 당부하는 걸 잊지 않았다.

"12시 45분발 열차를 타고 가다가 하까다에서 특급으로 갈아타면 다음날 오후 5시경 도쿄에 도착해. 바로 택시를 타고 집주소를 운전수에게 보여 주면 우리집 문 앞에까지 태워다줄 거야. 집에는 내가 전화를 걸어 둘게. 아내가 잘 대해 줄 테니, 아무 걱정말고. 나는 여기서 며칠 볼일 좀 보고 부임지인 야나이 부대로 가서 관사에 거주할 수 있도록 주선한 다음, 1주일쯤 지나 집에 갈 참이니까 그리 알고 먼저 가 있어. 무사히 잘 가야 해."

"네. 그럼 다녀오세요."

"그래, 우리집 식구들이 모두 미쓰꼬를 잘 아니까 아무 걱정마. 전에 여러 번 편지를 했거든."

미쓰꼬는 내가 함경환을 타고 부산까지 가는 것도 몰랐고, 신경까지 가는 것은 더욱 알지 못했다. 나는 여관집 주인에게 사정하여 도쿄 집에 전화를 했다. 한밤중인데도 어머니가 금방 전화를 받으셨다.

"어머니."

"누구냐? 도라짱?"

"네, 어머니."

"어디서 전화를 하는 거냐, 지금?"

"나가사끼에서요. 그 동안 별일 없으셨어요? 아버지는요?"

"집엔 별일없이 다들 잘 있어. 아버지도 건강하시구. 그런데 어떻게 된 거냐? 나가사끼라고 했니?"

"네. 자세한 말씀은 한 열흘 후쯤에 집에 가서 말씀드릴 테니 그리 아시고, 실은 야마구찌껭 야나이(山口縣 柳井)로 전속되어 오는 길이에요."

함경환의 조선인 선원들 265

"애, 잘 됐다. 참 잘 됐어. 어떻게 그렇게 됐니? 잠깐만, 네 처 바꿔 줄게."

자고 있다가 전화를 받느라고 그랬는지 한참 후에야 아내가 전화를 받았다.

"여보세요, 세스꼬(節子) 아빠?"

"잘 있었소? 야마구찌껭 야나이로 전속되어 오는 길이오. 전에 내가 편지에 썼던 미쓰꼬가 내일 모래 오후 5시경 도쿄 역에 도착하여 택시로 집에 갈 테니 잘 보살펴줘요. 나는 한 열흘 후에나 집에 갈 수 있을 거요."

나는 일방적으로 할 말만 하고 전화를 끊었다. 여관 주인에게 사정사정해서 거는 전화로 잡다한 이야기를 하기도 그렇고, 오랜만에 목소리를 들어보는 아내에게 해야 할 말도 마땅치 않았던 것이다.

"내일 아침에 이 편지를 부쳐."

나는 미쓰꼬에게 이와지마 부대장과 여러 부대원들이 집으로 부쳐달라고 부탁한 편지를 주면서 이렇게 이르고는 여관에서 나와 배로 돌아갔다.

'내일이면 드디어 나의 조국, 조선 땅을 밟게 되는구나!'

이렇게 생각하자 어느새 어려서 살던 고향 동네가 아련히 머리에 떠올랐다.

'아니지, 아니야. 그때 생각을 하기 시작하면 한도 끝도 없어. 지금은 그냥 덮어두고 잠이나 좀 자기로 하자.'

생각과는 달리 좀처럼 잠이 올 것 같지 않았다. 대만 다까오에서 출항한 후 만 6일 하고 21시간만에 나가사끼 항에 도착했는데, 참으로 지루하게 느껴졌다. 상선학교에서 2년 동안 항해 실습을 할 때 배를 탔지만, 졸업한 후 배를 타기는 처음이었다.

'불과 1주일쯤 탔을 뿐인데도 이렇게 지루한 것을 어쩌자고 평

생 항해 생활로 늙으려고 상선학교엘 다녔는지 모르겠다.'

 법학을 공부해야 한다는 아버지의 집요한 설득도 외면한 채 배를 타겠다고 고집을 부렸던 내가 새삼 철부지였다는 생각이 들었다.
 일본에서는 하급 선원 뿐만 아니라 전문교육을 받은 사관(士官;기관사나 항해사)도 도매금으로 뱃놈(ふなのり)이라고 하여 사람 취급을 하지 않는 것이 사회의 통념으로 되어 있었다. 그러니까 딸 주는 사람도 없어서 결혼하기도 힘든 것이 마도로스였다.
 'いわしも魚か船乗りも人間か'
 일본 사회에서 흔히 하는 말인데, 우리말로 하면 대충 다음과 같은 뜻이다.
 '정어리 같은 것도 생선 축에 드나, 뱃놈도 사람이냐!'
 이런 비하된 말이 생겨서 나돌게 된 이유가 모르긴 해도 거센 파도처럼 성격들이 거치른 데다 장기적인 항해생활로 부인들을 외롭고 고독하게 내버려두기 때문이리라. 일종의 선원 기피증이라고나 할까?
 '나는 천애의 고아다. 에라, 선장이나 되어 6대주 5대양을 누비고 돌아다니며 이국 정취에 흠뻑 젖어 세상 풍물이나 실컷 구경하면서 흐르는 뜬 구름처럼 한세상 살다가련다.'
 이런 철부지 생각이 내가 아버지의 애절한 뜻을 배반하고 뱃놈이 되고자 했던 동기였다.
 '실로 나는 사람도 아닌 것이야. 남의 자식 공 들여 길러봤자 덕되는 것 없다더니 바로 나 같은 놈을 두고 한 말일 테지. 생각해 보면 이 세상에서 나를 키워주신 부모님만큼 착하고 좋은 분들이 또 어디 있으랴 싶네. 나의 배은망덕한 행위에도 불구하고 나에 대한 부모님의 애정은 조금도 변함이 없질 않은가? 낳은 공보다 기른 공이 더 크다는데, 나는 정말로 용서받지 못할 큰 죄인이야.'
 이렇게 생각하자 나 자신이 얼마나 밉쌀스럽고 싫은지 고통스럽기조차 했다.

'아버지, 어머니! 이번에 집으로 돌아가면 큰절을 하고 용서를 빌겠습니다. 나 자신도 이런 나를 용서하기 어려운데 부모님께서 어찌 용서하실 수가 있겠습니까? 그래도 부모님 앞에 무릎을 꿇고 불효막급한 죄에 대해 열 번이고 백 번이고 엎드려 용서를 빌겠습니다.'

나는 결심했다. 전쟁이 끝나고 평화가 와서 군복을 벗어도 결코 선원 생활은 하지 않으리라. 지은 죄를 속죄하는 마음으로 부모님 슬하에서 살아가리라. 그러면 두 분이 얼마나 기뻐하실까? 진심으로 나는 이렇게 다짐을 했다.

이런저런 생각을 하다 보니 잠이 달아나버렸다. 바로 그때였다. 별안간 바깥이 소란스러워졌다. 무슨 일일까? 하급 선원들이 싸움질이라도 하는 것일까? 심상치 않은 사태가 벌어지고 있다는 예감이 들었다. 나는 벌떡 일어나 군복을 입고 닙뽄또우(日本刀)를 찼다. 그리고 6연발 권총에 장탄을 하여 허리춤에 찔러넣고 바깥으로 나갔다. 저만치 갑판 앞쪽에 있는 갑판부 하급 선원들의 선실 앞에 10여 명의 선원들이 웅성거리고 있었다. 금방 살벌한 분위기가 느껴졌다.

나는 급한 걸음으로 다가갔다. 선원들의 뒤에서 어깨 너머로 넘겨다보니 두 사람이 가운데에서 서로 단도를 빼들고 대치하고 있었다. 곧 살인 사건이라도 날 것처럼 양상이 사뭇 살벌했다. 떠들어대는 소리로 미뤄 보건대 뭔가를 속였다고 하는 것 같았다. 옆에 서 있는 선원에게 물어 보았다.

"왜들 저래요?"

"노름을 하다 한 사람이 돈을 많이 땄는데, 돈을 많이 잃은 사람이 속임수를 적발하는 바람에 소동이 벌어졌어요."

얼핏 보니 일본인 사관 두 사람이 구경꾼 가운데 서 있었는데 하도 분위기가 살벌하니까 감히 말리지도 못한 채 그냥 구경만 하고 있었다. 곧 무슨 일이 벌어질 것만 같은 숨막히는 순간이었다.

"그만둬."

나는 칼을 뽑아든 사람들에게 빽 소리를 질렀다. 그들은 들은 척도 하지 않고 상대방의 헛점만 노리고 있었다. 나는 허리춤에서 권총을 꺼내 허공을 향해 한 발을 쐈다. 칼을 들고 싸우는 사람들은 물론 거기에 모여 있던 사람들 모두가 깜짝 놀라 나를 주목하면서 조용해졌다.

"칼을 바닥에 내려놔."

내가 강한 어조로 명령을 내리자, 둘다 곧 칼을 바닥에 던졌다. 옆의 선원에게 칼을 집어오게 했다. 나는 두 자루의 단도를 받아들고 말했다.

"모두들 큰방으로 들어가시오."

내 말대로 모두 방으로 들어가고 사관 두 사람만 남아 있었다.

"이 일은 내게 맡기고 당신들은 걱정 말고 볼일이나 보시오."

그들은 잠자코 간판쪽으로 갔다. 나는 선원들의 방으로 들어갔다. 모두들 서서 나를 기다리고 있었다.

"모두 조용히 앉아요."

선원들은 의자에도 앉고 아랫칸 침대에 걸터앉기도 했는데, 둘러보니 모두 열한 명이었다.

"노름을 한 사람이 모두 몇 사람입니까?"

가까이 있던 선원이 쭈뼛거리며 대답했다.

"딱 그들 두 사람 뿐이었습니다."

"누가 얼마를 잃었습니까?"

서른다섯 살쯤 돼 보이는 선원이 앞으로 나서며 말했다. 생김새가 우락부락하고 성격이 괄괄해 보였다.

"제가 700원 정도 땄고, 저 친구가 잃었습니다."

"700원을 도로 잃은 사람에게 돌려주시오. 안되겠소?"

"네, 돌려주겠습니다."

그는 대답과 함께 주머니에서 돈을 전부 꺼내 잃은 사람에게 돌려주었다. 내가 그에게 물었다.
"딴 돈을 돌려주라고 해서 억울하다고 생각합니까?"
"아닙니다. 뭐 심심해서 취미로 했던 건데, 그럴 수도 저럴 수도 있는 것 아닙니까? 상관없습니다."
말하는 게 선선했다. 생기긴 우락부락하게 생겨도 악의는 없어 보였다.
"지금부터 내가 하는 말을 잘 들어주기 바랍니다. 지금은 전쟁 중입니다. 당신들도 알다시피 우리가 대만에서 여기까지 오는 동안에 네 번 공습 경보가 있었소. 물론 적의 정찰기 정도여서 별일은 없었지만, 당신네 선원들도 지금 전투를 하고 있는 겁니다.
최전선의 전투 상황이 어떻게 전개되고 있는지 당신들은 모르고 있습니까? 당신들도 최전방으로 돌아다니니까 알 거 아니요? 남동쪽은 말할 것도 없고, 서남 방면에서도 제해권과 제공권이 점점 좁혀지고 있어요. 해군과 마찬가지로 당신네 선원들까지 직접 전투 상황에 돌입할 날도 멀지 않았어요. 최전선을 오가면서 상황 판단을 그렇게 못 해요?
앞으로 연합군의 B29 등 중폭격기와 함재기의 폭격이 잦아지면 당신네들의 안전 항해가 보장되지 않는 위험까지 각오해야 한단 말이오. 무슨 얘긴지 압니까? 아무리 바다가 좋아서 배를 탄다고 해도 지금은 전시요. 언제 죽을지도 모를 전쟁터를 누비고 다니는데, 당신네들의 목숨은 소중하지 않단 말이요?
더구나 혼자 목숨이 아니지 않소? 당신들도 고향에 부모와 동기간이 있고 처자가 있는 사람들도 있을 것 아니오? 당신네들의 목숨과 생명은 이미 혼자만의 것이 아니라는 사실을 왜 몰라요? 어떤 역경에서라도 죽지 않고 살아남아야 전쟁이 끝나면 고향으로 돌아가서 그리운 부모 형제들도 만나고 처자들도 만날 게 아니오? 식구들이 밤낮으로 얼마나 가슴 조이며 당신네들의 안전을 걱정하고 있는지 모른단 말이오?

대만에서 여기까지 오는 동안에도 갑판부 방과 저 뒤의 기관부 방에서 노름하고 싸우고 또 싸우고는 노름하고 그러면서 지내지 않았습니까? 왜 그래야 합니까? 언제 죽을지도 모를 운명이니까 그까짓 것 아무렇게나 살다 아무렇게나 죽어가면 그만이지 하는 자포자기의 심정으로 그렇게 사는 겁니까? 일본인 사관들도 당신들과 같은 운명으로 살아가는 겁니다. 하급 선원과 사관 선원이 다르다는 겁니까? 폭탄이 배에 떨어지면 당신들만 죽고 일본인 사관들은 안 죽습니까? 다 마찬가지예요. '어차피 한 배를 탄 운명'이라는 속담도 못 들어 봤습니까? 같은 운명이란 뜻입니다.

그런데 말입니다. 일본인 선원들은 도박도 하지 않고 싸우지도 않는데, 왜 조선사람들만 그렇게 막돼먹은 생활을 합니까? 그 이유가 뭡니까? 도박과 싸움 아니면 항해 생활 중에 할일이 그렇게도 없습니까? 교양과 덕을 쌓는 데 도움이 되는 독서를 할 수도 있지 않습니까? 문학 작품도 있고 당신들 조상의 역사책도 있고 세계문학전집이나 서양사도 있어요. 할일 없는 시간에 책을 읽어요.

내 말 명심해서 잘 들어요. 당신들은 조선사람입니다. 조선사람은 이번 전쟁에서 죽어야 할 이유가 없는 사람들이에요. 알겠습니까? 정신들 똑바로 차려요. 나도 당신들과 같은…… 선원입니다. 도쿄 고등상선학교 항해과를 108기로 졸업했습니다. 같은 학교 선후배 가운데 조선인 출신들도 여러 분 있었어요.

항해과 출신으로 유항렬(劉恒烈 81기), 유춘성(柳春成 90기), 황부길(黃富吉 98기), 이용운(李龍雲 105기) 선배와 기관과 출신으로 이시형(李時亨 91기) 선배, 윤상송(尹常松 102기) 후배 등 여섯 사람이 있습니다. 이용운 선배는 현재 일본 해군 소좌로 계시죠. 고베(神戶) 상선(商船) 항해과 출신으로도 성철득(成鐵得 28기), 이재송(李哉松 21기) 등 두 분이 있습니다. 이 배의 스기우라 선장도 도쿄 고등상선학교 75기 선배입니다.

마지막으로 부탁합니다. 노름하지 말아요. 그리고 서로 싸우지도 말구요. 서로 불쌍하게 생각하고 어려울 때 서로 돕고 친혈육처럼 사랑하며 살아가도록 해요. 죽지 말고 살아서 전쟁이 끝나면 모두 다 함께 무사히 고향으로 돌아가시길 바랍니다. 그리고 이 단도는 임자에게 돌려주겠소. 내가 항해사이다 보니 단도가 당신들 갑판부 선원들에게는 필수적이라는 사실을 알기 때문에 바다에 던져 버리려다 그만두었소. 실례했어요."

이 말을 끝으로 나는 그 방에서 나왔다. 하마터면 나도 당신들과 같은 조선사람이라는 말을 할 뻔했는데, 목구멍까지 튀어나오는 걸 그냥 꿀꺽 삼켜버리고 같은 선원이란 말로 간신히 얼버무렸다. 멍청한 바보 천치가 아닌 바에야 내 말귀를 알아들었으리라.

당신들은 조선사람인데 이 전쟁에서 죽어야 할 이유가 없다고 했을 때, 그들의 표정이 갑자기 굳어지면서 놀란 눈으로 나를 주시하는 걸 느꼈다. 일본군 대위가 어떻게 그런 말을 할 수 있는가? 나도 모르게 그런 말이 튀어나왔지만, 실은 나도 흠칫 놀랐던 것이다.

담배 한 대를 꺼내 피우니 웬지 기분이 후련한 것 같았다. 차가운 밤하늘을 쳐다봤다. 잔뜩 흐려서 별빛도 보이지 않았다. 12월 초순이니까 추운 계절이긴 하지만, 그래도 도쿄 지방의 기온에 비하면 이건 추위도 아니었다.

술을 한 잔 마시고 싶었다. 선장실로 가서 노크를 하니 반응이 없었다. 아직 육지에서 돌아오지 않은 모양이었다. 내가 누웠던 2등 항해사의 방으로 들어가 살펴보았으나 술병은 보이지 않았다. 갑판으로 나가 서성대고 있으려니 조금전에 본 사관 한 사람이 눈에 띄어 그에게로 다가가서 물었다.

"술 한 잔 마실 수 있겠소?"

"마침 제 방에는 술이 떨어졌는데, 어떻게 한 병 구해 보죠."

사관이 그렇게 말하고 돌아서려는데, 저만치서 술 이야기를 들었는지 아까 싸움판이 벌어졌을 때 거기 있던 하급 선원 한 사람이 다가와서 물었다.

"양주라면 제게 한 병 있는데 갖다 드릴까요?"
사관이 그 말을 듣고 반겼다.
"그럼 가지고 오게."
그는 방으로 뛰어들어가더니 양주 한 병을 들고 다시 뛰어왔다.
"고맙소."
"별 말씀을 다하십니다."
그는 겸손하게 인사를 하고는 돌아갔다.
"같이 한 잔 합시다."
나는 사관을 데리고 내 숙소로 갔다. 그도 한 잔 하고 싶었던지 아무말 없이 따라 들어왔다. 그와 대작하며 술을 마시기 시작했다. 불란서 제품으로 무슨 꼬냑이라고 쓰여 있는데, 맛이 좋았다. 비싸고 좋은 술을 입수하기가 쉽지 않았을 텐데 양주 임자에게는 미안한 생각이 들었다. 나는 사관에게 물어보았다.
"얼마쯤 줘야 이런 꼬냑을 구할 수 있어요?"
"점령 초기에는 별로 어렵지 않게 구입할 수가 있었는데, 요즘은 군표가 아닌 본토 화폐로 10원은 줘야 구할 수 있어요."
일본이 발행한 군표도 안되고 본토 화폐라야 한다면 구하기가 쉽지 않다는 뜻이었다. 나는 즉시 10원을 사관에게 주면서 말했다.
"미안하지만, 아까 이 술 갖고 온 선원에게 전해주시오."
"아닙니다. 나중에 제가 줄테니 걱정마십시오."
"그래서는 안되죠."
내가 고집을 부려서 그는 할 수 없이 10원을 받아가지고 나갔다. 나는 그의 등에다 대고 다시 한번 당부했다.
"술값을 안 받겠다고 해도 꼭 주고 와야 합니다."
얼마후 그는 술 한 병을 더 들고 돌아와서 마개를 따는 것이었다.
"술값을 줬더니 한 병을 더 구해다 줘서 가지고 왔습니다."
술값을 주고 한 병을 거저 얻어왔는지 자기 돈을 주고 얻어왔는지 모르지만 따지지 않고 그냥 마시기로 했다.

"저는 고베(神戶) 고등상선 37기로, 소화(昭和) 17년(1942년)도인 작년 12월에 졸업한 시바사끼(紫崎 誠一) 3등 항해사입니다. 이 방의 원주인인 2등 항해사가 바로 저희 학교 29기 선배입니다."

그는 이렇게 자기 소개를 했다. 얌전하고 성격도 온순해 보였다. 그는 술을 마시면서 아까 하급 선원들이 벌였던 싸움 이야기를 꺼냈다.

"조선인들은 도무지 이해할 수가 없어요. 매일 싸우고 노름하고 술 마시고 또 싸우고 노름하고……. 그들의 생활은 노상 그렇습니다. 성격들도 얼마나 거칠고 난폭한지 몰라요. 흔한 일은 아니지만, 싸움만 하다 그치는 게 아니라 자는 사람의 목을 조여 죽인 다음 시체를 바다에 던져버리는 경우도 있습니다. 항구에 정박했다가 출항할 때는 선장이 인원 점검을 하는데, 목적지까지 가는 사이에 실종됐다고 보고해 와요. 실종됐다는 사람의 소지품을 뒤져봐도 유서라든가 행적을 알 만한 건 아무것도 없어요. 자살하거나 도망갈 만한 이유도 없으니까요. 선장이 선내(船內)에서 사법권이 있다고는 하지만, 어쨌든 실종됐다니 도리가 없지요. 그런 경우 입항지 관할 경찰에 보고하는 것으로 그냥 마무리짓고 맙니다."

나는 3등 항해사의 말을 들으면서 기분이 썩 좋지 않았다. 내가 생각해봐도 그의 말이 백 번 옳은데다 1주일 동안 함께 항해하면서 내가 직접 목격한 사실들이었다.

그러나 실종사건을 신고받고도 유야무야 처리해버린다는 말에는 납득이 가지 않았다. 경찰 수사가 그런 정도의 사건도 가려내지 못할 리는 없다고 생각했지만, 그걸 따질 자리는 아니어서 그냥 넘어가기로 했다. 우리는 꼬냑 두 병을 죄다 마시고 나서야 헤어졌다.

내가 잠자리에 든 시각은 새벽 4시였다. 곯아떨어져서 얼마나 늘어지게 잤는지 배의 진동이 느껴지는 게 이미 출항을 한 모양이었다. 시계를 보니 오후 1시였다. 그러니까 9시간을 늘어지게 잤던 것이다. 침대에서 일어나 물을 한 컵 마시는데, 누군가가 노크를 했다.
"네, 문 열려있어요."
 말이 떨어지기 무섭게 주방에서 일하는 보이가 들어와 인사를 했다.
 "안녕히 주무셨습니까, 대위님? 아침식사 때도 몇 번 왔는데, 계속 주무시더군요. 아까도 왔다가 주무셔서 점심식사를 도로 가져갔습니다. 지금이라도 점심드시겠습니까?"
 "그랬나? 미안하구먼. 뭐 맛있는 메뉴라도 있나?"
 "네, 대위님. 고등어 어떻습니까? 오면서 투망으로 잡은 건데, 펄떡펄떡 뜁니다. 그놈을 백숙으로 푹 삶아서 소금이나 간장에 찍어 잡수시면 아주 일품입니다. 기가 막히죠."
 "그래, 그거 좀 먹어볼까?"
 "네, 대위님. 곧 해 올리겠습니다."
 보이가 대답과 동시에 잽싸게 뛰어나갔다. 스무 살 남짓 되어 보이는 조선 청년인데 꼭 계집애처럼 생긴 게 퍽 귀여워 보였다. 샤워를 하고 돌아왔더니 잠시후에 식사가 도착했다. 넓다란 접시에 김이 무럭무럭 나는 고등어가 통째로 삶긴 채 올려져 있었다.
 "맛있게 잡수십시오, 대위님."
 "그래, 수고했다."
 그가 나간 뒤 새벽에 마시던 술병을 보니 술이 맥주컵으로 반쯤 남아 있었다. 우선 그걸로 목을 축이고 젓가락으로 고등어 껍질을 벗긴 후 살점을 떼어 소금에 찍어먹으니 정말 맛이 일품이었다. 육지에서 만들어 먹는 고등어 요리와는 비교도 안될 만큼 독특한 별미라고 할 만했다.
 나는 식사를 마치고 밖으로 나갔다. 바람은 그다지 심하지 않았으나 몹시 추웠다. 방으로 되돌아와 백에서 속내의를 꺼내입고 다시 나가서 서성거리며 담배 한 대를 피워 물었다.
 "안녕하십니까, 대위님?"

갑판부의 큰방쪽에서 오던 하급 선원 두 사람이 내 앞을 지나가다가 인사를 했다. 그중 한 사람은 700원을 땄다는 선원이었다. 우락부락하게 생긴 모습과는 달리 그가 싱긋이 웃으며 쳐다보는 게 나를 이해하는 것 같았다. 그들이 앞으로는 노름도 싸움도 하지 말고 일본인들로부터 멸시받는 일 없이 잘들 했으면 좋겠다는 생각을 하면서 간판으로 올라가 보았다.

간판에서는 1등 항해사와 조타수가 근무 중이었다. 선장도 함께 있었다.

"안녕들하십니까?"

내가 인사를 하자 특히 조타수가 큰소리로 마주 인사를 하면서 내 얼굴을 보고 씩 웃었다. 웃는 그의 모습이 어쩐지 '당신이 조선 사람이란 걸 알고 있습니다.' 하는 것 같았다. 무척 인상이 좋은 사람이었다.

"무슨 놈의 잠을 시도때도 없이 그렇게 자나? 식사는 했고?"

선장이 물었다. 그러더니 앞장서서 간판을 내려갈 듯하며 말했다.

"무사시야꿍(君)! 자네, 내 방에 가서 얘기 좀 하지. 따라와."

무슨 말을 하자는 건지 의아해 하며 선장실로 따라 들어갔다.

"앉게, 거기. 술 한 잔 해, 딱 한 잔만."

선장이 내 의사와는 상관없이 맥주 컵 두 개에 양주를 가득 따라 가지고 내 맞은편 소파에 앉으며 한 잔을 내 앞에 놓으며 권했다.

"마시게."

자기도 한 모금을 마신 후 컵을 탁자 위에 놓고는 담배 한 대를 붙여 물었다. 한 모금 쭉 들이빨았다가 훅하고 연기를 내뿜으며 심각한 표정을 지었다.

"무사시야 대위! 자네에게 꼭 물어볼 말이 있었는데, 차일피일 하다 시간이 다 지나갔어. 이제 오늘 말고는 시간이 없잖아? 그래서 묻는데 말이야, 선배에게 거짓말이야 않겠지? 추호도 거짓없이 말해줘야 하네."

선장이 다시 양주를 두어 모금 마셨다. 말하는 데 술이 양념인가, 안주인가? 이 양반은 술 없인 아무일도, 아무말도 못할 것 같았다. 뭘 물어보려고 이렇듯 다짐을 하는지 궁금했다.
"이것 봐, 무사시야! 전쟁이 어떻게 될 것 같아? 요즈음 다이홍에이 발표는 도무지 가늠할 수가 있어야 말이지. 자네 생각대로 정직하게 말해봐. 나도 내 나름대로 '느낌'이란 게 있어. 그런데 다이홍에이 발표는 그게 아니거든. 세상이 어떻게 돌아가는 건지 짐작을 못 하겠어. 자네도 알다시피 군에서 징발한 배라서 군의 명령대로 최전방을 이리저리 누비고 돌아다니다 보니 볼것 못 볼것 죄다 보게 되는데 말이야. 다이홍에이 발표를 보게 되면 전혀 엉뚱한 소리를 하고 있으니 도시 뭐가 뭔지를 모르겠어. 그래서 자네에게 묻고 싶었던 게야. 최일선의 전황 실체가 어떻고, 그 전망이 어떤 거야? 속시원하게 말 좀 해줘. 자넨 군인이니까 우리보다야 듣고 보는 게 많을 테니 좀더 구체적으로 그 실황을 알고 있을 게 아닌가? 자네가 무슨 얘기를 하든 절대 비밀을 지키겠어. 제발 털어놓고 말해봐."
"선배님, 그걸 왜 알고 싶어 하십니까?"
선장은 내 말에 눈을 크게 뜨고 껌벅거리며 가만히 내 눈을 응시했다. 한참동안 말이 없던 그가 반문했다.
"왜 알고 싶어 하느냐니, 그게 무슨 말이야?"
선장은 사뭇 기가 차다는 표정이었다.
"선배님, 그걸 알아서 어쩌자는 겁니까? 선배님 생각대로 전황이 심상치 않다고 느끼신다면, 선배님이 그 불리한 전황을 유리하게 바꿔놓을 기적이라도 일으킬 수 있다는 말씀입니까?"
"무슨 그 따위 말이 있어? 그래, 그게 도대체 무슨 말이야?"
"선배님, 제 말이 불쾌하게 들리셨다면 용서하십시오. 제 말뜻은 이미 엎질러진 물인데 이야기는 해서 무슨 소용이 있겠느냐 하는 것입니다. 돌이킬 수도 없는 수렁으로 빠져버렸다는 거죠. 바로 선배님의 느낌이라는 것이 정확하다는 뜻입니다."
　선장은 알듯 모를듯 의아한 표정으로 아무말 없이 나를 응시하다가 이윽고 말문을 열었다.
　"그러니까 자네 말은 우리 일본이 이미 돌이킬 수 없는 패전의 늪으로 빠져들었다 그 말인가?"
　"그렇습니다. 제 판단으로는 그렇습니다. 선배님이시니까 흉금을 터놓고 솔직히 말씀드린 겁니다. 구미 교육을 받거나 양행을 해보지 않은, 다시 말해서 미국의 국력을 모르는 육군 군부의 몇몇 초강경파 확전주의자와 팽창주의자들에 의해 일본은 돌이킬 수 없을 정도로 망가져가고 있다는 말씀입니다.
　허기야 어려서부터 미국에서 성장하고 미국에서 고등교육까지 받아 미국의 저력을 너무도 잘 알고 있는 제2차 고노에(近衛) 내각의 외무대신 마쓰오까(松岡) 같은 사람도 군부 강경파의 앞잡이로 둔갑하여 일본을 수렁으로 끌고 가는 견인차 역할을 해오지 않았습니까? 이게 다 일본의 운명인 것을 어떻게 하겠습니까? 기왕에 예까지 왔으니까 가는 데까지 가지 않을 수 없는 게 일본이 처한 오늘의 현실이라고 해야겠죠."
　"이봐, 무사시야 대위! 그래도 우리 일본은 개국 이래 어느 나라와의 전쟁에서든 한 번도 패한 일이 없었던 강국이 아닌가? 그런데도 이번 전쟁에서 일본이 진단 말이야? 자네, 뭔가 잘못 판단하고 있는 것 아니야?"
　선장은 내 말을 액면 그대로 받아들이기에는 너무나 억울한 모양인지 강하게 부정하는 쪽으로 이야기를 이끌어보려고 애쓰는 것 같았다.
　"글쎄, 선배님! 걸핏하면 '일본은 건국 이래 전쟁에 패한 역사가 없었다.'고 하는데, 그 말에 담긴 역사적 배경을 알고 계십니까?"
　"역사적 배경이 뭐 어쨌다는 거야? 하여간 전쟁이 날 때마다 승리했던 건 사실 아냐?"

"네, 그건 사실입니다. 제 말씀 좀 들어보세요, 선배님. 일찍이 일본은 개화에 눈을 떠서 1868년 명치유신으로 쇄국정책을 탈피하고 현대화에 박차를 가해 왔습니다. 그 결과 자본주의와 군사력의 비약적 발전을 도모하여 구·미 열강과 어깨를 나란히 하기에 이르렀던 것은 사실입니다. 그러면서 일본은 일·청(日淸), 일·러(日露) 전쟁과 조선 침략, 만주전쟁, 중국 본토에 대한 전쟁 도발 등 연전연승을 거듭해온 것 또한 사실입니다. 그러나 그런 승세는 일본 본래의 국력에 의한 힘이 아니었습니다.

당시 청나라 말기의 혼란과 노쇠화, 공산주의(Marxism)의 팽창과 국내 혁명의 태동으로 인한 제정 러시아의 약체화 등 상대국의 형편 덕분이었다는 걸 아셔야 합니다. 일본은 1931년 9월 유조호(柳條湖) 사건을 조작하여 만주사변을 도발했고, 1937년 7월에는 또다시 노구교(盧溝橋) 사건을 조작하여 지나(支那) 사변을 도발했습니다. 관동군은 온건파 정부의 전쟁 불확대 방침을 무시한 채 독단으로 만주 전역을 점령하고 중국 본토에 대한 침략을 거듭했습니다.

이러한 일본의 급격한 세 확장은 국·공 합작(國府軍과 中共軍의 合作)을 불러왔고, 구·미 열강의 시샘을 불러일으켜 잦은 마찰을 빚기에 이르렀습니다. 급기야는 구·미 열강과 일전(一戰)을 치르지 않을 수 없는 코너에까지 몰리게 된 거죠. 군부의 강경파들은 스스로 무덤을 판 인과응보, 자업자득의 결과라고 하겠지만, 애꿎은 일본 국민과 조선사람들은 이게 무슨 업보입니까? 선배님, 이제 제 말씀을 이해하시겠습니까?"

나를 쳐다보면서 잠자코 듣기만 하던 선장은 내 말이 끝났는데도 석고상처럼 계속 입을 굳게 다물고 있었다. 일본이 패망할 것이라는 내 말이 도무지 믿기지 않는다는 것일까?

장교들 중에도 일본군의 승산이 없을 거라고 생각하는 사람은

함경환의 조선인 선원들 *279*

비단 나뿐이 아니었다. 나는 좌관급(領官級) 장교들마저 공공연히 자탄하는 광경을 가끔 보아왔던 것이다.
"술이나 들자."
선장은 막상 일본의 승산이 없다는 말을 듣자 입맛이 쓴 모양이었다. 양주 두 병을 가져와서 마개를 따고 잔을 가득 채운 다음 자기 잔을 들어 맥주 마시듯 단숨에 쭉 들이켰다.
"제기랄 나도 모르겠다. 무사시야, 어서 들어. 우리 같은 뱃놈이야 이런들 어떻고 저런들 어떠랴?"
거푸 폭주를 하는 것이 어쩐지 불안한 생각마저 들었다. 혹시라도 선장이 주사(酒邪)가 있어서 내가 한 말을 마구 떠들어대면 큰일이다 싶었다. 공연히 쓸데없는 이야기를 한 것 같았다. 스기우라 선장은 일본이 패망할 거라니까 아무래도 불안한지 심각한 표정으로 입을 열었다.
"이거 봐, 무사시야. 막상 일본군이 진다면 문제가 심각하잖아? 우리 민간인들도 연합군의 노예가 되는 거 아냐? 그러면 어떻게 되는 거지?"
'이 양반 술만 마실 줄 알았지 도무지 답답한 양반이구먼.' 나는 속으로 이렇게 생각하며 선장에게 말했다.
"포로나 점령지 백성들을 노예 취급하는 우리 일본군 같지는 않을 테니 그렇게 걱정은 하지 마세요. 설사 그런 날이 온다고 할지라도 그때까지는 맡은 바 직무에 최선을 다하는 것이 일본과 자신을 위하는 길이라고 생각하십시오."
그는 포로나 점령지 백성들이 노예처럼 취급당하는 꼴을 목격했기 때문에 그런 걱정을 하는 모양이었다. 그래서인지 점령지 백성이나 포로들을 일본군이 노예처럼 취급한다는 내 말에 이의를 달지는 않았다. 그저 낙담한 표정으로 눈만 껌벅이며 나를 쳐다보았다. 선장은 양주를 많이 마셨는데도 취기가 도망간 모양이었다. 혹시 주사라도 부리면 어쩌나 하고 걱정했는데 그나마 다행이었다.

어느덧 날이 저물었다. 파도가 심한지 배가 춤을 추었다. 얼마 남지 않은 술병이 쓰러지며 굴러 떨어졌다. 술병이 자기 앞으로 굴러와서 멎었는데도 선장은 집을 생각도 하지 않고 초점 잃은 시선만 이리저리 굴려댔다. 나는 일어나서 술병을 집어 탁자 위에 올려 놓았다. 선장은 마냥 앉아서 뭔가를 골똘히 생각하는 것 같았다.

"이제 그만 마시죠."

나는 이렇게 말하고 선장실에서 나왔다. 바다 바람이 몹시 차가웠다. 지난밤과는 달리 캄캄한 밤하늘에는 별이 총총히 빛나고, 조각달도 떠 있었다. 주방의 예쁘장한 보이가 다가와 상념을 거두게 했다.

"저녁 식사 하시죠?"

이제 하룻밤만 지나면 조선 땅을 밟는다.

여섯 살 때 일본인 부모에게 이끌려 부산에서 관부(關釜) 연락선을 탄 지 꼭 19년만이었다. 희미한 기억 속에서나마 그리던 조국 조선 땅을 밟아보는 것이다. 이와지마 부대장의 심부름이 아니었던들 이 전쟁통에 내 어찌 고국 땅을 밟아볼 수 있었으랴? 실로 고마운 분이라고 나는 마음속으로 감사하게 생각했다.

저녁 식사를 하려는데 누가 노크를 했다.

"들어오세요."

방으로 들어온 사람은 뜻밖에도 포항 출신의 조타수가 아닌가! 그는 반갑게 인사를 하며 말했다.

"우리 하급 선원들끼리만 감추어 놓고 몰래 먹는 김치가 있는데, 좀 잡수어 보시겠습니까? 원하시면 조금 갖다 드리겠습니다."

김치를 먹어 보라고? 내가 조선사람이라는 걸 알고 나를 떠볼 겸 해서 수작을 부리는 거라고 직감했다.

"성의는 고맙지만, 나는 김치를 먹어본 일이 없어서 사양하겠오."

나는 정중하게 거절했다. 어려서 김치를 먹어본 기억은 나지만,

그후로는 한 번도 조선 음식을 먹어볼 기회가 없었던 것이다. 나는 기억에도 가물가물한 김치맛이 어떤지 좀 먹어보고 싶기도 했지만, 남의 방에서 김치 냄새를 풍기는 게 내키지 않아서 참았다. 언젠가 김치 냄새가 지독하다는 말을 들은 적이 있었기 때문이었다.

"아, 그렇습니까? 죄송합니다."

그가 머쓱한 표정으로 방에서 나가더니 잠시후에 다시 찾아와서 말했다.

"저희 갑판부 선원 전부의 의견입니다. 지난밤에 대위님께서 저희들 가슴에 찡하게 와닿는 감동적인 충고를 해주신 데 대해 고마운 마음을 금할 길이 없어서 조그만 보답이라도 하려고 합니다. 하급 선원들이라 도무지 가진 건 없고 대만을 오가면서 얻은 다섯 근들이 설탕과 양주 서너 병이라도 모아 드리려고 하는데, 대위님 생각은 어떠신지요?"

"보시오. 내 충고가 감명깊게 받아들여졌다니 정말 기쁩니다. 당신네들이 전과 달라질 수 있다면 그게 바로 나에 대한 보답입니다. 그것만으로도 고맙기 이를 데 없소. 여러분의 뜻은 고맙지만, 물질을 받는 것은 사양하겠어요. 그리 알고 고마워하더라는 내 뜻이나 선원들에게 전해주시오."

나는 기어코 그를 돌려보냈다.

제발 그들의 일상 생활에 변화가 있어서 일본인의 멸시를 받는 일이나 없었으면 좋으련만……. 피는 물보다 진하다고, 동포라는 정감 때문에 무조건적인 향수라도 느끼는 것일까? 어쩐지 마음이 흐뭇해서 절로 미소가 지어졌다. 왜 이럴까? 잔뜩 흥분이 될 정도로 기쁘기조차 했다.

그렇다. 나는 너무나 오랜 세월을 홀로 고독하게 살아왔다. 일본인 부모 슬하에서, 그 가정에서, 일본 사회 속에서 일본 문화의 영향을 받으며 교육받고 성장해 왔던 것이다.

그러나 내가 일본사람이 아닌 조선사람이라는 사실을 한시라도 잊은 적이 있었던가? 철 모르는 어린 시절이었을 망정 선장이 되어 6대주 5대양을 누비며 한 세상 살겠다고 고집을 부려 고등상선학교 항해과로 진학한 것도 실은 고독과 외로움을 떨쳐버리려는 몸부림이 아니었던가?

하급 선원들이 뭔가 보답을 하려고 한다는 이야기를 듣고 나서 조선사람으로서의 외로움이 새삼스럽게 북받쳐오른 것은 어쩌면 당연한 일이었는지도 모른다. 나를 위해 마음을 써주는 동포를 만난 적이 언제였던가? 중학생 때 히비야(日比谷) 공원에서 우연히 조선인 유학생을 만난 이후론 처음인 것이다.

문득 내게 '조선의 얼'을 심어 주었던 김동웅 형이 생각났다. 그 형과 헤어진 후로는 한번이라도 내 생각과 감정을 활짝 열어제치고 이야기할 상대란 없었다. 성장기의 나는 실로 너무나 오랫동안 고독과 외로움을 벗 삼으며 고통스럽게 홀로 살아오지 않았던가?

물론 내가 다녔던 도쿄 고등상선학교에도 조선인 학생이 더러 있었다. 대정(大正) 14년에 항해과 81기로 졸업한 유항렬(劉恒烈) 선배, 소화(昭和) 5년 11월에 항해과 90기로 졸업한 유춘성(柳春成) 선배, 내가 입학했던 다음해인 소화(昭和) 10년 2월에 항해과 98기로 졸업한 황부길(黃富吉) 선배, 내가 졸업하기 일년 반 전인 소화(昭和) 13년 6월에 항해과 105기로 졸업한 이용운(李龍雲) 선배가 있었다. 기관과에도 내가 입학한 다음해에 기관과 91기로 졸업한 이시형(李時亨) 선배와 내가 졸업한 다음해인 소화(昭和) 15년 11월에 기관과 102기로 졸업한 윤상송(尹常松) 후배 등 두 사람이 있었다.

학교에 다녔던 기간이 나와 겹치는 선배나 후배도 있었지만, 자연스럽게 어울릴 기회란 없었다. 기관과 학생은 그렇다치고 같은 항해과라 하더라도 내 이름이 조선인 학생 같지 않아서였는지 접촉할 기회도 없이 지나가 버렸던 것이다. 더구나 내가 3학년 때인 소화(昭和) 12년 3월에 시즈꼬가 자살하면서 일본인 아버지의 함구령이 내리는 바람에 스스로도 조선인이라는 걸 밝히기가 여의치 않아서 선후배 조선인 학생들과 접촉하여 흉금을 터놓고 이야기하기가 어려웠다.

나는 바깥으로 나와 갑판 위를 서성거리며 차가운 밤공기를 마셨다. 마음이 확 틔는 것처럼 시원했다.

'하루빨리 전쟁이 끝나고 우리 나라 조선의 독립이 이루어지면, 내 나라 내 조국에 가서 마음껏 활개를 펴고 웅지를 펼쳐보리라.'

전쟁이 끝나면 반드시 우리 조선이 해방되리라고 나는 굳게 믿었던 것이다.

갑판에서 선장이 내려오는데, 풀이 죽어 있었다. 그렇게 봐서 그런지 어깨가 축 늘어져 보이는 게 영 기운이 없어 보였다. 일본이 패망할 것이라는 내 말에 기가 팍 죽은 모양이었다. 우둔한 사람, 그럼 일본이 승리할 거라고 생각했단 말인가? 포탄이 빗발치듯 하는 최일선을 누비고 다니면서도 보고 느끼는 것이 그렇게도 캄캄했단 말인가?

'내일 아침이면 조국의 모습을 볼 수 있다. 열차의 차창 밖으로나마 조국 산천의 모습을 눈여겨보기 위해서라도 일찍 자 두어야겠다.'

나는 이렇게 생각하며 잠자리로 배려해 준 2등 항해사의 선실로 들어갔다.

여기가 내 조국이다

함경환(咸鏡丸)은 12월 7일 오전 6시 부산 외항에 도착했다. 이른 아침의 운무(雲霧)에 휩싸인 부산항은 19년만에 조국 땅을 밟는 내 마음을 사뭇 설레게 했다.
"예정보다 한 시간 일찍 부산 외항에 도착했지만, 낮 12시쯤 되어야 상륙할 수 있을 걸세."
스기우라 선장의 이야기를 듣고, 나는 그에게 특별히 부탁을 했다.
"선배님, 저 먼저 좀 상륙할 수 있도록 도와 주세요. 전속되는 군인의 사정을 봐주시는 셈치구요."
"먼저 상륙하겠다고? 굳이 그래야 하다면 30분 후에 통선(通船)이 올 테니 그걸 타고 상륙해."
20분쯤 지나자 기다리고 있던 통선이 도착하여 나는 선장에게 인사를 했다.
"선배님, 여러 날 동안 신세진 일 잊지 않고 고맙게 기억하겠습니다."

"신세는 무슨? 이렇게 헤어지자니 무척 섭섭하구먼. 아무쪼록 자네의 무운장구를 빌겠네."

며칠 함께 지내는 사이에 정이 들었는지 헤어지기가 영 아쉬웠다. 내가 '일본이 패망할 것'이라고 말한 후로 명랑하고 호탕하게 웃는 선장의 모습을 내내 보지 못한 것도 마음에 걸렸다. 자기 나라가 패망할 거라는데 아무렇지도 않은 표정일 수야 있으랴? 어쩌면 모르고 있는 편이 낫지 않았을까 하는 생각도 들었다.

"여러 날 동안 방을 빌려줘서 신세 많이 졌소. 선배님을 잘 모셔 주시오."

쓰루미 2등 항해사에게도 인사를 했다.

갑판부와 기관부의 하급 선원들도 모두 뱃전에 나와 나를 전송해주었다. 좋은 사람들이라고 생각했다. 더구나 대부분이 동포들이었다. 그들은 내가 통선을 타고 시야에서 사라질 때까지 나에게 손을 흔들고 있었다.

통선이 부두에 닿자, 나는 마침내 육지로 올라 조국의 땅을 밟고 섰다. 일본으로 떠난 지 꼭 19년만에 나의 조국인 조선 땅을 밟아 보는 것이었다.

실로 감개무량했다. 아무도 보는 사람이 없었더라면 땅에 엎드려 흙에 키스라도 하고 싶었다. 학생 시절에 방학 때라도 한번 와 볼 수 있었을 텐데, 나는 왜 그런 생각조차 하지 못했을까? 돌이켜 보니 아쉬움이 남았다.

먼저 부산역으로 달려가서 열차시각표를 살펴보기로 했다. 부산역에서 출발하여 경성, 평양, 신의주, 봉천을 거쳐 신경(新京)까지 가는 8시 10분발 노조미(のぞみ;희망) 급행열차가 있었다.

시계를 보니 6시 35분이었다. 출발시각 한 시간 35분 전이었다.

신경까지는 급행 2등 운임이 64원 15전, 통행세가 6원 50전, 2등 칸 하단 침대 이용료가 8원 40전이었고, 완행은 70전이 쌌다. 군인에게 적용되는 5할 할인 요금으로도 40원이나 되고, 여기에 급행

요금 6원이 추가되었다. 시모노세키(下關)에서 도쿄까지의 요금보다도 훨씬 비싼 것으로 보아 신경(新京)까지는 무척 거리가 먼 것 같았다.

발차시각이 아직 많이 남아 있어 역 대합실에서 나와 어디 식사할 곳이 있나 하고 역전 주위를 둘러보았다. 너무 이른 아침이라 문을 연 음식점이 얼른 눈에 띄지 않았다. 역 앞의 행길을 건너 골목으로 들어가자 마침 해장국이라고 쓴 허름한 간판을 단 조선 식당 한 곳이 있었다.

나는 그때만큼 조선말을 할 줄 알고 조선글을 읽을 줄 안다는 사실에 대해 고맙게 여긴 적이 없었다. 중학생 때 김동웅 형을 만나지 않았던들 어찌 조선말을 할 수 있고 조선글을 읽을 수 있었으랴.

나는 무작정 그 해장국집으로 들어갔다. 둘러보니 부두 막노동자로 보이는 허름한 옷차림의 사내 대여섯 명이 식사를 하고 있었다. 아무리 봐도 내가 들어갈 만한 곳은 아닌 듯했지만, 그냥 앉아서 아무것이나 시켜 먹기로 했다.

"어서 오세요."

주인인 듯한 아낙네가 일본말로 상냥하게 인사를 했다. 사뭇 말이 많은 듯한 아낙네는 앉을 자리를 마련해 주면서 쉴 새 없이 너스레를 떨었다. 마흔 남짓 되어 보이는 아낙네는 일본말을 아주 유창하게 잘했다.

"일본분들도 가끔 오셔서 맛있게 드시고 갑니다. 뭘 잡수시겠습니까?"

간판에 해장국집이라고 쓴 걸로 봐서 해장국이 음식 이름 같기는 한데, 자신이 없어서 맛있게 먹고 있는 옆자리 사내의 탁자를 넌즈시 가리키며 일본말로 주문을 했다.

"저 분이 잡숫는 것과 같은 음식으로 주세요."

"해장국이요? 네, 곧 갖다드리겠습니다."

그런데 해장국이라는 일본말은 없는지 그 아낙네는 '하이 해장국 데스까?' 하며 주문을 받고는 물러갔다.

아낙네가 이내 해장국 한 그릇과 김치를 내 앞에 갖다놓았다. 생전 처음 먹어보는 음식이었다. 다른 손님들을 보니 매운 고추가루랑 이것저것 넣어서 먹고 있었다. 우선 숟가락으로 국물을 떠먹어 보았더니 아무것도 넣지 않았는데도 구수하고 구미가 돌았다. 그래서 나는 아무것도 넣지 않고 먹었다. 처음 먹는 음식이었지만, 입에 맞는 게 맛이 좋았다.

다른 손님들이 나를 힐끗힐끗 바라보았다. 두 사람이 마주앉아 식사를 하는 내 뒷자리에서도 조선말로 재미있는 이야기를 하는 소리가 들렸다.

"일본사람 중에도 우리 조선 음식 즐겨 먹는 사람들이 더러 있어. 내가 아는 현장 감독 노무라(野村) 상은 설렁탕을 얼마나 잘 먹는지 몰라. 그 사람은 점심때만 되면 설렁탕집으로 가서 '설렁탕' 소리를 제대로 발음하지 못해서 '서렁탕, 서렁탕' 하면서 시켜 먹곤 하는데, 몇 번씩이나 '설렁탕'이라고 가르쳐줘도 '서렁탕'이라고밖에 하지 못해. 다른 일본사람들은 '기미찌쿠사이(김치 냄새난다).'라고 질색을 하는데, 노무라상은 김치, 깍두기도 엄청나게 잘 먹더라구."

그 말을 듣자 어린 시절에 김치와 깍두기를 먹었던 기억이 나서 시뻘건 깍두기 무우 한 개를 널름 입에 집어넣었다. 그런데 이게 어찌된 일인가?

어찌나 맵고 짠지 온통 입 안에 불이 나는 것 같았다. 후딱 씹어서 삼켜버리려고 했지만, 입 안이 엉망으로 헐어서 어쩔 줄 모르다가 크게 재채기를 한 다음 손바닥에 뱉아내고 말았다. 다른 손님들에게 미안해서 한참 동안 쩔쩔매다가 물을 두 컵이나 달라고 해서 연거푸 마셨다.

해장국이 좀 남았는데도 더 이상 먹을 수가 없었다. 어려서 먹던 생각만으로 어떠랴 싶어 깍두기 한 개를 입에 넣었다가 혼이 난 것이었다. 일본으로 건너간 이래로 맵고 짠 음식을 한번도 먹어 본 일이 없었으니 당연한 결과였다. 조선말을 좀 써 먹을까 하다가 그만두었다.

"해장국이 얼맙니까?"

"30전입니다."

돈을 내려고 보니 마침 잔돈이 없었다. 주인 아낙네는 내가 당황하는 모습을 보더니 인심 좋게 돈을 받지 않겠다고 했다.

"이번에는 그냥 가시고 다음에 또 오세요."

"그럴 수야 있습니까?"

나는 10원 짜리 한 장을 꺼내주었다.

"거스름 돈이 없어요. 제발 그냥 가세요."

깍두기 한 개를 먹었다가 혼이 나는 꼴을 보고 조금 미안하게 생각이 들었을까? 아낙네는 한사코 그냥 가라고 했다.

"정말 미안하게 됐습니다."

나는 할 수 없이 그냥 해장국집에서 나왔다. 아침부터 좀 미안한 일이었지만, 마침 잔돈이 없었으니 어쩌랴?

다시 부산역으로 가면서 사방을 둘러보니 이른 아침이라서 그런지 한적하고 쓸쓸했다. 일본의 여느 작은 항구 도시와 별로 다를 바 없었다. 다만 길가에 늘어선 가게들의 간판이 다르고, 오가는 사람들의 조선말 대화가 낯설 뿐이었다.

부산역 대합실은 이른 아침인데도 다소 붐볐다. 일본에서 건너온 일본사람들이 꽤 많아 보였고, 그 가운데 특히 군인들이 많았다. 아침에 입항하는 관부(關釜) 연락선이 없었던 걸로 미뤄 봐서 아마도 어제 오후에 도착했던 일본인 손님들인 것 같았다.

나는 애당초 2등 침대칸에 타려고 했다. 근 40여 시간을 가야 하기 때문에 아무래도 침대칸을 이용해야 편하게 잠이라도 잘 수 있을 것 같았기 때문이다.

그러나 침대칸에 타고 가면 사람 구경을 하기 어려울 것이란 생각이 들어서 나는 다소 고생스럽더라도 침대칸이 아닌 2등칸을 그냥 타기로 했다. 나는 2등 열차표와 급행권을 사 가지고 개찰구로 나갔다.

노조미 특급열차는 개찰구를 나가자 바로 1번 홈에 대기하고 있었다. 나는 2등칸의 내 자리를 찾아 보스톤 백을 선반에 얹어 놓고, 닙뽄또우를 떼어 구석에 세워 놓은 다음 자리에 앉았다.

내 자리는 가는 방향을 바라보는 오른쪽 차창 바로 옆자리여서 창 밖을 내다보기에 안성맞춤이었다. 조국의 모습을 눈여겨보기 위해 매표원에게 특별히 부탁하여 그 자리에 앉게 되었던 것이다.

2등칸 안을 둘러보니 일본군 장교들이 꽤 많고, 좌관급도 여럿 눈에 띄었다. 발차시각이 다가오자 자리가 거의 찼다. 내 옆자리와 맞은 편 두 자리도 모두 장교가 차지했다. 나와 마주보고 앉은 사람이 대위, 그 옆자리는 대좌, 바로 내 왼쪽 옆자리는 소위였다.

나는 대좌가 자리를 찾아 앉을 때 벌떡 일어나 경례를 했다. 나보다 좀 연상으로 보이는 앞자리의 대위에게도 경례를 하며 내 소개를 했다.

"무사시야 대위입니다."

그러자 그도 경례를 받으면서 자기 소개를 했다.

"나는 사사끼(佐佐木) 대위입니다."

내 옆자리의 젊은 소위도 대좌와 우리 두 사람에게 인사를 했다.

"사까모도(板本) 소위입니다. 잘 부탁합니다."

첫인상이 온순해 보이는 귀공자 타입의 사사끼 대위는 나보다 나이가 너댓 살은 더 들어 보였고, 우락부락하게 생긴 대좌는 40대 후반쯤으로 보였다. 내가 먼저 사사끼 대위에게 말을 붙였다.

"나는 마닐라 선박부대에 근무하다가 이번에 야나이의 서부 제8부대로 전속되어 부임하는 길에 신경을 다녀오게 되었습니다. 사사끼 대위님의 소속과 행선지는 어디신지……?"

"나는 신의주까지 가는데, 소속은 버마(미얀마) 방면 제15군 직할 독립 혼성 제24여단입니다."

나는 신의주까지라도 말동무가 생겨서 잘 되었다고 생각했다. 발차시각이 되자 기적을 길게 울리며 열차가 서서히 움직이기 시작했다. 근 40여 시간이나 소요되는 긴 여행이지만, 별로 지루할 것 같지는 않았다.

부산 시가지를 벗어나자 이내 차창으로 농촌 풍경이 펼쳐졌다. 창 밖으로 지나가는 야산과 들판이 일본과는 좀 대조적이었다. 겨울철이라 그런지 조선의 농촌 풍경이 일본에 비해 더욱 스산하고 쓸쓸해 보였다.

수목이 많이 우거져 푸르름을 보여 주는 일본의 산들에 비해 조선의 산들은 별로 나무가 없고 헐벗은 모습이라 그렇게 보이는 것 같았다. 조선에서는 조림사업도 별로 장려하지 않는 것일까?

가까이 보이는 산이건 멀리 보이는 산이건 거의 벌거숭이었다. 초겨울이라 아직 눈이 오지 않아서 더욱 쓸쓸하고 메말라 보이는 것일까?

일본에서는 전국 어딜 가나 산에 나무가 우거져 사람들의 마음을 풍요롭게 해 주었다. 또 아무리 가뭄이 심한 해라도 산에 두껍게 쌓여있는 낙엽과 나무 뿌리와 잡초가 머금은 물이 흘러내려 농작물을 적셔주고, 아무리 장마가 심해도 산사태라는 것이 없다. 치산치수에 많은 노력을 기울여 온 결과였다. 뿐만 아니라 산에서 지저귀는 온갖 날짐승들의 소리는 정서가 메마르고 삼라만상의 섭리를 잊고 사는 도시인들에게 대자연과 신의 섭리를 일깨워 삶의 의욕을 샘솟게 하는 원동력이 되기도 하는 것이었다.

농촌 부락도 간간히 나타났다. 일본 농촌에도 초가집이 많았지만, 어쩐지 조선의 초가집이 더욱 빈약해 보였다. 일본의 초가집 지붕은 비교적 두툼해서 보기에도 웅장하고 견고해 보이는데, 조선의 초가집 지붕은 얄팍한 것이 그다지 견고해 보이질 않았다.
 왜 그럴까? 일본의 식민 정책 탓일까? 낙후되고 가난해 보이는 조선의 농촌 풍경이 안타깝게 마음에 걸려 썩 유쾌한 기분은 아니었다.

 "일본은 금세기에 들어서면서 우리 조선을 침략하여 나라를 빼앗은 후 온갖 악행을 저질렀지. 애국자와 독립투사들을 투옥하거나 학살한 것은 말할 것도 없고, 식민지의 전진기지인 동양척식회사(東洋拓殖會社)를 만들어 토지와 물산(物産)을 닥치는 대로 수탈해갔어. 농민의 땅을 빼앗고 농작물을 빼앗아간 것은 물론 모든 분야에서 수단과 방법을 가리지 않고 조선을 유린했어. 지금도 조선에 대한 수탈과 유린은 계속되고 있다네."

 중학생 때 만났던 김동웅 형의 말이 떠올랐다. 그러자 울컥 화가 치밀었다. 그렇게 수탈하고 유린하면서도 조선의 치산치수 행정은 외면했단 말인가? 돼지도 잘 거두어 먹이고 살찌게 해서 잡아먹거늘, 온나라를 쑥밭으로 만들면서 실속 차리기에만 급급했다는 것이 아닌가? 왜구(倭寇)라는 말이 조금도 틀리지 않은 셈이었다.
 남의 탓하기에 앞서 내 눈먼 탓을 먼저 해야 한다고, 눈앞의 현실을 바라보고 있자니 '조상 탓'을 하지 않을 수만도 없었다.
 '일본이 명치유신을 일으킨 후 쇄국(鎖國)에서 벗어나 외국 문물을 받아들이고 국력을 키워나갈 때 우리 조상들은 도대체 뭘 하고 있었단 말인가?'
 울분이 치밀어 조상을 탓하는 어리석음까지 범하고 말았지만, 역사의 사필귀정(事必歸正)은 공평하다는 생각도 들었다. 침략을 거듭하는 일본의 확대정책이 철퇴를 맞을 날도 멀지 않은 것 같았기 때문이었다.

열차가 멈춰섰다. 여기가 어디인가?

"수원(水原)입니다."

내가 궁금한 표정으로 두리번거리자 사사끼 대위가 알려주었다. 바로 그때였다. 몹시 혼잡한 듯한 플랫홈 어디선가 요란한 소리가 들렸다.

"천황폐하만세!"

창문을 열고 머리를 길게 내밀어서 좌우를 살펴보니 열차가 멈춰 선 훨씬 뒷쪽 홈에 사람들이 꽤 모여 있었다. 군에 입대하는 장정을 환송하는 군중이었다. 장정들을 격려하는 격문이 씌어진 각종 기치(旗幟)와 일장기가 휘날리고, 합창으로 부르는 군가가 우렁차게 울려퍼졌다.

지원병으로 출정하는 아라이 아무개(新井 某某)의 관민합동환송회였다. 아라이(新井)는 분명 창씨성(創氏姓)인 듯했고, 선전을 겸한 군중 집회가 열리고 있었던 것이다. 관민이 총동원되어 대대적으로 환송 잔치를 해야 또 다른 조선인 청년들이나 부모들이 으쓱해서 너도나도 지원병에 동조한다고 생각했던 것일까?

어디쯤인지는 몰라도 열차가 다시 출발한 후 창 밖에 펼쳐지는 농촌 풍경에 눈길을 주고 있자니 기억에 가물가물한 어릴 때의 고향 생각이 났다. 어쩌면 당시와 조금도 달라진 게 없어 보였다. 10년이면 강산도 변한다는데, 거의 20년이나 지난 셈이었다. 도대체 일본이 어떻게 조선을 통치해 왔길래 20년이 지나도록 농촌은 아무런 발전도 없이, 또 아무것도 달라지지 않고 예나 지금이나 마찬가지란 말인가?

이런저런 상념에 잠겨 있을 때 사사끼 대위가 말을 걸어왔다.

"나보다 훨씬 젊어보이는데, 육사 몇 기요?"

"나는 육사 출신이 아닙니다. 도쿄 고등상선학교 출신으로 예비역 해군 소위였는데, 배도 타기 싫고 해군도 싫고 해서 육군 선박부대에 들어왔죠."

"그래요? 배를 타지 그랬어요? 나는 어릴 때부터 꼭 선장이 되고 싶었는데, 집에서 한사코 말려서 상선학교에 못 들어갔지요. 항해과를 나왔나요?"

"네. 실은 나도 상선학교에 들어갈 때 집에서 꽤나 말렸습니다. 내 고집으로 뱃놈이 되려고 했지만, 5년 6개월 동안 헛공부를 한 셈이 되고 말았습니다."

나는 멋적게 웃었다. 내가 생각해도 말이 안되는 이야기였다. 그는 사뭇 애석하다는 듯 끌끌 혀를 차며 말했다.

"全く畑遠いじゃないか惜しいことやな！(애석하게도 전공하곤 전혀 딴 길이니 애석하군!)"

그러면서 자신이 군대에 들어오게 된 경위를 들려주었다.

"나도 실은 정규 육사생이 아닙니다. 나는 도쿄 공업대학에서 토목학을 전공했지요. 졸업후 군에 입대하여 의무연한만 마치려고 했는데, 이모부의 권유로 간부 후보생을 거쳐 직업 군인이 된 거죠. 보리밥 7년째 먹습니다."

"이모부가 뭘 하시던 분인데요?"

"물론 군인이죠. 지금 버마 (현 미얀마) 방면군 사령관으로 계십니다."

"그럼 제15군 사령관으로 계시던 분 말입니까?"

"네, 바로 그 분이에요. 구라자와 (倉澤一夫 ; 가명) 중장이 제 이모부랍니다."

"그래요? 지금 그 곳은 전투가 치열한데, 어떻게 빠져나올 수 있었습니까?"

"나는 그 전투에 참가하지 않았어요. 태・버마 철도부설공사 전구간 (全區間)의 감리 (監理)를 맡고 있는데, 이만저만 난공사가 아닙니다. 어려움이 많아요."

"그렇습니까? 참, 토목공학을 전공했다고 했죠?"

"네, 그래서 감리를 맡게 된 거죠. 총길이가 420여 킬로나 되는

데 통행이 전혀 불가능한 처녀지를 개척해 나가면서 공사를 진행하자니 많은 희생이 따르지요. 각 공구마다 다니며 시공 감독(施工 監督) 역할을 하고 있는데, 나도 이만저만 고생이 아닙니다."

사사끼 대위가 이야기를 하는 동안 나는 다른 생각을 하고 있었다. 구라자와 중장이라면 지나사변을 도발시킨 장본인이 아닌가? 당시 관동군(關東軍) 소속 연대장이었던 구라자와(倉澤一夫) 대좌는 노구교(盧溝橋) 사건을 조작하여 지나사변을 촉발시켰던 군부 강경파 소속의 군인이었다. 혹시 딴 사람일까? 나는 이렇게 생각하며 사사끼에게 물었다.

"이모부 성함이 구라자와 가즈오 장군 아닙니까?"
"네, 잘 알고 있네요."
"전에 관동군에 계셨던 분이죠?"
"네, 바로 그 분입니다. 잘 아십니까?"
"아니오. 전에 들은 것 같아서요."

맞은편 사사끼 대위 옆자리의 대좌가 느닷없이 대화에 끼어들었다. 아까 열차에 타면서부터 가방 속에서 서류 뭉치를 꺼내 골몰하며 열심히 뒤적이느라 우리가 나누는 대화 내용도 못 듣는 것 같았는데, '구라자와 장군 어쩌고저쩌고' 하는 소리를 얼핏 들은 모양이었다.

"구라자와 장군이 뭐 어쨌다는 거야? 무슨 얘기들이야?"
내가 재빨리 대답했다.
"네, 구라자와 장군이 여기 사사끼 대위의 이모부랍니다."
"아, 그래? 지금 버마 방면군 사령관으로 계시잖아?"
"네, 그렇습니다. 대좌님."
이번엔 사사끼 대위가 대답했다.
"내가 전에 관동군에 있을 때 그 분 밑에서 대대장을 했지. 그분 아주 훌륭한 분이셔. 거의 2년 동안 내가 모시고 있었지."
"아, 그러셨어요? 저도 지나사변 나던 해에 이모부 연대에 있었어요. 그때는 사병이었습니다만."
"지나사변 발발 후였겠지?"
"네, 그렇습니다."
"그랬을 거야. 사변이 나자 나는 곧바로 전속되었으니까. 나중에 왔더라도 내 얘기는 들었을 거야. 날더러 호랑이 대대장이라고 들 했지."
"네, 들었습니다. 제가 가기 두 달 전에 전선으로 전속되셨다구요. 오꾸다(奧田) 소좌님이셨지요?"
"그래, 그래. 내가 생기기도 호랑이 같이 생겼지만, 규율도 아주 엄했거든."
오꾸다 대좌는 한바탕 껄껄대며 웃어 제꼈다. 그의 말대로 눈이 둥글고 큰 데다 우락부락하게 생긴 상이 영락없이 호랑이상(虎相)이었다. 그도, 구로자와 장군만큼이나 확전주의 강경파라 여겨졌다. 구라자와 같은 사람이야말로 일본을 진흙탕 속으로 끌고 들어간 군부의 초애국주의자 강골파 가운데 한 사람이 분명했다.

지나사변(支那事變)에 대해 이해하자면 먼저 만주사변에 대해 알아야 한다. 만주사변은 어떻게 일어났던가?
소화(昭和) 6년(1931년) 9월 18일, 관동군은 일본이 관리하는 만철(완행) 선로(線路) 일부에 폭탄을 장치하여 파괴한 후 그것을 중국측의 소행이라고 뒤집어씌웠다. 이것이 바로 유조호(柳條湖) 사건이었다.
관동군은 선로 폭파 후 즉시 전시 편성을 하고 선전포고도 없이 단기간에 만주 전역을 점령해버렸다. 정부의 전쟁 불확대 방침을 무시한 채 관동군이 독단전횡(獨斷專橫)으로 저지른 일이었다. 이것이 만주사변인데, 이듬해에는 부의(溥儀)를 꼭두각시로 한 만주 괴뢰정부까지 수립했다.
만주사변 후 불과 6년만인 소화(昭和) 12년(1937년) 7월에 노구교(盧溝橋) 사건을 조작하여 지나사변을 일으켰는데, 그 장본인이 바로 사사끼(佐佐木) 대위의 이모부였다.
 언제부터 군부가 이렇게 정부를 무시하고 독단으로 치닫게 되었던가?
 1868년의 명치유신(明治維新) 이후 개병정책(開兵政策) 등으로 국력이 좀 강해지자 말기에 이른 약체(弱體)의 청나라(淸朝)를 굴복시키고, 일·러(日露) 전쟁에서 승리한 후 제1차 세계대전에도 참전했다.
 만주에 관동군을 창설한 1919년 이후 군부의 세력 확장으로 입김이 세어지자, 1920년대부터 정부의 육상(陸相)에 예비역 육군 중장이나 대장을 취임시켰다. 1928년 이후부터 군국주의자와 초국가주의자가 제휴하여 강경일변도로 치닫기 시작했고, 마침내 1936년부터는 현역 중장이나 대장을 육상에 갖다 앉히기에 이르렀다. 이때부터 육군 참모총장이 정부를 직접 지배하다시피 했다.
 더욱이 군부의 2·26 쿠데타 사건으로 군부 통제파 세력은 한층 강화되었고, 육군은 완전히 일본 정부의 지배에서 벗어나 오히려 일본 정부를 지배하는 존재가 되었다. 소화(昭和) 15년(1940년) 7월 18일, 일본의 통수부는 사실상 일본 정부를 접수했던 것이다. 이게 무슨 말인가?
 해군대장인 요나이(米內 光政) 수상은 일본이 세계대전에 말려들지 않도록 온건파들과 제휴하여 나치 독일과의 군사동맹을 단호히 반대하고 일·청전쟁의 종결을 시도하는 등 그야말로 사력을 다했다.
 그러나 강경파 육군의 압력에는 역부족(力不足)이었다. 강경파 육군대신 하다(火田 之帥) 원수(元帥)의 단독사직이 계기가 되어 요나이(米內) 내각이 총사퇴를 했는데, 그 날이 바로 7월 18일이었다.
 문관들이 후계 내각을 조직하기 위해 분주히 움직이고 있을 무렵, 육군대신을 사직한 하다 원수가 앞질러 천황에게 상주하여 후임 수상으로 초강경파인 도우죠(東條) 대장을 강력히 추천했다.

천황은 군국주의자들의 이런 요구를 반대할 힘이 없었다. 결국 고노에(近術) 공(公)이 육군의 간판 역할로 두 번째의 내각을 조직하고, 도우죠 대장을 육군대신에 임명했다. 이때가 바로 소화(昭和) 16년(1941년) 4월경이었다. 고노에 내각이 최초로 한 일 중의 하나가 나치 독일과의 동맹을 성립시킨 것이었고, 이제 남은 문제는 대미전쟁에 불을 당기는 일뿐이었다.

강경파 육군 군부는 같은 해 10월 또다시 고노에 내각을 넘어뜨렸다. 현역 장관(將官)으로는 최초로 육군대장 도우죠(東條 英機)가 드디어 내각총리와 육상을 겸임하며 권좌에 올라 숙원이던 미·영(米.英)에 대한 전쟁 도발에 박차를 가하기 시작했다.

일본 정부와 해군의 지도자들은 전쟁 확대 방지를 위해 혼신의 힘을 기울였지만, 결국은 매파에 의해 기(氣)가 꺾여 어쩔 수 없이 강경파 군부인 육군의 전쟁 놀음에 질질 끌려가 깊은 수렁으로 빠져들기 시작했다.

예외로 해군 군부 가운데 딱 한 사람이 전쟁 촉발에 적극 가담했다. 대동아전쟁 개전 2년여 전부터 진주만 공격을 끈질기게 계획해 온 일본 태평양 연합함대 사령장관 야마모도(山本 五十六) 해군 원수가 바로 그 사람이었다. 주미 일본대사관부 무관으로도 재직한 바 있었던 야마모도 원수는 여느 해군 고위층과 마찬가지로 확전을 원치 않고, 일·독·이(日獨伊) 3국 동맹을 반대했던 대미(對米) 전쟁 회피론자였다. 작전적 견해에서 대동아전쟁 개전을 반대할 정도로 매우 합리적인 판단력을 갖고 있던 인물이기도 했다.

그러나 어쩔 수 없이 육군의 강경파에 말려들어 본의 아니게 매파의 첨병 노릇을 하다가 몇 개월 전인 4월 18일 공중에서 전사하고 말았다. 진주만 공격 계획을 수립하고 실천한 장본인이 사라진 것이었다. 일본은 큰 별이 떨어졌다고 아쉬워하기도 했다.

 나는 뭔가 골똘히 생각할 때는 눈을 지긋이 감는 버릇이 있다. 눈을 뜨자 사사끼 대위는 담배를 피우며 창 밖을 내다보고 있었다. 얼굴이 유순해 보이고 귀공자처럼 생기긴 했는데, 사사끼 대위의 얼굴에는 어딘지 모르게 그늘이 드리워져 있고 명랑한 구석이 보이지 않았다.
 나도 차창을 내다보았다. 20년만에 바라보는 조국의 모습이지만, 나를 감동시킬 만한 그 무엇도 없는 게 서운했다. 우스웠다. 일본의 식민 통치 아래에서 신음하는 조국에 대해 내가 무엇을 기대했던가?
 사사끼 대위가 나를 힐끗 쳐다보더니 물었다.
 "잠 다 잤어요?"
 내가 언제 잠을 잤나? 그냥 눈만 감고 생각에 잠겨 있었던 거지…….
 "네, 좀."
 "무사시야 대위는 집이 어디요?"
 "도쿄 사바꾸(芝區)에 있습니다."
 "부모님은 다 계시구요?"
 "네."
 "결혼도 하셨죠?"
 "네. 다섯 살과 두 살짜리 계집애 둘이 있습니다."
 "귀엽죠?"
 "네. 한창 재롱둥이로 예쁜 짓을 할 나이지만, 그런 재미를 볼 겨를이 있어야죠. 상선학교 졸업하던 해 2월달에 첫딸이 태어났는데, 그때는 기숙사 생활을 했죠. 11월에 졸업하면서 곧바로 군대에 들어갔으니 지금까지, 뭐 애기 한번 안아볼 새나 있었어야 말이죠."

"하긴 그래요. 나도 애가 둘 있지만, 언제 한번이라도 한가하게 애들하고 놀아 줄 새가 없었지요."
"집은 어딘데요?"
"신의주요. 지금 집에 가는 길입니다."
"그렇습니까? 몇 년만에 가시는데요?"
"대동아전쟁 발발 직전에 마지막으로 가봤으니까 만 2년쯤 되나요?"
"부모님께서도 신의주에 계시구요?"
"부모님은 안 계십니다. 세 살 때 부모님이 이혼하시는 바람에 졸지에 고아가 되어버렸죠. 아버지는 다른 여자와 결혼해서 미국으로 건너가 여지껏 거기서 살고, 어머니는 나를 데리고 혼자 살다가 내가 일곱 살 때 재혼했어요. 나는 어머니의 큰 언니댁, 그러니까 지금의 이모부댁에 맡겨졌지요. 이모나 이모부가 나를 퍽 귀여워했고, 6형제나 되는 이종사촌들도 내게 퍽 잘해 줬어요."
부모에 대한 이야기를 하는 동안 그의 눈길은 줄곧 차창 밖으로 향하고 있었다. 나는 공연히 부모에 관한 말을 꺼냈다고 후회했다. 말을 끝내고도 그는 계속 창 밖의 먼 곳에 시선을 던진 채 표정이 사뭇 굳어 있었다. 나는 공연히 미안한 생각이 들어서 한 마디 했다.
"공연한 얘기를 꺼내 가지고…… 미안해요. 그러나 훌륭한 이모부 내외분을 만나 훌륭한 공학도도 되었고, 훌륭한 군인도 되지 않았습니까? 안 그렇습니까?"
그제서야 자신의 표정이 굳어있다는 사실을 깨달았는지 별안간 활짝 웃어보이면서 명랑한 척 화제를 바꾸는 것이었다.
"내가 재미있는 얘기 하나 할까요?"
그러더니 갑자기 옆에 있는 오꾸다 대좌를 의식했는지 그를 힐끗 쳐다보고는 금세 엄한 표정으로 바뀌었다. 사사끼 대위는 잠시 생각을 가다듬는 듯하더니 얼핏 미소를 머금고 내게로 상체를 기울여서는 조용히 말했다.

"나중에 얘기합시다. 흥미있는 얘긴데, 경성역을 지나면 얘기할 게요."

그가 한 쪽 눈을 찡긋해 보였다. 그는 무슨 말인지를 하려다가 찔끔했을까? 어쨌든 경성역을 지날 때까지 궁금증을 참을 수밖에 없었다. 아마도 오꾸다 대좌가 경성까지 간다니까 그가 하차한 다음에 이야기를 할 모양이었다.

말로는 이모부 내외가 퍽 귀여워해 주었고 이종형제들도 자기에게 잘 대해 주었다고 하지만, 내가 보기에는 꼭 그렇지만도 않아 보였다. 사사끼 대위의 고독하고 그늘져 보이는 얼굴에는 애정에 주린 인상과 외롭고 슬픈 표정이 짙게 배어 있었다. 나는 첫눈에 그것을 꿰뚫었던 것이다.

나도 그런 점에서는 사사끼 대위와 다를 바가 없었다. 원래 출산할 수 없었던 일본인 부모님은 여섯 살 때부터 오직 나 하나만을 아들로 삼아 온갖 정성과 애정을 쏟으며 최선을 다해 키워 주셨다. 그러나 낳아 주신 친부모님만이 베풀 수 있는 혈육의 정은 아니었다. 다시 말해서 성장하는 동안 나는 늘상 친부모님의 따스한 사랑과 동기간의 우애와 친구간의 우정에 목말라 있었다고 하겠다.

그렇게 성장하다 보니 자연히 얼굴에 그늘이 지게 마련이었고, 그 영향으로 성격도 활달하지 못했다. 항상 정(情)에 주리며 살아 왔다고나 할까? 그래서 남들과 대화를 할 때 '웃는 얼굴에도 어딘지 모르게 수심이 서려 있는 것 같다.'는 말을 가끔 들어왔다.

사사끼 대위의 얼굴 표정도 나와 비슷하리라. 그는 아까와는 달리 사뭇 밝은 표정을 지으며 물었다.

"아버지는 뭐하시는 분입니까?"

"네, 지금 대심원 부장으로 계십니다."

"오호, 그래요? 굉장한 집안이군요. 그런데 무사시야 대위는 어째서 선원이 되겠다고 했습니까? 뭔가 잘못된 것 아닙니까?"

"그래서 부모님 속깨나 상하게 해드렸지요. 이제부터는 부모님

속상하게 하는 일은 하지 않으려고 결심했습니다."
"암, 그러셔야지요. 나도 지금 부모님이 계시다면 일등 효자 노릇을 할 것 같아요. 형제는 몇 분이나 계십니까?"
"저 하나예요."
"저런, 그러니까 떼 쓰는 도련님을 부모님께서 감당할 수가 없으셨겠네요? 하나밖에 없는 아드님을 응당 검사나 판사로 만들려고 하셨을 텐데 말입니다."
"네, 맞습니다. 아버지에게 강제로 끌려가 제일고(第一高) 시험을 치러서 합격했는데, 내 고집으로 몰래 상선학교 시험을 치른 다음 기숙사로 들어가버리고 말았지요. 아버님은 그 때문에 병까지 나셔서 한 달 동안 출근도 못 하셨지요. 아버님께는 죄를 많이 지었습니다. 지금 생각하면 마음이 아파요."
"참으로 나하고는 대조적이네요. 부럽습니다. 나는 효도를 할래야 효도할 대상이 있어야지요. 제발 부모님에게 효도하십시오. 후회하지 마시구요."
그러면서 사사끼 대위는 길게 한숨을 내쉬었다. 진짜 속사정은 모르고 '세상 참 고르지 못하구나.' 하며 내 처지를 부러워하는 눈치였다. 그가 '사실은' 하는 말로 시작해서 자신의 진짜 불우했던 사정을 털어놓기 시작한 것만 봐도 그런 눈치를 짐작할 만했다.
"사실은 지금까지 살아온 것이 그렇게 평탄하지만은 않았어요. 소학교와 중학교를 나가노껭 마쓰모도(長野縣 松本)에 있던 이모부댁에서 마친 다음, 더 이상 신세지면서 의지한다는 게 부담스럽고 미안해서 이모부댁을 나왔지요. 수중에 돈 한 푼 없이 무작정 도쿄까지 가서 신문배달을 비롯한 온갖 인생 밑바닥 생활을 해가면서 고학으로 도쿄 공업대학 토목과를 졸업했습니다. 성적은 비교적 우수한 편이었죠. 졸업하고 바로 연기했던 병역을 마치기 위해 군대에 입영했습니다.
만주 관동군 소속 모 부대 연대장이었던 이모부가 중국의 여러 전선으로 옮겨 다니느라고 가족들을 당시 신의주 경찰서장이던 이모부의 동생댁으로 가서 살게 했는데, 그때 아내와 애들도 함께 이사해서 여지껏 거기서 살고 있습니다.

직접 전투에 참가하지는 않는다 해도 태·버마 철도부설공사 역시 전투 못지 않게 화급을 요하는 공사지만, 내가 공사 현장을 떠나 신의주까지 가는 데는 그만한 까닭이 있지요."

사사끼 대위의 말소리가 점점 작아지더니 급기야는 좌우의 눈치를 살피며 말을 뚝 끊어버렸다.

이 사람이 왜 이럴까? 아까도 흥미있는 이야기를 경성역이 지난 다음에 해주겠다고 하더니, 주위에서 들으면 안되는 비밀이라도 된단 말인가? 비밀이라면 그만큼 나를 믿는다는 말인데, 모를 일이었다. 무슨 이야기일까? 할듯말듯 하니까 더욱 듣고 싶었지만, 그가 말할 때까지 꾹 참고 기다리기로 했다.

오꾸다 대좌는 몸을 뒤로 기댄 채 눈을 감고 있었다. 자고 있는 것인지 그냥 눈만 감고 있는 것인지 알 수는 없었다. 옆자리의 사까모도 소위는 책을 열심히 들여다보고 있었다.

사사끼 대위와 태·버마 철도부설공사

시계를 보니 12시 10분이었다. 시간표대로라면 경성까지는 거의 7시간을 더 가야 했다. 얼른 경성을 지났으면 싶었다.
"자네는 어디까지 가는가?"
행선지를 물어 보지 않은 게 생각나서 사까모도 소위에게 물었다.
"봉천까지 갑니다."
사사끼 대위가 신의주에서 내린다고 했으니까, 사까모도 소위도 들어서는 안될 내용이라면 이야기를 듣는 게 어렵겠다는 생각이 들었다.
"사사끼 대위, 점심때도 됐는데 식당차로 가실까요?"
"그럴까요?"
내가 일어서면서 운을 떼니까 그도 따라 일어섰다. 나는 닙뽄또 우를 허리에 차고 식당칸으로 걸어가며 생각했다.
예의상 오꾸다 대좌도 식당으로 모시고 가야 하고, 사까모도 소위도 데리고 가야 했다. 오꾸다 대좌는 눈을 감고 있으니 평계의 구실은 되겠지만, 후배인 사까모도 소위는 당연히 같이 데리고 가야 도리인데 좀 인색한 것 같았다.
　어쨌든 사사끼 대위와 함께 식당칸으로 들어갔는데, 점심 시간이 되어서 그런지 만원이었다. 빈자리가 없어서 잠시 머뭇거리고 있는데, 마침 식탁 하나가 비어서 얼른 그리로 갔다. 자리를 차지하고 사사끼 대위와 마주 앉으면서 물었다.
　"선배님, 뭘로 드실까요? 제가 점심을 대접하겠습니다."
　"돈이야 누가 내든 어서 주문이나 합시다."
　나는 웨이터를 불렀다.
　"여기 카레라이스 하나에다……."
　이렇게 말하고 사사끼를 쳐다보자 그도 주문을 했다.
　"난 함박스틱."
　"그리고 맥주 네 병을 먼저 갖고 오게."
　잠시후 웨이터가 맥주를 가지고 왔다. 나는 먼저 사사끼 대위에게 한 컵을 따르고 내 잔에도 가득 부었다.
　"자, 우리들의 무운장구를 위해 건배합시다."
　나는 이렇게 말하며 잔을 들어 '쨍' 하고 부딪친 다음 쭉 한 컵을 들이켰다. 웨이터가 이내 식사도 가지고 와서 우리는 맛있게 점심을 들었다. 조선 땅에 와서 처음으로 식사다운 식사를 하는 셈이었다.
　몇 컵의 맥주를 마신 사사끼 대위가 독백처럼 내뱉았다.
　"전쟁이 얼른 끝났으면 좋겠어요."
　나는 그의 입에서 무슨 말이 나올지 궁금해서 빤히 쳐다보기만 했다.
　"실은 내가 이 전쟁통에 신의주로 가는 이유는 이모부네 식구와 이모부 동생네 식구, 그리고 우리 식구들까지 모두 이모부 고향인 나가노껭 마쓰모도(長野縣 松本)로 이사시키라는 이모부의 명령 때문이랍니다. 왜 그러는지 아십니까? 몇 개월 전에 3국 동맹의 하나인 이태리가 손 들었지요? 내후년 중반쯤이면 또 독일이 손을 들 겁니다. 다음엔 바로 우리 일본 아니겠습니까? 독일이 손을 들면 소련이 일·소 중립 조약을 파기하면서 소·만 국경을 돌파하여 물밀듯이 쳐내려올 판국인데 그때를 대비하여 가족들을 안전한 고향으로 옮기라는 거죠. 이것이 바로 이모부, 아니 버마(미얀마) 방면군 사령관인 구라자와 육군 중장 각하의 명령인 것입니다. 알겠습니까?"

사사끼 대위는 맥주컵을 들어 쭉 들이키더니 거푸 한 컵을 더 따라 마셨다. 그의 말투로 보아 이모부의 처사가 되게 못마땅한 모양이었다.

강경파 군부의 첨병 노릇을 하면서 군인은 물론 일반 국민까지 수백만 명을 죽음으로 몰고 가지 않았던가? 패전 후에 일본 국민이 당해야 할 비참한 고통은 또 어쩔 것인가? 더구나 패전을 앞두고 할복자살이라도 하여 국민에게 사죄해도 시원치 않을 이 마당에 자신의 식솔들만 안전지대로 옮기려고 하다니……. 이런 것을 생각할 때 더욱 이모부가 증오스럽고 이모부의 장군답지 못한 처사와 그 인격에 분통이 터지는 모양이었다.

나도 그의 생각에 절대적으로 동감이었다. 그러나 무슨 말로 그를 위로해야 할지 얼른 생각나지 않아서 그저 잠자코 있을 뿐이었다.

"요즈음의 내 답답하고 속상한 심정을 누구에겐가 속 시원히 털어놓지 않고서는 가슴이 터질 것 같았습니다. 나는 무사시야 대위를 오늘 처음 보지만, 무슨 얘기든 해도 상관없을 거란 생각이 들어서 무척 얘기를 하고 싶었어요."

"나를 그렇게 생각해 주니 고맙습니다. 저에겐 무슨 얘기를 해도 상관없습니다. 사사끼 선배의 모든 사고(思考)가 어쩌면 저와 꼭 같을지도 모르겠습니다. 아까 경성을 지나서 말하겠다고 했던 흥미있는 얘기도 좀 해주시겠습니까? 무슨 얘기든 듣고 싶습니다."

"좋소. 실은 그 얘기도 하고 싶었어요. 나 혼자만 알고 있으려니 뭔가 죄를 짓는 것 같아 견딜 수가 없었거든요."

나는 그의 컵에 맥주를 가득 따라 주었다. 그리고 웨이터를 불러 맥주 네 병을 더 주문했다. 그는 단숨에 맥주를 쭉 들이키고는 담배 한 대에 불을 붙여 물며 이야기를 시작했다.

"무사시야 대위, 내 얘기 잘 들어요. 아까도 말했지만, 이번 대동아전쟁은 희망이 없어요. 승산이 없단 말입니다. 군부 강경파들의 계산착오였다는 거죠. 이모부도 그렇게 얘기했습니다. 기왕에 벌여놓은 전쟁이니까 가는 데까지 최선을 다한다는 것이겠지만, 승산은 없어요.

그것보다도 내가 흥미있을 거라고 했던 얘기는 사실 인간 비극에 관한 것입니다. 다름아닌 태·버마 철도부설공사의 현장 얘깁니다. 악명 높은 태·버마 철도공사 얘기도 못 들었습니까?

나도 일본군 초급 장교지만 말입니다. 우리 일본이 정말 너무하는 것 같습니다. 전쟁이란 참으로 무섭고, 전쟁에 지면 그토록 비참해진다고 생각하면 아주 끔찍합니다. 우리 일본이 패전했을 때 우리도 급전직하(急轉直下) 그런 비참한 꼴로 전락하게 될 거라고 생각하면 모골이 송연해진단 말입니다. 미국이나 영국 같은 연합국이 그런 잔인한 만행은 저지르지 않을 것으로 생각되지만, 우리 일본은 천벌을 받아야 해요."

그는 자못 침통한 표정으로 한숨을 쉬더니 맥주를 한 컵 쭉 마시고는 담배를 한 대 꺼내 피웠다. 나는 마음속으로 생각했다.

'도대체 얼마나 비참한 상황을 목격했기에 일본인 장교면서도 그런 심정을 토로하는 걸까?'

나는 그가 비운 컵에 맥주를 가득 따라 주고 나서 그의 다음 말을 기다렸다. 그는 침착한 어조로 조용히 말을 꺼내기 시작했다. 무려 세 시간 동안 사사끼 대위가 이야기한 잔인한 전율적인 상황을 더하지도 덜하지도 않고 그대로 여기에 옮겨 보기로 하겠다.

나도 사실은 저 악명 높은 태·버마 철도부설공사의 소문을 들었지만, 자세한 진상은 모르고 있었다.

일본군은 태국을 점령하고 이어 버마(현 미얀마)로 진격해 들어가면서 장차 버마 점령을 전제로 육상 보급로와 철도 수송로가 화급했다. 그것은 몇 가지 중요한 전략적 의의(意義)가 있었다.

우선 버마를 탈환하기 위한 연합군의 거센 파상 공세에 대처하고 방위하기 위해서 필요했다. 또 연합국이 중국의 장개석 정권에 대한 원조 물자를 나르는 수송로, 즉 버마로부터 운남성(雲南省)으로 통하는 이른바 원장(援蔣) 루트를 차단하기 위해서도 필요했다. 더구나 인도에 대한 대영리반(對英離反) 공작 촉진이라는 효과도 무시할 수 없었다.

그래서 일본군은 소화(昭和) 17년(1942년) 가을부터 저 악명 높은 태·버마 철도부설공사를 서둘렀다.

개전과 더불어 제15군(개전 초의 사령관은 飯田 祥二郞 중장)은 휘하의 병력 외에 제25군, 제28군, 제33군 등 3개군 사령부로부터 지원받은 각각 몇 개 사단 또는 여단을 포함한 총 33만 병력을 동원하여 태국을 점령하고 버마로 진격하면서 일부 병력을 도로공사와 철도부설공사에 투입하며 박차를 가했다.

420킬로미터에 이르는 태국과 버마 간의 철도부설공사는 통행이 불가능한 처녀지 정글을 좁고 길다랗게 뚫고 지나가기 때문에 이만저만한 난공사가 아니었다. 전체 공사 구간을 3개 관구 구역으로 분할하여 세 사람의 육군 소장급 장군으로 하여금 각 관구 구역을 관장하게 하고, 관구 구역을 또다시 편의상 여러 개의 공구로 세분(細分)하여 공사를 강행했다. 또 각각의 소공구에는 토목공학 출신의 군인들을 제15군 예하의 전군으로부터 차출하여 약간 명씩 배치했다.

도쿄의 다이홍에이(大本營;육·해군총참모본부)에서는 소화 18년(1943년) 3월 말, 제15군사(軍司)를 해체하고 버마 방면군 사령부를 새로 신설했다. 사령관으로는 제15군 사령관을 맡고 있던 사사끼 대위의 이모부 구라자와 중장을 재임명했다. 이를 계기로 구라자와 사령관은 태·버마 철도의 중요성을 감안하여 특명으로 도쿄 공업대학 토목공학과를 우수한 성적으로 졸업한 처조카 사사끼 대위에게 전체 공사 구간을 감리하도록 임무를 맡겼던 것이다.

태·버마 철도부설공사에 노동자로 동원된 사람들의 배경을 살펴보자. 말레이시아, 싱가폴, 인도네시아 등지에서 붙잡힌 오스트리아 인, 오란다 인, 영국인, 미국인 등 5만여 명의 포로와 필리핀(比島), 인도네시아, 버마, 말레이시아, 중국, 인도 등지에서 강제 징집된 병사와 강제 징용된 위병과 노동자, 심지어는 부녀자와 청소년까지 25만여 명으로, 도합 30만여 명에 이르렀다.

이들은 일본군의 총칼 아래 마구잡이로 동원되어 일본군이 징발한 좁아터진 화물선에 가축이나 짐짝처럼 실려 철도공사 현장까지 끌려왔다.

마치 17, 8세기의 흑인 노예와 같이 아주 열악한 환경과 악조건 속에서의 혹사당하다 보니 불과 1년 6개월 남짓한 기간에 연합군 포로의 27%에 이르는 13,500여 명과 강제로 끌려와 혹사당하던 노동자 가운데 반 이상, 합해서 15만여 명의 멀쩡한 사람들이 콜레라, 장티푸스 등의 전염병을 비롯한 온갖 질병과 영양실조로 사망하고 말았다.

포로나 노동자들은 갈퀴 같은 꼬챙이, 호미처럼 생긴 흙 파내는 기구 등으로 흙이나 푸석돌을 파내어 대나무 껍질을 쪼개서 만든 삼태기 같은 것에 담아 철도 선로를 부설하는 곳으로 날랐다. 소화(昭和) 18년(1943년) 11월 말쯤에는 이미 그들이 운반한 전체 흙의 양이 300만여 입방미터에 이르고, 자갈이나 돌도 23만 입방미터에 달했다.

여기에 동원되어 투입된 일본군의 규모는 2개 연대의 정규군과 조선인 위병 등을 포함하여 7개 보조부대였다.

"일할 수 없는 자는 먹지도 말라."

이것이 공사 소구간마다 설치된 노동자 수용소에서 첫째로 꼽히는 일본군의 방침이었다. 노역자들의 하루 노동 시간은 12시간에서 20시간까지 작업 현장의 상황에 따라 각각 달랐다. 5월 중순부터 10월 중순까지가 우기인데 비가 억수 같이 쏟아지면 노역 시간이 좀 단축되지만, 웬만큼 쏟아지는 비에는 아랑곳없이 작업은 계속되며 휴일이란 아예 없었다.

더구나 급식은 각 수용소의 그때그때 사정에 따라 하루 한 끼나 두 끼를 주는데, 절대로 세 번 주는 곳은 없었다. 하루 한 번이나 두 번 주는 급식은 또 어떤가? 점령지인 인도지나 반도 등지에서 강제로 거둬들인 안남미 같은 쌀로 지은 주먹밥 한 덩어리에 소금에 절인 생선 두서너 조각이 전부였고, 위생처리된 음료수란 그야말로 꿈 같은 얘기였다. 그나마도 병자에게는 일반 급식인 주먹밥 한 덩어리의 3분의 1밖에 주지 않았다.

그들의 옷도 포로들이나 강제로 끌려온 수십만 노동자들이나 할 것 없이 모두 공사 현장에 도착할 당시에 입었던 그대로였다. 갈아입을 옷도 없었고, 그렇다고 빨아입을 수도 없었다. 입고 있는 옷마저도 비와 땀에 절고 헤지고 뜯어지고 찢어져서 너덜거렸다. 코를 쥐게 하는 냄새에다 더럽기가 이를 데 없어서 사람이 걸치고 있으니 옷이라고 하지 흡사 걸레 조각을 걸친 꼴이었다.

무덥고 후텁지근한 정글 속에서 1년 이상 중노동에 시달리다 보면 영양실조에다 온갖 질병으로 뼈만 앙상하게 남아 이미 다 죽은 송장 같은 몰골이었다. 인간의 목숨이란 그렇게도 질기고 강인한지 그런 생지옥 같은 곳에서도 30여만 명 가운데 거의 반수인 15만여 명의 생명이 소화(昭和) 18년(1943년) 11월까지 신의 가호 아래 살아남았다는 사실은 가히 인간 승리의 쾌거라고 할 만했다.

먼저 공사 소공구(小工區)마다 있는 각 수용소의 참혹한 생활 실상을 살펴보기에 앞서, 모든 수용소를 관리·운영하는 일본군의 공통된 몇 가지 악행에 대해 알아둘 필요가 있다.

첫째, 환자 취급에 관한 문제

환자가 생기면 병원에 보내는데, 병원도 두 종류가 있었다.

하나는 말로만 병원일 뿐이지 병원 시설이나 위생병이나 의사는 전혀 없었다. 그냥 토담을 쌓아올려 지붕만 엉성하게 덮은 막사에 환자를 가두고 도망가지 못하도록 일본군 병사가 감시를 했던 것이다.

이렇게 갇혀 있는 환자들이 소공구 수용소마다 수백 명씩 되는데, 주먹밥도 3분의 1만 주고 약도 치료도 없이 그냥 생으로 죽어가게 내버려두었다. 물론 의사의 손길이 미치는 환자는 단 한 사람도 없었다.

다른 하나는 일본 군인들을 위한 야전병원이었다. 이 병원은 포로나 노동자들의 치료와는 아무런 상관도 없었다. 더욱 기가 막히는 사실은 여기서 포로나 노예 노동자들을 추려내다가 온갖 생체실험을 한다는 것이었다.

이런 곳에 제대로 생체실험을 할 수 있는 유능한(?) 의사들이 있을 리도 없었다. 섣부른 무당이 생사람 잡는다고 별로 경험도 없는 애송이 군의관들이 잔인한 인간성을 드러내며 생체실험을 한답시고 흉내를 내고 있었던 것이다.

수십만 명의 연합군 포로와 강제 노역자들을 국적별・소속별로 분류한 문서는 아예 없었다. 처음부터 귀찮아서 인적사항을 기록조차 하지 않았던 것이다. 그러니까 태・버마 철도부설공사 현장에서 죽어간 15만여 명의 아시아 인과 연합군 포로들은 그 이름도 불명이고, 물론 분묘 따위도 있을 턱이 없어서 그냥 지구상에서 흔적도 없이 증발해 버렸다. 더구나 일본군과 계약을 하고 고용된 2만 명의 인도네시아인 노동자들 대부분도 행방불명으로 사라지고 말았다.

일본군은 때때로 서둘러 공사를 강행하려고 했는데 일손이 달릴 경우 병원으로 달려가 막사에 감금돼 있는 환자들을 몽둥이로 마구 두들겨 패면서 나오라고 소리소리 지르며 소란을 피웠다. 몽둥이를 휘두르고 소리를 지르는 것은 공연히 겁을 잔뜩 주기 위해서였다.

놀란 환자들이 이리저리 쫓기며 뛰어나오고 우와좌왕하면 그들을 모두 끌어내어 공사장으로 데리고 가서 작업을 시켰다. 너무나 몸이 고달프고 힘이 들어서 더러 꾀병으로 병원에 가 있다가 이런 소란통에 꾀병이 들통나면 작업 현장으로 다시 끌려나오게 되는 것이다. 옛날 흑인 노예들도 이렇듯 가혹한 취급을 당하지는 않았으리라.

둘째, 전염병 환자들의 처리 문제

공사 현장의 열악한 환경과 악조건 속에서는 콜레라, 페스트, 지프스, 적리(赤痢) 등 각종 전염병 환자가 생겨나는 것이 필연적인 현상이었다. 이들 전염병 환자들은 병원이라고 불리는 막사가 아닌 별도의 막사에 격리수용하고 출입을 엄금했다. 전염병 환자들이 생겨나는 대로 계속 거기에 가두어 모았다가 200명 정도가 되면 노역자들을 시켜 조금 떨어진 곳에 꽤 큰 규모의 구덩이를 파게 했다. 그렇게 해서 이미 죽은 자들은 물론 살아있는 전염병 환자들도 모조리 끌어다가 구덩이에 떠밀어 처넣고 산 채로 묻어버렸던 것이었다. 그래도 살겠다고 허우적거리며 구덩이 바깥으로 기어나오려는 환자들도 다수 있었지만, 그들은 일본군의 기관단총 세례를 받고 무참히 떨어져서 흙에 묻혔다. 나중에는 이렇게 기어오르는 환자들에게 발사하는 기관단총 탄알을 아끼기 위해 아예 기어오를 수 없도록 수직으로 구덩이를 파게 했다고 한다.

구덩이까지 행진하는 동안 생매장되는 것을 직감하고 이래 죽으나 저래 죽으나 마찬가지라는 각오로 대열에서 이탈하여 필사적으로 탈주하다 총에 맞아죽는 전염병 환자들도 많았다.

이렇게 탈주하려다 죽은 전염병 환자들의 시체는 함께 묻힐 환자들에게 옮기도록 했다. 탈주자들의 시체를 끌고 갔던 환자들은 구덩이에 시체를 밀어 떨어뜨린 다음, 자신들도 구덩이 속으로 떠밀려 들어가서 함께 흙으로 덮혀 버렸다.

셋째, 포로들에 대한 처우 문제

5만여 명의 연합국 포로 가운데는 장군도 더러 있었고, 영관급의 고급 장교도 꽤 있었다. 그들은 워낙 열악한 환경과 인간 이하의 처우에 반발하여 일본군 책임 장교에게 시정을 요구하기도 했다.

"포로 취급에 관한 제네바 협정을 준수하시오."

"건방진 수작은 집어치워."

그러면서 일본군 특유의 쇠징이 박힌 군화로 정강이고 어디고 가리지 않고 마구 걷어차며 대나무 몽둥이 같은 것으로 실컷 두들겨 팼다. 그것이 바로 포로 장교들의 처우개선 요구에 대한 일본군의 대답이었다. 이렇게 맞아서 사망한 장교도 부지기수였다고 한다.

연합군 포로들의 희망사항은 당연히 노예 노동자들과 좀 다른 처우를 해 달라는 것이었지만, 그것은 꿈 같은 일일 뿐이었다. 대우는 연합군 포로들이나 강제 노역자들이나 마찬가지였다. 형식상으로 병원 치료를 받게 해 준다는 것 말고는 노동자들과 조금도 다름없이 짐승 취급을 받고 있었던 것이다.

넷째, 자발적인 청소마저 가로막는 문제

철도부설공사 현장의 수용소는 어디나 마찬가지였지만, 수용된 사람들이 막사나 그 주변을 스스로 정결하게 청소할 기회마저 박탈해 버렸다. 물론 막사 안의 환경을 정리할 기회도 허용되지 않았다. 말하자면 그냥 가축처럼 처박혀 시키는 작업이나 하면 그만이라는 식이었다.

1943년 8월까지 어떤 난관이 있더라도 태·버마 철도공사를 완성시키는 것이 일본군의 절대적 지상 과제였다. 그래서 제네바 협정 위반이 어떻고, 세계적 여론이 어떻고 하는 따위는 귀에 들어올 리가 없었다. 설사 건설 과정에서 다소의 잡음이 들리더라도 철도 공사만 완성되면 그런 비난쯤은 그 대업(大業) 속에 묻혀 버릴 것이라고 계산했으리라.

그럼에도 불구하고 태·버마 철도가 끝내는 예정기일 안에 완공되지 않자 버마에서의 작전 계획에 차질을 빚게 된 일본군 고위층의 격노는 그야말로 광기(狂氣)로 치달았던 것이다.

그렇다면 과연 생지옥 같은 수용소의 실상이란 어떤 것인가? 이제까지 열거한 일본군의 악행은 모든 수용소에서 두루 일어난 일이지만, 사례별로 경악을 금치 못할 참상을 몇 가지 더 지적해 보겠다.

사례1. 오지의 손쿠라이 수용소(Upper Sonkurai Camp)

우기에 줄기차게 쏟아져 내리는 장대비로 인해 변소의 한쪽 벽이 허물어져 내리는 바람에 병원이라 불리는 막사 안팎은 물론 주변 일대가 온통 오물 투성이가 되어 고약하고 지독한 악취를 풍겼다. 코를 막지 않고는 견딜 수 없는 환경 속에서 온갖 전염병과 질병으로 신음하는 포로들과 노동자들이 살아 남는다는 것은 기적이랄 수밖에 없었다.

일본군이 강요하는 중노동에 혹사당하며 겨우 목숨이 붙어있지만, 포로들과 노동자들은 산 채로 서서히 죽어갈 수밖에 없다는 사실을 상상하는 것만으로도 끔찍했으리라. 참으로 충격적인 잔혹 행위가 아니고 무엇이랴?

어느 나라 어느 사회에서건 법이란 지켜질 때 가치가 존중되는 것이지 지켜지지 않는 법은 이미 법이라고 할 수 없다. 태·버마 철도부설공사 현장에서의 제네바 협정도 마찬가지였다.

사례2. 손쿠라이 제2수용소(Sonkurai 2nd Camp)

수용자들 사이에 '죽음의 계곡'으로 불리는 곳이다. 수용소 막사의 침상(寢床) 역할을 하는 바닥이 대부분 마루가 아니라 맨흙이어서 우기(雨期)에는 예외없이 질척한 진창이 되었다.

콜레라 등 전염병 환자가 발생하면 격리수용소 막사로 보내져서 감금되는데, 막사 안에는 여느 수용소나 마찬가지로 조명 시설이란 전혀 없어서 밤이면 한 치 앞을 내다보기 어려웠다.

밤에 죽은 환자든 낮에 죽은 환자든 모두 일정한 숫자에 이르기까지 살아있는 환자들과 함께 지내야 하고, 어차피 때가 되면 함께 구덩이에 묻혀야 했다.

사례3. 청카이 의료 수용소(Chungkai Sick Camp)

여느 수용소와는 달리 연합군 포로들에게 제법 의료혜택을 베푼다고 알려져 있는 병원인데, 물론 이렇게 알려지게 된 데에는 까닭이 있었다. 이 병원에서 담당하는 관할 공사 구간에는 당초 약 8,000여 명 정도의 연합국 포로들이 있었고, 그중 1,400여 명이 약 7개월이 지나는 동안에 사망했다. 거기서는 포로들을 대상으로 생체실험을 하고 있었던 것이다.

만주 하루빈 교외의 이시이(石井) 제731부대라든가 중국 남경에 있는 사까에(榮) 제1644 다마(多摩)부대와 같이 전문 의료진들이 사람을 재료로 실시하는 생체실험이나 세균배양 실험이 아니었다.

실험용 재료인 사람은 풍부했으므로 비전문가인 애송이 군의관들이 전문가 흉내를 내면서 닥치는 대로 무모하게 달려들어 생체실험을 한답시고 잔인한 인간성을 유감없이 발휘했다. 간혹 수술을 받아야 할 포로 환자가 있을 때는 마취제도 사용하지 않고 변변한 시술 의료기구도 없으면서 생으로 집도(執刀) 수술을 했다. 수술을 해서 고쳐주겠다는 것이 아니라 인간이 마취약 없이 얼마만큼 고통을 감내할 수 있는지를 실험했던 것이다. 그러다 죽으면 그만이었다.

어느날 5명의 신참 군의관들이 이 수용소 병원을 방문하여 시술 현장을 견학하게 되었다. 시술 광경을 본 신참들 가운데 심장이 약한 어느 군의관은 졸도를 하고, 또 다른 한 군의관은 구토를 하고 말았다.

"여기 의사들은 히포크라테스(Hypocrites)의 정신으로 환자들을 대하는 게 아니라 아무리 포로라고 해도 사람을 무슨 모르모트쯤으로 취급하며 고통스러워하는 환자들을 들여다보고 잔인하게 즐기는 모양이야."

인솔자인 듯한 군의관이 이렇게 혼잣말로 중얼거리는 것을 위생병이 듣고, 마침 그 곳을 방문 중이던 사사끼 대위에게 전하더라고 했다.

어설픈 군의관들의 만행은 이에 그치지 않고 지극히 잔인한 짓으로 어떤 노동자 한 사람을 죽였다. 어처구니 없이 죽음을 당한 그 노동자는 각기병(脚氣病)에 걸려 고통받고 있었는데, 고환(睾丸)이 엄청나게 커져서 걸음을 걸을 때는 큰 수박만큼 커진 고환을 두 손으로 들고 다녀야 했다. 그것은 상피병(象皮病) 증상이라고 해서 수술로 절단해내면 정상으로 회복될 수 있었다. 물론 잡혀올 당시에는 멀쩡하다가 거기서 지내는 동안 발생한 증상이었다.

걸을 때는 으레 고환을 두 손으로 들고 다녀야 하는 처지였으므로 공사장에서의 작업은 불가능했다. '일할 수 없는 자는 먹지도 말라'는 원칙에 따르자면 밥도 주지 말아야 하는데 그럴 수도 없고, 전염병이라도 걸렸으면 구덩이에 묻어버리기라도 하련만 그것도 아니었으니 이러지도 저러지도 못 하는 귀찮은 존재가 아닐 수 없었다.

잔인한 군의관들은 무슨 관상용으로 놀리고 즐기려는 듯 각기병과 더불어 상피병까지 겹쳐 고통받고 있는 그 사람을 데려다 놓고는 '저기 가서 저 물건을 들고 이리로 가져오라.'는 등 못할 짓을 골라 시켰다. 두 손으로 고환을 들고 걸어야 하는 사람에게 두 손으로 가까스로 들 만한 것을 들고 오라고 했던 것이다. 고환도 들어야 하고 갖고 오라는 물건도 들어야 하니 얼마나 고통을 당했을 지는 짐작하고도 남음이 있겠다.

난처해서 어물거리기라도 하면 인정사정없이 두들겨 패니 할 수 없이 고환은 내버려둔 채 갖고 오라는 물건만 들고 죽기살기로 끌고 오는데, 군의관들은 그 광경을 보고 박장대소(拍掌大笑)하며 놀려댔다.

이렇게 갖고 노는 것도 날이 갈수록 별 흥미가 없었던지 하루는 그 환자를 불러 고환을 떼어내는 수술을 하여 고쳐주겠다고 하면서 그 날이 저 죽는 날인 줄도 모르고 좋아서 어쩔 줄 몰라하는 환자를 수술대에 눕혔다.

하의를 벗긴 다음, 수술 도중에 아프다고 버르적거리면 수술을 하지 못한다고 꼼짝달싹도 못 하게 팔과 다리 등 온몸을 수술대에 다 묶었다. 그렇게 하고 나서 마취제 같은 것은 물론 사용하지도 않은 채 생으로 칼을 들이댔고, 너댓 명의 군의관들이 주위에 몰려와 구경들을 했다.

그냥 잘라버리기라도 하면 덜 고통스러울 텐데 절단하지도 않은 채 수박만한 고환을 절개하고 이리저리 칼질을 해대니 사람이 어찌 견딜 수가 있으랴? 나 죽는다고 소리를 지르며 소란을 떠니 조용히 하라고 소리치며 걸레 조각을 입 속에 쑤셔넣어 입을 막아버렸다.

고환이 그토록 커진 생성 원인과 과정을 검사하자는 건지, 연구를 하자는 건지, 장난을 치자는 건지 장시간에 걸쳐 고환을 난도질하다 보니 환자가 그만 과다출혈로 숨을 거두고 말았다.

인간이란 동물은 어디까지 얼마만큼 잔인해 질 수 있는 것일까? 군의관들의 비뚤어진 잔인성에는 실로 전율을 금할 수 없다.

참고로 부언해 두자면 인간 생체실험을 자행하고 있는 일본군의 방역 급수부대는 하루빈 교외의 제731부대(일명 石井부대), 남경 교외의 사까에(榮) 제1644부대(일명 多摩부대), 예로 든 태·버마 철도부설공사 현장의 야전병원, 중국 북경(부대 이름 미상)과 만주 신경 교외 등 여러 곳에 있었다.

그런데 신경 교외에 있는 부대는 좀 특이하다. 731부대와 자매기관인 군마 방역창(軍馬 防疫廠)이 바로 그것이다. 좀더 자세히 설명하자면 이것도 관동군에 속한 세균부대로 만주 제100부대라고도 했다. 만주 제100부대는 소화(昭和) 10년(1935년)에 편성된 군마 방역창으로서 최고 책임자는 당시 관동군 수의부장(獸醫部長) 다까하시(高橋 隆篤) 수의(獸醫) 중장이었다. 다까하시 중장의 지휘를 받는 와까마쓰(若松) 수의 소장(少將)이 만주 제100부대의 부대장으로 근무했다.

이 부대는 제731부대의 연구·실험 성과와 인재를 기초로 해서 새로 창설되었고, 가축과 식물을 대상으로 하는 세균전 부대였다. 부대의 본거지는 만주 신경 남방 약 10킬로미터 지점의 맹가돈(孟家) 부근에 있었고, 대원수는 약 800명이었다. 제731부대보다 소규모이긴 하나 광대한 부지에 건설된 견고한 콘크리트 2층 건물에 다수의 연구실이 있었다.

연구실의 기구를 살펴보면 무엇을 하는 부대인지 알 수 있다. 제1과에서는 탄저균(炭疽菌) 제조 및 연구·실험, 제2과에서는 비저균(鼻疽菌) 제조 및 연구·실험, 제3과에서는 기타 유행성 수역균(獸疫菌) 제조 및 연구·실험, 제6과에서는 우역병균(牛疫病菌)의 제조 및 화학성 독물(化學性 毒物)의 제조·연구 등이었다.

여기서도 가축 동물 및 여러 종류의 식물(植物) 실험 외에 살아 있는 중국인, 조선인, 몽고인과 백계 로서아인(白系 露西亞人 ; 러시아 인) 등을 대상으로 생체실험을 하여 많은 사람을 죽였다.

제731부대에서는 생체 실험으로 죽은 수천 명(소화 18년 말 현재 적어도 3,000명 이상)의 시체를 불에 태워 그 뼈와 재를 골총(骨塚)에 버리지만, 제100부대에서는 생체실험으로 죽은 사람들을 부대 뒷편에 있는 가축묘지에 묻어 버렸다. 세균을 갖고 노는

악마의 자매부대라고나 할까?

제100부대는 가축과 동물 및 식물에 대한 온갖 세균을 연구·실험하는 데만 그치지 않고, 소·만(蘇滿) 국경, 동만(東滿), 몽고 등 많은 곳에서 말, 소, 돼지, 개, 닭 등 온갖 가축 동물과 여러 종류의 식물을 실험 대상으로 삼아 극비리에 수없이 많은 실험을 해 왔다.

그러니까 제100부대에서의 가축과 식물에 대한 연구·실험은 가축 동물과 식물을 죽이고 못 쓰게 만드는 것이 아니라 그 세균에 감염된 야채 따위의 식물이나 가축 동물을 잡아먹는 적군(敵軍)의 장병들을 죽이는 데 목적이 있었다.

다시 말해 아군이 후퇴할 경우, 적군이 점령 지역 내의 가축이나 야채 따위를 먹으면 수시간 내에 모두 죽는다는 것이다. 또 적의 주둔지역 내에 비행기로 공중에서 세균을 살포할 경우에도 마찬가지로 그 지역 내의 가축과 동물을 잡아먹는 장병들은 모두 죽음을 당한다는 것이다.

사례4. 칸차나부리 수용소(Kanchanaburi Camp)

칸차나부리(Kanchanaburi)는 콰이 강(River Kwai)으로 갈리는 지점에 있었다. 수용소(Camp)에 속하는 병원이 신설됐는데, 소화(昭和) 18년(1943년) 초에는 이제 막 병원 모습으로 다듬어지기 시작하는 중이었다. 목적은 주로 독약과 세균에 관한 연구였다.

신설병원은 일본군 기병대(騎兵隊)가 주둔하고 있던 곳에 자리 잡았는데, 20여 개의 꽤 넓직한 병사(兵舍)가 있었다. 텅빈 병사 안의 바닥에는 동물들의 분뇨 등 오물들이 어지러히 널려 있어 악취가 심하고 불결하기 이를 데 없었다.

병원이 있는 공사 구간에서 남북으로 8킬로미터 이내의 공구로부터 생체실험 대상인 사람을 보충받게 되어 있었다. 생체실험의 재료로 보충받는 사람은 '일할 수 없는 자는 먹지도 말라.'는 조건대로 노동 능력이 전혀 없는 병약자와 부녀자 등이었다. 물론 전염병 환자는 제외되었다.
 생체 실험 대상자들은 그들이 속해 있는 공사 구간 수용소의 일본인 병사들이 경비하고 인솔하는 가운데 2킬로미터에서 8킬로미터까지의 거리를 도보로 행군해 가서 온갖 동물들의 분뇨와 오물로 악취가 코를 찌르는 병사(兵舍)에 감금되었다. 그리고 생체실험에 의해 죽을 날을 기다리다 차례로 죽어갔다.
 그러니까 그들은 2킬로미터에서 8킬로미터까지의 거리를 허약해질 대로 허약해진 병든 몸을 이끌고 죽으러가는 줄도 모른 채 죽을 장소까지 길도 아닌 험준한 정글을 헤치며 걸어가야 했던 것이다. 물론 행군 중에 죽는 사람들도 있었다.
 한 병사(兵舍)에 대략 200명을 수용하는데 겨우 앉을 수는 있어도 누울 수는 없는 형편이었다. 그들은 누울 자리도 없어서 피로에 지친 몸을 서로 기대고 엉키고 포개져서 아무렇게나 쓰러졌다. 그야말로 사람이 아니라 짐승만도 못한 취급을 받았다. 그들 대부분은 아시아계의 노동자들이었다.
 일본군들은 시도 때도 없이 부녀자들을 끌고 가서 강간을 일삼았고, 장난감처럼 사람을 가지고 온갖 몹쓸 짓을 저질렀다. 그러다가 결국에는 여러 종류의 극약 또는 세균 실험 등으로 죽였던 것이다.
 군의관들은 또 걷지도 못하고 다 죽어가는 병자 수십 명씩을 데려다가 종류 미상의 빨간 액체를 주사하여 수 분 후에 모두 사망하게 하는 짓까지 했다. 또다른 독약 실험팀은 노동자 수십 명에게 커다란 깡통에 들어있는 다갈색 사탕을 한 개씩 나누어 주면서 먹으라고 명령했다. 이것을 먹은 사람들은 먹은 직후부터 고통을 받다가 그 날 밤 12시를 넘기기 전에 모두 사망해 버렸다.
 수용소 재소자들은 누구나 마찬가지로 벼룩이 극성을 부리는 바람에 몸에 악성 피부병이 창궐하여 이중삼중으로 더욱 고통스러운 시달림을 받아야 했다.

병원에서는 극약이나 독약 실험을 하다 사망한 자와 세균 실험을 하다 죽은 자, 그리고 병사 안에서 신음하다 혼자 저절로 죽은 자들을 모두 트럭으로 실어다가 한적한 곳에 쌓아놓고 불을 질러 공동화장을 해버렸다. 이런 식의 화장이나 전염병 환자들의 생매장은 어느 수용소에서나 행해지는 일상사일 뿐 그리 놀랄 일도 아니었다.

사례5. 노동인력의 자체 조달

이렇게 죽고 저렇게 죽고 연일 사망자 사태가 나는 바람에 노동인력이 부족해질 수밖에 없었다. 노동력은 부족하고 부과된 공정을 기일 내에 마치기는 아득하다 보니 전 구간에 걸쳐 소공구 부대들은 여기저기서 야단법석으로 비명과 아우성을 질러댔다.

이런 사태에 당황한 군 사령부에서는 소공구 부대 자체에서 부족한 노동인력을 각기 조달하라고 명령했다. 소화(昭和) 18년(1943년) 4월경이었다. 군 당국의 당초 계획은 8월까지 철도부설공사를 완성하는 것이었지만, 공정은 아직 반에도 미치지 못했다.

자체 조달 명령을 받은 각 소공구 부대들은 일부 병력을 노동인력 사냥에 투입했다. 노동인력 사냥에 동원된 병력은 각기 소공구로부터 가깝게는 4킬로미터, 멀리는 20여 킬로미터, 더 멀리는 랑궁까지 원정을 했다. 랑궁 시가지의 가두에서는 말할 것도 없고, 지나가는 차량을 정지시키고 운전수와 승차한 사람들을 끌어내리는 무차별 체포 작전을 벌였다. 그밖에도 일반 가정집에까지 들이닥쳐 도망가는 가족들을 붙잡아 아이, 어른, 부녀자 할 것 없이 온 가족을 몽땅 체포하여 강제로 연행하기도 했다. 이렇게 체포한 사람들을 학교나 광장 같은 곳으로 총집합시킨 다음, 그들을 각기 공사 현장까지 강행군으로 끌고 갔던 것이다. 필리핀(비율빈)의 바탄 죽음의 행진을 뺨치는 만행이었다.

공사 현장까지 끌려가는 동안에 죽은 사람들도 헤아릴 수 없이 많았다. 도망가다가 사살된 사람도 부지기수였다. 그 뿐만이 아니었다. 강제로 이럴 수가 있느냐고 투덜대는 사람은 총으로 쏴 죽여 버렸다. 총검으로 머리통이고 어디고 인정사정없이 마구 찌르고 총 개머리로 때려서 죽이기도 했다.

이건 숫제 사람을 무슨 닭이나 돼지나 개새끼만큼도 취급해 주지 않았다. 단말마적인 발악이라고나 할까? 이런 노동인력 사냥은 7월 말까지 계속되었는데, 붙잡혀온 노동인력은 어린이와 부녀자를 포함해서 총 5만여 명에 달했다.

사례6. 힌톡 수용소(Hintok Camp)

이곳에서는 콜레라를 비롯한 여러 종류의 전염병 환자들을 깊은 정글 속 분지 같은 골짜기에 데려다 놓고 기관단총으로 모두 쏘아 죽여 버렸다.

사례7. 니키 수용소(Niki Camp;Bridge Building Camp 라고도 함)

여기서는 너무나 가혹한 중노동에 시달리다 견디지 못해 차라리 죽는 것이 편하다고 자살하는 노역자들이 속출하여 일본군을 당황하게 만들었다. 그도 그럴 것이 하루에 17시간 내지 20시간씩이나 닥달을 해가며 중노동을 시켰으니 그야말로 죽는 편이 훨씬 편안했으리라.

마구잡이로 끌고 온 노역자들 가운데 젊은 부녀자와 10살 이상의 처녀들은 따로 추려서 구분해 놓았다. 그들에게는 그리 힘들지 않은 작업을 시키고, 비교적 덜 열악한 곳을 숙소로 정해 재우면서 일본군 상대의 위안부 노릇을 시켰다.

그래서 1주일에 한번씩 정기적으로 위생부대원들에게 검진을 받게 했는데, 악취미의 위생병들은 검진할 때 부녀자들을 차례로 눕혀 놓고 자궁에 손가락을 넣어 휘젓는 등 온갖 못된 장난질을 하면서 낄낄대고 웃으며 즐거워했다.

언젠가는 임신 4개월 된 중국인 젊은 부인을 진찰대 위에 나체로 묶어 놓고 유리 막대기 같은 것으로 질(膣) 안을 쑤셔대면서 웃고 떠들며 재미있어 했다. 결국 이 중국인 부인은 숨을 거두고 말았다. 어쩌다 임신이 된 여자들은 온갖 못된 장난질을 한 끝에 예외없이 죽여버렸다. 골칫거리였기 때문에 없앴던 것이다.

산예(Sanye) 병원에서는 1년 동안에 4,000명의 사망자를 냈다. 제2꾸리(苦力, Kanchanaburi ; 중국말로 노동자라는 뜻) 병원에서는 18개월여 동안에 5,000명의 사망자를 냈다.

이곳 수용소 막사도 맨흙 바닥이었다. 기동도 못 하는 환자들이 아무 데나 대·소변을 보기 때문에 막사 안은 온통 오물투성이로 질척거렸다. 수용인들은 질척한 맨흙 바닥에서 아무렇게나 뒹굴며 기거하고 신음하다가 죽어갔던 것이다.

교대로 휴식을 취하는 일본군들은 저녁에 별난 오락을 즐겼다. 노동자 10여 명을 데려와서 남근을 꺼내게 하여 묵직한 물건을 남근에 붙잡아 매달게 하고는 몇 시간이고 세워놓은 채 재미있어라 하고 구경하는 것이었다.

사례8. 킨사요케 치킹 스테이션(Kinsayoke Cheeking Station)

적리(赤痢)의 직장(直腸) 소독 검사를 받는 노역자들은 일본인 군의관들에게 돌아가며 마구 두들겨 맞았다. 군의관들은 아무런 이유도 없이 그냥 다짜고짜 두들겨 팼던 것이다. 아마도 더위와 열악한 환경 속에서 온갖 고생을 하는 동안에 쌓인 스트레스를 풀기 위한 수단인 것 같았다.

사례9. 오지의 컨쿠이타 수용소(Upper Concuita Camp)

일본 군인들은 전염병 환자가 아닌 병든 노역자들을 추려내서 유도복을 입혀 놓고는 둘러 메어치는 상대역으로 삼아 이리저리 마구 집어던지고 엎어치고 했다. 이 과정에서 가끔 죽어 나가는 노역자도 눈에 띄었다.

컨쿠이타(Concuita)에서는 군의관들이 5, 60명의 포로나 노역자들에게 몰핀(아편)이나 과(過) 망강, 산(酸) 카륨 등을 투여해서 죽어가는 과정을 체크하기도 했다. 이런 것도 일종의 생체실험으로 많은 사람들이 죽음을 당했다.

무려 420킬로미터에 달하는 태·버마 철도부설공사의 현장에서
어느 소공구건 가리지 않고 이런 일들이 비일비재하게 일어났다
고 생각하면 그야말로 참담한 지옥도(地獄圖)라고 하지 않을 수
없었다. 다시금 일본군의 단말마적인 잔인한 악행에 몸서리가 쳐
졌다.
　사사끼 대위는 무려 세 시간 동안 태·버마 철도부설공사 현장
의 참상을 침통한 표정으로 들려주었다.(註: 철도부설공사장 여러
소공구의 지명은 음역임을 밝혀둔다)
　나는 등을 의자에 기댄 채 눈을 지긋이 감고 그의 이야기를 잠자
코 듣기만 했다. 그가 말하는 상황을 상상해 보면서······. 나는 차
마 들어서는 안될 이야기를 들은 기분이었다. 우주의 삼라만상을
창조하시고 주재하시는 전지전능하신 조물주 신께서 어떻게 그런
악행을 허용하시는지 모를 일이었다.
　'신이시여, 굽어 살펴주소서. 고통받으며 사라져간 가엾은 저들
의 영혼을 위로해 주소서.'
　나도 모르게 그들의 명복을 비는 기도를 입 속에서 웅얼거렸다.
사사끼 대위는 못다한 말이 있는 양 또다시 입을 열었다.

　한참 노동 인력이 딸리던 소화(昭和) 18년(1943년) 초 어느 땐
가 3,000여 명의 연합군 포로가 싱가폴에서 태국까지 열차에 실려
왔다. 초만원이었던 그 열차에는 위생 시설이란 전혀 없었고, 설
사 있어도 가슴이 콱 막힐 정도로 극심한 악취에다 불결하기 짝이
없었다. 그야말로 엉망이었던 것이다.
　포로들은 태국의 어느 역에서 내려 캄캄한 밤에 태·버마 철도
공사 현장의 수용소까지 밀림 속을 도보로 행군해야 했다.
　그들은 조용히 걷기만 해야지 웅성거리거나 말소리를 내면 일본
군 병사의 착검한 총칼에 의해 인정사정없이 마구 찔리고 걷어채
이고 두들겨 맞았다. 누가 말했는지 묻는 법도 없이 그 주변 사람

들을 싸잡아 족쳤던 것이다. 포로들의 도망을 방지하기 위해 공포 분위기로 겁을 주자는 속셈이었으리라.

일본이 말하는 소위 대동아전쟁이 발발한 후 일본군 영역 안의 전지역에서 노동인력을 실어나르기 위해 군이 징발한 정기수송화물선이 있었다. 이름하여 '지옥선'이었다. 연합군 포로나 강제로 체포되어 압송당하는 노동자들에 의해 붙여진 이름이었다.

싱가폴이나 말레이시아, 태국, 버마 등지에서 잡힌 포로들이나 노예 노동자들은 열차로 태·버마 철도부설공사 현장 부근까지 실려가 현장 수용소까지 도보로 행군하게 했다. 그러나 그밖의 수십만 노동자와 포로들은 잡힌 지점에서 '지옥선'에 짐짝처럼 실려 현지 부근까지 수송되었던 것이다.

지옥선의 정기항로는 대만, 조선, 만주와 일본 등지에 설치한 상설 수용소에 징용등으로 미리 붙잡혀와서 대기하고 있는 노동자(조선사람도 포함)들을 실어 날랐다. 더구나 지옥선은 남방의 여러 점령지 및 도서에서 대기하고 있는 노동자들까지 함께 태워 목적지로 항해했다.

포로나 노동자들은 모두 서너너덧 되는 지옥선의 선창(船倉)에 '짐짝처럼' 실려갔다. 선창은 갑판 위에서 내려다보면 엄청나게 깊고, 가운데가 텅빈 채 중간층으로 빙둘러 2층 구조로 화물을 싣게 되어 있었다. 바로 그 밑바닥층과 중간층이 포로나 노동자들이 차지하는 공간이었다.

사람을 '짐짝처럼' 싣는다는 말이 자주 쓰이는 데는 까닭이 있었다. 일본군은 포로나 노동자들을 붙잡힌 곳에서 항구의 부두까지 도보 행군으로 이동시켜 사다리를 타고 부두에 붙여 놓은 지옥선에 오르게 한 다음, 다시 철근 사다리를 이용하여 선창 밑바닥과 중간층으로 내려가도록 했다. 이런 방법으로는 무척 시간이 걸릴 수밖에 없었다.

그래서 안되겠다고 생각한 군부는 화물 싣는 방법을 병행하여 그들을 싣도록 명령했다. 화물싣는 방법이란 짐(사람)을 커다란 망태기에 담아 윈치로 올려 선창 밑바닥이나 중간층에 부려 놓는 것이었다.

한 번에 15명 내지 20명씩 화물처럼 망태기에 담겨져서 배에 실렸다. 윈치로 달아올릴 때 망태기 가장자리에 실린 사람들이 떨어질까 겁이 나서 서로 죽기살기로 붙잡는 바람에 한 덩어리로 엉켜서 선창에 부려졌다. 공습 경보라도 발할 때는 급한 나머지 망태기에 사람들을 포개 담아 짐짝 싣듯 실었다.

사다리를 타든 망태기에 담겨 올려지든 수천 명이 금방 화물선 선창에 실려 떠났다. 사다리로 기어오르거나 망태기에 담겨질 때 동작이 민첩해야지 굼뜨거나 우물쭈물하다가는 사정없이 두들겨 맞았다. 그러니까 얻어터지지 않으려면 죽기살기로 움직여야 했다. 그래서 '짐짝처럼'이란 말이 생겨났던 것이다.

선창은 짐짝처럼 실린 사람들 가운데 3분의 1 정도가 앉을 자리마저 없어서 꼿꼿이 서 있어야 할 만큼 비좁았다. 더구나 적도(赤道)의 찌는 더위 속에서 사람들로 꽉꽉 들어찬 선창 밑바닥은 그야말로 지옥이었다.

게다가 나무로 만든 변기통은 사람 수에 비해 엄청나게 숫자가 모자라서 너무나 이용하기가 힘들었다. 꽉찬 사람들을 비집고 오갈라치면 이만저만한 곤욕이 아니었던 것이다. 그런 상황에서 식수나 급식인들 원활할 리가 있으랴?

짐승보다 못한 대접을 받으며 '짐짝처럼' 지옥선에 실려 태·버마 철도부설공사 현장으로 끌려간 사람들은 노예처럼 중노동으로 혹사당하거나 생체실험의 제물이 되어 덧없이 죽어갔다.

현장에 투입된 총 인원수 30여만 명 가운데 절반이 넘는 15만 명 이상의 생령들이 불과 17, 8개월 동안에 어이없게도 중노동, 전염병과 각종 질병, 영양실조, 생체실험 등으로 이슬처럼 사라져갔던 것이다.

그러면 일본은 왜 그토록 태·버마 철도부설공사를 무리하게 강행하려 했던가? 여기에는 세 가지 전략적 의미가 있었다.

첫째는 서두에서 밝혔듯이 연합군의 반격지가 되고 있는 버마 전선에 대한 군대와 보급 물자의 수송이었고, 둘째는 420여 킬로미터(258마일) 철도변에 퇴적(堆積)해 있는 군수품 생산용의 텅스텐 광석 채광이었다. 셋째는 핵폭탄 개발을 위한 우라늄 광석 때문이었다. 당시 일본도 극비리에 핵폭탄을 개발하기 위한 연구를 서두르고 있었는데, 군부는 그것에 활용할 우라늄 광석이 그 지대에 매장되어 있다고 믿었다. 실제로 그 지역에 우라늄 광석이 매장되어 있는지의 여부는 모를 일이었다.

일본은 처음에 그러한 세 가지 전략적 의미를 숨기고 극비리에 태·버마 철도를 건설하려고 했다. 그러나 철도부설공사 계획을 계속 비밀에 붙일 수도 없었고, 도쿄로부터 현지 군 사령관에게 하달되는 일련의 지령 등도 은폐할 수가 없었다. 일본군 병사, 위병, 연합군 포로, 노동자 등 수십만 명의 인력과 수만 톤의 보급 물자를 건설 현장에 투입해야 했기 때문이다.

이런 상황은 당연히 서방 세계에 알려졌다. 연합군 포로들을 포함하여 수십만 명의 강제 노역자들이 일본군의 총칼 아래 짐승처럼 학대받으며 중노동에 시달리다 수없이 죽어갔고, 전염병과 각종 질병으로 수많은 사람들이 산 채로 생매장되거나 생화장되었으며, 심지어 생체실험까지 자행되고 있다는 사실이 단편적으로나마 알려졌던 것이다.

연합국은 중립국인 스위스를 통해 일본 정부에 그와 같은 비인도적 잔학 행위를 즉각 중지하라고 꽤 여러 차례 항의하였으나 번번이 무시되고 말았다. 당시의 시게미쓰(重光) 일본 외상은 1943년 7월 24일 스위스 주재 일본 공사를 통해 다음과 같은 요지로 항의에 답했다.

'즉각 육군성에 의뢰하여 현지 상황을 조사한 바 태국에 있어서의 연합국 포로는 제네바 협정의 포로 취급 조항에 의거하여 공정한 처우를 받고 있으며, 특히 환자는 포로 병원에서 정성어린 간호와 치료를 받고 있음이 확인됐다.'

실로 웃기는 작태였다. 이에 연합군측은 스위스를 통해 즉각 이렇게 물었다.

'그렇다면 중립국으로서 현장 수용소를 방문하겠다는 스위스의 거듭되는 요청은 왜 거절하는가?'

'현지 포로수용소 방문은 현재의 현지 상황 아래에서는 허가할 수 없음을 유감으로 생각한다. 양해해 달라.'

시게미쓰 외상은 스위스 정부에 이렇게 답전을 보냈다.

일본은 스위스의 현지 수용소 방문을 결코 허용하지 않았다. 아니, 도저히 허용할 수가 없었던 것이다.

사사끼 대위는 이야기를 끝내고 내게 말했다.

"나는 태·버마 철도부설공사 현장의 모든 참상을 알고 난 후부터 누군가에게 속시원히 털어놓고 이야기라도 하고 싶었소. 털어놓지 않고는 도저히 견딜 수가 없었거든요. 아무에게나 함부로 얘기할 수 있는 문제도 아니라서 고민해 왔는데, 무사시야 대위를 보자 어쩐지 신뢰가 가고 마음이 끌려 흉금을 터놓고 무슨 얘기를 해도 괜찮을 것 같습디다. 속에 묻어두었던 얘기를 죄다 털어놓으니 쳇증이 뚫린 것처럼 속이 후련합니다. 어때요, 맥주를 좀더 마시고 싶은데?"

"좋습니다, 선배님. 국제적인 신사 품위를 잃지 않을 만큼만 마십시다."

나는 이렇게 대답하고 웨이터를 불러 맥주를 주문했다. 어느 나라 군인이건 장교는 국제적 신사의 풍모를 갖추고 그 품위를 지키며 그에 따른 인격을 지녀야 한다는 교육을 받은 기억이 떠올라 한마디 농담을 곁들였던 것이다.

사사끼 대위는 이야기를 하느라 시간가는 줄 몰랐고, 나는 그의 이야기에 정신이 팔려 시간가는 줄 몰랐다. 시계를 들여다보니 벌써 오후 4시가 지나 있었다.

아까부터 식당 웨이터가 이미 영업 시간이 끝났다고 몇 번인가 정중히 알려주었던 것 같은데, 우리는 그대로 앉아 이야기를 계속했던 모양이었다. 나는 웨이터에게 아주 미안하다며 사사끼 대위가 눈치채지 않게 1원짜리 지폐 2장을 접어서 넌즈시 쥐어 주었다. 우리는 맥주 4병을 더 마시고 자리로 돌아갔다.

식당칸에서 객실로 돌아오자 사까모도 소위도, 오꾸다 대좌도 그냥 자리에 앉아 있었다. 나는 두 사람에게 예의를 차린 후 내 자리에 앉아 등을 뒤로 기댄 채 눈을 지긋이 감았다.

사사끼 대위에게 들은 이야기들이 어수선하게 머리 속을 어지럽혔다. 특히 일본에서 핵무기를 연구하고 있다는 말이 충격적으로 되살아났다.

그는 그 이야기를 어디서 들었을까? 그의 이모부에게? 그런 초특급 국가 기밀을 이모부가 알고 있다는 것도 의심스럽거니와 혹 알고 있다고 해도 조카에게 말했을 리 없지 않은가?

나도 실은 일본이 핵무기를 개발하려고 한다는 이야기를 들은 바 있었다. 전쟁이 일어나기 직전에 흥아원(興亞院)에 근무하는 손위 처남 이와끼(岩木)로부터 전해 들었던 것이다.

"자네만 알고 있게. 발설하면 즉각 체포될 거야."

처남은 위협하듯 이런 말까지 덧붙였다. 이와끼 처남은 현직 내각총리가 총재인데다 육군성, 해군성, 대장성, 외무성 등 4명의 현직 대신들이 부총재인 흥아원에 근무하다 보니 그런 사실을 알 수 있었으리라.

"핵폭탄을 만들려는 필사적인 노력은 비단 일본 뿐만 아니라 일본보다 한 발 앞서 독일, 영국, 미국, 소련 등에서도 혈안이 되어서 핵 물리학자들을 총동원하고 있지. 누가 먼저 핵폭탄을 개발하느냐에 따라 전승국이 결정되고 세계의 초강국이 달라질 거야."

처남은 이런 말까지 했다. 그러나 당시의 나로서는 무슨 의미인지 납득하기 어려웠다.
"아니끼(형), 무슨 얘긴지 내가 이해할 수 있도록 좀 구체적으로 말해 줄 수는 없겠소?"
"더 이상은 몰라도 돼."
그러면서 처남은 입을 굳게 다물어 버렸다. 이야기를 듣긴 했지만, 별로 마음에 두지 않아 잊고 있었던 일을 사사끼 대위가 다시 일깨워 주었던 것이다.
"조금만 더 가면 수원인데, 경성(京城)까지 가려면 거의 두어 시간은 더 걸려야 할 거요."
사사끼 대위가 일러주는 말에 나는 잠시 눈을 뜨고 뭔가 비밀을 공유했다는 친밀감을 담아서 관심을 표시했다.
"꽤나 시간이 걸리는군요?"
"전에는 부산에서 경성까지 보통 예닐곱 시간 걸렸는데, 최근에는 군사 물자등 수송 물량이 늘어나 많은 차량을 연결하다 보니 이렇게 서너 시간씩 더 걸리는 겁니다."
사사끼 대위의 설명과 느려 터진 열차 운행으로 미뤄 보건대 신경까지는 어림잡아 40시간도 더 걸릴 것 같았다. 내가 속으로 셈을 하는 동안 사사끼 대위가 다시 물었다.
"조선에는 자주 나와 봤어요?"
"아니, 처음입니다."
내가 조선이 처음이라고 하자 그는 연신 기차가 지나는 고장에 대해 설명해 주었다. 수원이란 곳을 지났다. 한참후 영등포를 지나면서 보니 꽤나 넓은 도시로 들어가는 것 같았다. 철교를 지날 때 밑을 내려다보았다. 날이 어두워져서 푸른 강물인지 검은 강물인지 몰라도 강물이 흐르고 있었다.
"한강입니다. 이제 곧바로 경성에 도착하게 될 거요. 경성은 그러니까 조선총독부가 있는 조선 제1의 도시지요."
사사끼 대위의 설명이었다.
'조만간 경성에 다시 올 수 있으리라.'
나는 그런 예감이 강하게 들었다. 시간 여유가 있으면 한번 내려서 시가지를 두루 살펴보고 싶었다.
드디어 열차가 경성역에 도착했다. 꽤나 복잡한 것 같았다. 여러 개의 플랫홈에는 내리고 타는 손님들과 배웅 나오거나 마중 나온 사람들로 몹시 붐볐다. 많은 사람들이 혼잡을 이룬 경성역에서는 조선말도 꽤 많이 들을 수 있었다.
오꾸다 대좌가 하차를 하려고 일어섰다. 우리들 세 장교가 일제히 일어나 오꾸다 대좌에게 경례를 했다.
"確りやれ, 頑張れよ賴むぞっ!(잘들 해, 건투! 부탁한다!)"
오꾸다 대좌가 작별 인사를 했다. 그는 둘째 가라면 서럽다고 할 군부 강경파의 첨병 같았다.
경성역에서는 40분간 쉬는 모양이었다. 나도 열차에서 잠시 내렸다. 홈에서 왔다갔다 하며 서성대고 싶었던 것이다. 아무나 조선사람을 붙들고 이런저런 이야기도 하고 싶었다. 조선사람을 만나면 무슨 말을 하고 무엇을 어떻게 물어야 할까? 막상 말을 하려고 해도 말이 잘 안 나올 것 같았다.
저 건너편 열차 선로를 보니 군에 입대하는 사람들이 꽤 많이 눈에 띄었다. 일본인 징병, 응소병(應召兵) 등 일본인들도 많았고, 또 조선사람 지원병도 더러 있는 것 같았다. 아마도 그들은 내가 타고 온 반대 방향으로 갈 사람들이리라. 괜히 어정거리다가 어떤 조선사람에게도 말 한번 붙여 보지 못하고 내 자리로 돌아왔다. 오꾸다 대좌가 앉았던 자리에는 조선사람인 듯한 40대의 넥타이까지 맨 중년 신사가 점잖게 앉아 있었다. 제법 신사다운 풍모를 지닌 사람이었다.

"사사끼 선배님, 조선의 수도라서 그런지 경성은 무척 붐비네요?"

"그럼요, 중앙의 관공서가 모두 여기에 집중돼 있고 상업 중심지이기도 하지요. 인구가 20만 정도 된다고 들었습니다."

"그래요? 그 다음으로 큰 도시는 어디입니까?"

"평양이 아닐까요?"

"다음은 부산이겠네요?"

"아마 그럴 겁니다. 나도 확실히는 잘 모르겠고."

발차 시각이 되었는지 열차가 길게 기적을 울리며 서서히 움직이기 시작했다. 어느덧 경성 장안의 모습은 깔리는 어둠에 묻히고 있었다.

"사사끼 선배님, 저녁 식사나 하러 갑시다."

"그럽시다."

"사까모도 소위도 함께 가지?"

사양하는 사까모도 소위까지 굳이 끌다시피 해서 식당칸으로 갔다. 우리는 맛있게 저녁 식사를 하고 맥주 한 병씩을 마신 다음 자리로 돌아갔다. 담배 한 대를 피우며 차창 바깥을 내다보니 어느새 캄캄했다. 하늘을 쳐다보니 무수한 별들이 반짝이고 있었다.

농촌 풍경을 좀더 보고 싶었는데 아쉬웠다. 내일 아침에 날이 밝으면 신의주에 도착해 있을 텐데, 조선의 끝인 신의주를 지나면 더 이상 조선의 농촌 풍경을 볼 수 없지 않은가?

어느덧 평양이 가까워진 모양이었다. 내릴 손님들이 짐을 챙겨들고 하차 준비를 하느라 부산했다. 시계를 보니 1시 40분이었다. 사사끼 대위 옆에 앉았던 조선인 신사도 내릴 준비를 했다. 그런데 내 옆자리에 앉아 있던 사까모도 소위도 내릴 준비를 하지 않는가?

"봉천까지 간다고 하더니 왜 벌써 내릴 준비를 하나?"

나는 신의주에서 사사끼 대위가 내리고 나면 그와 말동무를 하려고 했다가 졸지에 그가 내릴 준비를 하는 바람에 당황해서 물었다.

"아버지를 만나 뵙고 내일 이 시간 7열차를 타고 봉천에 가려고 합니다. 아버지께서 평양 제42부대에 중좌로 계시거든요."

평양역에 도착했다. 내리고 타는 손님들이 경성역보다는 덜 붐볐다. 자고 있던 사사끼 대위가 웅성거리는 소리에 눈을 뜨더니 나에게 물었다.

"잠은 좀 자 두었소?"

나는 대답 대신 담배를 꺼내 그에게 권하고 불을 붙여 준 다음 나도 한 대 피워 물었다. 창 밖을 내다보니 신병훈련을 막 끝낸 듯한 병사들이 내가 탄 노조미 특급 열차 후미 쪽으로 부산히들 걸어가고 있었다. 어림잡아 2개 중대 병력은 되는 것 같았다. 어디로 실려 가는 것일까? 응소병들은 아닌 것 같은데, 조선 내에서 이렇게 많은 신병들이 징집되었단 말인가? 나는 사사끼 대위에게 물었다.

"선배님, 조선 인구가 얼마나 됩니까?"

"대략 2,580만 명쯤이라고 들은 기억이 나는데요."

"그럼 그 중에 일본인들이 얼마쯤 됩니까?"

"자세한 통계 숫자는 잘 모르겠소."

하긴 조선 내에서 징집되거나 응소한 일본인도 있겠지만, 일본에서 입영한 사람도 있을 거라는 생각이 들었다.

탈 사람들은 거의 탔고 내린 사람들은 거의가 빠져나갔는지 바깥이 조용해졌다. 배웅 나온 사람들만 방한(防寒) 무장을 하고서도 잔뜩 웅크린 채 플랫홈에서 서성거리고 있는 걸로 봐서 열차가 곧 출발할 모양이었다. 발차 정시는 2시 5분이었다. 2시 10분인데도 아직 발차하지 않고 있었다.

나와 사사끼 대위의 옆 자리에도 새 손님이 탔다. 두터운 외투와 방한모자에 목도리와 귀마개까지 하고 꽤 두툼한 털장갑으로 완전 무장한 채 들어와서는 자리에 앉으며 하나씩 벗었다. 바깥 날씨가 몹시 추운 모양이었다. 50대쯤으로 보이는 남자들이었는데, 사투리로 미뤄 봐서 모두 중부 오사까(大阪) 출신의 일본인들인 것 같았다.

이윽고 길게 기적을 울리며 기차가 움직이기 시작했다. 나는 좀 자야겠다는 생각으로 눈을 감았다. 열차가 차츰 빨라지면서 제 속력으로 달리기 시작하는 걸 느끼면서 나는 푹 잠에 곯아떨어졌다.

얼마나 잤을까? 사사끼 대위가 나를 흔들어 깨웠다. 아직 먼동이 튼 것 같지는 않았는데, 세관원들의 검사 때문에 깨운 모양이었다. 그가 귀띔해 주었다.

"세관 조사는 세관원과 사복 형사들이 함께 실시하는데, 국경이 가까워지면 으레 하는 거랍니다. 평안북도 정주(定州)에서부터 세관원들이 올라와 정기적으로 검문을 하기 시작해서 신의주를 지나 안동역까지 계속된다고 해요."

열차 안은 스팀 장치가 돼 있다고는 해도 바깥 날씨가 워낙 추운 탓인지 제법 쌀쌀했다. 세관원들은 장교에 대해서는 별로 물어 보지도 않고 그냥 지나갔다. 거의 민간인 승객들만 상대하여 뭔가 물어 보기도 하고 짐 보따리를 풀어 보게 하거나 직접 뒤져 보기도 했다.

"신의주에 도착할 때가 다 됐는데, 무사시야 대위와 이렇게 헤어지려니 좀 섭섭하군요. 기회가 주어지면 꼭 소속 부대로 연락하겠소."

사사끼 대위의 말을 들으니 나도 무척 서운했다. 비록 일본인이긴 해도 만나자마자 나와는 뜻이 맞는 좋은 친구가 되지 않았던가? 나는 그로부터 얼마나 많은 이야기를 들었던가?

나를 믿고 흉금을 탁 터놓으며 해서는 안될 얘기까지 허심탄회하게 해 준 그가 고맙기도 할 뿐더러 그의 인간성과 성품도 마음에 들었다. 특히 그의 고독해 보이는 모습이 좋았다. 세상에는 짐승만도 못한 일본놈들이 있는가 하면 미우라 대위나 사사끼 대위 같은 좋은 사람도 있는 것이다.

"무사시야 대위, 신의주에 다 왔소. 나는 이제 내려야겠소."

어느새 열차는 신의주역의 플랫홈으로 들어가고 있었다. 7시 30분 정각이었다. 정시보다 23분 빨리 도착한 셈이었다. 나는 구석에 세워 두었던 닙뽄또우를 허리에 차고 사사끼 대위를 따라 열차에서 내렸다.

"자리에 그냥 앉아 있어요."

사사끼 대위가 만류했지만, 나는 굳이 따라 내려서 역사 바깥까지 나가 석별의 정을 나누었다. 그는 내 손을 꽉 잡으며 말했다.

"버마 전선으로 떠나기 전에 내 꼭 서부 제8부대로 무사시야 대위를 찾아가겠소. 우리 죽지 말고 서로 살아서 만납시다. 정말입니다. 우리는 꼭 살아서 만나게 될 거요."

"그럼요, 그럼요. 우린 서로 통하는 데가 있는 좋은 친구 아닙니까? 우리는 반드시 살아남아서 훗날 다시 만나게 될 겁니다. 안녕히 가십시오."

나는 그와 굳게 악수를 했다. 악수한 손을 흔들면서 그가 말했다.

"무사시야 대위, 무사히 잘 다녀가요. 안녕!"

그가 아쉬워하는 표정으로 돌아서서 걸어갔다. 여남은 발자국을 가다 뒤돌아서서 손을 흔들어 보이는데 어쩐지 그의 표정이 어둡기만 했다. 그 모습이 이상하리 만큼 섬뜩해서 내 마음이 답답해졌다. 두 번씩이나 반드시 살아서 만나자고 다짐했는데 왜 그렇게 보이는 걸까? 이상했다. 그의 모습은 저승길로 떠나는 사람처럼 불쌍하고 가엾게 보였던 것이다.

그런데 이게 웬일인가? 저만치 걸어가는 사사끼 대위의 뒷모습을 바라보고 있노라니 별안간 내 눈앞이 칠흙같이 캄캄해지면서 그가 개미처럼 작아지다가 어둠 속으로 빨려 들어가듯 형체도 없이 사라져 버렸다.

내가 무슨 환상에 사로잡힌 것일까? 한순간 정신이 몽롱해지며 의식이 희미해지는 듯하더니 별안간 눈앞이 환해지면서 정신이 번쩍 들었다.

사사끼 대위가 걸어간 방향을 바라보니 그의 모습은 보이질 않았다. 역전의 큰 대로로 걸어갔는데 그렇게 금방 보이지 않을 리는 없을 텐데 온데 간데 없이 사라져 버렸던 것이다. 그가 사람이 아니라 귀신이었단 말인가? 불가사의한 이변이 아닐 수 없었다.

허탈한 심정으로 돌아서서 역 구내로 들어서려는데 발차하는 기적 소리가 요란하게 울렸다. 나는 정신없이 뛰어 들어가서 겨우 열차에 오를 수가 있었다. 하마터면 열차까지 놓칠 뻔했다.